SHIH-I HSIUNG
A GLORIOUS SHOWMAN

熊式一
消失的「中国莎士比亚」

郑达 著

生活·讀書·新知 三联书店

Simplified Chinese Copyright © 2023 by SDX Joint Publishing Company.
All Rights Reserved.
本作品简体中文版权由生活·读书·新知三联书店所有。
未经许可，不得翻印。

《熊式一：消失的"中國莎士比亞"》© 香港中文大學 2022
本書簡體中文版由香港中文大學出版社授權出版，本版限在中國內地發行。

图书在版编目（CIP）数据

熊式一：消失的"中国莎士比亚"/（美）郑达著. —北京：
生活·读书·新知三联书店，2023.7
ISBN 978-7-108-07601-4

Ⅰ.①熊… Ⅱ.①郑… Ⅲ.①熊式一－文学创作研究
②熊式一－传记 Ⅳ.① I206.7 ② K825.6

中国国家版本馆 CIP 数据核字（2023）第 016011 号

责任编辑	崔 萌
装帧设计	薛 宇
责任校对	常高峰
责任印制	张雅丽
出版发行	生活·讀書·新知 三联书店
	（北京市东城区美术馆东街22号 100010）
网 址	www.sdxjpc.com
图 字	01-2023-2028
经 销	新华书店
印 刷	北京隆昌伟业印刷有限公司
版 次	2023年7月北京第1版
	2023年7月北京第1次印刷
开 本	635毫米×965毫米 1/16 印张27.5
字 数	396千字 图78幅
印 数	0,001－5,000 册
定 价	69.00元

（印装查询：01064002715；邮购查询：01084010542）

目 录

中文版序　陈子善　1
序　　　吴芳思（Frances Wood）　4
前　言　9

引　子　1

孩童时代（1902—1911）
　　第一章　进贤门外　5
　　第二章　天才演员　14

崭露才华（1911—1932）
　　第三章　现代教育　27
　　第四章　出国镀金去　41

明星璀璨（1933—1937）
　　第五章　雾都新声　59
　　第六章　中国魔术师　83
　　第七章　百老汇的明星　114
　　第八章　美妙的戏剧诗　135
　　第九章　衣锦归乡　154

战争年代（1938—1945）

  第十章 政治舞台 171

  第十一章 圣奥尔本斯 193

  第十二章 异军突起 207

  第十三章 牛津岁月 225

十字路口（1945—1954）

  第十四章 逸伏庐 245

  第十五章 海外花实 265

新加坡（1954—1955）

  第十六章 南洋大学 291

香港（1955—1991）

  第十七章 香港之恋 313

  第十八章 拓展新路 333

  第十九章 清华书院 353

  第二十章 落叶飘零 369

后 记 熊德荑、傅一民 393

附录 为什么要重新发现熊式一：答编辑问 401

熊式一作品列表 410

参考文献 416

中文版序

陈子善

2006年3月,北京商务印书馆出版熊式一先生的剧本《王宝川》中英文对照本。四年之后,也即2010年10月,拙编熊式一的散文集《八十回忆》由北京海豚出版社出版。再两年之后,也即2012年8月,熊式一的长篇小说《天桥》也由北京外语教学与研究出版社出版中文本(此书原为英文本,后由作者自译为中文)。窃以为,这是熊式一中文作品传播史上几次较为重要的出版,标志着在作者去国七十多年之后,他的代表性作品终于重归故土,与广大读者见面了。当然,他的中文作品早已在港台地区印行。

早在1920年代末,熊式一就在《小说月报》《新月》等新文学代表性刊物上亮相,1930至1940年代他又因《王宝川》《天桥》等作品享誉欧美。但1949年以后,他的名字就在中国内地销声匿迹达半个多世纪。1988年,年届古稀的熊式一才有机会回国探亲。他1991年病逝于北京,总算了却了叶落归根的夙愿。然而,翌年《中国现代作家大辞典》(中国现代文学馆编,新世界出版社出版)出版,书中已经有了林语堂的条目,却依然未见熊式一的大名。直到熊式一逝世十五年之后,他的主要作品才陆续在内地问世。

我之所以一一列出以上这些时间节点,无非是要说明一个不争的事实,那就是我们忽视熊式一太久,我们亏待熊式一也太多了。我曾经在《天桥》内地版序中写道:"综观20世纪中国文学史,至少有三位作家的双语写作值得大书特书。一是林语堂(1895—1976),二是蒋彝(1903—1977),三就是本书的作者熊式一(1902—1991)。"时至今日,我们对熊式一的了解又有多少？中国学界对熊式一的研究，不说过去，就是近年来，又有多大进展呢？

对于我个人而言，真要感谢1980年代主编《香港文学》的刘以鬯先生。由于那时我也是《香港文学》的作者，所以，熊式一先生在《香港文学》上发表译作和连载文学回忆录，我都注意到了。我终于知道了中国现代文学史上还有一位独树一帜的熊式一，从而开启了我与熊式一的一段文字缘，为他老人家编了《八十回忆》这部小书，为《天桥》内地版写了一篇序，虽然熊式一本人已不可能看到了。也因此，我才有机会与本书作者郑达兄取得了联系。

2021年9月，我意外地收到郑达兄从美国发来的微信，始知他刚从波士顿萨福克大学英语系荣休，还得知他所著 *Shih-I Hsiung: A Glorious Showman* 已于 2020 年底由美国 Fairleigh Dickinson University Press 出版。这真是令人欣喜的空谷足音。已有研究者慧眼识宝，不仅致力于熊式一研究，而且已经写出了熊式一的英文传记，多好啊！他选择熊式一作为自己的研究对象，显然对熊式一其人其文及其贡献，有充分的认识。两年之后的今天，郑达兄这部熊式一英文传记的中文增订本将由香港中文大学出版社推出，无疑更是喜上加喜了。

我一直以为，研究一个作家，建立关于这个作家的文献保障体系是至关重要的。其中，这个作家的文集乃至全集，这个作家的年谱，这个作家的研究资料汇编等，缺一不可。这个作家的传记，尤其是学术性的传记，自然也是题中应有之义，不可或缺。中国现代作家中，鲁迅、胡适、周作人、徐志摩、郁达夫、张爱玲……早已都有传记行世，有的还有许多种。以熊式一在中国现代文学史和现代中外文学与文化交流史上的重要地位，也应该而且必须有他的传记，让海内外读者通过传记走近或走进熊式一，对熊式一产生兴趣，进而喜欢熊式一的作品，甚至研究熊式一。这是熊式一研究者义不容辞的职责，而这项富有意义的工作由郑达兄出色地承担并完成了。

撰写熊式一传的难度是可想而知的。由于熊式一去国很久，更由于他在英国、新加坡和中国港台地区多地谋生的经历，搜集整理关于他的生活、创作和交往的第一手史料并非易事。再加熊式一"一生扮演了多重角色：学徒、教师、演员、翻译家、编辑、剧作家、小说家、散文作家、传记作家、戏剧导演、电影制片人、电台评论兼播音员、艺术收藏家、教授、文学院长、大学校长"等等，这在中国现代作家中几乎不作第二人想。这样丰富而又复杂的人生，一定给撰写熊式一传记带来少有的困难。但郑达兄充分利用他长期在海外的有利条件，多年锐意穷搜，不折不挠，还采访了熊式一的诸多亲友，寻获了英国文化艺术界当年对熊式一的众多评论，终于史海钩沉，爬梳剔抉，完成了这部首次披露许多重要史实，内容丰富、文笔生动，同时也颇具创意的熊式一传，较为圆满地达到了他所追求的"比较完整、准确地呈现熊式一风采多姿的人生"的目标（以上两则引文均引自本书郑达的前言）。

更应该指出的是，郑达兄这部熊式一传，不但填补了熊式一研究上的一项极为重要的空白，也给我们以发人深省的启示。中国现代作家中之卓有成就者，大都有到海外留学和游学的经历，或欧美，或东瀛，或东西兼而有之，甚至进而在海外定居多年，成为双语作家，扬名海外文坛的，也大有人在，如英语界的林语堂、蒋彝，法语界的盛成，等等，熊式一当仁不让，也是其中杰出的一位。他们大都走过这么一个创作历程：先中文，再西文，最后又回到中文；林语堂是如此，盛成是如此，熊式一也不例外。郑达兄的熊式一传就很好地展示了这一过程。中西文化在包括熊式一在内的这些中国作家身上碰撞、交融以至开花结果，而且这些中国作家把中国文化通过他们的作品成功地传播海外，这是很值得中西文学和文化交流研究者关注并进行深入研究的。以往的研究一般只注重他们中文写作的前一段或西文写作的后一段，往往顾此失彼，也就不能全面和深入地把握这一颇具代表性的国际文化现象。郑达兄的熊式一传正好为研究这一国际文化现象提供了一个难得的模板。

因此，我乐意为郑达兄这本熊式一传作序，期待熊式一研究和中国双语作家研究在这部传记的启发下进一步展开。

2022年10月9日于海上梅川书舍

序

吴芳思（Frances Wood）
大英图书馆中文部前主任、汉学家

  20世纪中国，经历了巨大的蜕变，从清王朝被推翻到中华人民共和国的成立，从长衫大褂的旧式传统进入西服革履的摩登时代，从文言文改用白话文。如果要遴选一位能代表这一时期的人物，熊式一无疑是最佳的人选。他出生于世纪之交，浸淫于旧式的传统文化，但很快便积极投入西风东渐、革故鼎新的20世纪。他身体力行，与1920年代和1930年代许多知识分子一样，出国去了西方，穿上洋装，学习研究英国戏剧。他不失时机，创作了蜚声遐迩的戏剧作品《王宝川》（Lady Precious Stream），一身丝绸长衫，戴着玉手镯，弘扬中国传统文化。

  熊式一对舞台艺术的精湛研究，可上溯到1920年代后期，他当时在北平，开始翻译J. M. 巴里（J. M. Barrie）的剧本。1932年，他去英国，原打算在伦敦大学研究英国戏剧，结果却将一出传统京剧的故事成功改编成英语话剧。

  在1934年及其后的几年中，《王宝川》在伦敦和纽约上演，轰动一时，其剧作者名声大振，文学界的名人作家纷纷与他交友往来。我还记得，参观萧伯纳（George Bernard Shaw）故居时，曾经惊喜地发现书桌上展放着熊式一的名片，那戏剧界巨匠与他的友情可见一斑。

  与萧伯纳一样，熊式一注重教育事业，那也是清末民初中国的思想和政策上一个主要方面。自1912年始，民国政府便致力于教育的转型和改进，熊式一孩童时代那种狭隘的死记硬背儒家经典的传统方法被摒弃，取而代之的是充实丰富的现代课程。1919年的五四运动，普及了白话文的写作和出版并加速了这一转变的进程。熊式一幼年熟读四书五经，然后随着中国的变化，在南昌和北平一些新式的学校求学和任教，日后又去新加坡参与创建南洋大学。最后，他在香港创办清华书院，以纪念他1910年代曾在北京就读过的著名清华大学。我记得去香港拜访他时，他身上的长衫和玉手镯，在希尔顿酒店的大堂内相当惹人注目，后来我又去他在界限街[1]（他认为这街名寓意深远）的寓所小坐。那可谓地地道道的文人斗室，四处堆放着书报文稿，几乎够到天花板。

　　熊式一笔耕不辍。晚年改用中文——而不是英文——写作，不过在经济收入上不那么理想。他受到政治形势的影响，1938年，义无反顾地参与各种形式的援华反日侵略的活动。1930年代，熊式一远赴伦敦求学，家眷留在了中国，全家分居中英两国；1940年代，家人聚合分离，结果分散在美国、英国、中国等地。他的三个孩子，在英国接受教育，牛津大学毕业之后，便回了国；原先留在中国的另外两个子女，来英国团聚，可惜，全家从未能欢聚一堂、阖府团圆过。

　　1970年代，我在伦敦初次见到熊式一的小儿子熊德达。介绍我们认识的是何伯英，她的父亲原来在伦敦的中国大使馆工作，1949年之后，滞留英国，住在东芬奇利的林语堂旧居。德达从艺术学院毕业，从事过一阵子电影工作，后来在英国介绍中国烹饪，大获成功。他的家庭幸福美满，爱妻塞尔玛是个画家，他们有三个孩子。德达的母亲蔡岱梅住在附近的瑞士屋，那片区域聚居着不少著名的中国流亡者。她小时候家里有用人照顾生活起居，1930年代时到了牛津和伦敦，为了招待家中的来客，她学习掌握了厨艺。我记得，曾经多次与她和家人一起包饺子，还记得她经常在厨房做菜，烧大锅红烧肉，地板都黏糊糊的。大女儿德兰1978年来伦敦探亲，结果与母亲闹得很不愉快。此后，我去北京拜访过她。熊德兰是大学老师，备受尊敬，教授高级

---

[1] 译注：界限街是香港九龙半岛一条东西向的街道。根据1860年《北京条约》，清朝政府将九龙半岛南部的一部分割让给英国而划分的分界线（boundary line），后来发展成今日的界限街（Boundary Street）。

外交官英语。她独立自信，不随波逐流，招待客人时，一反热情好客的传统理念，不去专门精心准备一大堆菜肴，而是仿效英国人的习惯，只烧一道菜。退休之后，她写了很多脍炙人口的小说，其中有不少是自传性内容，向中国读者讲述她在"二战"时期撤离伦敦、与汽车司机一家人生活的经历。她弟弟德铓为人低调，但魅力十足，我们在北京见过好多次。我记得他告诉过我，说自己在"文革"时尽可能躲避参与，每次听到通知开批斗大会，便往家中的衣柜里躲起来。

熊式一的子女个个出类拔萃，他们大都有家小，改革开放之后，好多孩子都先后出国留学，去伦敦看望蔡岱梅和德达，或者去华盛顿看望德荑。熊式一和蔡岱梅夫妇俩的小女儿德荑出生于英国，在英国接受教育，后来移居美国。父母之间的关系日渐紧张疏远，她帮着调解，并且将分散各地的家庭成员维系在一起，她还将大量的家庭资料、书信文稿保存了下来，正因为此，郑达得以完成德荑先父的传记写作。德荑始终尽力，支持帮助她的侄甥，他们现今不少在从事教育和翻译工作，才华横溢，延续了熊氏家族精通中西文化的优良传统。

熊式一传的章节标题，彰显了熊式一的人生轨迹，从"天才演员"和"百老汇的明星"到最后"落叶飘零"。一方面，这是关于一个才情横溢的文人和"中国莎士比亚"的故事；另一方面，这也是一段家庭破碎分离的悲情旧事。熊式一家年长的三个孩子在中国生活，1980年代终于有机会先后去英国探望母亲，但他们的母亲却从来没能重返故土；与此同时，熊式一如"落叶飘零"，在香港和美国之间徘徊，偶尔去台湾和大陆作短期逗留。他享受过辉煌荣耀，也遭遇过灾祸厄运，郑达对这个日渐式微的人物所做的描述精彩连贯。熊式一四处游荡，家人也分散居住在世界各地，所幸的是，熊氏家人完好地保存了大量的信件和文稿，包括回忆文字，郑达因此能查阅参考，受益匪浅。

熊式一的生命历程，象征性地代表了演变中的中国，反映了传统与现代之间的矛盾，以及中国政治散民的悲情遭遇；同时突显了教育的重要性，并展现了1930年代中国在伦敦和纽约戏剧舞台上风靡一时的盛况。就此而言,熊式一是个不容忽视的人物;正因如此,郑达撰写的这部传记也不容忽视,它将熊式一的传奇人生载入了史册,世代相传。

郑达　译

11 August, 1977.
170 A₂ Boundary St.
Kowloon, Hongkong.

My dear children & Grandchildren,

My memory is beginning to fail me rapidly, I must tell you ~~about you~~ about myself, our family & friends before it fails ~~first~~ me altogether, I do not want to leave this to any one else. I've heard so many utterly untrue stories <ins>about</ins> myself that I was sometimes shocked & at other times ~~laughed my head off~~ <ins>unable to suppress my chuckles</ins> to think that there were such ridic~~ulous~~ people to invent ~~them~~, & circulat~~ions~~ & of course, believe them! And many of ~~those people~~ <ins>these</ins> are not silly or stupid.

But I used to have what people called photographic memory. Up to my forties, I had never used an address book, a telephone index, ~~& had~~ <ins>or even</ins> a diary to remind me of my engagements. I could remember ~~people~~, their faces & their names & other names or <ins>first</ins> ~~christian~~ names if they were Europeans or Americans. When I went to New York in 1935 to

熊式一"回忆录"手稿首页（由作者翻拍）

前 言

香港九龙界限街170号A2室

1977年8月11日

我亲爱的孩子们：

　　我的记忆在迅速衰退。我得抓紧在完全失忆之前，把我本人、我们的家庭以及亲友的情况向你们做个介绍。我不想把这事留给别人去做。我听到过许许多多胡编乱造的有关我的故事，我为之难免震惊，或者深感可笑，居然有那么一帮子家伙专以妄议、谣传为乐，而且还真会有人去相信他们！这帮人中间其实有不少并不是什么脑子简单或者愚笨的家伙。[1]

　　以上是熊式一"回忆录"的起首部分。这一部"回忆录"，他前前后后写了近二十年，经历了一次又一次修改，但最终还是没能写完。作者开始这项写作的时候才刚过七十岁，一直到近九十岁时还在修改。他外出旅行时，常常把稿子放在手提箱里，随身带着。正如他所说的，写这部"回忆录"是为了留下一份确凿可靠的记录，为家人和后代留下一份有关他生活经历的完整写照，并且对那些污蔑和贬低的荒唐说法做个批驳和解释。尽管他自称年事已高、记忆衰退，但他充满自信、精力旺盛，丝毫没有任何气衰病虚的迹象。事实上，其自谦的口吻与决断的语调形成一种明显的反差，极具戏剧性的效果，形象地反映了他那洒脱不拘、率性直言的个性。

---

[1] Shih-I Hsiung, "Memoirs," unpublished manuscript, Hsiung Family Collections (hereafter cited as HFC), p. 1.

"回忆录"起首的这一段内容,使人联想到美国历史上的著名人物本杰明·富兰克林(Benjamin Franklin)。近二百年前,富兰克林写的书信体《自传》(*The Autobiography of Benjamin Franklin*),其起首部分如下:

特威福德教区圣亚萨夫主教私邸

1771年

吾儿爱览:

余素喜搜集先人遗事,汝当忆及昔与余同在英格兰时,余之长途跋涉,遍访戚族中之遗老,其目的固在是也。余今思汝亦或同余所好,乐闻余生之行休,盖其中汝所未悉者,正复不鲜。且因余近日适退居休息,无所事事,特危坐而为汝书之。[1]

富兰克林的《自传》译文是半文言文,但它与熊式一的"回忆录"有惊人的相似。两者都使用了书信的形式,右上角标明住址和写信日期,信的对象都是自己的孩子,而且都开门见山,说明这是为了要把自己的故事或"余生之行休"用文字记录下来传给后代。除此之外,两人的写作过程也十分相似。富兰克林在六十五岁那年开始动笔写《自传》,他的儿子当时任新泽西州殖民地州长。此后二十年中,《自传》的写作曾中断多次,数易其稿,但到他去世时,他的《自传》始终没能完稿。不过,这一份作为私家信件的材料,结果却成了公开的文献记录,被奉为经典作品,广为传播,备受欢迎,后世青年以此《自传》为"奋发图强、立身处世的金科玉律"。

富兰克林的《自传》与熊式一的"回忆录"相互之间的关联,其实既非偶然,亦非牵强附会。富兰克林的《自传》于1929年首次在中国出版,其翻译者就是熊式一。他1919年上大学之后不久便开始动手

---

[1] 熊式一:《序》,载熊式一译富兰克林《自传》,手稿,熊氏家族藏,页1;佛兰克林著,熊式一译:《佛兰克林自传》(上海:商务印书馆,1929),页1;Benjamin Franklin, *Benjamin Franklin's Autobiography* (New York: Norton, 1986), p. 1。熊式一的译文使用的是当时流行的译名"佛兰克林",本书中除了注释引文外,均用"富兰克林"。

翻译此书，那时他才十七岁，这成为他首次翻译写作的尝试。当时，许多同学受五四新文化运动的影响，满怀一腔爱国热忱，参与各种社会政治活动，时时罢课。学校的教室经常空荡荡的，很少有人在里面上课。熊式一则独自埋头钻研，把富兰克林的《自传》译成了中文。十年之后，这本书由商务印书馆在上海出版，继而被教育部大学出版委员会指定为大学国文补充读本，印成单行本，多次翻印再版。《自传》的翻译，标志着熊式一写作生涯的开端，也对他日后的人生历程产生了巨大的影响。他在"回忆录"中坦率地自述：这"小小的一本自传"，如同精神伴侣，如同生活中的《圣经》，伴随着自己，"治学处世，没有一刻不想学他（富兰克林），遵循他的遗教"。如今，熊式一自己已经与当年富兰克林的年纪相仿，他认为由于自己一贯低调谦恭，凡认识他的、与他共事过的、讨论过他的作品的、了解他情况的人，他都赢得了他们普遍的敬重。他觉得轮到他追忆人生了。"我应当至少要尽力把自己宝贵的经验传授给后代，这样，他们日后遇到类似的情况时，会有所帮助。"[1]

当然，富兰克林属于美国历史上一位独特的人物。他是开国元勋，在美国家喻户晓，100美元纸币的票面上印的就是他的肖像。他在商业、科学、印刷、外交、写作等方面均有建树，可谓举世闻名。他的丰功伟绩，对美国以及全世界的贡献，不胜枚举，很少有人能与他相提并论。他是第一位在欧洲赢得盛名的美国人；他是革命战争爆发之前那场大辩论中代表美方的先锋成员；他是美洲对欧洲最出色的诠释者；他在科学和实际生活方面所做的贡献超过同时代所有的美国人；他以新闻写作开始，一生致力于此，为美国的文学最早做出了不朽的建树。[2]

与此相比，二百年后的中国作家熊式一似乎显得微不足道，不可相提并论。但其实不然，熊式一也同样值得称颂。他除了把富兰

---

[1] Hsiung, "Memoirs," pp. 5–6.
[2] "Introduction," in Benjamin Franklin, *The Autobiography of Benjamin Franklin* (New York: Macmillan, 1901), p. xv.

林和他的《自传》翻译介绍给中国的读者之外,还翻译了巴里(J. M. Barrie)[1]的主要戏剧作品,包括《彼得潘》(*Peter Pan*)[2]和《可敬的克莱登》(*The Admirable Crichton*),以及萧伯纳的戏剧作品。他是首位剧作在西区上演的中国剧作家,[3]他根据传统京剧《红鬃烈马》改编的英语话剧《王宝川》(*Lady Precious Stream*),于1934年11月在伦敦小剧场开始公演,一举成功,计约900场,他因此成为家喻户晓的明星人物。1936年初,他在纽约布斯剧院(Booth Theatre)和49街剧院执导《王宝川》,成为第一个在百老汇导演自创戏剧的中国剧作家;他的小说《天桥》(*The Bridge of Heaven*)获得文学界高度评价和赞赏,风靡一时,被翻译成欧洲所有的主要语言。1950年代,他应林语堂之邀,去新加坡担任南洋大学文学院长,后来在香港创办清华书院并担任校长。他像富兰克林一样,一生扮演了多重角色:学徒、教师、演员、翻译家、编辑、剧作家、小说家、散文作家、传记作家、戏剧导演、电影制片人、电台评论兼播音员、艺术收藏家、教授、文学院长、大学校长、"熊博士"。

1943年7月,《天桥》刚出版不久,哈罗德·拉滕伯里(Harold B. Rattenbury)在英国广播公司的电台节目上讨论这部小说,下了如下精辟的结论:"熊式一是个光彩夺目的演员。"[4]拉滕伯里的比喻,生动而且形象,点出了熊式一刻画人物性格和描绘细节内容方面卓越的文学技巧。本传记借用拉滕伯里的这一比喻,并引申其含义,着重反映熊式一在文学创作、戏剧领域、社会政治舞台三个方面的主要经历和成就。

熊式一在文坛上是个出类拔萃的"演员"。他精于戏剧和小说的

---

[1] J. M. Barrie,现多译为"巴里","巴蕾"为熊式一当时使用的流行的译名,本书中除注释引文外,均用"巴里"。
[2] Peter Pan,现译为《彼得潘》,《潘彼得》为当时流行的译名,本书中除注释引文外,均用《彼得潘》。
[3] 西区(West End of London)是伦敦的商业和娱乐中心,有众多的剧院,类似于纽约的百老汇。
[4] The Reverend H. B. Rattenbury, "Books of Our Allies—China," *What I'm Reading Now* (BBC Forces Program, July 31, 1943).

创作，擅长散文随笔，还涉猎翻译。他的文笔流畅生动，故事情节跌宕起伏、引人入胜，读者往往难以释卷。英国诗人埃德蒙·布伦登（Edmund Blunden）十分佩服熊式一的文学才能和成就，曾经说过："像波兰裔英国小说家康拉德（Joseph Conrad）那样享誉文坛的非母语作家屈指可数，而那位创作《王宝川》以及其他一些英语作品的作家就是其中之一。"熊式一被《纽约时报》(The New York Times)誉为"中国莎士比亚"和"中国狄更斯"。[1]他的作品以独创与机智著称，他笔下的人物个性鲜明，具有浓厚的人文和现实主义气息。他熟练驾驭语言文字，无论是中文还是英文，为作品注入了绚烂的色彩和活力。英国作家莫里斯·科利斯（Maurice Collis）曾以如下类比，来说明熊式一在文学领域的成就和知名度：

> 要想精准地衡量熊先生的独特性，很难，但要是换个角度，假设一个英国人在用中文写剧本，那或许会有帮助。那个英国人——当然是个假设——选了一出伊丽莎白时代前的道德剧，把它翻译成表意文字，在他的指导下用国语演出，他本人被天朝的批评家誉为伟大的汉语作家，而且他的作品又被翻译成了日文、韩文、中文、暹罗文、马来文等文字。这就是熊先生创作《王宝川》的成就，不过是换了个角度而已。那真是了不起的成就，可以毫无夸张地说，他算得上当代最神奇的文学人物之一。[2]

熊式一在戏剧界也算一个出色的"演员"。作为剧作家、演员、导演，他热爱戏剧和舞台，一到台上便如鱼得水。他谈笑自若，幽默风趣，从不避讳表演发挥的机会。他熟悉中国古典戏曲和戏剧传统，也了解西方的戏剧，特别是英美现代戏剧。他创作并翻译戏剧，导演戏剧，教授莎士比亚（William Shakespeare）戏剧以及中西方的戏剧艺术，甚至参加舞台表演。他还是个电影迷，从小钟情于好莱坞电影，

---

[1] "Chinese Bard Here to Put on Old Play," *The New York Times*, October 31, 1935.
[2] Maurice Collis, "A Chinese Prodigy," *Time and Tide*, August 12, 1939.

1920年代曾经在北平和上海管理过电影院；1940年代英国拍摄萧伯纳剧作《芭芭拉少校》(*Major Barbara*)的电影，他客串扮演华人角色；1950年代居住香港期间，他组织成立电影公司，拍摄并制作了彩色电影《王宝川》。

此外，熊式一是活跃在社会文化舞台上的"演员"。他喜欢公共场合，善于社交，即使到了八旬高龄，依然乐此不疲，在社会空间热情大方，无拘无束。无论男女老少，中国人还是外国人，他都能很快打破隔阂，谈天说地，像多年挚友一样。他平时在街头散步，一袭中式长衫，握着把折扇，一副休闲优雅的模样；他的手臂上戴着两三只翡翠玉手镯，有时脚腕上也有，走起路来玉镯碰撞，发出清脆悦耳的声音。他这么一身与众不同的穿着打扮，过路的行人或车上的乘客见了，往往投以好奇的目光，而他毫不以为然。他是个"演员"，博闻强记，凡古今中外的旧俗逸闻信手拈来，说得头头是道、妙语连珠，大家都听得如痴如醉，或者笑得前俯后仰。他是个性情中人，不古板、不装模作样，但也不放过任何可以表现自己的机会，即使在为朋友的著述和展览作序言介绍的时候，都忘不了提升一下自己。简言之，不管是戏剧舞台上还是社会舞台上，他都爱在聚光灯下表演一番。

20世纪，东西方之间的交流大规模发展，在世界各地，不同的传统、文化、理念和价值，发生了冲撞、摩擦与影响，熊式一在跨文化和跨国领域中，为促进东西方文化交流做出了重要的贡献。20世纪初，清朝政府被推翻，结束了几千年的封建统治，中国的知识分子开始认真地思索、探讨、实践现代性。印刷机器投入使用，出版社成立，大量的报纸、杂志、书籍随之出版发行，如雨后春笋，前所未有；与此同时，许多文学作品、哲学理论、政治思想、科学技术，也通过翻译引入中国。在戏院里，观众们津津有味地欣赏传统戏曲剧目，而各地新建的电影院和现代剧院内，西方的好莱坞电影和现代话剧为大众提供一种全新的体验，吸引越来越多的观众。大批中国学生出国留洋，去看看外面的新世界，接受现代的教育；同样地，中国也热情地伸开双臂，欢迎世界名人来访问交流，其中包括罗素（Bertrand Russell）、泰戈尔（Rabindranath Tagore）、卓别林（Charles Chaplin）、萧伯纳等等——熊式一就是在这新旧文化历史转型时期度过了他的青少年时代。他幼年接受的是中国的传统教育，熟读四书五经，然后去北京上大学，选择英语专业，完成了现代高等教育。大学毕业后，他致力于文学翻译，把西方的文化和文学作品介绍给国内的读者。

1930年代到1950年代，熊式一旅居英国，通过文学创作和社会活动，把中国文化带给西方的大众。长久以来，欧美许多人对东方的文化历史了解相当肤浅，大都是通过传教士、商人、外交官员的作品和翻译这些渠道获得的知识。至于中国戏剧在西方的介绍，则稀如凤毛麟角。1912年和1913年在纽约和伦敦上演的《黄马褂》(*The Yellow Jacket*)，由乔治·C.黑兹尔顿（George C. Hazelton）和J.哈里·贝里莫（J. Harry Benrimo）编写，算是西方公演的第一部中国传统剧目。1930年，梅兰芳在北美巡回演出，当地的观众才算有幸首次领略国粹京剧的精妙。熊式一的一系列作品，尤其是1934年创作演出的《王宝川》，既让西方的观众得以欣赏中国戏剧文化和舞台艺术，也唤起了欧美大众对中国文化历史的热情、关注和尊重。

熊式一的晚年在新加坡、中国香港和中国台湾度过。这一时期，世界上发生了一系列重要事件：冷战、朝鲜战争、越南战争、"文化大革命"、尼克松（Richard Nixon）访华、蒋介石和毛泽东先后去世、中国的改革开放。熊式一在相对宽松的文化氛围之中，在东西方跨文化交往共存的环境之中，主要使用中文写作，创作戏剧、小说、散文，还把自己的一些主要作品翻译成中文，如《王宝川》《天桥》《大学教授》(*The Professor from Peking*)。

1991年，熊式一去世后，国内的学术界开始认真研究和评判这位长期被忽略的文坛名人。1990年代，近现代历史中跨文化的交流影响成为热门课题，学术界把目光投向那些先前被忽视的跨文化学者人物，包括熊式一、辜鸿铭、盛成、温源宁、萧乾、林语堂、蒋彝等人。在中国，自1949年后鲜少提及熊式一，1960年代后，他的一些作品在香港、台湾和东南亚地区出版发行，但内地的读者，甚至包括他自己的孩子们，并没有接触到那些出版物。2006年，北京商务印书馆推出中英双语版《王宝川》，随后，外语教学与研究出版社又先后重版发行中英文的《天桥》。陈子善编辑的《八十回忆》（2010）收集了熊式一晚年创作的一部分散文，其内容翔实，清新可读。国内的读者和研究者正关注民国时期和跨国文化的历史，这本集子的出版，如久旱遇甘霖，备受欢迎。中国内地和港台的学术界对熊式一的研究日趋重视，出现了不少以熊式一为研究对象的硕士和博士论文，不过它们大多集中在对《王宝川》和《天桥》这两部作品的讨论，主要探讨熊式一的作品在翻译阐释和跨文化交流方面的作用。熊式一的文学创作在海外也日渐受到批评界的重视。英国阿什利·索普（Ashley Thorpe）的专著《在伦敦舞台上表演中国》（*Performing China on the London Stage*，2016）研究1759年以来中国戏剧在英国的演出和影响，其中对《王宝川》一剧的中国风格模式和跨文化努力进行了剖析。2011年，索普曾指导他在雷丁大学的学生排练上演《王宝川》。我发表的一系列论文扩展了研究的宽度，除了研究《王宝川》在伦敦西区的成功演出之外，还涉及《王宝川》在上海和百老汇的演出、《王宝川》的电影制作、熊式一在英国广播公司的工作经历，以及熊式一夫人蔡岱梅的自传体小说《海外花实》（*Flowering Exile*）与现实生活之间的关系，等等。迄今为止，英国学者叶树芳（Diana Yeh）的《快乐的熊家》（*The Happy Hsiungs: Performing China and the Struggle for Modernity*，2014）是有关题材中唯一的批评研究专著，它把熊式一的创作和社会活动置于20世纪现代国际舞台背景中，突显他做出的种种努力，如何打破种族、文化藩篱，宣传中国文化，获得国际认可，成为著名剧作家和作家，享誉西方文坛。

本传记力图在现有研究的基础上，做一个完整的全方位阐述。它讲述的是熊式一的人生历程，着重于他的文学戏剧创作、社会活动，以及跨文化阐释和交流等诸方面的贡献。到目前为止，熊式一的文学成就尚未能得到详细的介绍和讨论，特别是他在新加坡、中国香港和台湾地区的第三阶段的生活创作经历。这一段相当重要的历史，基本上都被忽略了，仅仅偶尔被提及，从未仔细审视过，本传记希望能弥补这一不足。传记的中文版本，是基于英文版原作，但考虑到中文读者不同的文化教育背景以及对历史知识的了解，做了相当程度的增补和修改，特此说明。

在准备熊式一传记的写作过程中，我有幸获得熊氏后人的热心支持，得以翻检他们保存的书信手稿，其中有大量至今尚未披露的第一手资料和内容。我还查阅了英国、美国、中国（包括港台地区）等地的图书馆、档案馆，以及私人收藏的资料，采访了熊式一的诸多亲友以及曾与他有过接触的人员。此外，我的研究成果还得益于其他许多个人与单位的热情帮助，在此亦一并诚致谢忱。

大英图书馆中国部前主任、著名汉学家吴芳思（Frances Wood）拨冗撰序，追忆她与熊氏家人的交往轶事；熊式一的女儿熊德荑和外孙女傅一民合作撰写了后记，叙述熊式一百年之后辗转世界各地，最终落叶归根并安葬于北京八宝山公墓的经过。她们不吝赐文，我深表谢意。

我衷心感谢自己的家人，多年来给予支持、帮助以及鼓励，使我能顺利完成此书的写作。

我还要感谢香港中文大学出版社甘琦社长和林骁编辑的信任与支持。林骁乐观向上，其敬业精神和专业水平，令人钦佩。

最后，我希望——也相信——本传记所提供的众多的具体细节和内容，能比较完整、准确地呈现熊式一风采多姿的人生。熊式一的成功，与20世纪社会政治及文化经济方面翻天覆地的发展变化有关，他的成就和影响为中外文学和文化史添上了浓墨重彩的一笔。正因为此，宣传介绍熊式一，让世人重新认识熊式一，不仅仅是史海钩沉、填补空缺，更是为了能客观地将他的故事载入文化史册，让子孙后代了解先辈的艰辛努力和奋斗业绩，以史为鉴、继往开来、勇于进取，不断砥砺向上。

熊式一在纽约上州水牛城，1988年（熊杰摄）

引　子

十年前，我收集资料准备撰写熊式一传记时，第一次看到这张照片。当时内心的震撼，今天依然感觉如新。

这照片摄于1988年秋天，熊式一首次去纽约上州水牛城探亲。他站在草地上，身后是枫树、灯柱、停泊的车辆。秋风吹拂，夕阳斜照，他双目凝视前方，左手微卷成拳状，右手拄着手杖，手臂略略伸展朝着前方。他精神矍铄、平静安详，充满自信和智慧。额头上和眼角边的皱纹，记录着他一生的坎坷和沧桑。他虽已步入晚年，却不见些许迟暮的迷茫。他身板硬朗，身上褐红色的长衫，在绿茵映衬下，犹如炽烈的火焰一般。

在我的印象中，他是一位光彩夺目的演员，年轻潇洒，脸上总是挂着轻灵活泼的笑容，短短的下巴，双眸明亮，永远透露出聪颖自信。他学步不久，便开始了表演生涯，在家中为来访的客人展示他的才智。1930年代，他在英国伦敦的西区剧院内，成为有史以来第一个华人剧作家和导演，说一口流利的英语，用他的剧作《王宝川》，向英国和欧洲的观众展示了中华民族精妙的戏剧文化和传统。不久，他又去美国纽约，作为第一个华人剧作家，在百老汇的舞台上导演《王宝川》，与罗斯福夫人（Eleanor Roosevelt）合影，让美国的民众领略了他的戏剧才华和风采。卢沟桥事变后，他去布拉格参加国际笔会（PEN International）的第16届年会，发表演讲，义正词严、慷慨激昂，谴责日本侵华的罪行，呼唤正义、呼唤良知。他的演讲气势磅礴，在座的来自世界上不同国度的作家和诗人代表们，无不为之感动。他发言刚结束，全场观众起立，掌声如雷，欢呼声经久不息。

熊式一的人生行旅，有重峦绵延，也有波澜汹涌；他度过了漂泊忧患的岁月，也经历过起伏跌宕、曲折惊险，山穷水复却峰回路转。照片上的熊式一，年届九十，毫无病弱的衰迹。昔日的辉煌还是依稀可辨，夺目的光彩，经过了岁月的磨洗，依然顽强地存留了下来。

他洒脱自如，似乎正在聚光灯下，面对的不是照相机，而是舞台前的观众，手上握着的，不是助行的手杖，而是指挥表演的魔棒。他似乎已经准备就绪，表演即将开始。

他，就是故事的主角，传主熊式一。

孩 童 时 代

1902—1911

第一章　进贤门外

常言道，水往低处流，人往高处走。熊惠决定迁居，其实就是这个原因。

熊氏家族以农为生，祖祖辈辈在熊家坊居住。19世纪，村里的几百户人家，全都姓熊。他们朝耕暮耘，节俭度日，虽然没有谁家藏万贯，倒也甘于现状，无所欲求。熊氏的祖庙香火鼎盛，村民们都虔诚前往，烧香祈福，供奉先祖，他们的族谱也珍藏在那里。村上发生了什么争端和纠纷，均由族老出面调停处理。[1]

熊惠是做买卖的。多年下来，总算一切顺利，攒了一大笔钱。出门做生意，一去便是几个星期，甚至几个月，长期在外奔波，其中的甘苦，他心里明白。他觉得，自己发了财，应该设法改变一下，留在家花多点时间陪陪孩子和家人。他萌生了一个想法：搬去蔡家坊住。熊家坊离城里有好几里路，而蔡家坊就在城外边，坐落在南下去中心城市抚州的通衢大道上，那无疑是个最佳选择。熊惠也知道，就生意角度而言，搬到南昌城里住，自然更理想一些。可他不喜欢城市的喧闹嘈杂，因此，搬到蔡家坊，既有利于经营买卖，又能占到外沿的优势，享受城乡两边的好处。

南昌城的南侧大门称为"进贤门"，又名"抚州门"。它贯通东南驿道，连接两广官道，城门附近，一年到头商旅繁多，络绎不绝。南昌是文化古城，其历史可上溯到汉高祖六年（前201），汉将灌婴修建

---

[1] Hsiung, "Memoirs," p. 7.

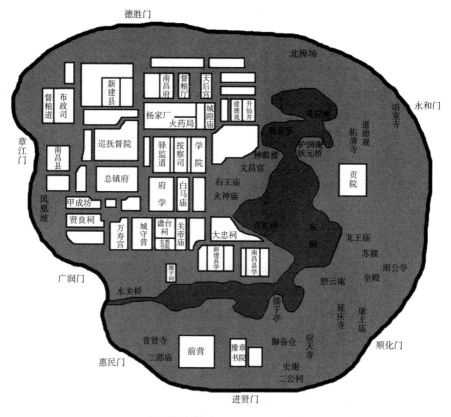

南昌老城地图（CC0 Public Domain）

城池，并设"南昌县"，意为"昌大南疆"。由于南昌的自然地理之便，其后几百年间，它在商业、贸易、政治、文化生活方面发挥越来越重要的作用。763年后，南昌成为江西的省中心；961年，南唐中主李璟迁都南昌，号"南都"。北宋时期，南昌的城市格局进一步扩大，文化兴盛、经济繁荣，主城池一共拥有16座城门。明初洪武十年（1377），朱元璋命令整修城墙，统一规格，前面加设护城壕，环绕全城，并废去了一部分城门，留下七座，包括城南正中的"进贤门"。

蔡家坊离进贤门不远，是出城之后必经的第一站，或者说是进城前的最后一站。村里有一些小店和茶馆，常有行旅商贾或者官吏衙役光顾。熊惠信心十足，搬迁之后新店开业，生意必定蒸蒸日上，自己再不用出门奔走辛苦了。

* * *

改革或变化，风险难免。熊惠决定迁离熊家坊，被村民和族亲视为叛逆之举，从此不屑与之往来，渐渐疏远了关系。与此同时，熊惠发现自己在蔡家坊并没有受到欢迎。那里的村民来自南北各地，姓氏不同，背景也多种多样。他们对这位外来的村民，既不热情，也没有示好。熊惠想要融入其中，更是难上加难。他买了块地，盖建了两栋相连的房子，前面用作店铺。他手头宽裕，所以决定其中一家做当铺，他认为，村民或附近有谁急需钱用，不必专门赶到城里赊欠以救燃眉之急。另一家是药铺，周围的村民有了病痛，他可以帮着纾解。他深信，这两家店铺既能造福众人，又可招财纳福，两全其美。不料，村民们去南昌省府告了他一状，称他的房子前面部分挡住了官道，后面的部分侵占了公共地界。更糟糕的是，村上禁止熊惠使用公共水井，为此他只好走到很远的地方去汲水。除了这些令人失望的事以外，当铺和药铺的生意十分惨淡，来店里光顾的村民屈指可数，实在是门可罗雀。开了不多久，熊惠出于无奈，只好倒闭，关门了结。[1]

熊惠盖的这两栋房子，正中设一道墙，把它们左右隔开，还开了两道耳门，所以两边可以走通。它们各自有天井和住房，左侧的房子有验收谷米的大厅，两间厢房改做了粮仓，还有一间大厨房，而右侧的房子，后部是个花园，它的右边有一间南向的书房。熊惠，字畅斋，喜爱附庸风雅，为书房起名"惠风和畅室"，还专门请当地的书法家写了一幅横匾挂在书房的门上。[2]

至于那书房，熊惠本人从来没有用过，但他父亲倒是喜欢常常站在书房的大门边，身上穿着长袍马褂，临风拂须，眺望远景，一派怡然自得的模样。村民路过，见他站在那儿，会特意奉承他几句："呀，

---

[1] Hsiung, "Memoirs," pp. 13–14.
[2] 熊式一：《熊式一家珍之一》，《天风月刊》，创刊号（1952），页57。

原来是您老人家！我们老远看见，还以为是京里派了一员大官来了。"熊惠的父亲，历经道光、咸丰、同治几个朝代，却始终没有能谋得一官半职。村民的这些恭维话，正中下怀，他每次听了，可以洋洋得意一阵子。[1]

熊惠有了钱，盖了书房，决心好好培养自己的两个儿子。[2] 他延请南昌的饱学鸿儒，在"惠风和畅室"中教他们经史子集，以期将来功名及第，荣宗耀祖。他的表弟梅启照和梅启熙，一位是咸丰二年（1852）翰林，另一位是同治二年（1863）翰林，有"一门两进士"之誉。梅启熙曾任江南道监察御史，梅启照先后任浙江巡抚、兵部右侍郎、东河总督等要职。兄弟俩每年总要回乡省亲扫墓。他们的老家在梅家巷，离蔡家坊才十来里路，所以会专程来探望一下姑母，即熊惠的母亲。毫无疑问，亲戚里出了这么两位显赫的朝廷大员，人人羡慕。熊惠盼着自己的两个儿子能效仿表叔，发奋努力，日后也功成名就，为熊家添个光彩。他欢迎梅氏兄弟的来访，也希望能借机鞭策儿子，促使他们用功上进。

可惜，他的两个儿子淡于功名荣禄，根本没有经民济世的远大抱负。大公子允瑄天性聪明，精于理财致富之道，每次谈到买卖经营，他就神采飞扬；但是，一谈到《大学》《中庸》，他就感觉头疼。后来他索性弃文从商，每年出远门去做生意，深秋时满载而归。但他带回来的不是金银货币，而是各处的廉价土产，所以熊家从不短缺南北干货。那些罕见罕用的废物，堆积在家，过了几年，只好送人或者干脆扔了。熊惠见允瑄不是个读书料，生性如此，也不便勉强，于是寄希望于二公子允瑜。允瑜爱看书，手不释卷，但他酷爱的是三教九流、星相百家之类的杂书，对孔孟之学和儒家经典绝无兴趣。他爱书法，但不愿循规蹈矩，不肯去研习科举必需的颜柳欧褚楷书。他精心琢磨钟鼎，发古思幽，或临摹狂草，抒发个性。梅启照的馆阁体楷书秀丽

---

[1] 熊式一：《熊式一家珍之一》，《天风月刊》，创刊号（1952），页57。
[2] 熊惠还有一个女儿，其夫婿姓李，家境富裕。他们夫妇俩有一个独生儿子。可惜那儿子游手好闲，挥霍无度，还常常来舅舅熊允瑄家要钱。多年后，他居然改邪归正，曾经在农专认真工作了一段时间。Hsiung, "Memoirs," pp. 17–18.

工整,他见允瑜天资聪颖,极力夸奖,专门写了一部寸楷千字文,让他摩习。熊惠如获至宝,刊印了一大箱,分送给亲友,余下的半箱,结果全都被允瑜用来揩煤油灯罩和杂件,当作废纸给糟蹋了。允瑜向往自由,不甘束缚。每次表叔来访,别人都想法恭维巴结,他却总是找个借口,设法走开,避不见面。有一次躲避不及,索性在书房后间的睡椅上躺着假装睡熟了。不用说,熊惠心里有数,他的两个儿子也就没有去参加童试。[1]

允瑄和允瑜性格迥异,就像白天和黑夜。一个精明、勤俭、务实;另一个悠闲、阔绰、豪爽。熊惠去世时,家产很多,两兄弟承继下来,各分到一栋房子,彼此紧挨着住。允瑄像当年他父亲那样,出远门做贸易,家里的资财一年比一年多;允瑜是个乐天派,是个"胡天胡帝的浪漫主义者",从来无心去顾念家务。[2]他对贸易毫无兴趣,可每年也学着哥哥出门做一趟生意。他对钱财十分达观,他认为,卖东西超过成本价,就是"地地道道的欺骗"。他每次听到允瑄与别的做小本买卖的生意人争论价钱,就会大发脾气,觉得这是对弱势群体的不公和剥削。他常常带了一大笔钱出门做生意,回来时两手空空。对他来说,出门经商实在是为了到外面混混,住上几个月,名正言顺地变卖一部分家产。他的儿子式一多年后这么总结道:父亲出远门做生意纯粹是"为了享受生活,为了多花点钱"而已,他应该被誉为"中国第一位旅行家"。[3]允瑜不爱与富人和绅士为友,结交的大都是不登大雅之堂的村民,一帮子吃喝嫖赌、抽烟酗酒之徒。他出手大方,挥霍无度,家里的钱财很快耗去,结果不得不变卖地产。

允瑜过世的时候,式一还不满三岁。他敬慕父亲,他说:"我从心底尊崇父亲。我真希望能有更多的材料,写一本关于他的书。"[4]

不过,以"敬慕"两个字,还不能准确概括他对父亲的感情。真正吸引他的,其实是父亲那崇尚自由、无所畏惧、爱憎分明的个性。

---

[1] 熊式一:《熊式一家珍之一》,《天风月刊》,创刊号(1952),页57—58。
[2] 熊式一:《我的母亲》,手稿,熊氏家族藏,页3。
[3] Hsiung, "Memoirs," p. 13.
[4] 同上。

在他后来创作的小说《天桥》中，式一把允瑜的一些"可爱的特性"写进了李刚这一人物中。小说中，李明和李刚是兄弟俩，他们与原型允瑄和允瑜有许多明显的相似之处。下面关于李刚的细节，显然是基于式一听到的有关他父亲的真实故事。一天，全村的人都拥去秀才的家，把菩萨也抬了去，鸣锣聚众，要宰他的猪、分他的粮，因为大家发现他造假账，贪污挪用公款。李刚得到消息，拔腿赶去，帮着为秀才解围：

> "各位尊长，各位兄弟，请大家听我讲几句话。"
> 大家不知道他有什么事要说，都呆呆地望着他。
> "我们的秀才先生经管祭祀会的银钱账目，出了毛病。各位查出来了，他的账目有一点儿不清不楚。对不对？我要请问各位：我们李家庄上，有几位秀才呀？天上没有掉下来，地上没有长出来，我们就只有这么一位秀才先生啦！秀才先生可以耕田吗？秀才先生可以种地吗？秀才先生可以舂谷吗？秀才先生可以舂米吗？秀才先生可以挑担吗？秀才先生可以推车吗？秀才先生上有老母，下有妻儿子女，一大家人，他既不能耕田种地，舂谷舂米，挑担推车，只能经管祭祀会的银钱账目，他要是再不吃铜打夹账，他一大家人只有吃西北风，难得你们各位要看着他们一个个都饿死吗？"[1]

村里的农民都尊敬李刚，觉得他说的有道理，大家也知道李刚与秀才素无往来，绝不是有意偏袒而编造出这么一套话的，于是他们自觉做得太过分了。在李刚劝说下，众人纷纷散去，神轿也给抬回了祠堂。秀才和家小先已逃之夭夭，其老母亲躲在厨房后，这一下战战兢兢走了出来，想叩谢李刚的救命之恩，可李刚早已陪着大家离去了。

式一的父亲桀骜不驯，偶尔还喜欢戏弄调侃一番。式一叙述的下

---

[1] 熊式一：《天桥》（台北：正中书局，2003），页73。

面这故事，足以表现他父亲天不怕、地不怕的性格。当地的村民都信奉杨泗将军，那是驱妖降魔的神灵，谁家有了生病的，就会去祈求杨泗将军四出采药救治。于是，四个人抬着轿子，沿着大街，挨家挨户地找这种灵丹妙药。村民看到轿子来了，赶紧把门打开，拿出各种好吃好喝的东西，问菩萨："这是不是救命的灵药？"如果不是，轿杠在门柱上撞一下；如果是的，轿杠在门柱上撞两下。一般总要闹上一两天才罢休。式一写道，他父亲不信菩萨，见轿子来了，通常大门紧闭，不予理睬。可有一次，他突然一反常态，放鞭炮欢迎杨泗将军。他先拿出这样那样的东西，前前后后都试过了，但轿杠总是撞一下。

  家父笑嘻嘻地由房内拿出一个瓷罐子来，说："我晓得泗将军一定要我这个瓷罐子里的妙药！"果然轿杠在门柱上撞了两下，大家齐声喝彩，家父叫人快拿黄纸来，小小心心地倒出一点点药粉，包好交给轿夫。村中不知多少人都围着看，看这位素来不信菩萨的人如此能改过。轿夫刚要转轿回去，家父大声叫道："可是我得告诉泗将军，这是我孩子拍屁股的国丹，谁吃了谁准会送命的！"从此以后，杨泗将军的轿子再不走我们家的门前过了。[1]

  允瑜不放债，但有谁向他借钱，他从不拒绝，而且不指望别人会还。他妻子偶尔会提醒他借钱要谨慎，可他照样我行我素。有一回，村上一个出名的无赖找上门来，说要替他的母亲办丧事，急需一笔钱。那数字很大，允瑜竟一口答应了。他妻子提醒他说，那笔钱其实是不该借的，将来恐怕是收不回来了。允瑜听了，毫不奇怪，回答说："当然不会还！他要是打算还，那何必借我们的钱？借这么大的数目？外边放债为生的人很多，他都认识，他为什么专挑我从不放债的人借钱呀！"允瑜把这看成一件善事。他的妻子贤惠随和，听他这么一说，就再没有提这事。[2]

---

[1] 熊式一：《熊式一家珍之一》，《天风月刊》，创刊号（1952），页58—59。
[2] 同上注，页59。

允瑜为人慷慨大方，广结善缘，最后居然因此而意外获得救赎。村上最大的一家茶馆在大路旁边，一天，远乡来了一批人，在那里喝碗茶，歇歇脚。允瑜路过，看见其中一个人躺在竹床上，头破血流、遍体鳞伤，于是便上去打听原委。原来他们是去省城打官司，那原告要求彻底治伤和索赔，而被告不肯出这钱，也没有这钱。原告和被告各执一词，双方都带了一大批证人跟着去打官司。允瑜听了，笑着说，为这事打官司，不值。这么一场官司，起码拖上半年一年的，最后谁输谁赢，任何人都无法预料。"算了吧，你们都回家去，治疗养伤费归我拿给你。"这批外乡人一听，个个心服口服，千恩万谢地转身回去了。[1]

可是，茶馆的老板却气得两眼发直，七窍生烟。这么一大批远客，要是打官司，他们进城出城都会在他店里歇脚，半年多下来，他可以赚不少钱。允瑜这么一插手，这一大笔稳拿的钱财瞬间全落空了。他恶狠狠地诅咒："嘿！他这样救济别人，再加上自己胡花乱用，抽烟喝酒，马上快要别人救济他了！"[2]

这诅咒还真灵验了，不过其效果恰恰相反。式一是这么描述的：

> 我们村中的人大都和家父好，马上就把这个消息传开了。传到家父耳朵里的时候，他正躺在书房炕床上抽烟。他不听则已，一听之后，怒气冲天——被人骂最伤心时是骂对了——跳起身来，把烟盘连烟灯、烟枪，使劲向窗户外一掷，从此再不抽烟了。别人戒烟要吃药或找医生打针，他只是这一次一横心，什么都不要了。嗣后他身体日见强健，一年之内发胖到不能穿旧衣了。在他去世的时候，房屋也保留着了。[3]

---

[1] 熊式一：《熊式一家珍之一》，《天风月刊》，创刊号（1952），页59。
[2] 同上。
[3] 同上。

式一钦佩父亲的坚韧毅力，吹嘘说，父亲去世之前成功戒了烟，而他的伯伯却一辈子都没有能戒掉。他甚至开玩笑说，牛津大学的PPE专业，即政治哲学经济专业，要是颁发名誉学位的话，当年第一个轮到的应该就是他父亲了。[1] 有其父，必有其子。式一后来也学着戒烟，结果立竿见影。"我想到父亲能不求医，把一辈子的抽烟习惯改掉，就觉得自己应当争气，马上停止吸烟。"式一常常劝别人效法自己，要向他的父亲学习。"其实只要有一点点自制力就行了。"[2]

* * *

允瑄和允瑜都成了亲，有自己的家小。允瑄生了四个女儿，两个儿子，大女儿幼年时不幸夭折。允瑜有三个女儿，两个儿子。他们两家各自住在自己的房子里，紧挨在一起。熊惠去世之后，这两个"双胞胎家庭"和睦相处，亲如一家。事实上，这十一个孩子，像孪生兄弟姐妹一样的排行。式一是所有这些孩子中最小的一个，他的哥哥镜心排行第八，他的三个姐姐——棣华、瑄华、韫华——分别排行第四、第七、第十。[3] 式一的名字表示"式式"，也就是排行十一。他比韫华小十岁，比棣华小二十七岁。[4]

---

[1] 熊式一：《熊式一家珍之一》，《天风月刊》，创刊号（1952），页53。
[2] Hsiung, "Memoirs," p. 23.
[3] 熊式一在回忆录中明确说明，他哥哥的名字是"Shih-shou"；但据他哥哥的儿子熊葆菽称，其父亲的名字应当是"熊镜心"。很可能两者都是正确的，其中一个是名，另一个是字。见熊葆菽：《熊家小传》，手稿，2020年1月；Hsiung, "Memoirs," p. 11.
[4] 熊式一的名字，有几种谐音的变体写法，他比较常用的是"适逸""式式"和"拾遗"。据台湾文化大学王士仪教授回忆，熊式一晚年时，一些台湾的老朋友还给他建议过一个新的谐音名字，即"十易"，暗喻他的人生坎坷、经历丰富。

第二章　天才演员

1902年11月13日,光绪二十八年,壬寅年十月十四,熊式一在南昌周氏家呱呱坠地。

母亲周砥平,号励吾,当时已经四十二岁。周家在当地也算是个殷实的大户人家。砥平的父母过世之后,房产由她的哥哥雨农继承。他们家的主楼相当宽敞气派,对面是一座小房子,有两间卧室。砥平分娩前搬去娘家,熊式一就在那小房子里出生。住了一阵之后,母子俩又搬回蔡家坊。

周家只有雨农和砥平两个孩子。当时实行科举制度,要是能功名及第,一定前程似锦,出人头地。做父母的,都希望自己的孩子榜上有名、光宗耀祖。雨农小时候,家里专门为他请了一位私塾教师。砥平年岁稍小,就坐在旁边陪着。没过多久,他们惊讶地发现,砥平天资聪颖,雨农则生性驽钝,很少长进。家里决定不再让砥平进教室,他们认为,如果男女同窗,男生的智力会大打折扣,他们会变得愚笨。再说,砥平上学读书其实也没必要,因为女孩子是不允许参加科举考试的。从此,砥平只能偷偷自学。她居然无师自通,学识相当不错。与此同时,雨农虽然摆脱了妹妹的干扰,但并没有像父母所期盼的那样突飞猛进。他顺利通过了乡试,考取秀才,但卡在了会试这一关。他不甘失败,努力多年,反复考了好几次,却无奈一次又一次地落榜,人都变得迂腐了,总是一副心不在焉的神态。最后,他不得不认命,自己与举人无缘,只好教教亲友和附近乡邻的孩童。

中国的儒家传统重男轻女,由于女子长大后要出嫁,为他人生育繁衍后代，自小被视为外人。她们通常得不到足够的教育，家里不愿在她们身上花太多的学费。此外，女子无才便是德，智力低下并非缺点，她们依赖丈夫，唯唯诺诺，靠丈夫提供经济、生活、社会方面的帮助。

周砥平与同时代的大部分女性不同。她是千金出身，个子不高、皮肤白皙。她嫁到熊家之后，相夫教子，勤奋操持，是个贤内助。乡里人都称她是"熊家坊的第一碗菜"，这是当地比较平民化的一句土话，意思是头号美女，相当于"村花"。[1]丈夫过世之后，家里大大小小的事，全靠她一个人顶了下来。前面提到过，熊允瑜去世前，家里的田产都让他经营得差不多了。当时家里剩余的租谷，仅仅够用到年底。砥平只好在除夕时，自己去扫仓，勉强挨过了年关。至于第二年正月到七月收成之间是如何度过的，熊式一说："那只好看看她老人家脑盖上那几条困苦却含着忍耐的皱纹，便可以略知一二了。"[2]周砥平经常告诫孩子们："家运的兴衰，并不是专靠在外面赚大钱的！"[3]她继续经营公公未竟的店业。在她看来，开店操业，并不一定非得轰轰烈烈，关键是要方便顾客，能吸引顾客。她熟悉典当行使用的苏州码子，村民常常带着当票来找她，请她解释上面写的内容，包括当本和利息。后来，她索性自己开当铺。公公当年经营当铺时亏损了不少钱，她却管理得法，收入稳定。此外，她还为村民提供医疗诊治。她自学过《本草纲目》，还会诊脉，所以村民有了病就来找她，请她诊断开方。对家境富裕的，她收费低廉，至于穷苦人家，则完全免费。用熊式一的话来说，那是地地道道的"慈善行为"。[4]村民对此感恩戴德，称她为"救命恩人"或者"观世音菩萨"。[5]她赢得了村民普遍的尊敬和爱戴，凭借自己的文化知识、经济头脑、社交能力，成功地把一些居心叵测的"豺狼"拒之门外。她不仅把五个孩子都抚养长大，还用

---

[1] 熊式一：《我的母亲》，手稿，熊氏家族藏，页2。
[2] 同上。
[3] 同上。
[4] Hsiung, "Memoirs," p. 28.
[5] Ibid.

积蓄买回了一些田产。[1]

熊式一敬重母亲。父亲去世后，母亲含辛茹苦，亲自将他培育成人。更重要的是，母亲的言行影响了他的思想和性格的形成。在他的心目中，母亲是"慈母"兼"严师"。他咿呀学语时，母亲便开始教他学中文。到三四岁的时候，他已经掌握了三千多汉字。他们家房子后面的书房改成了私塾，母亲在那里为熊式一和村邻幼童教授国文经典。在他的记忆中，母亲是"一位慈祥和蔼的老太太，穿着比她的时代还要退后二三十年的衣服"。她授课的时候，"桌上右手边总放着一根长而且厚的竹板"。[2]一年四季，除了个别主要节日以外，熊式一每天的晨课是练习书法，然后诵读并熟记一段课文内容。中午休息之前，他必须在母亲面前流利地背诵这段内容，要只字不差；下午也同样如此，学习和背诵新的一段课文。在结束一天的功课前，他得复诵当天学过的所有内容。学完整个章节后，他得复诵整个章节的内容。同样，学完整本书之后，他必须从第一页到最后一页背得滚瓜烂熟。如果有什么地方卡住了，哪怕是几分之一秒，他母亲就会严厉地把书扔给他，让他去继续用功。按现代的标准看，这种传统的教育方法似乎过于苛刻，近乎残忍，但熊式一却绝无怨言。在"回忆录"中，他说自己因此"获益匪浅"："即使今天年近八十了，我还能大体记得在我看来世界上最重要的作品中最重要的部分。"[3]他在国文经典方面的扎实基础，全部归功于慈母的厚爱和精心培育。

熊式一是个天生的演员。他开始学步的时候，母亲就喜欢让他在客厅里为客人展示他的禀赋才华。表演的道具，是一只小木柜，外加一张小凳。小木柜里边放着许多小包包，每包有50个汉字。熊式一在小凳上坐下，拿出一只小包，一个接着一个地识字并解释。渐渐地，他认识的汉字越来越多，小木柜里边的包包也多了不少，但他不厌其烦，照样一个接一个地识字，炫耀自己的才能。熊式一自豪地夸耀：

---

[1] Hsiung, "Memoirs," p. 28.
[2] 熊式一：《我的母亲》，手稿，熊氏家族藏，页2、6。
[3] Hsiung, "Memoirs," p. 29.

"那是表演啊！"[1]这些都是在他四岁前的事。他这么招待客人，不光是才艺表演，还是在为母亲争光，宣传她教子有方。等到他掌握的汉字多达三四千时，表演的时间太长了，客人渐渐地感觉乏味，如坐针毡，但出于礼貌，还是耐心听着。有时候，他们实在憋不住了，便大声夸奖，"赞不绝口"，说这孩子了不起，是个"天才"，演出也就只好到此结束。[2]

偶尔，母亲也会让儿子急速刹车，停止表演。一天，母亲教他学习《论语》中的一段，他读了三四遍后，已熟记在心。于是，他到母亲面前，流畅地背了出来。母亲一听，相当满意，告诉他说上午的功课完成了，可以出去玩了。熊式一听到这话，心花怒放，朝教室外冲出去，一路上尖声高叫："老子自由啦！"他母亲听了，大吃一惊，马上把他叫回来。一个有家教的孩子，绝不能讲粗话，绝不能狂妄地自称"老子"。熊式一为此受到了惩罚：在母亲的桌子前跪着，一直跪到午休。那天上午，他丢了脸面，也没有享受到自由，但他得到了教训，并因此终生获益。他从此再不会去恶意诅咒或者得意自狂。[3]

* * *

20世纪初期，中国处于十字路口。两次鸦片战争、甲午战争、义和团运动，加上八国联军侵华，中国一次又一次地蒙受战败的耻辱，被迫割地并负担巨额赔款。内忧外患之下，国内要求改革体制、变革维新的呼声日渐高涨。广大的学者、官员，甚至皇帝，都认识到"旧的帝制已经彻底过时"，难以应对现代的挑战，政府"必须考虑外交关系和工业化方面的新问题，并相应地使其结构现代化"。[4]1898年6月11日，光绪帝颁发"明定国是"诏，开始维新运动，推行君主立宪制，

---

[1] Hsiung, "Memoirs," p. 29.
[2] Ibid.
[3] Ibid., p. 31.
[4] Immanuel C. Y. Hsu, *The Rise of Modern China* (New York: Oxford University Press, 2000), p. 372.

进行变法维新。

中国要强盛，必须实行新政，必须"改变以自强"。[1]1901年，清政府又一次开始大规模变革，涉及政治、经济、行政、军事、司法、文教等各个领域。1905年，废除了延续千年、通向仕宦之路的科举制度，代之以现代的教育制度，设立小学堂、中学堂、高学堂，开设历史、物理、化学、地理、外文等多种科目。1905年成立的总管教育事务的学部公布法令，强调普及教育的重要性，以及学龄儿童上学的必要性。清政府还命令各省督抚选拔派遣学生出国留学。

戊戌维新运动的兴起，影响了江西的思想文化界，也促进了大批新式学堂的涌现，拉开了江西近代教育的序幕。1902年，江西大学堂在南昌进贤门内书院街成立，开设中文、历史、地理、外语、体操、植物等课程。短短的几年内，南昌开办了一系列开展专科训练的学堂，如武备学堂、江西医学堂、江西实业学堂、江西初级师范学堂、江西省法政学堂、江西女子蚕桑学堂、江西女子师范学堂等。除了公立学堂外，私立学堂也迅速发展起来。同时，江西政府派遣大批留学生出国，自1904年到1908年，近三百名学生去日本留学，另外还有留欧美的学生。这些留学生归国后，宣传进步思想，创办各种学堂，传播文化科学知识。[2]

1903年4月间，南昌一些学校的师生自发组织成立易知社，以期推翻清朝政府。他们以"倡和诗文"为掩护，暗中进行革命活动。为了掩人耳目，特别是防止政府密探，他们在1905年开办了一所女子学校，名为"义务女校"，招收十岁左右的女孩免费入学，设小学初、高级两班。后来又增加了师范班、美术班和职业班，寒暑假还举办音乐和体育传习所。义务女校的校长是虞维煦，担任江西陆军测绘学堂教官，又受聘于江西省立实业专门学堂，他把薪金全部捐出，贴补义务女校的经费开支。[3]

---

[1] Immanuel C. Y. Hsu, *The Rise of Modern China* (New York: Oxford University Press, 2000), p. 372.
[2] 陈文华、陈荣华：《江西通史》（南昌：江西人民出版社，1999），页696—698。
[3] 王迪谞：《记蔡敬襄及其事业》，载南昌市文史资料研究委员会编：《南昌文史资料》（南昌：南昌市文史资料研究委员会，1984），第2辑，页65—66。

经熊世绩的介绍，周砥平认识了虞维煦。熊世绩是熊式一的堂哥，排行第五，从东京帝国大学留学毕业，不久前刚回国。一天，他带着虞维煦和其他几个青年朋友来熊家拜访。他们志同道合，个个意气风发，一头短发，身穿新式制服，而不是长衫长辫。他们在私塾看过周砥平教课，虞维煦表示非常满意，邀请她去义务女校任教。

女校在洪恩桥席公祠内，熊式一和母亲一起搬去住校内。因为是女校，男孩在里面走动不方便，所以熊式一平日只好待在自己的房间里。一个学期过去了，虞校长同意让他偶尔出房间走走，但不准进任何教室。

熊式一对女校对面大街上的电灯深深着迷。它怎么会突然变亮？那诱人的魅力到底是哪里来的？这些问题他久思不得其解。既然现在可以出房门走动了，他想做的第一件事就是去仔细观察，找出这闪闪发亮的电灯背后的秘密。傍晚，他站在大门旁，紧紧盯着路灯，等了很久很久。他感到有点倦了，视线稍稍移开了一点，可就在那一瞬间，路灯突然亮了。他没有放弃，第二天晚上再尝试，但又是同样的结果。他还是坚持不放弃，后来终于捕捉到了路灯闪亮的那一刻。然而，他并没有获得愉悦的感觉，相反，他觉得"大失所望"。他发现那电灯并没有什么真正能令人怦然心动之处，"其实根本就没什么意思"。[1] 那可能是他第一次窥探和品尝戏剧表现的秘密与效果。舞台上那些精彩的景观表象，对制作表演者来说可能十分简单，不足为奇，但关键是它们那绚丽夺目的一刻，足以打动观众的心。

义务女校为女孩子提供教育机会，提高了地方上妇女的知识水平和社会地位。六岁的熊式一见证了教育的力量，目睹了它为女孩子带来的变化。他回忆说，熊世绩伴着虞校长来访之后，熊家所有的女孩"都开始认真学习"。他们家有三个女孩上义务女校：他的姐姐琯华和韫华，还有堂姐煦华。他看见虞校长的夫人也在高级班学习，她的年纪比班上其他同学都大得多。期末，墙上公布学生的成绩，琯华和煦华在高级班总是排名第一和第二，韫华在初级班名列前茅。文化教育

---

[1] Hsiung, "Memoirs," p. 33.

为这些年轻人奠定了人生的坚实基础。几年之后，两个姐姐都报名参加公试，韫华考第一名，琯华第三名，结果两人一起去日本公费留学。琯华在东京国立女子师范大学读数学专业，韫华学习体育专业。琯华归国后，一生致力于教育事业，曾经任南昌女中校长，还在当地先后创办义童学校和完全小学，担任校长，桃李芬芳遍天下。[1]熊式一曾骄傲地宣称："南昌市的妇女教育辛亥革命前始于我家。"[2]

* * *

1910年夏，虞维煦突然病逝。噩耗传来，人人震惊不已。义务女校失去了中流砥柱，且经费无着，陷于停顿状态，可能因此被迫关闭。

熊式一的母亲为了维持生计，只好另找工作。不久，南昌城里一户姓万的人家延请她去为两个女儿教习国文。他们住在一栋著名的民居中，有院子、大厅，家人、教师、仆人都各有自己的卧房。熊式一平生首次进入豪宅大院，目睹了富人的生活。周砥平每月薪俸为一万文，妇女能得到如此高的薪资，在当时可谓闻所未闻。他们抵达万家的那天，主人专门设宴，周砥平坐上座，旁边是熊式一，两个女学生遵命上前，恭恭敬敬地下跪，脑袋轻磕地上九次，行了拜师礼。熊式一有生以来第一次经历如此繁缛的礼节。那场景深深印在了他的脑海之中，后来在他的小说《天桥》里，也做了相关的描述。

他们母子俩在城里万家住了大约一年光景。周砥平利用授课之余，继续督促教育自己的儿子。

1911年一个炎热的夏晚，他们在万家的大院里乘凉，黑色的夜空中一道彗星闪过，带着扫帚似的尾巴。好一派壮观的景象！但是，当地不少人都觉得那是不祥之兆。万家的老太太惶惶不可终日，认定扫帚星横空，地上必然战祸兵乱或者改朝换代。她甚至断言，过不了多久，大家都得逃离，去乡下避难。

---

[1] 熊葆菽访谈，2010年6月29日；熊葆菽：《熊家小传》，手稿，2020年1月。
[2] Hsiung, "Memoirs," p. 33；熊志安访谈，2010年6月29日。

人们如此焦虑，并非空穴来风。1905年以来，社会动乱，江西各地抢米、抗捐、暴动事件接连不断，武装起义、革命组织、新思想刊物层出不穷。[1]全国范围内，立宪请愿的呼声日渐高涨。各地开展立宪活动，组织赴京请愿代表团，要求尽快召开国会，组成内阁。1910年底，南昌为此举行万人集会，京津等地的学生也都罢课响应。但清政府不愿彻底改革，迅速采取了镇压行动，立宪派的请愿国会运动受挫。[2]不难想象，公众感到愤怒和沮丧，许多人对政府的幻想破灭，转向革命行动。

　　那年夏天，周砥平送熊式一去省立模范小学读书。那里的学生分为初、高等两级，熊式一被分在初等班。他在班上年纪最小，个子也最矮小，其他同学个个又高又壮。有个叫黄隼（音）的，是班上的孩子王，他性格很好，而且绝顶聪明、成绩拔尖，大家都佩服他、听他的。但熊式一的出现，无意中颠覆了他的权威地位。

　　熊式一从来没有上过公立学校，做梦都没想到学校里会有那么多科目：音乐、美术、图画、手工、体操，还有历史、地理、国文、算术、自然等等。他最喜欢的是算术课，但国学经典课相当枯燥无味，因为那些内容他早已经学过了。一天，他上课时走神，老师点了他的名字。他索性利用那难得的机会露一手，出出风头，今后谁都不要再小看他。下面是他惟妙惟肖的描述，生动再现了他的才智、机敏、活力。

　　　　"熊式一，你在听我讲课吗？"
　　　　"是的，先生，我在听。"
　　　　"你知道我在讲什么？"
　　　　"是的，先生，我知道！"这其实是半真半假。我知道他在教《论语》，但说实在的，我不知道他那天讲课讲到了哪里，在教什么。
　　　　"好！"他嘲讽地说。"我以为你在看窗外的小鸟，没有在听我。"

---

[1] 陈文华、陈荣华：《江西通史》（南昌：江西人民出版社，1999），页710—724。
[2] 同上书，页724—727。

全班同学哄堂大笑。本来死气沉沉的课，突然获得这么戏剧性的效果，老师十分得意。他温和但严厉地继续道：

"接下来，你给大家看看你已经掌握的学过的内容，把我教过的章节朗诵一下。"

"好，先生。你要我从哪里开始？"

"随便你！"他以为我在拖时间，"只要你学过的，已经掌握的，都行。"

"但我整本书都知道啊，先生。"

又是一阵大笑！同学们都以为我故意胡说八道，想拖延时间。他们在等着看好戏。

"别吹牛！别再磨蹭了！快开始吧！你要是真知道整本书的话，就从头开始吧。"

到处都是咯咯的笑声，老师不得不大声制止。

"大家安静下来！熊式一自称掌握了整部《论语》，现在让他从第一篇《学而》开始！"

教室里，每一对眼睛都盯着我。大显身手的机会来了！我母亲可没有白白地培养我。我把书合上，开始飞快流利地哗哗背诵。句子与句子之间、章与章之间、篇与篇之间，我故意不作任何停顿，这是我每天的功课，太容易了！

我肯定做过分了。我发现自己都刹不住了，只能洋洋得意地哗哗背个不停，其实我眼睛在看着教室窗子外那群叽叽喳喳互相打架调情的麻雀。突然间，老师大声叫道："停下，停下！够了，足够了！你已经远远超出我们学习的范围。你一定是在家里学过《论语》了。是谁教你的？"

"是家慈，先生。"那属于文雅的谦辞，"家慈"等于现代普通话的"母亲"，"家严"则表示"父亲"。

"令堂学问渊博。"老师称谓我母亲时也使用了文雅的敬语。"其中每个古字，特别是那些异体或者假借的字，你都掌握了，而且发音正确。还有，你记忆力很强。熊式一，你坐下吧。"

他转向另一个学生，说：

"黄隼,你有没有学会熊式一刚才背的内容?你总是说我们进度太快;你现在怎么说啊?"

"先生,我还是说进度太快。"全班又一次哄堂大笑。老师让大家安静下来。黄隼继续说道:

"熊式一背得太快,我们都跟不上。我跟不上!你们跟得上吗?"他问大家。

许多人见他如此大胆直率,又笑了起来,表示赞同。有些不同意,但他们只是少数。国学经典课向来枯燥乏味,这次却变得生动活跃。到处议论纷纷,教室变成了茶馆,人人都在随意地大声说话。[1]

熊式一事后有点后悔,他这么一番表演,出了风头,结果却引火烧身。班上为此闹得不可开交,以至于校长亲自出面干预,好几个调皮捣蛋的学生受到处分。他得到老师的表扬和赞美,赢得了许多同学的尊敬,同时也招来其他人的嫉妒和仇视。这件事成为新闻,轰动一时。但熊式一内心难免歉疚,因为他肇事影响了正常上课。他母亲也暗暗担忧,怕他与其他孩子疏远了关系,不能合群。

说来凑巧,一个意外的机会帮助熊式一摆脱了困境。表叔梅则肇(音)来探访他母亲。梅则肇在筹办集知小学,他想让熊式一转去那所学校。他答应说,会让熊式一担任初级班的学生代表,学校开学大典时,让他代表初级班发言。这机会实在太诱人了,周砥平当即欣然应允。

开学典礼那天,熊式一做了一场鼓舞人心的讲演,主题援引《论语·为政》:"吾十有五而志于学。"他告诉大家,他的雄心壮志不是读书,"是参加海军";他的愿望不是游览世界,是"与日本抗争,把海战中失去的领土从邻国那里夺回来"。[2] 这场全校性的讲演,对熊式一来说,是个巨大的进步,它远远超过了在客厅里的认字表演或者课堂

---

[1] Hsiung, "Memoirs," pp. 40–42.

[2] Ibid., p. 44.

上背诵《论语》。他的才华得到了公认和嘉奖。南昌知府亲临开学盛典,为他颁发了一枚银质奖章。

没人比他的母亲更快乐了。她的五个孩子,四个已经先后成了家,熊式一年纪最小,无疑最优秀,前途无量。她悉心培养熊式一,十年如一日,让他"经书暇日,子史须通"。她心头有个"愿望",要亲眼看着熊式一参加乡试、会试、殿试,功成名就,报效祖国。1905年,清政府宣布废除科举时,她感觉失望、极度惆怅。集知小学似乎又燃起了她心底的希望,她成了"最幸福的女人"。据公开消息称,"小学毕业可授予'秀才';中学毕业'举人';完成大学学业的获'贡士'或'进士'称号"〔1〕。梅则肇那三项"诱人的许诺",两项很快兑现了:熊式一担任初级班的学生代表;在开学大典发言并获得一枚银质奖章。现在还剩第三项,也是最重要的许诺:他身穿青色的长衫,帽子上戴着飞禽纽饰,也就是说,再过几年,从小学毕业,获得一个"秀才"名号。

不幸的是,1911年10月10日武昌起义爆发,彻底粉碎了母亲对儿子状元及第、官拜翰林的厚望。1912年1月1日,中华民国正式宣告成立,孙中山任临时大总统,开始了现代中国的新篇章。宣统皇帝被迫退位,千百年的封建制度就此终结,通往财富、名望、荣誉的传统之路被永久阻绝,周砥平寄予儿子身上的希望和梦想也彻底破灭了。熊式一为之不胜感慨:幼帝逊位固然可怜,但母亲觉得自己的儿子更为可惜,本来十拿九稳的功名从此永远无缘了。〔2〕

母子俩搬回蔡家坊,在自己的家里住了几个月。其间,熊式一的伯父允瑄去世了,他的两个儿子负责料理后事,安排了隆重的丧葬仪式。他们在家守丧,七七四十九天,身穿白色孝服,不准理发,足不出户。几年前,熊式一的父亲去世时,他才三岁,年纪太轻,还不能完全理解死亡的含义。现在,他伯父去世的这一刻,国家正发生巨大的历史变革,从封建王朝转向现代共和,他在经历儒家孝道祭奠礼仪的同时,隐隐领悟到民族文化传承的责任,也感受到恢弘的古典历史传统的重负。

---

〔1〕 Hsiung, "Memoirs," p. 44.
〔2〕 Ibid.

崭露才华

1911—1932

第三章　现代教育

经由姐姐的安排,熊式一转学去义务女校。

义务女校的校长是蔡敬襄。其祖父蔡遴元是举人,担任过清江县学训导和万安县学教谕,其父亲是国学生。蔡敬襄,字蔚挺,江西新建县人,1877年生。他毕业于上海龙门师范学校,后来回南昌,参加易知社,并帮助经营义务女校。1910年夏,虞维煦校长病逝,义校处于生死存亡之际。蔡敬襄挺身而出,矢志保学:"只要女校能够保存,我虽死不足惜!"他用利刃斩断左手无名指,用鲜血在白绢上写下铿锵誓词:"断指血书,保存女校。"南昌全城为之震撼,江西各界人士纷纷解囊相助,南京、南通、青岛等地也有人捐款支援。义务女校得以幸存,蔡敬襄被共推任校长。义校声誉日增,加添了不少设备,课程和学生人数也有增加,不久又租了一所民房为分校。[1]

辛亥革命的爆发,唤醒了人们对外部世界探索了解的迫切愿望。受过西方教育的进步知识分子,大力鼓吹现代科学和民主,以此作为新社会的基础。以前日语流行,现在,年轻人多半在学英语、德语、法语。熊式一开始学英语,他和两个表哥一起,每天赶去南昌城北的基督教青年会的英文夜校上课,教课的都是外国老师。

学英语可不容易。二十六个字母,奇形怪状,每个字母有大小写之分,还有印刷体和草体的区别。相对而言,中文既容易学,也更

---

[1] 王迪諏:《记蔡敬襄及其事业》,载南昌市文史资料研究委员会编:《南昌文史资料》(南昌:南昌市文史资料研究委员会,1984),第2辑,页64、66—67。

有意思。第一堂课上，熊式一跟着老师念："B—A—，BA；B—E—，BE；B—I—，BI；B—O—，BO；B—U—，BU；B—Y—，BY！"读起来容易，也挺有趣，可他花了好几个星期，才总算掌握了这些字母的发音和书写。[1]最头痛的是英文文法。规则定理不计其数，厚厚的语法书上常常援引莎士比亚和弥尔顿（John Milton）的名言为例句，但他发现那些名作家常常自创一格，不遵守那些规则。实在令人费解！

一年之后，他好像入了门，可以看懂听懂一些基础英文了。为了提高自己的口语能力，他在南昌城里到处找外国人练习，那绝对是条捷径，又快又好。他胆子很大，从不害羞。不过，因为用词或表达不当，难免会碰到意想不到的尴尬场面。多年后，他津津有味地回忆下面这一幕时，好像还有点怀心。

> 一次在路上看见几个外国人跑到一家古董店买东西，我就跟进去了。古董店老板跟一个外国人讲话有些隔阂，我跑过去跟那人讲：What do you want?
>
> 那个英国女人觉得我非常无礼。我应该说 "May I help you？"，但那时候我还不知道。What do I want? 她说。她四处看看，看见一个大桌子。I want this table! I'm sure I want a good table! 我一看不对劲，赶紧走。[2]

学英文，入门容易，真要掌握，很难。几十年之后，熊式一已经在文坛声名卓越，但他坦率地承认，自己"讲英文时仍常常觉得略有困难，语言当中，不知出了多少文法上的小毛病"。自己的写作，常常是"乱七八糟，改了又改，难看极了"。他提醒朋友，英文是"一种最难学最不讲道理"的文字。[3]不过，学习英文无疑是他一生中最重要的决定之一。他睁开了双眼，看到了一个广袤、绚烂多彩的文化世界，

---

[1] 熊式一：《初习英文》，《香港文学》，第20期（1986），页78—79。
[2] Chien-kuo Chang, "Learn to Distinguish, Says Dramatist," *China Post*, ca. 1988.
[3] 熊式一：《后语》，载氏著：《大学教授》（台北：中国文化大学出版部，1989），页181。

他凭借英文能力，日后在世界舞台上赢得了文学声誉和国际名望。

＊　＊　＊

1914年，熊式一距小学毕业尚差一年，提前参加考试，考入了新成立不久的清华学校。

根据《辛丑条约》，清政府向外国政府支付巨额庚子赔款。1909年，美国决定将部分赔款用于中国的人才教育培养计划。清政府外务部决定，成立游美肄业馆，继而改名清华学堂，并择定皇家园林清华园为校址。1912年，学校改名为清华学校，分中学科四年和高等科四年，共计八年学制。学校从全国各省考选，考试科目包括国文、英文、历史、地理、算学。[1] 这些学童，个个聪颖好学、出类拔萃。熊式一参加考试那年，江西有一千多名学生参加考试，录取的才八个人。

清华学校的教育目标是培养留美预备生。学生在完成清华学校的学业后，转去美国大学，作为三年级学生继续深造。但是，建校更长远的目标是成为"造就中国领袖人才的试验学校"，这些留美学生将成为"中国的未来领袖"，帮助"改善我们困苦国家的命运"！[2] 在清华的八年预备生期间，他们除了学习功课知识，还要了解熟悉美国的社会、文化、政治方面的情况，为日后出洋做好准备。学校的教学、行政组织方面，均沿袭美国的制度，除国学外，所有课程均用英语讲授。布告栏、演讲辩论会、戏剧歌舞等，大半也是用英文，整所学校犹如一所美国学校搬到了清华园。[3]

清华时常邀请著名的学者来访问讲演。1914年11月5日，梁启超以"君子"为题发表演讲，他引述《易经》中的句子，"天行健，君子以自强不息"，"地势坤，君子以厚德载物"，以此勉励清华学子胸怀大

---

[1] 蔡孝敏：《清华大学史略》，载董鼐编：《清华大学》(台北：南京出版有限公司，1981)，页18—24。
[2] 清华大学校史编写组：《清华大学校史稿》(北京：中华书局，1981)，页26。
[3] 同上书，页27。

志、兼善天下。"自强不息,厚德载物"后来成为清华校训。[1]那可能是熊式一上清华之后参加的第一场最重要的演讲活动。

北平在南昌以北约1500公里处。熊式一首次负笈他乡,生活在历史古都,沉浸于清华校园现代又西方化的氛围之中。每天上午的科目,包括英文、作文、阅读、数学等,全是美国老师用英语教课;下午,是国文、历史、地理、音乐、国画、体操等。学校提倡体育,鼓励学生强健体魄。每天第二、三节课之间,安排十五分钟体操,下午4点,所有的学生必须去操场活动。[2]

清华的英文教科书是带彩色插图的《钱伯斯二十世纪英文读本》。第一年末,学完了三册课本,熊式一的英语水平有了相当程度的提升。他想找一本英语书看看。从前他听表姐夫提起过英国汉学家翟理斯（Herbert Giles）的英译名著《聊斋志异》,没想到自己凑巧找到了一本。他欣喜若狂！翟理斯的译本,选译了蒲松龄原作中一百六十四篇故事。熊式一早已读过中文原作,内容大致记得,所以可以直接阅读,不用对照原作。他对翟理斯的翻译水平佩服得五体投地,那"古雅的文言,译成和中文绝不相同的现代英语,用笔既传神又流畅,真不容易！"[3]。蒲松龄的生花妙笔,经由翟理斯的传神翻译,其中的狐仙恶魔和神灵妖精,活灵活现、栩栩如生,把熊式一引进了一个璀璨夺目的魔幻王国。

1916年,熊式一接到电报,称母亲病笃,便急速赶回南昌。不幸的是,他还没有抵家,母亲已经辞世。[4]他悲痛欲绝。母亲温柔婉约、坚韧刚毅,无私地将母爱献给自己的孩子。熊式一是家中幼子,母亲和他的三个姐姐都疼爱他。这些教育良好的女性影响了他心目中理想女性的形象和观念。在他的眼里,她们与男性一样,有能力,也有毅

---

[1] 蔡孝敏:《清华大学史略》,载董霨编:《清华大学》(台北:南京出版有限公司,1981),页39—41。
[2] 同上注,页44。
[3] 熊式一:《初习英文》,《香港文学》,第20期(1986),页79—80。
[4] 熊式一:《第十二届同学毕业纪念刊序》,载《清华书院第十二届毕业同学录》(香港:清华书院,1975),页4。

力。母亲成为他日后的作品中理想女性角色的原型。

熊式一遭遇母亲丧事，被迫辍学，留在了南昌。他在清华的同学继续学业，毕业后去美国深造。许多人后来成为著名的学者、科学家、政府官员。熊式一对清华情有独钟，一生以清华为傲。1960年代，他甚至在香港创办了一所清华书院，发扬其文商传统。

熊式一转学入省立第一中学。他失去了父母，孤苦伶仃。他经济拮据，忍受着贫困和羞辱的苦痛。为了省钱，他只好穿姐姐的旧鞋子，脚上那些女孩鞋子招来学校同学的嘲笑。他个子矮小，学校里有的同学欺负他，甚至有人夸口，倒着跑都能赢他。他在伯母家寄居了一年，然后搬到他在义务女校教书的姐姐家住。熊式一对伯母从未有好感。她曾经公然在母亲和其他几个人面前贬低熊式一，说这孩子将来是块"废料"。她信誓旦旦，说要是这预言有错，她可以"吃屎"。在她家寄宿的一年中，熊式一"承受了不尽的羞辱"，[1] 默默地挺过逆境和挑战。这一段经历和砥砺，坚定了他生存和奋发的意志，播下了坚韧不拔的种子。几年后，他重返家乡，在大学任教，他的伯母见了，毕恭毕敬的，完全变了个样。熊式一回忆道："我倒是应该感谢她当初那一番话。"[2]

上中学的那几年，熊式一去哥哥的书铺里当学徒，借机贪婪地大量阅读，读完了所有的书籍。他特别喜欢中国古典戏剧，其"风格和表现之美"，使他心驰神往。[3] 他从有关的书籍中获得了知识，也愈发自信。在讨论文学和中国戏曲时，他成熟的观点和精到的判断常常赢得人们的惊讶和钦佩。十五岁时，他在基督教青年会首次登台表演。他还喜欢电影，特别是好莱坞电影。所有这一切，都为他日后在戏剧领域的成功做了铺垫。

---

[1] Hsiung, "Memoirs," p. 16.
[2] Ibid.
[3] "Chinese Writes Better English Than English," *Times of Malaya*, June 24, 1935; 熊葆菽：《熊家小传》。另据熊式一自述，他的哥哥很小就去一家石油公司当学徒，所以没有接受很多教育，但哥哥刻苦自学，学了中国古典文史，还掌握了数学和一些英文。后来哥哥去赣州中华书局当代理人，经过多年努力，当上了赣州的商会主席。几个兄弟姐妹中，他哥哥最聪明，可惜英年早逝，见Hsiung, "Memoirs," p. 11.

青年时代的熊式一（图片来源：熊德荑）

* * *

1919年，熊式一中学毕业，考取国立北京高等师范学校英语部。其实，他当时对医学更有兴趣，北京协和医学院是他梦想的学校，那新近成立的医学院有先进的设备和现代的课程设置。但弃文从医意味着背离母亲要他成为文人学者的意愿。再说，医学院学费昂贵，令人却步。北京高师可以免学费，蔡敬襄慷慨解囊，给了他一些资助，熊式一再度负笈京城。

第一次世界大战在前一年刚结束，1919年战胜国在巴黎召开和平会议，签订不平等的《凡尔赛和约》，引起中国国内如火如荼的学生抗议活动，开始了历史性的五四运动。熊式一追述自己在京城卷入这场历史运动的往事如下：

我第一次看到紫禁城是1919年，我和几百个北京国立八大校的学生在天安门和午门中巨大的广场上，被困了好几个小时。我们在抗议巴黎和约,其中的"中国"条款,规定德国放弃先前在中国所有的权益,另一项"山东省"条款,规定德国放弃所有在中国的权益,并将其全部转让给日本,仿佛山东不是中国的一部分。这一事件导致了席卷全中国的"学生运动",我国代表团后来拒绝在《凡尔赛和约》上签字。紫禁城当时给我的印象是,拜谒皇上的百官,到了那里会肃然敬畏,对于被关闭其中的学生,它其实是个苦难之地。[1]

五四运动促使中国有意识地寻求社会变革,提高中国在世界舞台上的地位。借用史景迁(Jonathan D. Spence)的观点,由于民族主义与文化自我剖析的并置,中国朝一个新的方向快速发展。一些人开始批判儒家学说,批评男尊女卑的家庭结构和婚姻制度;一些人试图在现代世界的结构中为中国文化重新定义;一些人倡导白话文,以求改革文学写作的风格;还有一些人考察文学、艺术、戏剧、时尚、建筑等文化元素,以此探索西方的思想和中西方的异同。[2]

这些社会、政治、文化上的变化,为北京高等师范学校带来了新的社会意识。1919年11月14日,学校举行校庆,蔡元培、蒋梦麟、杜威(John Dewey)应邀参加庆典并致辞。那天,学生会宣布成立,负责监督不少先前由学校行政部门负责管理的事务。学生开始提倡勤工俭学和全民教育等进步思想。他们组织俱乐部、出版刊物、举办讨论会,希望通过教育来促进幸福平等,缩小特权阶层与劳工阶层的差距。[3]

爱国学生到处演讲或清查洋货,熊式一独自"找个地方躲起来看书",埋头阅读英美文学名著。[4]他记忆力惊人,过目不忘,可以背诵狄更斯(Charles Dickens)《雾都孤儿》(Oliver Twist)中的章节。大量

---

[1] Shih-I Hsiung, "Review of *The Great Within* by Maurice Collis," *Man and Books*, ca. 1942.
[2] Jonathan Spence, *The Search for Modern China*, 2nd ed. (New York: Norton, 1999), p. 289.
[3] 北京师范大学校史编写组:《北京师范大学校史》(北京:北京师范大学出版社,1986),页54—58。
[4] Chang, "Learn to Distinguish, Says Dramatist."

的阅读提高了他的语言能力，也扩展了他的知识面。

大学一年级的时候，他阅读了富兰克林的书信体《自传》。他在清华读书期间，就已经对富兰克林有所了解。这位传奇人物是美国成功经典故事的典型，他出身贫寒、刻苦努力，从印刷坊学徒成为世界名人，被奉为传世楷模。富兰克林还是一位出色的作家，他的散文清新、自然，毫无矫揉造作。在他的《自传》中，富兰克林"把他一生的遭遇、事业、思想、求学之道，坦坦白白地对后人明说，毫不文过饰非，教他的子孙做人读书、处事接物之道"。[1]熊式一动手把这本书译成了中文。他使用的是当时小说和翻译流行的半文言体。作为大一学生，能这样得心应手地翻译，是很了不起的，这标志着熊式一文学生涯的开端。

他的同学王文祺认识胡适，说共学社在翻译出版世界学术名著，可以争取在那里出版，并主动把译稿推荐给胡适。胡适曾经在哥伦比亚大学读书，师从杜威，是学术思想界的名人，也是新文化运动的倡导者，大力鼓吹白话文。他认为，文学传统需要根本性的转变，白话文不受文体束缚，是唯一适合于现代中国文学的形式。胡适对文言的稿子一律不收，既然熊式一的译文没有采用白话文，他的稿子便被原封退回。[2]

熊式一的英语水平提高后，对中英语言中的细微差别愈发敏感，他常常注意到出版物中的错译或病句，即使英汉字典，也难免有翻译错误。譬如，"quite"一词被译成"十分"，而"I am quite satisfied with it"句中，"quite"其实表示差强人意，还算满意，并不是十分满意。其实，中文的"相当好"，不完全等同于"quite good"，它近乎"extremely good"。[3]熊式一爱看英文电影，他把银幕下沿的对白字幕当作课文读，获益匪浅。不过，有几次他读的声音太响，影院旁座的人用手捅他，叫他不要出声。[4]课外阅读和电影扩大了他的知识面，

---

[1] 熊式一：《序》，载熊式一译富兰克林《自传》，页1。
[2] 熊式一：《〈难母难女〉前言》，《香港文学》，第13期（1986），页122。
[3] Chang, "Learn to Distinguish, Says Dramatist."
[4] Ibid.

上课时他的回答常常使老师和同学们吃惊。有一次，老师谈及印加社会，只有他一个人知道，因为他看过许多关于印加文化的电影。[1]

毕业前一年，他应聘去真光影戏院工作，任副经理。当时报名应征的人数很多，熊式一脱颖而出。戏院老板罗明佑很欣赏熊式一的英语水平和电影知识，他让熊式一兼任英文文书，做一些翻译工作。真光影戏院于1920年开业，是北京第一家中国人开设的电影院。这一座新式剧院，采用钢筋混凝土框架结构，巴洛克建筑风格，剧场内有镜框式舞台，还设有小卖部供应饮料和小吃。戏院里放映好莱坞电影，也上演传统京戏，支持新剧目的首演。它明显有别于京城那些老式的小剧院，传统与现代、西方与中国，在这里交织并行。真光影戏院的经历，对熊式一来说，意义重大，因为他从那里"开始了戏院和戏剧生涯"。1922年夏天，他在真光影戏院工作时，梅兰芳组织的"承华社"在那里上演《西施》。戏院在英语报纸《北京读者》（*Peking Reader*）中登了广告。[2]此后不久，戏院上映美国影星丽莲·吉许（Lillian Gish）主演的电影《二孤女》（*Orphans of the Storm*）和《赖婚》（*Way Down East*）。戏院的电影说明书和戏单上都有广告："爱看梅兰芳者不可不看丽莲·吉许影片。"[3]

熊式一对政治活动不太感兴趣，他参加文学团体。1921年，清华文学社正式成立，成员包括闻一多、余上沅、朱湘、吴景超等人，其中有些人是熊式一的同学。他们在学校刊物上发表诗歌散文，还邀请知名作家徐志摩、周作人等前往讲演。熊式一也参与活动，重返清华校园，看到新建成的图书馆、体育馆、科学大楼、大礼堂，他心里一定很高兴。

在北京高师，熊式一在教育、英语、文学等方面接受了扎实的训练。除了大量的英语专业的阅读写作课程外，他还选了莎士比亚、戏

---

[1] Chang, "Learn to Distinguish, Says Dramatist."
[2] 熊式一当年曾对梅兰芳这位名伶的性别身份表示困惑，他自问："我们应当如何称呼他：男演员呢，还是女演员？"见 Shih-I Hsiung, "Speech," unpublished manuscript, ca. 1934, HFC.
[3] 梅兰芳：《梅兰芳回忆录》（台北：思行文化传播有限公司，2014），页812—813。

國 立 北 平 師 範 大 學   NO. 256.
Peiping National Normal University
Peiping, China,

To whom it may concern:

This is to certify that Hsiung Shih-Yi has been a student of the School of English of this institution from year 1919 to 1923 and has completed the following courses:

SUBJECTS	HOURS PER WEEK	LENGTH OF COURSE	STANDING
Ethics	1	78	67.5
Logic	2	78	61
Psychology	1	39	pass
Education	2	78	pass
History of Education	2	78	pass
Teaching Method	2	78	80
Chinese Language	1	39	99.5
Reading (English)	6	351	76.7
Grammar (")	3	117	77
Rhetoric (")	3	117	70
Composition (")	2	312	82
Long Stories	3	117	92
Short Stories	3	117	pass
Translation	4	156	92.5
Writing of Today	3	117	70
Applied English	3	117	pass
Conversation (English)	1	39	84.5
Debate	3	156	80
Drama	3	117	89
German	3	117	pass
Physical Education	2	78	63.5

S. y. Rang
Registrar

Dean of the School of English

President

Date August 27, 1932.

熊式一北京高等师范学校时期的成绩单，北京高师1929年改称"国立北平师范大学"（图片来源：熊德荑）

剧、心理学、教育史、德文、辩论等科目。他的主要科目成绩优秀，如国语为99.5分，戏剧89分，翻译92.5分，长篇故事92分，辩论80分；较差的是今日文选70分，修辞70分，伦理67.5分，体育63.5分，逻辑61分。

＊　＊　＊

熊式一大学毕业后，回到家乡南昌，在省立第一中学和江西公立农业专门学校任教。省一中的校长原先在省立模范小学当校长，那次熊式一背诵《论语》，班里闹得不可开交，就是他出面干预的。谁想到十多年后，熊式一居然回家乡任教了。农专的校长是他的堂哥熊世绩。农专建于1895年，当时属于南昌最高的教育学府。它坐落在进贤门外南关口，距熊式一小时候的家很近。远远望去，只见学校的主楼，红色砖墙，巍峨高耸，周围一片农田农舍。在熊世绩的领导下，学校设立了农工夜校和见习生班，教授基础国文、算术、珠算、农事常识等等，普及农业科学知识。

1923年11月，熊式一和蔡岱梅喜结连理。蔡岱梅是蔡敬襄的女儿，十八岁。他们俩第一次见面是在孩提时代。熊式一当时十岁左右，

江西农业专门学校。熊式一大学毕业后在此任教

蔡岱梅与父亲蔡敬襄、母亲及妹妹，约摄于1911年。照片中，蔡岱梅身穿男装。另外，蔡敬襄的左手无名指短了一截。前一年，义务女校面临危机，他毅然断指血书，表示矢志继续办学。他献身教育事业的精神，轰动江西各界（图片来源：傅一民）

他虽然比蔡岱梅年长三岁，却显得稚嫩可笑，手里挥舞一把玩具手枪，嘴里"啪啪"地大声喊叫。转眼十年过去了，眼前的他，成熟英俊、文质彬彬，一洗昔日调皮的旧迹。他个子不高，才一米五出头，"下颌很短，但嘴挺大的"。圆圆的孩子脸上，一对明亮的双眸，闪烁着机智和迷人的魅力。同样，在熊式一的眼中，蔡岱梅像一朵"娇嫩的花朵"。她五官端正、秀丽矜持、头脑清晰，据说有不少男青年在追求她。熊式一失去了父母，他不想再失去蔡岱梅。[1]

蔡岱梅出身教育世家。父亲蔡敬襄热心教育，自1910年起，一

---

[1] 熊德荑访谈，2009年8月22日。

直任义务女校校长,他把工资收入大半捐给女校作经费。同时,他担任江西省视学员十多年,视察教育事务,足迹遍布全省八十一县。此外,他还是江西著名的藏书家。蔡敬襄自言,自汉以降,江西名贤辈出,文人荟萃,不可胜数,"礼义之邦也","乡先正之流风遗韵,至今犹存。发潜阐幽,守先待后,余虽不敏,窃引为己任焉"[1]。他收藏了大量的江西方志文献、金石、文物、古籍、碑帖,并于1925年在义务女校南面盖建了一栋西式楼房,命名为"蔚挺图书馆",将精心收集而来的金石图书珍藏其中。[2]

蔡敬襄与熊家很熟。熊式一的母亲曾经在女校教书,两位姐姐是他的学生和同事。蔡敬襄器重熊式一,认为他禀赋出众、前途无量。蔡敬襄赞同这门婚事,但是,他的妻子有所顾虑,她的担忧也并不是毫无根据的。熊式一向来出手大方,"赚到一分钱,就会去花两分钱"。蔡岱梅是家中的独苗,曾经有过哥哥和妹妹,但不到十岁就都夭折了,所以父母格外疼爱她。他们希望女儿婚后的经济生活有保障,那毕竟事关重大,关系到家庭和睦、婚姻美满。为此,蔡敬襄夫妇在应允婚事之前,让熊式一做了许诺,保证婚后要好好照顾蔡岱梅,"依顺她,呵护她"。[3]

1926年,蒋介石为首的国民党政府发动了北伐战争,旨在统一中国。江西属于贯通南北的战略重地,国民革命军在此遭遇当地军阀的顽强抵抗。经过三场大战役,双方死伤数以千万计,革命军终于在11月初占领了南昌。不久,附近几个大城市中的敌军也被击溃,蒋介石完全控制了江西。

北伐的胜利为南昌带来了希望。局势渐趋稳定,江西农专打算复课继续教学,让学生返校。可是,没过多久,蒋介石突然开始清党捕杀共产党和国民党左派分子,即"四一二"事件,白色恐怖笼罩全国。

---

[1] 蔡蔚挺(蔡敬襄):《江西省蔚挺图书馆记》,《中华图书馆协会会报》,第10卷,第6期(1935)。

[2] 同上;王迪谀:《记蔡敬襄及其事业》,载南昌市文史资料研究委员会编:《南昌文史资料》(南昌:南昌市文史资料研究委员会,1984),第2辑,页64、66。

[3] 熊德荑访谈,2009年8月22日。

1927年秋收起义，毛泽东领导的工农革命军决定在南昌西南250公里处的井冈山建立革命根据地，1928年4月与朱德所率的部队会合，成立中国工农红军。由于局势的急剧变化，农专与其他学校都只好放弃复课的计划，农专的校园内教学设施遭到严重破坏，满目疮痍，惨不忍睹。

熊式一和蔡岱梅已经有了三个孩子：德兰、德威、德锐。南昌险情重重，非久留之地。1927年秋天，熊式一决定离开南昌，去上海闯荡一番，看看有什么发展的机会。

第四章　出国镀金去

1920年代的上海，五光十色，魅力无限。它充满了诱惑、机会、冒险、许诺、炫目的摩登和七彩，唤起无尽的惊喜和激情。这座大城市曾经带给熊式一诧异和兴奋，而光彩背后的贫富差距和激烈的竞争，也使他极度失望。他在小说《天桥》中有关20世纪初上海滩的描述，很可能就是他初次抵达时的印象：

> 远远的由船上望过去，十里洋场，一片灯火灿烂，五光十色，真和人间的仙境一般，煞是好看。但是等到他们走近了码头，只见黄浦江中，塞满了的大船小船，千千万万破破烂烂的小渔船儿和渡船，杂在几只干干净净漂漂亮亮的大洋船和游艇之间，越显得疮痍满目。等到可以看清楚岸上的行人时，更不成话。码头上成群结队的小工，赤着背，穿着几难蔽体的短裤衩，或是只系着一块半块围裙，扛着、抬着、挑着，沉重的东西，头也不能抬起，东奔西跑，和蚂蚁一般，忙个不停，在汽车、货车、马车、人力车之间，横冲直撞，纷纷乱乱，一塌糊涂。[1]

对新来的外省人，这里遍地都是成功的希望、飞黄腾达的可能、无法抗拒的诱惑。上海，成了熊式一开始文学生涯的理想之地，就像当年费城作为富兰克林的事业始发站一样。

---

[1] 熊式一：《天桥》（台北：正中书局，2003），页316—317。

熊式一应聘在百星大戏院任经理。福生路上的百星大戏院，新古典主义风格的建筑，不久前刚刚全面翻建一新。戏院内华丽时尚，装有几十台电扇，加上壁灯、吸顶灯，天花板上到处是镀金的装饰。1926年12月中，百星大戏院放映了从美国引进的《司密克三弦琴独奏》和《柯立芝总统，摄于白宫》等短片，那都是片上发音的有声电影，在中国首次放映，一时轰动，戏票全部售罄。[1]除了好莱坞电影外，百星大戏院还上演音乐剧和其他戏剧。它地处虹口和闸北交界处，不少作家和文化人经常光顾，如郁达夫、鲁迅、许广平等。

为了招徕观众增加生意，熊式一降低票价，使其更趋大众化。他身穿半新的西装，在大堂里欢迎观众。说实在的，这份工作其实并不完全适合他，他根底里更像个"学者"，而不是"精明的生意人"。[2]不过，从另一个角度看，这绝对是一份理想的工作，因为他对电影戏剧兴趣浓厚。他的表侄许渊冲回忆说，熊式一在南昌的时候，常常带着孩子们和堂表侄一起去看电影。[3]

* * *

上海商务印书馆位于闸北，以出版教科书、丛书、词典、译作、文学杂志闻名，是当时中国规模最大、口碑最佳的出版社。它勇于创新，在1920年代至1930年代中国文化生活中发挥了举足轻重的作用。通过蔡敬襄介绍，熊式一拜访了董事长张元济先生，后者看了他的富兰克林《自传》译稿，很是欣赏，立刻将他推荐给新任的总经理王云五。王云五委聘他为特约编辑。那不算一份固定工作，没有固定的薪金，而是根据编译的数量计算工资。但是熊式一兴奋不已，作为特约编辑，他可以为商务印书馆工作，而且多多少少有一些收入。更重要的是，王云五同意出版他翻译的富兰克林《自传》，甚至还邀请他翻译

---

[1] 黄德泉：《民国上海影院概观》（北京：中国电影出版社，2014），页114—117。
[2] 《北京教授在港公演》，《电影生活》，第4期（1940），页8。
[3] 许渊冲访谈，2015年7月7日。

熊式一所译的《佛兰克林自传》,商务印书馆出版

林肯传记。

　　王云五大力倡导知识,推广出版和普及书籍。1928年1月,他开始组织筹备出版大型丛书"万有文库"。经过一年多的努力,其第一集筹办告成,共收一千种,计两千册,它们经过细心筛选,均为中等以上学生必须参考或阅读之书籍。其内容包罗万象,涵盖二十一个类别:目录学、哲学、政法、礼制、字书、数学、农学、工学、医学、书画金石、音乐、诗文、词曲、小说、文学批评、历史、传记、地理、游记等。整套文库丛书,全部用道林纸印刷,袖珍版本,类似一个精致的小型图书馆,不仅公司学校可以购买,也适合私家添置。1929年4月,王云五在《小说月报》中,用二十余页的版面,详细宣传介绍"万有文库"的构想和内容,并开始预约订单。[1]

　　值得一提的是,"万有文库"内含有汉译世界名著一百种,计三百册,涉及哲学、心理学、社会学、政治学、经济学、文学、历史、地

---

[1]《商务印书馆万有文库第一集一千种目录预约简章及对于各种图书馆之适用计划》,《小说月报》,第20卷,第4期(1929年4月10日),页2—3。

理等。其"英美文学"类,包括八部英国作品,两部美国作品。其中林纾翻译的有五部,如《鲁滨孙漂流记》(*Robinson Crusoe*)、《海外轩渠录》(*Gulliver's Travels*)、《块肉余生述》(*David Copperfield*)等。还有傅东华译的《失乐园》(*Paradise Lost*)、邵挺译的《天仇记》(*Hamlet*)、熊式一译的富兰克林《自传》。[1] 林纾属译界泰斗,他的译文以古风典雅著称,傅东华和邵挺均为后起之秀。熊式一的翻译,使用半文言体,老辣成熟,与他们的译作风格相似,毫不逊色。

富兰克林的《自传》,于当年11月发行,分一、二两册。熊式一的译本,基于1901年麦克米伦(Macmillan Publishers)的版本,这一版本包括导言、自传、1757年《穷理查年鉴》(*Poor Richard's Almanack*),以及其他一些精选作品。那篇导言概述了富兰克林的生平、成就以及《自传》的背景,强调这部经典著作一直是"文学领域最重要的贡献之一"。[2] 熊式一的中译本剔除了麦克米伦版本中的导言和精选的作品,但增添了富兰克林去世前写的自传最后一部分内容。熊式一的翻译基本上准确通顺,半文言体与原作的风格很相近。

富兰克林享有"世界公民"的美誉,生活在18世纪的美国,但他的故事历久弥新,在200年后对远在中国的现代读者仍然具有强烈的吸引力。他的《自传》被教育部指定为大学国文补充读本,多次再版,在青年学生中广为流传。1936年,杨易撰写长文,详细介绍《自传》,说自己读了三遍,并且力行实践,模仿富兰克林的修养方法,收效甚多。他还运用富兰克林的读书方法,提高了不少效率。杨易大力推荐此书,"希望每个青年都要看一看"。[3] 河北邢台师范学校的尹济之看到那篇推荐文章后,马上阅览了一遍《自传》,感触良深。他欣赏富兰克林"艰苦卓绝的精神,奋斗向上的生命,以及做人的态度,为国家社会改革的热诚"。他认为,阅读富兰克林的《自传》,可以振作精神,激燃奋

---

[1] 这些作品后来又有其他的译本出现,书名使用不同的译名,如《鲁滨孙漂流记》译为《鲁滨逊漂流记》,《海外轩渠录》为《格列佛游记》,《块肉余生述》为《雾都孤儿》,《天仇记》为《哈姆雷特》。

[2] "Introduction," in Franklin, *Autobiography of Benjamin Franklin*, p. xv.

[3] 杨易:《佛兰克林自传》,《现代青年》,第2卷,第4期(1936),页154—155。

发向上的生命火花。"这本书,现在中国的青年,都有一读之必要。"[1]

　　熊式一把富兰克林介绍给了中国的读者;通过译介《自传》,熊式一在文学领域跨出了可贵的第一步。

＊　＊　＊

　　熊式一的兴趣和注意力开始转向英国现代戏剧,他尤其关注和喜欢詹姆斯·巴里的作品。他以前看过根据《可敬的克莱登》改编的无声电影《男与女》(*Male and Female*),后来又看了电影《彼得潘》等。他佩服巴里,便动手翻译巴里的喜剧杰作《可敬的克莱登》。

　　四幕剧《可敬的克莱登》涉及文明社会中的平等和阶级分化问题,被誉为"现今最深刻尖锐的戏剧化社会檄文"[2]。罗安谟伯爵是个思想进步的贵族,他每月组织一次茶会,试图以此来消除贵族与仆人之间的阶级隔阂。他的管家威廉·克莱登却认为阶级区分是文明社会的自然产物,他坚信,即使人回归自然状态,平等也不会占主导地位。一天,罗安谟伯爵带着他的三个女儿、克莱登,还有几个人出海旅行。途中遇上狂风,他们的汽船被打得破烂不堪,众人只好弃船,逃到附近一个荒岛上。这群人中,唯独克莱登具有野外生存的技能和实际知识,他因此摇身一变,成了"老总",统领大家齐心协力,盖建了一栋木屋,以耕种狩猎为生,原先壁垒森严的阶级界限彻底废除了。转眼两年过去,克莱登与罗安谟的大女儿马利小姐准备结婚。预定婚礼的那天,一艘英国兵舰恰好经过,它的到来打破了荒岛上新建的社会结构,受困的众人被营救送回伦敦的家中。于是,一切又恢复原状,包括贵族与平民的阶级界限:马利小姐准备恢复履行往日订下的婚约,与未婚夫布洛克尔·赫斯特勋爵成婚;罗安谟伯爵决定放弃茶会的计划,并且加入保皇党;克莱登则选择退休,不再为伯爵家人效劳。

---

[1] 尹济之:《佛兰克林自传》,《现代青年》,第3卷,第3期(1936),页41。
[2] Harry M. Geduld, *James Barrie* (New York: Twayne Publishers, 1971), p. 120; H. M. Walbrook, *J. M. Barrie and The Theatre* (New York: Kennikat Press, 1922), p. 68.

熊式一用白话文翻译了这部戏剧，1929年初，在《小说月报》上，从3月号到6月号分四次登载。商务出版的《小说月报》是国内最有影响力的文学杂志，它提倡白话文，宣传写实主义，强调"为人生而艺术"的新文学，定期刊登近代著名作家的文学作品和评论，如鲁迅、周作人、郑振铎、老舍、巴金、徐志摩、冰心、赵景深、傅东华等。此外，《小说月报》编辑特刊，介绍海外文学的情况，重点介绍泰戈尔、安徒生（Hans Christian Andersen）、拜伦（Lord Byron）等文学名家。在《小说月报》上发表文章，无疑会立刻受到重视，《可敬的克莱登》引起"中国文学界强烈反响"。[1] 1930年末，该剧又作为文学研究会丛书，以单行本形式出版，其中附有熊式一写的《译序》。[2]

熊式一认为，巴里的作品应该得到重视。他断言，"凡读过他（巴蕾）的作品的，必然会折服无疑"。[3] 巴里的戏剧作品，风格技巧精湛，他善于将各种思想巧妙地编织在一起，通过戏剧呈现给观众，让他们思考。他常常在剧本中设置一些看似简单但具实质性的问题，向观众提出挑战。巴里受卢梭（Jean-Jacques Rousseau）影响，强调民权思想，借助戏剧来表现理想中的社会形式。[4] 他运用简单的语言和讽刺的手法，表现贵族主人的平庸无能以及平民仆人的精明干练，突显出等级制度的实质性缺陷，令人耳目一新。另外，巴里喜欢在幕前和剧中插入长段的叙事文字，介绍人物、描述场景，或者指导舞台。在熊式一看来，这标志着"新剧本的创始"。那些绝佳"妙文"，他常常"如获至宝"，"读了又读，不忍释手"。[5] 他受此影响，后来在剧本创作中也经常使用这一手法。

巴里对熊式一有一种异常的吸引力，这可能与两人的性格背景有

---

[1] Shih-I Hsiung, "Barrie in China," *Drama* (March 1936), p. 98.
[2] 熊式一的译者署名为"熊适逸"，他的译序则以"熊式式"署名。
[3] Hsiung, "Barrie in China," p. 97.
[4] 熊式一：《译序》，载巴蕾著，熊适逸（熊式一）译：《可敬的克莱登》（上海：商务印书馆，1930），页7。
[5] 熊式一：《论巴蕾的二十出戏》，《北平新报》，1933年5月9日，第2版。熊式一：《潘彼得的介绍》，《北平新报》，1933年5月9日，第2版。

关。巴里出身贫寒,他父亲平平无奇,母亲是巴里"最亲爱的最敬仰的人"。巴里之所以事业有成,"完全是他母亲教导鼓励出来的"。他勤奋苦读,毕业于爱丁堡大学,当过编辑,卖文糊口,通宵达旦地工作,"最后以文笔征服了全世界"[1],并获得无数荣誉。他的小说、剧作在大西洋两岸风行一时,伦敦的大剧院,有时两家同时上演他的剧作。巴里虽然妙笔生花,但其貌不扬,土头土脑,留一点小胡子。他不善交际,不喜欢讲话,他以才能和成就赢得了"世界文坛上最高的地位"[2]。熊式一与这位巨星之间确有不少相似之处,特别是五尺的身高,完全一个样。

1929年2月,熊式一买到一册刚问世不久的《巴里戏剧集》(*The Plays of J. M. Barrie*),其中包括8部长剧、12部短剧。熊式一兴奋极了,他终于有机会能接触和欣赏《彼得潘》和其他一些剧本的原作了。

就在这时,意想不到的灾祸降临:窃贼盗去了戏院的几盘电影胶片。它们是熊式一做担保的,为了避免卷入纠缠,他迫不得已,悄悄地逃离了上海。[3]

幸好,他很快在北平民国学院英国文学系谋得一份讲师教职。那是一所私立学校,教学工作相对稳定,收入也有保证。

他在文学领域已经获得了宝贵的经验:他为商务印书馆编辑了十一本英美作家的作品,也有了好几本翻译出版物,算得上一名成熟的翻译家了。

随后的一年半中,熊式一全力投入巴里作品的翻译。[4]《彼得潘》于1904年圣诞节首演以来,感动了世界上无数的观众,老少皆宜,成为每年圣诞节的必备节目。熊式一总想读一读剧本,但苦于没有机会。

---

[1] 熊式一:《〈难母难女〉前言》,《香港文学》,第13期(1986),页120。
[2] 同上。
[3] 熊德荑访谈,2015年11月9日。
[4] 熊式一称,不少人认为他英文和翻译水平有限,曾经"良言相劝",让他谦虚为要。胡适要他有自知之明,千万不要将英文作品示人;母校英国文学系前任主任沈步洲听到他译的《可敬的克莱登》获得成功的消息,便劝他见好就收:"再也不可多翻下去,以免后来受人指摘!"见熊式一:《出国镀金去,写〈王宝川〉》,《香港文学》,第21期(1986),页99。

得到《巴里戏剧集》之后，他迫不及待，马上读了一遍，却大失所望。这一部幻想剧，大名鼎鼎，却没有什么特别值得夸耀的地方，它只不过是由一连串琐碎的童话故事拼凑集成。他接着又读了几遍，却很快改变了看法：

> 幸而我对于有名的东西，向来是不止看一遍的，因为我自知没有别人那么聪明，一看——或不看——便能领悟，总要多看两遍。当我看了两遍三遍的时候，愈看愈好，那些琐琐碎碎的事情，尽是大学问，好文章！[1]

他认为，《彼得潘》对社会制度、传统、习惯、风尚竭尽挖苦讽刺。与萧伯纳痛快淋漓的"指戳直骂"不同，巴里骂得"巧妙俏皮"，他通过日常普通的场景，让读者自己去骂。[2]

1930年，《小说月报》十月号刊登了熊式一翻译的《半个钟头》(Half an Hour)和《七位女客》(Seven Women)。他为《半个钟头》加了个副标题："为巴蕾七十岁纪念而译"。1931年的《小说月报》中，又陆续刊登了《我们上太太们那儿去吗？》(Shall We Join the Ladies?)、《彼得潘》、《十二镑的尊容》(The Twelve-Pound Look)、《遗嘱》(The Will)等。[3] 他已经翻译了十多部巴里剧本，《每个女子所知道的》(What Every Woman Knows)、《难母难女》(Alice Sit-by-the-Fire)、《洛神灵》(Rosalind)在杂志上也已经有了出版预告。没料到，1932年淞沪战争爆发，《小说月报》停刊，这些译文未能如期出版，有的在半个世纪后才得以问世。

那是熊式一职业生涯中多产的阶段。大量的翻译，使他得以登堂入室，仔细窥探巴里的创作艺术，深入地理解欣赏巴里的写作技巧、

---

[1] 熊式一：《潘彼得的介绍》，《北平新报》，1933年5月9日，第2版。
[2] 同上。
[3] 《我们上太太们那儿去吗？》于1932年出版单行本。书首附有熊式一所译的哈代短诗《赠巴蕾》以及熊式一的序文《巴蕾及其著作》。此单行本为"星云小丛书"第二集，第一集为沈从文所作中篇小说《泥涂》。

修辞风格、主题思想。他在报章发表的一些评论巴里剧作的文章,简洁犀利、见解独到。他成了中国的巴里专家。

尽管如此,熊式一多次重申,要把巴里原汁原味地译介给中国的读者,难度很高。以《彼得潘》的序言为例,那是该剧风靡世界舞台二十多年后、剧本首次出版之前,巴里特意撰写的洋洋万言的长序,题为《给那五位先生——一篇献词》。其中,作者介绍了该剧本的起因、创作过程、素材来源。他在这段献词中,"指东画西,说南道北,时而天上,时而地下,令局外人看得如坠五里雾中"。熊式一反复研读,梳理其中的脉络,终于悟出那是"再好不过的妙品"。他想把这篇序文与《彼得潘》一起译出,但其中连珠妙语,亦庄亦谐,译文实在难以传神。他与梁实秋商量了几次,后者也认为这篇序文不容易译,劝他放弃。可是熊式一考虑再三,实在不舍得,于是鼓足勇气译了出来。[1]他在译文后记中记叙这段经验,并做了如下声明:

> 末了,我还要郑重声明,巴蕾的好文章,经我的笨笔一译之后,不知失去了多少精彩。其中好的地方,你们要感谢他的妙笔,不好的地方,当然只好恕我是饭桶。[2]

"饭桶"等于"笨蛋",是个贬义词。熊式一如此自贬并非完全出于谦虚。他翻译的序文,通篇大致准确,但有些地方显得笨拙,欠推敲。这固然与时间受限有关,巴里的写作风格也是个原因。其长句中接二连三的形容修饰语、幽默俏皮话,原文读起来流利自然;但要译成另一种语言,谈何容易?即便如此,熊式一在巴里身上花的时间精力是值得的,他了解掌握了巴里的写作风格、技巧,这对他日后的写作产生了深远的影响。

1931年,在熊式一的鼓励和支持下,蔡岱梅考上国立北平大学,

---

[1] 熊式一:《给那五位先生——一篇献词》,《小说月报》,第22卷,第2期(1931),页317。
[2] 同上。

在女子文理学院文史系攻读中国文学专业。她已经二十六岁,有四个孩子,还怀着第五个。按她这样的年龄和婚姻状况,依然选择进行高等教育,其勇气和精神令人感佩!她在报名时,考虑到考生的年龄限制,故意把年龄改为二十一岁。1932年2月,第五个孩子出生,取名德达,她每天在课外要为孩子喂奶。至于另外四个孩子,包括1930年在上海出生的女儿德海,都寄放在南昌,由蔡岱梅的父母帮助抚养。

第二次世界大战迫在眉睫,"准在最近的将来吧",熊式一在1932年5月9日的文章中大胆预言。《巴里剧作选》中的12部短剧,他已经译了八部,其余四部都是一战中的应时作品,他打算留着在二战中翻译。[1]

说来也巧,就在同一天,日本为使"他们赤裸裸的侵略合法化",成立了伪满洲国。[2] 半年之前,九一八事件拉开了日本野蛮侵占东北三省的序幕。1月28日,日军又突袭上海,狂轰滥炸闸北居民区,大批民房被毁,商务印书馆及其著名的东方图书馆被夷为平地,其中逾30万册藏书,包括许多珍本古籍,全部毁于一旦,熊式一的部分手稿也因此遭殃。[3]

日军的暴行遭到世界上正义人士的强烈谴责。国际联盟组织了李顿(The Earl of Lytton)调查团,到中国调查满洲问题和中国的形势。他们在东北和其他地区活动了一个半月,递交了调查报告书,谴责日方侵略行为,并确定伪满洲国为傀儡政府。国际联盟虽然拒不承认满洲国的合法性,但它仅仅施以道义上的制裁,没有采取任何具体行动,根本没能制止日本对东北的侵略。中国民众对此极度失望。他们原先对李顿和国联寄予厚望,但是等待了一年多之后,他们得到的只是一份口头礼物。熊式一以巴里的风格,表达了他由衷的沮丧和失望:

---

[1] 熊式一:《论巴蕾的二十出戏》。
[2] Hsu, *The Rise of Modern China*, p. 551.
[3] 熊式一:《世界大战及其前因与后果》,手稿,1972年,熊氏家族藏。

> 我们大家没有一个不衷心欢迎李顿的……国人没有一个不是对他敬仰万端的，因为他是第一个西方人士居然敢在他的驰名天下的报告文中，公然称日本明目张胆的战争，只是一种掩饰好了的欺世战争。我私人更是由衷地赞赏他的这份报告。他用的英文文笔极其高妙，马上成为全中国文坛当年最畅销的读物，那时正是日本进军侵略热河的一九三三年。这份报告实在可以算是一本文艺杰作，和萧伯纳早年的舞台名剧不相伯仲，无论何人读完了它就连声赞美，但也就马上束之高阁。[1]

* * *

熊式一乐于结交朋友。他信奉取法乎上，在交友上也同样如此。他幼时喜爱填词赋诗、金石书画，尽管年纪轻轻，却喜欢与文人名士交往，因此大有裨益。一次，他不揣冒昧，前往南昌城里金石名家周益之府上拜访，下面是他的自述：

> 他家的门役，一见我就说："我们孙少爷不在家……"（因那时他的孙儿周必大正在中学读书）我说我不是看他的……他瞪大他的眼睛问："不找孙少爷？找我们少爷吗？"他看见我一直在摇头便改口惊问："难道是要见我们老爷？"我只好大声地说："不是，是你们的老太爷约我来拜访他老人家！"[2]

他在上海和北平生活期间，思贤若渴，"游艺中原，以文会友"。他自称"醉心文艺，吟诗填词，书画篆刻"，"一天到黑，专门追随一班六七十岁的大名家"，交往的人大多年长他二三十，甚至四五十岁，包括林纾、张元济、黄以霖、沈恩孚、江问渔、黄炎培、曾熙、陈衡

---

[1] 熊式一：《后语》，载氏著《大学教授》，页180。
[2] 熊式一：《代沟与人瑞》，《香港文学》，第19期（1986），页18。

熊式一青少年时以文会友,结交了不少文史书画界的名人。此照片摄于1929年,左起:江问渔、熊式一、黄以霖、方还、周均、沈恩孚、黄炎培(图片来源:熊德荑)

恪、陈半丁、张善孖、李梅庵等。[1]熊式一的青春活力、旺盛的求知欲、中西文史和书画方面广博的学识,使这些文人前辈为之感染,他们不计较代沟,与他成为忘年之交。

1930年代初,胡适先生主持中华文化基金委员会,以庚子赔款的退款,作为出版翻译的津贴,将外国文学作品系统地翻译介绍给中国读者。胡适告诉熊式一,说可以出版所有的巴里戏剧译文,而且他们的稿费优于商务印书馆。于是,熊式一将十几部译稿全部交给了胡适。等了几个月,不见任何消息,他决定去米粮库九号胡适家将译稿收回。胡适正忙着招待客人,不便抽身,便请徐志摩去他书房取稿子。胡适很客气地抱歉说自己太忙,无暇看稿,倒是抽空看了一遍巴里的剧本。

---

[1] 熊式一:《漫谈张大千其人其书画》,《中央日报》,1971年12月13日,第9版。

胡适赞扬巴里，说他的文字棒极了，其中的隽永妙语，含蓄蕴藉，都是绝对不可能翻译的。胡适没有直接评论译稿，但熊式一听出话里有音，不免心里一沉。[1]

徐志摩到书房取稿，去了半天才回来，手上捧着一摞稿纸，边走边翻看其中的独幕剧《财神》。他随口问道，说不记得巴里曾经写过《财神》这剧本。熊式一很窘困地解释说，那是他自己写的剧本，夹在了译稿中，原想请胡适先生指教的。没料到，徐志摩一听，赞不绝口，夸他的创作"和巴蕾手笔如出一辙"[2]，还说要将所有这些稿子借去仔细看看。徐志摩比熊式一年长几岁，是个现代派诗人，在文坛上久负盛名，并且在北大英语系任教。听到徐志摩如此嘉许，熊式一喜出望外，受宠若惊，方才的失望情绪，顿时烟消云散。

徐志摩真心赏识熊式一的译文和才识。他四下宣传，说熊式一对英美近代戏剧造诣极深。熊式一的一些多年不见的老朋友，像清华校友罗隆基和时昭瀛，纷纷上门，专程来拜望，与他讨论戏剧文学。时昭瀛从事外交事务，却有美国戏剧家尤金·奥尼尔（Eugene O'Neill）专家之誉，他恭维熊式一，说自己看了《财神》剧本，今后应当改称他"詹姆士熊爵士」——因巴蕾名为詹姆士爵士"[3]。

徐志摩的宣传大大提升了熊式一的声誉，两人惺惺相惜，成为文友。可惜，徐志摩在1931年11月飞机失事罹难，年仅三十四岁。熊式一在徐志摩追悼会上碰见胡适，了解到徐志摩曾与上海"新月"交涉，打算将巴里译稿全部出版。既然他已经去世，胡适表示愿意由中华教育文化基金委员会完成此事。熊式一"念在亡友徐志摩的热忱"，把一百多万字的稿本悉数交给了胡适，得到了几千块预付版税。可惜此事后来不了了之。幸好熊式一的译稿，自己都备存了一份，所以有些

---

[1] 胡适曾经狠批熊式一的《可敬的克莱登》，他在日记中写道："巴蕾的文字'滑稽漂亮，锋利痛快。但译笔太劣了，不能达其百一，还有无数大错'。"见《胡适日记全集》，第5册（台北：联经出版事业公司，2004），页328。
[2] 熊式一：《〈难母难女〉前言》，《香港文学》，第13期（1986），页121。
[3] 同上。

后来可以付梓。[1]

* * *

生活中，一个偶然的际遇，一段无意的对话，有时会迸发火花，甚至促成人生轨迹的重大改变。陈源的访问就是这么一个例子。

陈源是著名文学家，在武汉大学任文学院院长。他听徐志摩称道，说熊式一对英文戏剧很有研究，便慕名登门拜访。熊式一与他素昧平生，听了陈源这么夸奖，自然心花怒放。两人大谈欧美近代戏剧，十分投契。陈源说，武汉大学正需要西方文学戏剧方面的人才，准备招聘一位正教授，如果熊式一有意，可将简历寄给他，他会大力推荐。他还介绍了武汉大学的教师、课程设置、福利待遇、校园生活等情况。

告辞之前，陈源随口问道："你是英国哪所大学毕业的？"

熊式一老老实实地回答："不，我从来没有去过英国。"

"哦？那你是留美的吗？"

"不是，我根本没有到过外国！"熊式一答道。"我是北京高师毕业的。是个土货，从来没有留过学。"[2]

陈源一听，黯然神伤，摇头叹息，解释说教育部对大学聘请教师有严格的明文规定，不会同意延聘熊式一这样背景的教师。此事实在难以通融，他爱莫能助。末了，他补充道："你们研究英国戏剧，不到外国去是不行的。"[3]

---

[1] 熊式一：《〈难母难女〉前言》，《香港文学》，第13期（1986），页121。据施蛰存1932年12月7日称："熊式一译了一部《萧伯纳全集》，一部《巴蕾全集》，卖给文化基金委员会，共得洋八千元。此君以四千元安家，以四千元赴英求学。"见施蛰存著，陈子善、徐如麒编：《施蛰存七十年文选》（上海：上海文艺出版社，1996），书信、日记章节。

[2] 熊式一：《〈难母难女〉前言》，《香港文学》，第13期（1986），页121；熊式一：《出国镀金去，写〈王宝川〉》，《香港文学》，第21期（1986），页94；熊式一：《回忆陈通伯》，《中央日报》，1970年4月4日，第9版。

[3] 熊式一：《回忆陈通伯》。据王士仪称，熊式一曾亲口透露，当初"反对他升为武汉大学正教授的人正是胡（适）先生"。而熊式一晚年的自叙中，都只提到陈源，没有谈及胡适。参见王士仪：《简介熊式一先生两三事》，载熊式一：《天桥》，页9。

武汉大学是国内最有声望的高等学府之一。相比之下，民国学院不可同日而语，规模小，学术地位也低。能去武汉大学任教，对熊式一来说无疑是梦想成真！熊式一眼睁睁地看着那诱人的机会降临头上，稍事停留，又无情地飞逝远去，在心中残留下万般苦涩。

熊式一毫不犹豫地做了个决定：出国留洋，挣个英语博士。

这是一个大胆的抉择。出国，风险难免。但他下定了决心，破釜沉舟，不计任何代价，为了一个光明美好的未来。

他向省政府申请财务援助，几番努力，均遭拒绝。他只好东拼西凑，把所有的积蓄、稿酬都拿了出来，用作盘缠、学费、生活费。蔡岱梅和五个孩子得留在中国。蔡岱梅还在上大学，熊式一替她在一家中学找了份教职，可以有点收入贴补。

1927年，他只身离开南昌去上海；1929年，他又只身离开上海去北平；现在，他再一次单枪匹马出行，离开北平去异国他乡，千里之遥。他要去伦敦，学习英国戏剧；他要去见识见识欧美的戏剧世界；他要去拜访戏剧大匠，特别是巴里和萧伯纳，还有新近获诺贝尔文学奖的约翰·高尔斯华绥（John Galsworthy）。

出国镀金去——他会勇往直前，无所犹豫，无所畏惧。

明 星 璀 璨

1933—1937

第五章　雾都新声

1932年12月初,熊式一从上海码头登上意大利的远洋邮轮,途经科伦坡港、苏伊士运河,翌年1月5日抵达欧洲大陆。次日,他渡过英吉利海峡,到英国海港城市多佛,从那里前赴伦敦。

旅途漫漫,百无聊赖,熊式一便利用这一个多月的时间,尝试做了一件前未涉猎的事:把短剧《财神》翻译成英语。抵达目的地前,他恰好全部译完。这是有意识的努力,既练习了英语,又为日后的英语创作做一些准备。这标志着他的文学生涯又一个新阶段的开始:在此之前,他翻译介绍西方文学,对象是中国的读者;接下来他将生活在一个完全不同的语言文化环境中,英语成为交流的主要媒介,创作的对象是西方的英语读者。尽管他有出色的英语能力,但是否足以胜任在国外的写作出版,他心中没有太大的把握。

独幕短剧《财神》于1932年5月7日由北平立达书局出版。[1] 书首扉页上是醒目的献词:"致J. M. B."[2]。书中不见传统意义上的前言或后记,取而代之的是一篇自我吹嘘的幽默短文,题为《我自己的恭维话》。

> 这点小东西,原是去年春天章友江先生促着我写的;后来

---

[1] 《财神》的末页列出了作者业已翻译的15部剧本,其中有两部萧伯纳的作品《人与超人》(*Man and Superman*)和《安娜珍丝加》(*Annajanska*),其余的都是巴里的剧作。见熊式式(熊式一):《财神》(北平:立达书局,1932)。

[2] 即"致詹姆斯·巴里"。

无意中被徐志摩先生看见，他硬说是我从Barrie剧集中译的，他又给胡适之先生看，他也说充满了Barrie的风味，只有中间一段话不大像。暑假中时昭瀛先生在北平，他看了之后，简直叫我做James Hsiung！这种恭维话，叫人听了自然会胆大而脸厚的，于是又拿给余上沅先生看。他说外面是Barrie，骨子里还是Shaw。他是生平最恨Shaw的，所以这不是一句恭维话。暑假后郑振铎先生来了，我又给他看，他竟把它寄到上海，预备在今年一月号的《小说月报》上发表。我后来见他便对他说，我是请他批评的，并不是要发表。他说没有什么关系吧，写得很好玩很俏皮的。虽然他从前对别人的称赞也只是俏皮两个字，在我受过那么大的恭维之后，听了仍是很觉得泄气。现在我只好自己来多恭维几句。假如读者觉得它颇有Barrie的细致，Shaw的词锋，Galsworthy的思想，Pinero的技巧，Jones的结构，Dunsany的玄妙，Synge的深刻，Milne的漂亮，Ervine的理论，Drinkwater的超脱，那才是我得意的时候呢！

熊式弌[1]

《财神》刻画了现代中国社会中的拜金主义和物欲横流，以至于道德沦丧的现象。故事的主角是两对夫妻，他们的地位截然相反。少爷和少奶奶摩登时尚，阔绰有教养。"他们是在太平洋里见面，在美洲恋爱，在欧洲结婚，在非洲度蜜月，回到亚洲便开始吵闹打架起来了——不对，不对，回到中国开始度他们甜蜜的家庭生活了。"[2]尽管他们享有社会特权，物质财富应有尽有，然而他们的婚姻却像一个陷阱，越来越无法容忍。他们失去了自由，失落了幸福。少奶奶认为，究其原因，就是物质这魔鬼在作祟，它会完完全全地支配人，把人变成它的奴隶。

---

[1] 熊式弌：《财神》。
[2] 同上书，页6—7。

> 在这种经济制度所支配的社会里过活下去,谁也会不知不觉地把她安琪儿一般的面目,和他英雄一般的态度,渐渐地消灭了;同时,也是不知不觉地,会把他狰狞可怕的面目和态度露出来,这都是因为人类免不了受物质的支配,受金钱的支配——[1]

《财神》的下半场,聚光灯转到隔壁的豆腐店主夫妇。他们与少爷、少奶奶实际上年龄相近,但因为辛劳,看上去似乎已经四五十岁了。他们生活贫苦,却恩恩爱爱。事出偶然,他们在老鼠洞中发现了两只银元宝,这意外的收获顿时使他们反目为仇,变成了"老鬼"和"贱人"。他们拼命争夺元宝,把店铺砸得破烂不堪。一个扬言要去放印子钱,一个要吃喝嫖赌。这戏剧化的转变,证明了先前少奶奶所预言的财神的影响:豆腐店主夫妇之所以快乐,是因为受物质的毒害尚浅;一旦财运亨通,他们便沦为金钱的奴隶,争吵不休,再也不得安宁。[2]

下面是该剧的主题歌,它听上去抑扬顿挫,但搞得人人心神不宁。它像幽灵一般,困扰着剧中的人物,使他们感到惶恐和畏惧:

> 混蛋,混蛋,要混蛋,
> 混蛋的东西不要走;
> 大家拼命去混蛋,
> 混蛋到底,终究会杀头。[3]

豆腐店主夫妇听到墙后面传来的歌声,胆战心惊,以为是隔壁邻居在唱;同样,少爷和他太太以为是豆腐店老板每天清早在唱着"混蛋的歌儿"。《财神》以此结束,让观众去思考自由、物质生活、人际关系等问题。这部短剧中的戏剧化和尖刻的讽刺,很像巴里的戏剧作品。同时,它的副标题《一出荒唐的喜剧,也是一段荒唐的哲理》,也显

---

[1] 熊式式:《财神》,页16。
[2] 同上书,页16—17。
[3] 同上书,页13、41。

示了此剧与熊式一先前翻译的萧伯纳的《地狱中的唐璜》(*Don Juan in Hell*)之间微妙的内在联系。

剧中有个细节值得一提。那对年轻夫妇在美国受的教育,少爷混了个哲学博士的头衔,少奶奶得了个文学硕士。少奶奶毫无学者架子,与普通百姓交友。熊式一借少奶奶之口,嘲笑那些捧扬外国文凭的势利者,直言抨击,不事掩饰。少奶奶说,没有地位没有教育的人,常常被鄙视,原因就是他们没有哲学博士的头衔。"文学硕士多如狗,哲学博士满街走。"但是,"中国二万万男子,总不能够全上美国去混一混,一个个都混一个博士回来吓唬吓唬人"[1]。有趣的是,剧作家熊式一本人,眼下正在去英国攻读博士,其目的就是为了弥补学历的不足,他要追逐的目标,恰恰就是他在此抨击的现象。

* * *

抵达伦敦后不久,熊式一带着张元济准备的介绍信,去南肯辛顿,登门拜访骆任庭(James Stewart Lockhart)[2]。骆任庭曾经任香港辅政司司长,后来又在山东任威海卫专员,他在中国多年,是个汉学家、中国通。退休回英国之后,依然活跃于伦敦地区的学术和社会团体中。骆任庭夫妇热情地欢迎招待这位远道而来的年轻学者,很快与他成了好朋友。熊式一举止得体、谈笑自如、风趣幽默。骆任庭惜才,很赏识熊式一,把他介绍给伦敦许多重要的文化学术界人士。熊式一也很喜欢骆任庭夫妇,与他们坦诚相见,视为知己。他给骆任庭夫妇的信件文字干练、才气横溢,当然也少不了一些幽默。例如,他在一封信件的尾部,没有使用"真诚的"或者"诚挚的"之类的习惯短语,而是故意略带夸张的谦恭——"您的十分谦卑的仆人"[3]。

东伦敦大学(后来改名为玛丽女王大学)春季班1月16日开学,

---

[1] 熊式式:《财神》,页6、9—10。
[2] 骆任庭,又名骆克。
[3] Shih-I Hsiung to James Lockhart, January 16, 1933, Acc. 4138, James Stewart Lockhart papers, National Library of Scotland.

熊式一赶在开学后不久被录取为英语专业博士生。一般来说，博士生的申请需要具备两年预科加上四年大学的学历，还要有荣誉学士的背景。经骆任庭引荐，熊式一得到校方中华学会秘书哈里·西尔科克（Harry Silcock）的帮助，校方审阅了他的履历以及学术业绩后，立刻批准录取了他。1933年1月26日，他注册为英语（戏剧）专业博士生，导师是阿勒代斯·尼科尔（Allardyce Nicoll）教授。[1]

尼科尔教授是莎士比亚权威和英国戏剧专家。他和蔼可亲，在办公室见熊式一，听他谈了自己的学习计划。熊式一打算研究莎士比亚，以此作为他的博士论文课题。尼科尔一听便说，莎剧研究的书籍多如牛毛，论文写得再好，恐怕日后也很难出版。但毕业论文如果研究中国戏剧，将来成功出书的可能倒是十拿九稳的。在西方，中国戏剧艺术开始受到关注，可是有关的学术出版物屈指可数，例如，庄士敦（Reginald Fleming Johnston）的《中国戏剧》（*The Chinese Drama*）和 L. C. 阿林顿（Lewis Charles Arlington）的同名专著。研究中国戏剧必然会引起学术界相当的兴趣，它比莎士比亚的论文更有意思，即使尼科尔本人，也更愿意读这一类书。[2]熊式一听了，几乎不敢相信：英文博士学位，毕业论文研究中国课题！真的？尼科尔肯定地回答，只要是用英文写的论文，当然可以。熊式一答应回去仔细考虑一下，看看有什么合适的论文题目。

* * *

熊式一到伦敦后，急切希望结识戏剧界他最钦佩的三位大作家：高尔斯华绥、巴里、萧伯纳。

高尔斯华绥是1932年诺贝尔文学奖的得主，他创作了大量的戏剧作品和小说，包括《福尔赛世家》（*The Forsyte Saga*）。可惜，熊式一

---

[1] "Shih-I Hsiung" (Student Card, 1933–1935), Main Library Archives, Queen Mary College, University of London.
[2] 熊式一：《出国镀金去，写〈王宝川〉》，《香港文学》，第21期（1986），页95。

到英国后不到一个月,高尔斯华绥就因病去世,两人从来没有机会见上一面。

巴里深居简出,素不喜欢会客。当时他正卧病,住在私人疗养院,不在伦敦。有人劝熊式一耐心等待机会。于是,他给巴里写了一封信,作为自我介绍,其中还附上骆任庭和英国戏剧联盟秘书长杰弗里·惠特沃斯(Geoffrey Whitworth)的两封信,作为引荐。

5月9日,巴里七十三岁寿辰,熊式一为他送去一份特别的礼物。他订制了一只褐色的皮制文件夹,里面放了他自己的两份手稿,即短剧《我们上太太们那儿去吗?》的译稿和中文评论文章《巴蕾及其著作》。封皮上烫金的英文字样赫然醒目:

  中文手稿
  《我们上太太们那儿去吗?》
  和
  《巴蕾及其著作》
  谨献给
  詹姆斯·M.巴蕾爵士
   七三华诞
  1933年5月9日
  美好的祝愿
   熊式一敬呈[1]

熊式一这招可谓匠心独运,既显露了自己在文学翻译上的成就,又表达了对巴里戏剧艺术的敬仰。巴里收到这份别致的礼物时,必定怦然心动,十分愉快。

熊式一抵达伦敦后没过多久,萧伯纳夫妇从亚洲访问归来,熊式

---

[1] Shih-I Hsiung, "The Chinese Manuscript of *Shall We Join the Ladies* and 'Barrie and His Work'" (gift to Sir James Barrie, May 9, 1933), SLV/38, Senate House Library, University of London.

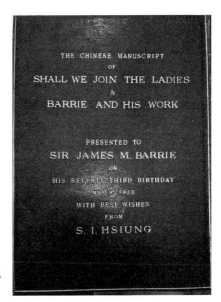

熊式一赠送给英国戏剧家巴里七十三岁生日礼物

一应邀去他们泰晤士河畔的寓所吃午饭。萧伯纳这个闻名世界的大文豪,礼貌待人,和颜悦色,为这位年轻的客人开门,帮着脱大衣,他等客人坐下后,才肯就座。熊式一仅三十出头,而萧伯纳已近八十,其礼节周到,毫无架子,令熊式一"惊奇佩服"[1]。萧伯纳谦虚地告诉熊式一,他们夫妇俩抵达香港时,没想到码头上早已有许多人排着长队等候欢迎。萧伯纳在中国受到很高的礼遇,像个超级明星。到上海访问时,胡适、鲁迅、宋庆龄、蔡元培、杨杏佛、林语堂、史沫特莱等文化界名人都出来迎接作陪,许多人以一睹其尊容为荣。但是,萧伯纳对名流的光环不屑挂齿,他津津乐道的是中国的万里长城。他在北平看了京戏,最吸引他的不是舞台上的表演,而是场子里观众头上东飞西舞的毛巾。那些茶房抛接毛巾的功夫,高妙绝伦,看得他目瞪口呆。熊式一猜想,萧伯纳在戏院里的时候,可能专注于场子内的观众,背对着舞台看得津津有味。熊式一发现,萧伯纳不光观察敏锐、

---

[1] 熊式一:《谈谈萧伯纳》,《香港文学》,第22期(1986),页92、98。

见解奇特,还是一个伟大的哲学家、思想家。对萧伯纳的这些认识,帮助熊式一在后来能正确理解萧伯纳的评论及其观点,并做出正确的反应。

熊式一对《财神》的英文稿没有太大的把握,多少有几分胆怯。他先把稿子给骆任庭,请他指教;随后又给了剧作家约翰·德林克沃特(John Drinkwater)、巴里、萧伯纳,分别听取他们的意见。所有人都给予好评。德林克沃特认为这剧本写得很漂亮;巴里夸奖说,"您的文笔很美丽而且优雅"[1]。萧伯纳的赞词洋洋洒洒一大堆,但他的措词令人有点捉摸不定:

> 中国人对于文艺一事,比任何人都高明多了,而且早在多少世纪之前,就是如此,所以到了现在,他们竟然出于天性而自然如此。
>
> 可是有利也有弊,您的英文写得如此可喜可嘉,再没有英国人写得这么好,这比英国人写的英文高明多了(普通的英文多欠灵活,有时很糟),我们应当把您的英文,特别另标一样,称之为中国式的英文,就和说中国式的白色、中国式的银珠色等等,诸如此类。[2]

萧伯纳的评语模棱两可,那究竟是赞美褒奖,还是挖苦讽刺?如果熊式一的英语确是高明无比,远胜过地道的英国人,为什么又要另归别类?如果不能算作纯正的英语,为什么又竭尽恭维之词?不过,"中国式的英文"这词倒是精准地点出了离散作家在异域文化环境中的另类边缘位置。作为一位非英文母语的作家,熊式一在新的语言环境中,使用英文作为谋生的工具。由于思维、表达方式的区别,他当然不可能像中文那样熟练地驾驭英文。但是,异国的语言环境,却为他提供了一个特殊的可能:他可以创造一种独特的、奇异诱人的"中国

---

[1] 熊式一:《后语》,载氏著《大学教授》,页165。
[2] 同上书,页164—165。

式的英文"。换句话说，全新的语言环境既为他带来了严峻的挑战，又提供了一个激励创新的好机会。

《财神》的英文版（*Money God*）于1935年在英国的《人民论坛报》（*People's Tribune*）上发表。

巴里和萧伯纳都提供了一个宝贵的建议：避免现代写实戏剧。萧伯纳甚至写道："尝试与众不同的东西。写地道的中国而且传统的东西。"[1] 这些金玉良言，引起了熊式一认真的思考，并确定了自己写作的新方向。

其实，这正是他在做的事：将中国古典戏剧改编成英文现代话剧。

* * *

一天，熊式一去导师尼科尔教授的办公室，讨论论文研究计划。他准备研究中国戏剧，在选题和方法上还得做进一步的努力。

谈话快结束时，尼科尔教授提到，伦敦舞台上从来没有上演过地道的中国戏。他认为，熊式一其实可以"创作或者翻译一部中国的传统戏剧"。他又补充道，要是运气好的话，说不定还能赚一大笔钱呢。[2]

这番话犹如一道闪电，划破灰雾蒙蒙的天空。熊式一直奔阿德尔菲英国戏剧联盟，在图书馆的书架上前前后后查了一遍。不错，伦敦只上演过两部完整的中国戏剧：美国作家乔治·黑兹尔顿和J.哈里·贝里莫的《黄马褂》（1912）和巴兹尔·迪安（Basil Dean）根据元曲英译的《灰阑记》（*The Circle of Chalk*, 1929）。尽管当时剧院和媒体大肆宣传，做得轰轰烈烈，但限于文化隔阂，结果都不够理想。《灰阑记》的舞台制作富丽堂皇，邀请明星黄柳霜（Anna May Wong）、劳伦斯·奥利弗（Laurence Olivier）担纲主演，再加上名导演，但结果还是一败涂地，没有多少人欣赏，只好"早早关门大吉"[3]。

---

[1] "Chinese Writes Better English Than English."
[2] Shih-I Hsiung, "S. I. Hsiung's Reminiscence in Chinese Drama in England," manuscript, ca. 1950s, HFC, p. 1.
[3] 熊式一：《出国镀金去，写〈王宝川〉》，《香港文学》，第21期（1986），页95。

熊式一从一家二手书店买了一本英语剧本《灰阑记》,仔细做了研究。那是前几年出版的限量本,译者是个名叫詹姆斯·拉弗(James Laver)的青年学者。

> 我看了前言,发现那英语剧不是根据中文原作翻译而成,他依据的是德文本。詹姆斯·拉弗对德国诗人艾尔弗雷德·亨施克(Alfred Henschke)——笔名克拉本德——推崇备至,他肯定地告诉我们,说德文本非常漂亮,是那位才华横溢的诗人几乎重新创作的剧作,因为译者根据艺术需要,对原作进行了剪裁、改动、增添。后来又透露,那位德国诗人依据的、詹姆斯·拉弗先生所谓的"原作",其实是斯坦尼斯拉斯·朱利安(Stanislas Julien)……一百多年前……从中文翻译的法文本。[1]

通过分析研究《灰阑记》的英文剧本,熊式一得到两项重要的启示:第一,他为西方观众写一出中国传统题材的戏剧,不必忠实地、字斟句酌地把中国剧本翻译成英文,改编可能是更为可取的方法;第二,舞台是戏剧成败的关键,光凭艺术性和可读性还不够,成功的剧本得具备商业和艺术两方面的价值。

既然身在伦敦,熊式一利用这个机会,尽情体验其戏剧文化。除了阅读名著之外,他去西区各剧院看演出。凡是正在上演的,精彩的也好,失败的也好,他都一一观赏领略。他看的第一出戏是《彼得潘》。因为手头紧,他就坐前排池座,票价便宜,却能近距离观摩舞台上的表演,又能观察场内的观众。他说:"我专心注意观众们对台上的反应,我认为这是我最受益的地方。"换句话说,伦敦剧院内的观众成了他"最得力的导师"[2]。他从中领悟到舞台与观众的互动以及剧作成功的真谛所在。与此同时,他还留意戏剧评论家对演出的批评反应。这些实际的剧场经验,帮助他看到了英国戏剧的具体实践,也在心理

---

[1] Shih-I Hsiung, "S. I. Hsiung's Reminiscence in Chinese Drama in England," p. 3.
[2] 熊式一:《出国镀金去,写〈王宝川〉》,《香港文学》,第21期(1986),页95。

上做了充分的准备。

熊式一对剧本的选择特别谨慎。经过认真的筛选,剩下三个经典剧作:《玉堂春》《祝英台》《红鬃烈马》。因为《玉堂春》的故事内容与《灰阑记》有不少相似之处,同时《玉堂春》的主角是位风尘女子,故事涉及逛窑子、通奸、谋杀亲夫等内容,熊式一生怕背上辱国丧节之名,便决定舍弃。至于《祝英台》,他采集校正了原作的民间长歌,但打算日后先把歌词英译发表,再编成剧本。于是,最后选定《红鬃烈马》。那是一个古代的爱情故事,女主角王宝钏是宰相王允的小女儿,彩楼择配,抛绣球击中乞丐薛平贵。她拒绝父母与家人的规劝,与父亲三击掌,放弃荣华富贵,离开相府,与夫婿一起去寒窑居住。后来,薛平贵降服红鬃烈马有功,唐王封其为后军都督。西凉作乱,薛平贵奉命先行,远赴边疆,为朝廷平定西域。在战场上,他被代战公主生擒,成为番邦军营的阶下囚。幸运的是,西凉王爱才,非但没有将他斩首,反而将公主许配给他。西凉王驾崩后,薛平贵登基为王。十八年后,薛平贵接到王宝钏的血书,遂归心似箭,设计灌醉代战公主,飞速归乡,与糟糠之妻王宝钏团聚并报仇雪恨。数百年来,《红鬃烈马》在中国一直广受欢迎,家喻户晓。熊式一坚信,这部戏有"艺术价值",一定能获得戏剧舞台的成功。

1933年3月31日,春季学期结束,熊式一马上动手。他白天装作认真地准备论文,或者去伦敦参观、处理一些事务,晚上偷偷摸摸地动笔。原剧从未完整地印刷出版过,因此他不用担心原本的束缚。"我就只借用了它一个大纲,前前后后,我随意增加随意减削,全凭我自己的心意,大加改换。"六个星期后,他完成了这一部"四幕的喜剧"。中国旧时京剧,被改成了"合乎现代舞台表演,入情入理"[1],而且人人都可欣赏的话剧。那是他改编而成的作品,所以他始终没有用过"翻译"一词。

熊式一为这部话剧起名《王宝川》。剧名用女主角的名字,但把"钏"字改成了"川"字。他自豪地宣称,"王宝川"朗朗上口,优雅、

---

[1] 熊式一:《出国镀金去,写〈王宝川〉》,《香港文学》,第21期(1986),页95—96。

《王宝川》舞台剧照"抛绣球"一幕（图片来源：熊德荑）

有诗意，而且更容易被接受。[1] 值得一提的是，《红鬃烈马》原剧共有十几折戏，其中《彩楼配》《三击掌》《平贵别窑》《探寒窑》《武家坡》《大登殿》等最为著名，通常戏院每晚只演其中的一两折戏。熊式一把所有的内容合并在一起，做了增删修改，削除了唱段和武打部分，压缩成两个多小时的英语话剧，与西方戏剧的惯例形式相仿，也适合西方观众的口味。

与原剧《红鬃烈马》相比，《王宝川》的内容有几处大修改。熊式一创作了一幕全新的开场：大年初一，王允在相府的花园内摆酒席，赏雪贺年，并借机商讨小女儿的婚事。在这幕新戏内，熊式一剔除了

---

[1] 见郑达：《徜徉于中西语言文化之间——熊式一和〈王宝川〉》，《东方翻译》，第46卷，第2期（2017），页77—81。《王宝川》在其他国家翻译出版或舞台演出时，剧名常常有不同的译法，譬如，在荷兰它被译为《彩球缘》，在匈牙利成了《钻石川》，在捷克则变成《春泉川》。见熊式一：《良师益友录》，手稿，熊氏家族藏，页4。

旧剧中那些迷信荒诞的成分。例如，薛平贵在原剧中是个流落街头的乞丐，王宝钏意外发现她家的花园外似乎有个火球，经查看，才注意到卧在街头的薛平贵。前一天晚上，王宝钏曾梦见红星坠落在房内，据此，她猜测眼前这位必定是个贵人，因此爱上了薛平贵。在《王宝川》中，薛平贵变为相府的园丁，他稳重老成，膂力过人，而且会吟诗书法。借由移石、赋诗、猜暗谜等一系列细节，王宝川对他暗萌爱意。两人之间产生爱情，合乎逻辑，也在情理之中。在原剧《红鬃烈马》中，王宝钏从花园的彩楼上朝街头抛绣球，月下老人截接绣球，递给薛平贵，促成了两人的姻缘。在熊式一的新剧中，抛绣球的细节被保留了下来，但做了一个巧妙的转折：王宝川先把众人的注意力转移开，然后把绣球抛给预先约定在犄角等候的薛平贵。这一修改，看似简单，却突出了王宝川反传统规范、追寻自由幸福的努力，而不是依赖天神相助或运气巧合。另外，原剧中所谓的红鬃烈马，其实是一头妖怪，被降伏后，现出原形，成为薛平贵的坐骑。熊式一将此改为猛虎骚扰村民，薛平贵不畏强暴，飞箭将它射死，为民除害。还有，原剧末对魏虎的死刑惩罚，改成了杖责，并增加一个外交大臣的角色，让他出面招待西凉公主。

这些修改为《王宝川》带来了活力和新意。王宝川聪明、美丽、机智、富有尊严，与原剧的女主角王宝钏截然不同，后者是个旧传统女性的典型，唯唯诺诺、百依百顺。最重要的是，熊式一改变了有关薛平贵与西凉代战公主的关系。《王宝川》中，薛平贵被俘后，答应与代战公主结婚，但借口拖延，要等征服西凉各部落之后，在登基之日再行大婚典礼。十八年后，在登基前夜，他伺机脱身重返祖国，一直没有与代战公主成婚。这一改变，戏剧性地突出了薛平贵的智勇双全和忠贞不二的美德，也消除了重婚的细节，从而避免了棘手的道德问题和在西方可能引发的批评。

值得一提的是，熊式一借助扎实的文字功底和文学基础，驾驭自如、恣肆发挥。剧中不少插科打诨、幽默暗喻之处，常常令人忍俊不禁。例如，王宝川姐姐银川的丈夫魏虎不学无术，却偏偏喜欢自吹自擂。他听到丈人王允要自己写诗助兴，便畏缩推诿，一时窘态百出。

> 魏虎：哦！劳驾啦！（急得直抓后脑。）对不住得很；我一时没有半点儿诗兴。我记得有一位名家说过，要诗做得好，必得淋汗。今儿个大冷天，下着大雪，谁会出汗啦，我要等到夏天，那时候才会有汗出呢！
>
> 王允：淋汗？你是说灵感罢？
>
> 魏虎：啊！对啦！您敢！您敢！（他满头大汗，用袖子去揩。）不是淋汗，当然不是淋汗！[1]

熊式一在编写时，考虑到西方观众的文化背景和价值观，在一些内容细节的表现方面做了适当修改，以便于减小隔阂、易于接受。既然魏虎不能写诗，王允转而让园丁薛平贵赋诗，后者略作沉吟，一挥而就，写下"雪景诗"：

> 有雪无酒不精神；
> 有酒无诗俗了人；
> 酒醉诗成天又雪；
> 阖家同庆十分春！[2]

熊式一显然借鉴了宋朝诗人卢梅坡的诗作《雪梅》：

> 有梅无雪不精神，
> 有雪无诗俗了人。
> 日暮诗成天又雪，
> 与梅并作十分春。

熊式一套用原诗的形式，但将重点由梅、雪、诗改成了酒、雪、诗之间的关系，末句为点睛之笔，既符合剧情，又突出了王允阖家欢聚共

---

[1] 熊式一：《王宝川》（香港：戏剧研究社，1956），页16—17。
[2] 同上书，页20。

庆佳节的喜乐氛围，恰到好处、顺畅自然。[1]

熊式一写这部戏，对象是不熟悉中国戏剧文化传统的西方观众。在中国，戏中的场景或人物往往不需要作详细的描述，通常情况下，类似的描述是不必要的，因为观众大都了解背景内容。在《王宝川》中，熊式一不惮其烦，在每个场景或每个角色上场之前都添加了详细的交代，像一段段精彩的素描，极其有趣，其风格明显受到巴里戏剧影响。还有，熊式一专门加设了报告人角色，在演出中宣读这些介绍性的文字内容。

替熊式一打字的 A. C. 约翰逊（A. C. Johnson）太太很喜欢这剧本，她是《王宝川》的第一位读者，也是第一个预言这部戏会大获成功的人。约翰逊太太告诉熊式一，说自己在打字的时候心里一直在想："这戏与众不同——令人耳目一新。要是哪个有眼光的能把它搬上舞台，多好！"[2]

熊式一听了，没有太大的把握，不知这是真心的钦佩，还是出于礼貌的恭维话。他去请教斯科特（Catherine Amy Dawson Scott）。斯科特是作家、国际笔会发起人，自称"笔会之母"。熊式一转述了约翰逊太太的话，斯科特一听，即刻表示打字员的话不可信。但是，当她读了稿本之后改变了看法。她坦率地告诉熊式一：这部戏会立刻使他一举成名。她甚至断言，熊式一会因此发一点点财，但不会发大财。[3]

熊式一受到了鼓励，大胆地把稿子给尼科尔教授及其夫人看。尼科尔受耶鲁大学聘任，秋天要去美国工作。他和夫人读了稿子，十分喜欢，都认为这出戏会成功。尼科尔又把剧本转给巴里·杰克逊（Barry Jackson）爵士，后者主持一年一度的摩尔温戏剧节（Malvern Festival），专门上演萧伯纳和其他著名英国作家的戏剧。

那年夏天，摩尔温戏剧节期间，熊式一应邀去杰克逊家共进午餐。杰克逊告诉熊式一，这剧本写得不错，他很喜欢。整整一个下午，他

---

[1] 见郑达：《徜徉于中西语言文化之间——熊式一和〈王宝川〉》，《东方翻译》，第46卷，第2期（2017），页77—81。
[2] A. C. Johnson to Shih-I Hsiung, July 5, 1933, HFC.
[3] 熊式一：《出国镀金去，写〈王宝川〉》，《香港文学》，第21期（1986），页96。

们俩靠在躺椅上,四周鲜花簇拥,一边享受丰盛的英国下午茶,一边推敲手中的稿子,细细揣摩这出戏。杰克逊对《王宝川》深感兴趣,准备以后安排在摩尔温戏剧节或者他主持的伯明翰剧院上演。不过,他认为,像这么一部传统戏,在最后一幕使用"现代口语"不合适,与整体气氛"格格不入"[1]。他提了好几条建议,熊式一在副本上用铅笔标记了下来。杰克逊说,他"急切盼望着能再仔细阅读"[2]修改本。不用说,熊式一听后心花怒放。既然能得到杰克逊的首肯和重视,这部戏一定有卓异出众的成分。但对于其中需要改换那么多字句,他心中难免怅然。

在摩尔温戏剧节,熊式一认识了贝德福德学院的文学教授拉塞尔斯·艾伯克龙比(Lascelles Abercrombie),一位名重一时的诗人、剧作家、文学评论家。熊式一把那份已用铅笔修改的副本给他,请他"直言赐教"。艾伯克龙比很快来信,说他对这剧本只有"大大的赞赏而已",那些标出的地方绝无修改的必要。他甚至明确地讲,他很不愿意看到任何修改。这封信给了熊式一"自信和勇气",他一直铭记在心。[3]

* * *

1933年8月,熊式一搬到汉普斯特德上公园街50号,与不久前刚来伦敦的蒋彝合租一套公寓。他们俩是江西老乡,年龄相仿,但背景大不一样。蒋彝从东南大学毕业,化学专业,参加过北伐,教过书,然后又在当涂、芜湖、九江等地当县长。他对国民党政府的腐败深恶痛绝,愤然离职,决定来英国研究考察政府制度,日后回中国实现社会改革。他的英语能力很差,想尽快提高语言水平。经过熊式一的介绍,蒋彝认识了骆任庭。骆任庭热情地接待蒋彝,听了他的背景和学

---

[1] Allardyce Nicoll to Shih-I Hsiung, August 12, 1933, HFC.
[2] 熊式一:《出国镀金去,写〈王宝川〉》,《香港文学》,第21期(1986),页96—97; Scott Sunderland to Shih-I Hsiung, August 20, 1933, HFC.
[3] Shih-I Hsiung, "S. I. Hsiung's Reminiscence in Chinese Drama in England," p. 7.

习计划，便推荐蒋彝进伦敦政治经济学院攻读政府专业硕士学位。后来，骆任庭又推荐蒋彝去东方学院教中文。

熊式一写了一部戏，而且很快要上演了——这消息传得沸沸扬扬，人人皆知。可是，结果没有像预期那么顺利。熊式一四处奔走，想找个剧场上演，但处处碰壁。剧场经理或代理商都不愿接手，谁都不看好它，谁都不认为这戏能赚钱。

转眼几个月过去了，仍然不见任何进展。熊式一多年后用戏谑的口吻重述那段遭人白眼的经历：

> 嘴上没有长毛的作家，在英国实在可怜！我从中国来此，写了一出《王宝川》剧本，向伦敦各大剧院接洽，一般大经理读了我的剧本，一见到了我之后，马上就不要这出戏了！假若是他在尚未读过我的剧本之前就看见了我，他便不肯再去读我的剧本了！就算一般大经理，重利不重文艺，我便去试试那些重文艺不重利的小剧院主持人吧！哪知大经理虽不要你的剧本，倒也彬彬有礼！他们谢绝你的时候，多半是说："您的剧本好极了，请您另找高明，去远方发财！"小剧院的主持人，文艺界人士有文艺界的口头禅，他们毫不客气；退还你的剧本时，口中常常难免带上"三字经"！[1]

熊式一年轻的相貌，矮小的身材，成了一道难逾的障碍，谁都不去认真理会他，总把他看成一个"骗子"，认准了他的戏是"假货"。有个在大英博物馆任职的中国通，听到熊式一写了《王宝川》，哈哈大笑，嗤之以鼻，不屑一顾地说："黄脸人也能写书？"[2] 这经历从一个侧面反映了当时中国的新作家面临的实际困难。确实，在英国，中国人写的英文书，寥若晨星。华人大多经营餐馆或洗衣作坊，没有太多

---

[1] 熊式一：《谈谈萧伯纳》，《香港文学》，第22期（1986），页97。
[2] 《王宝川》印行和成功上演之后，该英国人改变了看法，"不再乱说了"。见蒋彝：《自传》，手稿，页96。

的文化教育背景，普遍得不到尊重。赛珍珠的小说《大地》(*The Good Earth*)于1934年出版，书中对中国的农民表示同情理解，但这类作品所占的比例很小。媒体新闻关于中国的报道大多是负面的，贫困、落后，华人多半被描绘成愚昧无知、狡猾奸诈的异教徒。"傅满洲"(Dr. Fu Manchu)的系列电影和音乐剧《朱清周》(*Chu Chin Chow*)加深了社会的偏见，煽动了反对、歧视华人的情绪。华人在街上会受到小孩的嘲弄，唱着电影《请，请，中国佬》(*Chin Chin Chinaman*)中的调子，朝他们扔石块。

熊式一素来十分自信，而且很顽强，他毫不气馁，坚持不懈。功夫不负有心人，终于时来运转，遇上了伯乐。

E. V. 茹由(E. V. Reau)是梅休因出版社(Methuen Publishing)新任主管。1934年3月9日，他接到了《王宝川》的书稿。晚上，他在家里翻阅，一下就深深地迷上了，马上决定要接受出版。出版社的秘书蒂根·哈里斯(Tegan Harris)后来告诉熊式一："那完全是他发自肺腑的真情，我从来没有看见他对一件事情如此兴奋过。"[1]

第二天一早，茹由拨通电话，通知熊式一，说他愿意出版这剧本，版税条件十分优渥：预付20英镑；1500册以下，版税10%；1500～2500册，12%；超过2500册，15%。梅休因还包下了他后面四部作品的出版权。[2]至于出版时间，预计在夏末之前。此外，茹由还考虑在书皮和标题页上印一些彩色画，书中还有十来帧黑白插图。他与熊式一约定下周一见面，届时签署合约。

这消息太突然了，它带来的惊喜可想而知。剧本通常都是先上舞台演出，获得成功之后才可能被考虑出版。《王宝川》走了一条不同寻常的路，它还没有被搬上舞台，居然就得以出版发行了！

熊式一决定与杰克逊联系，转告他这个好消息。杰克逊前不久亲口说过，最近这段时间太忙，无法考虑《王宝川》的舞台演出，但这事他不会忘记，绝对会放在心上的。熊式一想，杰克逊听到这消

---

[1] Tegan Harris to Shih-I Hsiung, March 10, 1934, HFC.
[2] E. V. Reau to Shih-I Hsiung, March 10, 1934, HFC.

息,大概会兴奋起来,甚至可能会安排在夏天摩尔温戏剧节上演出这戏。熊式一赶到杰克逊办公室,他恰好不在。斯科特·森德兰(Scott Sunderland)帮他给杰克逊打电话,转告有关剧本出版的合约和20磅预付版税的细节。森德兰是个英国演员,他看着熊式一,戏谑地眨眨眼,补充说:"熊先生在掂量着是不是应当把白金汉宫买下来。"[1]

1934年6月底,《王宝川》出版发行。精装本的书皮装帧雅致,明显的中国风格。正中是徐悲鸿画的彩色水墨画《赏雪》,画的中央,王允坐在相府花园内的石桌边品茗赏雪,周围是翠竹、芭蕉、湖石。画的上下部是醒目的红色书名和作者的名字。书中共附有徐悲鸿画的三幅彩色插图。前一年夏天,徐悲鸿和蒋碧薇来伦敦,在熊式一的公寓里住了半年。他们成了好朋友。熊式一介绍徐悲鸿认识了许多英国文化界的名人,包括骆任庭、画家菲利浦·康纳德(Philip Connard)、艺术评论家劳伦斯·比尼恩(Laurence Binyon)。徐悲鸿那段时期在巴黎、米兰、柏林、布鲁塞尔、罗马、莫斯科、列宁格勒举办展览,熊式一请他为《王宝川》画插图,徐悲鸿慨然应允,在赴苏联的途中,抽空完成了这事。[2] 此外,蒋彝也画了12幅线描插图,采用古典人物传统画法,穿插其中,可谓珠联璧合。

熊式一把剧本《王宝川》献给他的导师阿勒代斯·尼科尔。不错,正是尼科尔的鼓励和指导,促成了这部戏剧作品。在《前言》中,作者概要地介绍了中国戏剧表演的传统,包括语言、风格、美学、检场人;他强调,这出戏是"一部典型的戏,与中国舞台上制作的一模一样"。除了英语以外,每一丝每一毫都是"中国戏"。最后,他承认,英语不是他的母语,而又是他的第一部英语作品。他谦虚地致歉,

---

[1] Hsiung, "S. I. Hsiung's Reminiscence in Chinese Drama in England," p. 10.
[2] 徐悲鸿在赴苏联途中,经过罗马尼亚,得闲一日,总算找到了机会为《王宝川》画插图。他一共画了四幅,其中三幅为彩色,而《探寒窑》未及上色。剧本出版时,刊印了其中三幅彩画作插图;少数限量版中则用了所有的四幅画。见王震编:《徐悲鸿文集》(上海:上海画报出版社,2005),页92;Paul Bevan, email message to the author, July 24, 2019.

《王宝川》书封,由梅休因出版社于1934年出版。中央的《赏雪》图出自徐悲鸿的手笔。徐悲鸿为此书一共作了三幅彩色插图

《王宝川》中蒋彝作的线描插图之一

但又略带几分调侃,恳请读者"宽恕鉴谅"[1]。

但其实熊式一没必要自谦。艾伯克龙比在《序言》中宣称,这部戏是"一部英语写成的(而且写得非常好的)文学作品"。他记得去年7月的一个下午首次读到这部书稿,那次经历给他留下了永不褪色的记忆。"熊先生的散文机灵、含蓄,它的魔力,可以让我们西方人深深着迷。读者一旦开始阅读这剧本,就立刻能感觉到。"艾伯克龙比多次使用"魔力"一词,用以突出强调《王宝川》无比奇妙的魅力。他认为,这源于中国精湛的戏剧技巧以及中国文化传统中"厚重的人文现实"。简言之,那个7月的下午令他着迷,那独特的记忆永久地留了下来。艾伯克龙比宣布:熊先生是位"魔法师"[2]。

熊式一确实是个"难得一见的迷幻人的魔术家"[3]。这出戏,出自一位默默无闻的中国来的青年作家的手笔,居然赢得所有作家朋友和评论家的一致好评,这份文学瑰宝魔幻般的魅力,让大家目瞪口呆。伦敦大学的汉学家庄士敦爵士,曾经在紫禁城内担任末代皇帝溥仪的外籍帝师,评论道:"文字优美,印制精良。"[4]笔会秘书长赫曼·奥尔德(Herman Ould)称,这剧本散发一种"文学中罕见的馨香,这在我们同时代的作品中几乎很难觅到"[5]。《吉·基周刊》(G. K.'s Weekly)称它为"一部小型的杰作"。其他文学评论家用各种比喻来形容《王宝川》的精雅,如"盛开的杏花""绿草尖的白露""彩蝶粉翼上的轻羽""朝阳晨露"。有些评论家甚至断言,这剧本"大概是英国人写的作品",或者是"三四个欧洲最优秀的戏剧家完美合作的产品"。[6]

许多人确信,这剧本在舞台上演出肯定会大获成功。甚至有评论者预言,哪个经理慧眼识珠,把它搬上舞台,绝对能轰动一时。"它有

---

[1] Shih-I Hsiung, "Introduction," in Shih-I Hsiung, *Lady Precious Stream* (London: Methuen, 1934), p. xvii.
[2] Lascelles Abercrombie, "Preface," in Hsiung, *Lady Precious Stream*, pp. vii–x.
[3] 熊式一:《后语》,载氏著《大学教授》,页154。
[4] Reginald Johnston to Shih-I Hsiung, July 10, 1934, HFC.
[5] Herman Ould to Shih-I Hsiung, August 24, 1934, HFC.
[6] Shih-I Hsiung, handnote, n.d., HFC.

精美的文字内容，加上独特的创意，戏院一定会座无虚席。"[1]

问题是哪一家戏院愿意上演这戏？什么时候呢？

* * *

1934年6月14日，熊式一去苏格兰参加笔会前，给骆任庭夫妇写信，后者刚从那里度假回来。下面是信的起首部分：

> 我简单写两句，欢迎您和夫人回到我的伦敦。但愿您们在您们美丽的苏格兰过得非常愉快，而且会强烈建议我尽快去那里。如是，我会接受您们的意见，星期六就出发去苏格兰。[2]

其中"我的伦敦"和"您们美丽的苏格兰"两个词组，骆任庭看了肯定大吃一惊。他在"我的"和"您们的"底下分别画了两条线，表示自己的惊喜。"我的伦敦"，标志着一项重要的转变，其中所有格形容词"我的"，显示出熊式一对这座欧洲大城市的心理认同和情感依恋，对他来说，伦敦已经不再是一座邈远陌生的西方城市。

《王宝川》的出版，令熊式一信心百倍。他成了新星，万众瞩目。他与另外两位中国代表一起去爱丁堡出席笔会，加入文坛上闻名遐迩的作家行列。骆任庭和梅休因出版社将他介绍给笔会的一些作家。他不再是一个默默无闻的陌路人。正如《格拉斯哥先驱报》(*Glasgow Herald*)报道的那样，他是一名文学使者，他要传递宝贵的信息；在他的身上，丝毫不见西方人笔下那种华人的"倦怠与冷漠"[3]。

熊式一身上总是一袭蓝色长衫，特别引人注目。他谈笑风生、机

---

[1] H. Z. "A Chinese Play," *World Jewry*, August 31, 1934.

[2] Shih-I Hsiung to James Lockhart, June 14, 1934, Acc. 4138, James Stewart Lockhart papers, National Library of Scotland. 其中"美丽的苏格兰"，熊式一使用了苏格兰方言"bonnie Scotland"。引言强调处系由本书作者所加。

[3] "Barrie's Plays in Chinese," *Glasgow Herald*, June 1934.

智幽默,是"最有魅力的人之一"[1]。在前一年的笔会晚宴上,他有这么一段小插曲:

> 我记得三十几将近四十年前,我初次到伦敦时,参加笔会晚宴,座中有一位谈笑风生的女作家,说是那晚的大菜烧得不好,她自己做出来的东西比之高出百倍。另有一位客人(非会员)对她说,没想到大作家还肯屈尊入厨房。那女作家答道:"我不以为烧菜是我不屑做的事:写作是我的生活,烹饪却是我的娱乐。"我看见她那副洋洋得意的神气,不禁插口道:"我却恰恰与你相反:我的生活全靠烹饪,而写作反是我的娱乐!"
>
> 全座听了大惊,这位漂亮的女作家瞪大了她的眼睛问道:"你真是一位职业性的大厨师吗?"我答道:"我不是厨师!只因为你们贵国是世界上第二不会烧菜的国家——日本第一——我来了两个月,再继续吃英国饭吃下去,一定会饿死,所以只好自己做饭烧菜。这样岂不是我的生活全靠我的烹调吗?至于我的写作,我是从吾所好,一向总是喜欢就写,不喜欢就搁笔,当然只好算是我的娱乐。"
>
> 那位女作家听了笑不可抑,马上请我周末到她家中参加晚会。[2]

第六届摩尔温戏剧节在当年7月23日开幕。这一年一度的戏剧节,已经成为英国戏剧界最精彩活跃的文化节,它像一个盛大的国际性节日,吸引来自世界各地的游客,朋友相约观赏戏剧、切磋交流等等。

对这一届戏剧节,熊式一格外关注,因为他期盼着《王宝川》能借机上演。一天,他无意中听一个朋友提起,说这次戏剧节的节目中有一部中国戏。熊式一便问是什么剧名,她说记不清了,只记得是"什么河之类"的。熊式一马上追问,是不是有个"川"字,剧名

---

[1] "Barrie's Plays in Chinese," *Glasgow Herald*, June 1934.
[2] 熊式一:《序》,载高准:《高准诗抄》(台中:光启出版社,1970),页13—14。

是不是《王宝川》,她回答说,"很可能是的"。熊式一兴奋得几乎快晕过去了。他好不容易站稳脚跟,急忙冲去打听消息。确切的结果却令他失望万分,几近心碎。上演的是《黄河中的月亮》(The Moon in the Yellow River),爱尔兰青年作家丹尼斯·约翰斯顿(Denis Johnston)的戏剧作品,与中国毫不相干。[1]

熊式一出席摩尔温戏剧节,新闻报道总是将他重墨介绍。他身穿中式长衫,与萧伯纳谈笑自若,与演员、剧作家、戏剧界专业人士打成一片,俨如圈内人一般。7月26日,他出席萧伯纳的生日聚会,嘉宾云集,包括剧作家德林克沃特、戏剧历史学家乔治·奥德尔(George Odell)、尼科尔教授。

他在摩尔温戏剧节出席了《黄河中的月亮》的首场演出。就在那天,他接到约瑟夫·麦克劳德(Joseph Macleod)发来的电报,说打算排演《王宝川》,想与他谈谈具体条件。麦克劳德是诗人和剧作家,经营剑桥的节日剧院。他安排邀请熊式一去剑桥,陪他游览观光,观看巴里《玛丽·萝茜》(Mary Rose)的演出,并商谈了上演《王宝川》的细节和条件。遗憾的是,此事最后没有谈成功,但两人自此结成深厚的友谊,并持续了许多年。

麦克劳德的愿望无疑又点燃了熊式一的希望。《王宝川》出版之后,他一直在寻找上演该剧的机会。但剧场经理普遍认为,一部剧剧本如果受读者欢迎,那肯定不适合舞台制作。这想法倒也不能算无稽之谈。萧伯纳、高尔斯华绥、路伊吉·皮兰德娄(Luigi Pirandello)等诺贝尔奖得主,最近都有剧作在舞台演出时惨败,不得不草草收场。

当然,熊式一绝对不甘就此罢休。既然有人提出了要排演这部戏,他相信,必然会接二连三有更多的人表示类似的意愿。

---

[1] 熊式一:《出国镀金去,写〈王宝川〉》,《香港文学》,第21期(1986),页96;Hsiung, "S. I. Hsiung's Reminiscence in Chinese Drama in England," pp. 10–11.

第六章　中国魔术师

阿勒代斯·尼科尔在耶鲁任教,但还是非常关心熊式一的博士论文。在他们俩的通讯往来中,尼科尔经常问起熊式一的论文进展。在他的眼里,中国戏剧还没有真正得到挖掘,其传统历史和表演手法值得深入研究。他对熊式一的论文寄予厚望,深信它会在学术界引起轰动。"你是知道的,对你正着力准备的论著,我一直在翘首期盼。"[1]1934年11月,尼科尔写信,告诉熊式一耶鲁大学提供斯特林研究基金,他鼓励熊式一申请,并寄去了具体的申请资料。熊式一的论文进展顺利。他的学生档案中,有一条11月20日增补的说明:他的论文课题定为《英语戏剧对中国戏剧和剧院之影响》,已经得到了校方批准。[2]

那是一段极其忙碌但卓有成效的时期。熊式一除了应付研究生院的学业外,还完成了中国经典戏剧《西厢记》的翻译。将近十一个月的时间里,他差不多每天清早就离开汉普斯特德的住所,乘地铁到市中心,转车去南肯辛顿,直奔骆任庭的寓所,在他的私人图书馆里伏案翻译八九个小时。那是一项细致、艰苦、缓慢的工作,他得比较十多种不同的版本,为了确定词意和文本的内容,字斟句酌、细细推敲。在这一阶段中,他还写了一出短剧《孟母三迁》(*Mencius Was a Bad*

---

[1] Allardyce Nicoll to Shih-I Hsiung, January 9, 1934, HFC.
[2] "Shih-I Hsiung," Student Card, November 20, 1934, Main Library Archives, Queen Mary College, University of London.

南希·普瑞斯

Boy），并与圣安出版社（Saint Ann's Press）商妥了出版事宜。

一个意外的小插曲，急遽改变了熊式一的人生轨迹：小剧院导演南希·普瑞斯（Nancy Price）提出要上演《王宝川》。顷刻之间，熊式一成了明星，成为媒界的聚焦点，各式各样的社会应酬旋风般铺天盖地而来，以至于他无法安心研究，攻读博士学位不复可能。

普瑞斯是人民国家剧院运动的发起人，该运动旨在发展优质戏剧、提高戏剧艺术，为业余演员创造更多的舞台表演机会。她为之奔走呐喊，得到萧伯纳和美国著名歌手保罗·罗伯逊（Paul Robeson）等人的坚定支持。他们锐意改革，呼吁业余戏剧人员多加合作，使更多的人有机会接触舞台。普瑞斯是个理想主义者，为了戏剧艺术，她甘于牺牲一切，为之奋斗。她认为，剧院应当直接参与社会生活，戏剧是社会政治舞台上最有效的武器，是"心灵的医院"，有助于形成公正的判断和建立一个健康的人类社会。[1] 1932年，她接手阿德尔菲萨沃伊酒

---

[1] Michael Sayers, "A Year in Theatre," *Criterion*, July 1936, p. 650.

店附近的小剧院，剧院拥有377个座位。可惜，没过多久，小剧院就陷入严重的财务困境。第二个演出季结束时，竟负下了高达4475英镑的巨额债务。普瑞斯焦虑万分，财政拮据使她寸步难行，从政府那里她得不到任何的帮助。

普瑞斯是位老演员，三十多年舞台生涯，经验丰富，拍过许多电影，还导演制作过许多戏剧作品。作为剧院经理，她一直在发掘新的现代作品。她每年阅读六七百部戏剧作品，但它们大都雷同，很难找到一部中意的剧本，她常常为之失望不已。一天，她听秘书乔纳森·费尔德（Jonathan Field）推荐《王宝川》，于是，周末去郊外度假回家，途经书店时买了一本。晚上，她在床头翻阅，这优美精妙的故事一下把她吸引住了。第二天一早，她打电话给熊式一，约他11点来办公室商谈。

见面的时候，普瑞斯告诉熊式一，她准备排演《王宝川》，想试一试。小剧院最近接连两次演出失败，所以这将是一场赌博，她要把银行里剩下的一点点存款全部都押上去。普瑞斯说："如果这出戏失败的话，我只好去贫民院了。"可她自信地补充："但这不至于如此。我知道这出戏会获得巨大的成功，很可能是伦敦相当一段时间以来最大的成功。"午餐之前，"一切都谈妥了"。两人开始讨论舞台制作的细节。[1]

接下来的两个月里，排演和舞台制作等种种准备工作紧锣密鼓地进行。不难想象，其中困难重重。以甄选演员为例，饰女主角王宝川的演员，来排了一天戏，便逃之夭夭。忙了一个多星期，总算凑齐了角色，罗杰·利夫西（Roger Livesey）和梅西·达雷尔（Maisie Darrell）扮演男女主角，埃斯米·珀西（Esme Percy）出演王允。但魏虎的角色，一直没能定下来。选了好几个，都是试一试就辞去不干了。1934年11月初，普瑞斯在办公室里私下向熊式一表示，要是实在找不齐角色的话，只好由熊式一不动声色地宣布，让大家暂时不要再来了，

---

[1] "Play 11 Managers Refused Ran 2 Years," *Essex County Standard*, December 24, 1943; "Chinese Writes Better English Than English."

《王宝川》小剧场演出节目单（图片来源：熊德荑）

等过了圣诞节再说。没想到，莫里斯·哈维（Morris Harvey）同意接下这个角色，于是，人马齐备。这一组演员，年轻、热情、才华横溢，但他们都是第一次接触中国古代题材的作品，对一切充满了好奇，嘻嘻哈哈的。即使是服装，他们也觉得新奇，女演员对男式长袍饶有兴趣，而男演员则闹着要穿女人的裙子。熊式一耐心地为他们讲戏，介绍中国的戏剧传统，帮助他们理解角色，指导他们的表演。几周之后，《王宝川》居然按期开演，连熊式一都觉得难以想象，那绝对可以"算是一大奇迹"[1]！

1934年11月28日，小剧院首演《王宝川》，出席观看的包括骆

---

[1] 熊式一：《后语》，载氏著《大学教授》，页156—157。

任庭爵士、庄士敦爵士、中国驻英公使郭泰祺等。熊式一成为公众注目的中心人物,他身穿绿色长衫,笑容灿烂,与来宾一一握手。中式长衫,偶尔外面套一件西式上装,这已经成了他在正式社交场合露面时的招牌服饰。其装束明显的与众不同,却明确无误地展示了他的文化身份,当他与白肤金发的西方人混杂在一起时,一眼就能将他辨认出来。

《王宝川》让观众大开眼界。普瑞斯从一开始就强调,要把它设计成地道的中国戏。她与熊式一共同执导制作这出"四幕喜剧",经过巧妙的演绎,这部剧自始至终跌宕起伏,引人入胜。观众津津有味地品赏对话和享受故事魅力的同时,还体验了一个陌生却有趣的戏剧传统。舞台上,左侧竖立着一棵树,除此之外,没有舞台布景也不见道具。中央幕布的两侧,悬挂着巨大的中国刺绣挂毯,制作精美,那是向骆任庭借用的。观众必须得调动想象力,在脑中创设场景,构建宫殿、相府花园、寒窑、关隘等景物。演员身上穿着私人借来的中式刺绣服装,按照中国传统戏剧的传统,从右侧上场,左侧退场。演出中,两个负责道具的检场人始终在台上,帮着搬移桌椅,没事的时候,就坐着抽烟或装着看书。普瑞斯扮演报告人,每次场景改变时,向观众做一些介绍和解释。[1]《王宝川》与此前英国舞台上所有的中国戏剧表演明显不同,借用一位评论家的说法,"那都是一些西方人眼中看到的中国戏",而《王宝川》是"中国人的中国戏"。[2]剧终,全场报以雷鸣般的掌声。在伦敦戏剧首演的夜晚,观众如此热烈、激情的反应,实属罕见。

演出结束后,剧组让观众留在座上,谈谈他们的意见。庄士敦在中国生活多年,又是个中国戏剧行家,熊式一请他与大家分享一下他的看法。几天后,庄士敦写信给熊式一,真诚地致以谢意,并表示热烈祝贺。

---

[1] Playbill of *Lady Precious Stream*, November 6, 1934.
[2] "The Little, 'Lady Precious Stream,'" *Stage*, December 6, 1934.

> 那天我并没有打算发言,很荣幸,承你点名邀请,所以就只好站起来凑合几句。你一定还记得,我没有什么可批评的,我只是说那出戏让我很思念中国(想家)。我能说的就这些,但这其实是我对你和这部戏,还有对所有参与制作的人员最高的嘉许。[1]

报界对《王宝川》好评如潮,夸它是"难得一见的好戏""无与伦比""美不胜收"。至于那不同于常规的表演,评论家一致称道,认为那是"无艺术的艺术"[2]。据《星期日泰晤士报》(*The Sunday Times*)称,在伦敦剧院上演的各种戏中,《王宝川》出类拔萃,绝对首屈一指。[3]在《新闻纪事报》(*News Chronicle*)中,E. A. 班翰(E. A. Banghan)写道:"《王宝川》这部喜剧生动有趣、别具一格,戏中还带着点萧伯纳的味儿。"[4]青年评论家休·戈登·波蒂厄斯(Hugh Gordon Porteus)在题为《中国魔术师》的评论文章中,眼光敏锐、论点精到、鞭辟入里。他撇开了"迷人""愉悦""精彩"之类的常用套语,振臂高呼,认为《王宝川》是英国文化史上的一个里程碑,是"一项伟大的创新,一个文学事件",使公众对中国的戏剧从一无所知到有了新的了解。波蒂厄斯的文章谈及中国戏剧、《王宝川》以及熊式一的文学才华,他在结尾部分写道:"《王宝川》的重要意义在于:这是第一个信号,表示一颗新的行星进入了我们的视野。小剧院上演《王宝川》的那一天,其重要意义不亚于伦敦首演契诃夫戏剧的那个日子。"[5]伦敦的观众有幸领略到动人的新艺术,同时还受益于这位东方来的文化诠释者的聪明睿智。"熊先生是位名副其实的魔术师。"[6]

---

[1] Reginald Johnston to Shih-I Hsiung, 5 December 1934, HFC.
[2] James Agate, "A Week of Little Plays," *The Sunday Times*, December 2, 1934; "Artless Art, 'Lady Precious Stream' is Beauty Unadorned," *Queen*, December 19, 1934; A. E. Wilson, "Picturesque Chinese Play," *Star*, November 29, 1934.
[3] Agate, "A Week of Little Plays."
[4] E. A. Banghan, "Chinese Play in West End," *News Chronicle*, November 29, 1934.
[5] Hugh Gordon Porteus, "A Chinese Magician," *The China Review* (January to March, 1935), pp. 29–30.
[6] Ibid.

熊式一在报纸杂志上发表一系列文章，介绍中国戏剧和规范程式。这些文字说明至关重要，既教育了公众，又引起社会各界对《王宝川》的广泛兴趣。他强调，中国的传统舞台不是现实主义的，他分析介绍一些中国戏剧的基本常识，包括表演中的性别角色，行当划分，虚实结合的表演、象征的表现手法，以及简约的舞台布置等等。《王宝川》的制作经历，使他进一步意识到中西方文化传统的差异。例如，在中国戏剧中，观众凭借服饰的颜色或者脸谱，能轻而易举地识别忠勇奸佞、神怪精灵；男女之间没有热情的拥抱，连肢体接触都很少见；正面人物的性格特点中，常常包括知书达礼、孝顺父母等等。

中华学会、摩尔温戏剧节、伦敦大学等纷纷邀请熊式一去演讲，他利用这些机会，介绍中国戏剧悠久的传统，纠正西方对中国和华人的偏见与误解。他风趣的谈吐、广博的知识，使听众如沐春风，大长见识。在题为《中国舞台之点滴》的演讲中，他谈到华人在英国面临的普遍误解，并以自己在伦敦的亲身经历为例：

> 过去几个月中，我常常路过一些小街，总有小朋友们——我应该称他们衣衫褴褛的顽童——在那里成群结队地嬉戏玩耍。他们一看到我，总是大吃一惊，压低声音——但我能听见他们——说："那是个中国佬。"他们会悄悄地商量一番，推选出一个过来，向我发问："你知道现在几点吗？"女士们、先生们，毫无疑问，你们很多人都有过类似的经历，但我的经历略有不同。我总以为他们是真的想要问时间，于是就掏出手表——那是极其普通的手表——告诉他们，5点3刻，或者7点，或者别的准确时间。这样的情况发生了一次又一次，我从他们脸上的表情琢磨出一个结论。在多数情况下，他们感到极其失望，他们发现我讲的是纯正的英语，我张嘴时没有露出獠牙，手指上没有尖长的指甲。确实，他们一看到我从口袋里掏出来的，只是一块普通的手表，而不是威斯敏斯特的大笨钟，或者起码不是一只闹钟，就觉得找错了人，空欢喜了一场。个别比较乐观的，会安慰其他同伙，"他不是地道的中国佬"，会劝他们再耐心等待，看哪天街头拐角那里冒出一个

地道的好人。[1]

自17世纪起,在欧洲,所谓的"中国风"盛行一时,东方的异国情调和风格成为时尚,影响了建筑、园林、家具、服饰、日用器皿、文艺思想等等。当然,"中国风"的影响也波及英国,20世纪30年代依然如此。[2]《王宝川》演出的成功,与公众对中国的兴趣和好奇不无关系。与此同时,西方世界对中国和华人的真正了解微乎其微,有些人甚至以为中国人都是"满大人",或者是杀人恶魔,青面獠牙、拖着一根长辫、手上留着长指甲、托着根烟枪。"我来英国之后,才第一次听到'满大人'这词儿,"熊式一告诉他的听众,"说实在的,我从来没有杀过人,也从没有抽过鸦片。"[3]英国有不少关于中国文化、宗教、哲学等方面的书,但大部分作者对中国的了解相当肤浅,有些连中文都不懂。熊式一希望通过戏剧,借助剧场这一深具影响的社会文化场域,为西方的观众介绍中国和她的文化历史。

毫无疑问,《王宝川》的成功上演,大大改变了中国人的形象。蒋彝亲眼目睹该剧的成功使许多英国人从此对中国人刮目相看,认识到中国人不尽是餐馆或洗衣坊的工人。他认为,熊式一为中国作者写书出版开了路,是有功之臣。"我个人对于熊氏自信力之强及刻苦奋斗向前、百折不挠而终达成功的精神是很佩服的。"[4]

1934年12月16日,星期天,中国驻英公使郭泰祺夫妇在使馆举行招待晚会,并邀请剧组的原班人马表演《王宝川》。双客厅中专门搭建了一个小舞台,酷似小剧院。大厅内,中国刺绣和水墨画琳琅满目。来自几十个国家的大使和外交人员莅临晚会,包括日本、西班牙、波兰、瑞士、暹罗(今泰国)、墨西哥、尼泊尔、埃及、挪威等。除此以外,还有许多政府要员和名人贵宾,包括作家H. G. 威尔斯(H. G.

---

[1] Shih-I Hsiung, handnote, unpublished, ca. 1935, HFC.
[2] 见 Anne Witchard, ed., *British Modernism and Chinoiserie* (Edinburgh: University of Edinburgh Press, 2015), pp. 1–11。
[3] "Never Heard of a Mandarin," *Oxford Mail*, June 17, 1935.
[4] 郑达:《西行画记——蒋彝传》(北京:商务印书馆,2012),页82。

Wells)、李顿爵士夫妇、伦敦市长夫妇等等。郭泰祺夫妇笑容可掬，满面春风地欢迎来宾。出席这一盛会的来宾，个个西装革履或精心穿戴打扮。南希·普瑞斯扮演报告人，她"身着白色衣装，戴着大耳环"。演出结束后，熊式一发表讲话。媒体一致认为，这场晚会是"伦敦地区一年中五彩斑斓的派对之一"。[1]

* * *

《王宝川》在小剧院的演出，场场爆满，成为西区最受欢迎的戏。它劲头十足、前程似锦。在伦敦街头，处处可见《王宝川》的宣传广告，上面印有熊式一的照片。

翌年，2月26日，《王宝川》上演第100场。

不料，演女主角的梅西·达雷尔突然病倒，需要手术，于是赶紧选了卡罗尔·库姆（Carol Coombe）顶替。库姆是澳大利亚青年演员，很有天赋，准备了四天就顶上去了。在接下来的400场演出中，她一直扮演王允相府中清纯可爱的小女儿。

英国王室几乎所有的成员都去看了这出戏，玛丽王后（Queen Mary）特别青睐，据说前后一共观摩了八次。她的孙女，即伊丽莎白二世，当时才不到十岁，也一同前往观摩。[2] 小剧院为了提供方便、舒适的看戏环境，专门为她加建了一个私人包厢。玛丽王后去看戏，有时还会特意穿件中式刺绣外衣。她对剧中的中国服饰特别感兴趣，有一次，在幕间休息时，她甚至让剧组把郭泰祺出借的演员服装送到包厢让她观赏。玛丽王后对这出戏如此钟情，赞许有加，一时传为美谈，也成为《王宝川》的最佳广告。

加里克剧院，在曼彻斯特附近的一个小镇上，是全英最活跃的业余戏剧社团之一，有1800余名成员，每年制作上演25到30部戏。1934

---

[1] "A Chinese Evening," *Daily Sketch*, December 18, 1934; "A Chinese Entertainment," *Cork Examiner*, December 28, 1934.

[2] 蒋彝：《自传》，手稿，页95。

卡罗尔·库姆邀请熊式一和梅兰芳共进午餐。库姆在《王宝川》中饰演王宝川一角

年10月,该剧院在筹备成立50周年大典之际,与熊式一接洽,准备公演《王宝川》。熊式一推荐梁宝璐(Liang Pao-lu,音译)帮助导演。梁宝璐在伦敦皇家艺术学院进修,有丰富的舞台经验。1935年3月11日至18日,《王宝川》在加里克剧院成功上演,成为全英业余剧团上演该剧的首例。这次演出,据评论报道称,"完全符合传统的中国风格,远胜于伦敦的表演"[1]。

全英各地的学校和组织,特别是女子学校、戏剧俱乐部、大学,纷纷与熊式一联系,希望对该剧进行舞台制作,或者就服装、音乐、灯光、舞台等方面的内容向他请教。[2]熊式一制定了收费标准:单场表演,收费五英镑五先令;演出一周以上,则按总收入的10%收费。一些非营利性组织会向他讨价还价,要求减价甚至完全免费,熊式一有时会表示理解,答应他们的要求。但是,类似的演出申请迅速增多,熊式一疲于应对,常常忙得焦头烂额。1935年10月,他索性雇用伊

---

[1] "Garrick Notes," *Garrick Magazine* (March 1935), p. 1.
[2] 1936年,《王宝川》的舞台演出本出版发行。同年,英国中学的课本里收录了《王宝川》剧本的节选部分。

夫·利顿（Eve Liddon）任秘书，负责处理琐碎的具体事务。

《王宝川》演出成功的消息不胫而走，美国、新西兰、南非、印度、新加坡、中国等许多国家的新闻媒体都争相报道。欧洲和世界各国的剧院纷纷表达了制作上演《王宝川》的意愿。圣诞期间，《王宝川》在爱尔兰都柏林著名的盖特剧院（the Gate Theatre）上演，那是在英国国外的首次演出，熊式一亲自前往出席首演。剧组的阵容庞大，大型剧场内座无虚席，观众看得如痴如醉，场场如此，所以又加演了一周。1935年，熊式一先后签订了一系列演出合约，同意《王宝川》在瑞士、西班牙、荷兰、比利时、挪威、瑞典、丹麦、芬兰、捷克斯洛伐克、中国等地演出。

对这一意想不到的巨大成功，普瑞斯感到十分满意。《王宝川》挽救了小剧院，帮助其摆脱了财务困境。1935年2月17日，在人民国家剧院的第五届年度晚宴上，荣誉主任普瑞斯发言，她向与会的560名成员介绍说，三个月前他们开始上演《王宝川》的时候，亏损达157英镑；但现在，她舒了一口气，得意地宣布，他们已转亏为盈。从首场演出到3月2日，除了圣诞到元旦停演两周之外，小剧院的总收益为5763英镑。[1] 不用说，熊式一按5%收取的版税应当是相当可观的一笔收入。

普瑞斯精力充沛、雷厉风行，但有时很难与她共事。她了解并欣赏熊式一的社交能力和文学禀赋，可她偶尔会口无遮拦，当众羞辱他。普瑞斯事后意识到自己的行为失礼，会主动道歉并恳请熊式一原谅。一次，圣奥尔本斯学校准备4月演出《王宝川》，熊式一在与校方来宾交流时，普瑞斯到舞台上，当着众人的面，公然对他出言不逊，圣奥尔本斯学校的校长I. M. 嘉顿（I. M. Garton）看得目瞪口呆，感到无比震惊。她事后在信中为熊式一打抱不平，愤愤谴责普瑞斯，说自己和同事们"从来没有见过如此的粗暴无礼"[2]。熊式一对其中的不公当然

---

[1] "Weekly Returns for *Lady Precious Stream* at the Little Theatre," report, November 25, 1934 to March 2, 1935, HFC.

[2] I. M. Garton to Shih-I Hsiung, March 21, 1935, HFC.

```
Weekly    Returns for "LADY PRECIOUS STREAM" at the LITTLE THEATRE
                                    £.    s.   d.
Week ending:  December 1st, 1934.   224.  0.   6
    "     "      8th,   "          421.  15.  0
    "     "     15th    "          430.  18.  3
    "     "     22nd    "          397.  18.  3
(Closed two weeks)
    "     January 12th, 1935       381.  7.   2
    "     "     19th,   "          548.  4.   10
    "     "     26th    "          590.  5.   11
    "     February 2nd  "          569.  8.   9
    "     "      9th    "          554.  13.  1
    "     "     16th    "          540.  15.  2
    "     "     23rd    "          547.  13.  10
    "     March  2nd    "          555.  10.  9
```

1934年11月底至1935年3月初《王宝川》的票房收入（图片来源：熊德荑）

心知肚明，但他的答复很有分寸，没有借机发泄或渲染：

> 小剧院的管理很烂，可我无能为力。说实在的，我倒是非常感谢他们没有扼杀我的戏。我认为，只有非常过硬的艺术作品，才可能挺过如此糟糕的处理。《王宝川》还很火爆，但你心里有数我并不完全是欢乐无忧的。[1]

---

[1] Shih-I Hsiung to I. M. Garton, March 22, 1935, HFC.

* * *

  1935年3月,限量版《孟母三迁》剧本出版发行。这一出独幕剧是关于孟子孩童时代的经历。孟子幼年丧父,其母亲克勤克俭,辛苦抚育儿子。为了给孩子一个良好的生活教育环境,孟母煞费苦心,两迁三地。他们原先的住所在墓地附近,孟子不懂事,与邻家的小孩模仿出殡哭丧,以此为乐。孟母见了,决定搬迁,移到了集市附近住下。没想到,孟子看见商人做买卖交易,也学着模仿,玩得津津有味。于是,孟母再度搬迁,移到学校附近的住所。孟子看见官员到文庙行礼、跪拜,种种礼节规矩,一一熟记在心。孟母认为,儿子在此地可以专心学习、立鸿鹄之志、奋发图进,便决定安顿下来。多年后,孟子果然成为中国历史上著名的思想家、政治家,被奉为"亚圣"。剧中,孟母身穿粗布衣衫,朴素整洁,她忙于劳作,两手粗糙,为了教子,她甘愿牺牲自己安逸的一切。孟母被尊为贤母的典型,名垂千秋的女性典范。作者在刻画孟母这一人物时,显然倾注了对自己生母的崇敬和感激之情。

  独幕剧《孟母三迁》,短小精彩、引人入胜,且寓教于乐,像一块晶莹的文学瑰宝。熊式一是应何艾龄之邀,创作了此剧。何艾龄是香港著名企业家、慈善家何东爵士的女儿。1928年,她在伦敦大学进修教育学博士期间,注意到伦敦东部地区有大量的华侨混血孩童,他们多半是华工的孩子,母亲是英国人。他们不会讲中文,对中国几乎一无所知。何艾龄本人也有欧亚血统,她热爱祖国,也乐于公益。为了帮助那些华侨子弟,她出力策划,于1934年底,在伦敦东部创立了中华俱乐部,为本地的欧亚孩童提供活动场所,让他们有一个大家庭的感觉,并帮助他们学习中国语言、文化和历史。1935年4月30日,她组织了一场义演,为中华俱乐部筹款,地点选在圣詹姆士广场英国国会首位女议员阿斯特子爵夫人(Nancy Astor, Viscountess Astor)的私人宅邸。对中华俱乐部而言,《孟母三迁》这一部儿童剧,无论是内容还是形式,都恰到好处,可谓完美契合了其上演这部剧的初衷。当地的许多名人和孩童观看了演出,皆大欢喜。结束后,他们出席大型的茶话会。[1]

*　*　*

　　1935年，英国伦敦欢庆乔治五世（George V）登基25周年。与此同时，伦敦有许多庆祝中国文化的大规模活动，正因为此，郭泰祺大使——中国公使馆升格成了大使馆——多次重申，银禧嘉华年也同时是"中国年"。伦敦不少著名的美术馆和博物馆，举办中国艺术展。2月底，刘海粟组织的大型中国现代美术展览会在新百灵顿美术馆开幕，展出近200幅现代中国画。有关中国的书籍大量出版，仅1934年就有彼得·弗莱明（Peter Fleming）的《一个人的同伴》（One's Company）、史沫特莱的《中国人的命运》（Chinese Destinies）、安德烈·马尔罗（Georges Malraux）的《上海风暴》（Storm in Shanghai）、策明鼎（Ming-ting Cze，音译）的《中国短篇故事》（Short Stories from China）等。还有与中国有关的电影戏剧，像《猫爪》（The Cat's-Paw）、《陈查理在伦敦》（Charlie Chan in London）、《可敬的黄先生》（Honourable Mr. Wong）、《莱姆豪斯蓝调》（Limehouse Blues）等。当然，西区小剧院上演的《王宝川》，口碑极佳，家喻户晓。

　　此外，自1935年11月28日至1936年3月7日，在新百灵顿美术馆举办的国际中国艺术展览会上，展出各国所藏三千多件书画、玉器、雕刻、铜器、瓷器等展品，其阵容史无前例、一时无两。中国政府全力支持这次展览，特别精选了故宫八百余件稀世珍品参展，希望借此让"世界的观众得以一睹中华民族之伟大"，并赢得他们"对中国抗日运动的同情与支持"[2]。为了确保安全，英国政府特意派萨福克号军舰

---

[1] 这部短剧非常受欢迎，除有不少学校演出，英国广播公司也曾数次播出。1956年，澳大利亚的刊物《戏剧与学校》（Drama and the School）亦有刊登。此剧的英文剧名为 *Mencius Was a Bad Boy*，没有中文译本。熊式一有时称它为《孟母断杼》，有时为《孟母三迁》或《孟母教子》。见熊式一：《良师益友录》，手稿，熊氏家族藏，页2。

[2] Fan Liya, "The 1935 London International Exhibition of Chinese Art: The China Critic Reacts," *China Heritage Quarterly*, no. 30/31 (2012), http://www.chinaheritagequarterly.org/features.php?searchterm=030_fan.inc&issue=030.

前往中国运送这批国宝。乔治五世国王和玛丽王后,以及中国国民政府主席林森是展览会的赞助人,筹备组织委员会成员近200人,其中有十多个国家的大使、名流、艺术界著名学者等。伦敦的报纸每天都有专栏文章,介绍中国悠久的文化艺术传统。英国各界民众了解到中国艺术源远流长、博大精深,都急切关注这场大型展览。熊式一和他的中国朋友走在大街上,常常会碰到素不相识的路人停下来对他恭维几句,表示对中国的文化历史的感佩。

5月,梅兰芳应苏联对外文化协会之邀,由现代戏剧学者余上沅陪同,赴苏联访问演出。梅兰芳在苏联的演出,盛况空前,经文协要求,在列宁格勒加演了5场以飨观众。所有12场演出的戏票全部售罄。每天晚上,几百名观众为了能一饱眼福,只能站在乐池中,从相当困难的角度欣赏他的表演。[1] 最后,苏联政府又安排梅兰芳在莫斯科大剧院公演,并在大都会饭店举办盛大的告别酒会,感谢这位嘉宾的来访和精彩表演。

访苏结束后,剧团人员回国,梅兰芳和余上沅一起赴波兰、德国、法国、比利时、意大利、英国等地进行戏剧考察。他们5月26日抵达伦敦,除了要考察了解当地的剧院,还想看看有没有将来在英国演出的可能。京剧,又名"国剧",有一套独特的戏剧艺术体系,包括唱、念、做、打,还有音乐,甚至检场人等。梅兰芳希望能在保留京剧本身独特风格特色的基础上,改革传统舞台,把京剧推向国际。他的观点得到了一些戏剧学者的赞同,余上沅便是其中之一。余上沅宣扬京剧为"国粹""纯粹的艺术""最高的戏剧,有最高的价值",他也不遗余力地推动京剧的现代化和国际化。

梅兰芳访问伦敦期间,住在熊式一的公寓里。熊式一是伦敦地区知名度最高的中国人,凡重要的社交场合,都有他的身影。他爱交朋友,而且为人慷慨大方,与朋友肝胆相照。他和蒋彝的公寓,因为有一间空房,徐悲鸿夫妇、刘海粟夫妇,以及这一次梅兰芳来伦敦,都住在他们这里,熊式一带着客人四处游览,介绍他们认识了许多知名

---

[1] "Mei Lan-fang in Russia," *Christian Science Monitor*, April 27, 1935.

徐悲鸿为熊式一所作素描肖像（图片来源：熊德荑）

的艺术家、音乐家、作家、演员，[1]他们因此交谊甚笃。这些客人回国后，相互之间还保持联系。

伦敦的市民对梅兰芳这位著名的中国演员慕名已久。几年前他去北美巡演，轰动西方世界，所以他这次来英国立刻成为报界的头条新闻。梅兰芳访问伦敦期间，参加许多社交活动，熊式一总是作陪。他们俩作为嘉宾，参加各种茶会，好莱坞影星黄柳霜、中国电影皇后胡蝶、女演员王黛娜（Diana Wong）也经常在场。经熊式一牵线安排并陪同，梅兰芳拜访了萧伯纳、巴里、小说家毛姆、爱尔兰作家丹尼斯·约翰斯顿，还与美国著名男低音歌唱家保罗·罗伯逊交谈，并观

---

[1] 熊式一的藏品中有一幅徐悲鸿为他画的素描肖像。据蒋彝称，某雨天后，徐氏夫妇及蒋彝随熊式一去剧院看《王宝川》，散场后他们一起乘汽车回家。蒋碧薇爱说俏皮话，无意间弄得熊式一心中不快。次日早上，徐悲鸿为了息事宁人，主动提出为熊式一画一张素描肖像，顿时缓和了气氛，大家都快活起来。见蒋彝：《自传》，手稿，页97。

1935年5月，梅兰芳访英期间，熊式一竭诚招待，并陪他四处参观，介绍认识了不少英国文化社会界的名士。左起：美国歌唱家保罗·罗伯逊、梅兰芳、熊式一（图片来源：熊德荑）

看了他的表演。他们俩一起去剑桥，参观节日剧院，与剧院主任共进午餐。此外，梅兰芳在伦敦时，恰逢《王宝川》上演第200场，他和胡蝶、余上沅应邀出席观看，表示庆贺。熊式一对梅兰芳盛情款待，无微不至，离别前，他赠送给梅兰芳一套《萧伯纳戏剧全集》，并在扉页题词："畹华兄虚心不耻下问，对于泰西戏剧孜孜攻之，常百观不厌，在英下榻我处，每晚必同至一剧院参观新剧，固不致有所遗漏，旧剧则难图晤对，今赠此册，暇中故可开卷揣摩也。"[1]

梅兰芳的衣装值得一提。他在欧洲巡演时，凡公共场合，总是西装革履，衣冠齐整、一丝不苟。上海万国艺术剧社社长伯纳迪恩·弗立兹（Bernardine Szold Fritz）对他的西服打扮却不以为然。弗立兹是熊式一的朋友，在梅兰芳访英之前，她特意写信给熊式一，坦陈自己心中的担忧。弗立兹认为，梅兰芳的身材不宜穿西装。要是他一身中式打扮，便"显得优雅、温柔、尊贵、迷人"。长衫衣袖露出纤纤玉

---

[1] 梅绍武：《我的父亲梅兰芳》（天津：百花文艺出版社，1984），页116。

熊式一在伦敦，约1935年（图片来源：熊德荑）

手，"柔美如诗"。弗立兹希望等梅兰芳抵英后，熊式一能出面央求梅兰芳接受她的忠告，以免那白璧无瑕的名旦形象受损。[1]至于熊式一是否赞同她的观点，是否做了转达，我们不得而知。但有一点是肯定的：梅兰芳一如既往，还是西装打扮。熊式一陪同他一起出席社交活动时，两人的衣装形成醒目的戏剧性反差：梅兰芳穿西服加领带，熊式一着丝绸长衫，一个是现代的京剧名伶，另一个是熟谙西方语言文学的传统的中国学者。

梅兰芳前几年在美国巡演受到欢迎，还得了个名誉博士学位，这次在苏联的演出又获成功，他现在唯一的愿望就是能在欧洲也巡演几个星期。[2]经过研究，他想争取年末以"中国戏剧节"的名义，借新百灵顿的中国艺术展之机在伦敦演出。他率领的艺术团，由24位成员组成，计划先在伦敦剧院演出四个星期，随后去欧洲大陆，在法国、德

---

[1] Bernardine Szold Fritz to Shih-I Hsiung, March 4, 1935, HFC.
[2] 蒋彝:《自传》，手稿，页100—101。

国、斯堪的纳维亚各国、波兰、意大利、荷兰、比利时、立陶宛、拉脱维亚、瑞士、匈牙利以及奥地利演出。这是一个雄心勃勃的计划。

为此，熊式一出面与莫里斯·布朗（Maurice Browne）接洽。6月5日，熊式一偕梅兰芳与莫里斯·布朗会面，商讨这一计划。布朗是个资深戏剧制作人，在英美赫赫有名。他欣然接受这项任务，马上草拟了一份备忘录，即刻着手行动。他指派查尔斯·科克伦（Charles Cochran）负责英国演出的部分，欧洲大陆那部分由日内瓦的海恩先生（Mr. Henn）负责。7月，梅兰芳乘船返华，临行前委派熊式一代表他继续进行谈判。8月6日，熊式一与L. 利昂尼道夫（L. Leonidoff）签署了一份合约，由后者处理欧洲大陆的部分。巡回演出的日期，初步定于1936年1月25日至3月1日。利昂尼道夫迅速组建了一个财务团队，预定剧院、安排行程、处理无数大大小小的细节。11月，应熊式一的要求，巡回演出推迟到1936年3月2日，以满足梅兰芳的时间安排。熊式一作为梅兰芳和艺术团的主管及全权代表，与布朗和利昂尼道夫之间有大量的信件往来，商谈行程、薪水、费用、宣传、剧院的选择等具体内容。

当时，中国国内的局势十分严峻，日本占领了东北三省，还在觊觎华北平原，妄图把它变为第二个伪满洲国。自1935年5月起，日本以中方破坏《塘沽协定》为借口，提出拥有华北统治权的无理要求，继而又找借口侵驻察哈尔省。对于入侵者步步进逼的行径，全国民众群情激愤。12月9日，北平学生六千余人上街示威游行，反对华北自治，要求停止内战、一致对外。一二·九运动的影响遍及全国，掀起了抗日救国运动的新高潮。12月12日，上海文化界救国会成立，发表宣言，声援抗日爱国救亡运动。梅兰芳于1935年8月回国后，毅然决然地积极投入救国运动，带着他的剧团奔赴各地，演出爱国主义题材的剧目《抗金兵》和《生死恨》，在杭州和上海参加支援华北赈灾义演。[1] 由于国内的形势变幻莫测，酝酿许久的英国和欧洲巡演，做了

---

[1] 王长发、刘华：《梅兰芳年谱》（南京：河海大学出版社，1994），页133；刘彦君：《梅兰芳传》（石家庄：河北教育出版社，1996），页288—289；谢思进、孙利华编著：《梅兰芳艺术年谱》（北京：文化艺术出版社，2009），页209。

一次又一次的日期更改和推延。1936年初，梅兰芳告诉熊式一，"伦敦之行暂难于实现"。最后，这次精心筹划、考虑再三的巡演，不得不放弃，终未成行。[1]

然而，熊式一却因为此事几乎陷入了凶险的法律诉讼。他早先签署了具有法律约束力的合约，但此后的几个月中，他一直没能直截了当告诉对方有可能取消此行。利昂尼道夫和他的财务团队在积极准备巡演事宜，与诸多剧院做了承诺，投入了大量的资金。在此期间，利昂尼道夫多次询问，甚至几近绝望地恳求，希望能弄清梅兰芳的真实意愿和打算，他急切希望能敲定一个确切的行程日期。然而，熊式一始终含糊其词，既没有取消计划，也不直接提供明确的答复。

利昂尼道夫后来忍无可忍，严厉指责熊式一，认为他不讲信用；熊式一非但没有道歉，反而责怪利昂尼道夫判断失误，行为莽撞：

> 我一而再、再而三地跟你说过，先不要做任何确切预定，等我们得到梅兰芳先生确切的行期之后再定。你一定知道我许多、许多次给他写信发电报，敦促他做出决定，我想自己已经竭尽全力了。我发现，因为他无法提前来，我自己陷于巨大的困境之中。我想，他要是不像我原先希望的那样在三月前坐船来这里，我只好六月初回中国，把他拽到这里来。[2]

利昂尼道夫一直彬彬有礼、谦恭有加，对熊式一明显违约且拒不承担责任的行为，他忍无可忍、怒不可遏。他写信谴责熊式一公然违约，这不仅致使他的"个人声誉"受损，而且经济上也蒙受了"巨额"损失。他的愤慨之情溢于言表。[3]

此事涉及许许多多具体的手续和费用，确实给利昂尼道夫造成了

---

[1] 梅兰芳在1936年1月15日写信给熊式一，其中提到："基于当今形势，伦敦之行暂难于实现。我想今后若仍要赴欧洲，我们仍可与布朗和科克伦先生合作。"见梅兰芳致熊式一，1936年1月15日，熊氏家族藏。

[2] Shih-I Hsiung to L. Leonidoff, November 16, 1935, HFC.

[3] L. Leonidoff to Shih-I Hsiung, November 21, 1935, HFC.

极大的不便和损失。虽然这一切不能都归咎于熊式一，但他肯定是负有一定责任的。他也清楚，一旦法律诉讼缠身则旷日持久，十分棘手。可是，他拒不承认自己的过错，后来又尽力避免与对方的信件往来或直接交流。[1]

* * *

当时还另有一件头痛的事，烦扰了他好一阵子。那与《王宝川》有关。

事情起源于《王宝川》首演那天，经何艾龄介绍，熊式一认识了格尔达·谢勒（Gerda Schairer）和她的丈夫。谢勒，荷兰出生，是位德国记者，她对《王宝川》印象深刻。1934年12月10日，何艾龄陪她一起登门拜访熊式一，讨论以德语和荷兰语翻译《王宝川》，以及在德国和斯堪的纳维亚各国演出该剧的计划。第二天，谢勒写信，感谢熊式一给了她"确定无疑、独家占有的翻译权"，以及斯堪的纳维亚各国和所有德语剧院的"发行和配售权"。[2]双方没有签订任何合约。谢勒倒是提起过这事，但何艾龄觉得没有必要。双方当事人都是她的朋友，她深信，他们绝不会食言。她认为，熊式一诚实无欺，如果流于形式，等于不相信他，会侮辱他的人格。

谢勒属于最早与熊式一接洽商谈《王宝川》的翻译和他国制作权的人之一。接下来的几个月中，她试着与欧洲的一些剧院洽谈公演的事，但都没有成功。在此期间，《王宝川》在国际上声誉鹊起。1935年8月，熊式一单方面把挪威、瑞典、丹麦、芬兰的演出权授予第三方，然后他把这情况通知谢勒，理由是他已经让谢勒先行试了八个月之久，他再也不能等了。此外，他声称谢勒的德语译文质量低劣，根本无法接受。

---

[1] 利昂尼道夫曾经写信给熊式一，说要是后者拒不给以答复的话，他准备把这事交给律师处理。见 L. Leonidoff to Shih-I Hsiung, October 29, 1936, HFC。

[2] Gerda Schairer to Shih-I Hsiung, December 11, 1934, HFC.

这一来，他们俩原先友好和睦的关系，突然之间变得剑拔弩张。

何艾龄介入调停。她是熊式一的好朋友，自从熊式一抵英后，她一直鼓励他，为他摇旗呐喊，帮他扩大影响。她相信自己说话有分量。她写了一封长信，苦口婆心，试图说服熊式一，让他回心转意，与谢勒达成公平合理的处理方案。

熊式一和谢勒接受何艾龄的建议，约定8月28日见面，商谈此事。谢勒表述了自己内心的失望，提议让熊式一支付80英镑了结此事，作为赔偿她花在德文和荷兰文翻译上的时间与精力。熊式一答应回头准备好"书面协议"，第二天寄给对方。

其实，谢勒提出的和解条件应该说不算过分，是一个合情合理的处理方法。遗憾的是，熊式一并没有遵守诺言。他大概是陶醉在获得的荣耀和成功之中，洋洋得意，绝不愿承认自己有什么过错，更不愿意负担任何责任。一星期后，9月5日，他才发出一封信，列举了一大堆理由为自己辩护，断然拒绝了谢勒的赔偿要求。

何艾龄不得不再度介入干预。9月10日，她又写了一封长信给熊式一。"你现在如日中天，耳边一片赞美的声音，大概不会相信除了我以外，还会有其他人来批评你。"对熊式一几度食言、不愿妥协的行为，她没有掩饰自己的失望之情。她谈了钱财与道义的价值关系，提醒对方友谊和声誉的重要性。她还引用了中国古人的经典警句，供熊式一思考，"满招损，谦受益"，"名誉者第二生命也"，"亦有仁义而已矣，何必曰利……苟为后义而先利，不夺不餍"[1]。何艾龄建议，要是熊式一坚持认为谢勒的提议不公平、无法接受，那就索性请他们的共同朋友郭泰祺或者骆任庭裁断。何艾龄是中华学会的委员，熊式一是荣誉秘书，郭泰祺和骆任庭分别任会长和副会长。

熊式一依旧不愿妥协。

一个月后，何艾龄又写了一封很长的信，义正词严、语重心长，呼吁同情、理解和礼义。由于当事双方没有签署过正式的合约，这事

---

[1] 何艾龄致熊式一，1935年9月10日，熊氏家族藏。《孟子》原文为："何必曰利？亦有仁义而已矣。"

显然处于法律与道德相交的灰色地带，熊式一不受任何法律合同的制约。何艾龄敦促他给自己的文学兄弟姐妹一点同情心，希望他的道德良心最终会占上风，引导他纠正错误。"我相信你在荣耀显赫的时刻不会忽略这个问题的。"[1]

熊式一不久与德国的一家公司接洽，请他们设法协助出版谢勒的译稿。他通知何艾龄："这事再没有必要继续争执了。如果这条路走不通，我会尽力看看还有什么其他办法。"[2]

* * *

《王宝川》在英国首演几个月后，于1935年6月来到中国，在上海公演，以飨国人。

负责《王宝川》演出的单位是万国艺术剧社。社长伯纳迪恩·弗立兹出生于美国伊利诺伊州，1920年代来到亚洲，1933年在上海创办了万国艺术剧社，推进发展舞台戏剧艺术，锐意创新，加强中外人士的合作和努力，建构一个知识和文化中心。万国艺术剧社生气勃勃，其会员达250余名，其中中国人约50名，其余都是外籍人士。1935年春天，弗立兹买下南京路50号，作为排戏办公的工作场所并马上开始了《王宝川》的排练。

《王宝川》在伦敦的演出，戏班子由外国专业演员组成；上海的演出则是清一色的中国演员，而且全都是业余的。剧组的所有成员都有不同程度的西方教育和文化背景，从他们的英文名字可见一斑，如Florie Ouei（魏祖同）、Daisy Kwok Woo（吴郭婉莹）、Wilfred Wong（黄宣平）、Philip Chai（翟关亮）等。女主角唐瑛，年仅二十五岁，当时已经赫赫有名。她出身于富裕家庭，家教严格，从教会学校中西女塾毕业。她多才多艺，除了学习舞蹈、英文、礼仪教育之外，中英文兼优；能唱昆曲、会演戏，加上嗓音甜美、身材

---

[1] 何艾龄致熊式一，1935年10月15日，熊氏家族藏。
[2] 熊式一致何艾龄，1935年10月22日，熊氏家族藏。

上海演出时,凌宪扬和唐瑛分别扮演主角薛平贵和王宝川

苗条,与陆小曼一起并称"南唐北陆"。饰演薛平贵的男主角凌宪扬,出身于基督教家庭,1927年从沪江大学毕业后,赴美国南加州大学攻读工商管理硕士学位。他先后在航空、军界、新闻、银行业工作,1946年担任沪江大学的最后一任校长。凌宪扬魁梧英俊,是饰演这一角色的最佳选择。

在这么一座大都市演出英语剧算不上什么新鲜事,但演出根据流行的地方戏改编成的英语剧却是史无前例的。这出戏的观众,除了在沪的外籍人士外,也包括部分本地的精英人士,他们对这一部传统的京剧很熟悉,同时他们也很有兴趣,想目睹《王宝川》如何对根深蒂固的中国戏剧传统进行改革。弗立兹的团队做了非常出色的宣传工作,他们在推介该剧时,要求公众解放思想,打破陈见旧框框,要看到《王宝川》是根据中国古代经典改编的现代戏,应该"像对任何国家的现代剧院内新颖、独到、原创、叛逆的作品"[1]来做比较。他们成功地

---

[1] "Patrons of Play Are Announced," *China Press*, June 11, 1935. ProQuest Historical Newspapers: Chinese Newspapers Collection (1832–1953).

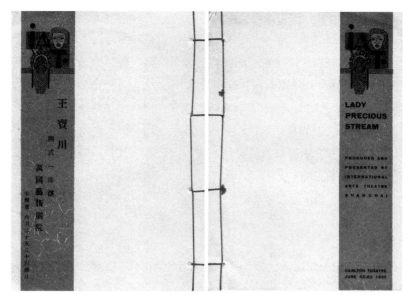

《王宝川》上海演出的节目单,正面为中文内容,背面为英文内容

请到20位政府官员、社会名流、文化界重量级人物做赞助人,譬如吴铁城、维克多·沙逊（Victor Sassoon）、佛罗伦萨·艾斯科（Florence Ayscough）、孙科、林语堂、温源宁、梅兰芳等。

  6月25日和26日,《王宝川》在卡尔登大戏院上演。卡尔登当时跻身当地八所"一流影院"之首,坐落于市中心,在现今的南京西路后面,附近有国际饭店、大光明戏院、大上海戏院、跑马厅等公共娱乐休闲场所。卡尔登是摩登的象征：它由英国人士管理,提供空调,上映外国电影并定期举办美国海军陆战队军乐队的音乐会。那两场演出大获成功,场内座无虚席,男女演员的精彩表演赢得一阵又一阵的掌声。唐瑛的表演尤为突出,她身姿迷人、风姿绰约,令观众如痴如醉。弗立兹后来给熊式一写信陈述演出盛况时,字里行间洋溢着骄傲和惊叹："上海的演出实在太棒了,那气氛、优雅、魅力、风格,全都是地地道道的中国式……那绝对是西方人模仿不来的。"弗立兹盛赞唐瑛："只要看一眼唐瑛在舞台上细步轻移、长袖掩颜的仙姿,足以销魂！"[1]

原定的两场戏，票全部售罄，于是，临时决定于6月28日在兰心大戏院加演一场。媒体对《王宝川》赞美有加，称万国艺术剧社"充分起到了在国际社区内的国际剧院的作用"[2]。对于《王宝川》的成功演出，好多人认为它代表了未来趋势；有人信心十足地预言，将来一定会有更多类似的新戏问世；有些人甚至提出，要求大量翻译改编传统京剧和昆曲。中央政府还特别邀请万国艺术剧社和唐瑛翌年春天去南京演出《王宝川》。

* * *

《王宝川》的国际声誉日隆，继上海公演的成功，许多民众为之振奋，称慕不迭。《王宝川》提高了人们的民族自豪感，也赢得了世界上对中国抗击日本侵略给予的更多的同情和支持。

刘海粟计划召集社会和文化学术界名人，联名电贺熊式一。他与中央研究院院长、北京大学前校长蔡元培商量，共同邀请了一百多人参与，包括李石曾、吴铁城、蒋梦麟、叶恭绰、张元济、袁同礼、王云五、沈恩孚、黄伯樵、陈公博、潘公展、蒋复璁、褚民谊、顾树森、朱家骅、唐瑛、钱新之、杜月笙、陈树人等。应邀者大多立即回复，欣然应允。刘海粟将此计划函告熊式一，并把一部分参与人员的复函附寄给了他。

8月1日，国内的报纸载文，赫然公布："学术界名流百余人电贺戏剧家熊式一。"其电报内容如下：

> 式一先生大鉴，阅报欣悉大著《王宝川》一剧，自旧岁在英伦小剧院公演以来，历时五阅月，观众数十万，各方舆论一致推

---

[1] Bernardine Szold Fritz to Shih-I Hsiung, January 3, 1936, HFC.
[2] "Shanghai Notes." *North-China Herald and Supreme Court & Consular Gazette*, July 3 1935. ProQuest Historical Newspapers: Chinese Newspapers Collection (1832–1953).

崇。据《泰晤士报》(*The Times*)所载此剧之成功,实打破英国舞台之记录、极艺术之能事,其成就之惊人可知。佳音传来,薄海同钦。夫我国剧史悠远,其感化功能较他种文艺更为普遍。欧西人士,素目为我国文化最特殊最神秘之一部,今台端出其所学,作有系统之介绍,其于我国文化之域外宣扬,实开文化史上之新记录。沪上人士鉴于英伦之成功,近日亦扮演一次,影响所及,轰动一时。顷闻美法德奥等国,相继要求台端设法排演。事关播扬我国文化,尚望不辞劳瘁、勉为其难,培等仰佩之余,特电奉贺。[1]

毋庸置疑,熊式一和他的《王宝川》在国内的声誉达到了前所未有的高度。

* * *

小剧院经过翻修重新开放,1935年9月17号,《王宝川》举行第300场演出。由于该剧的成功,剧院的赤字锐减,仅97英镑。普瑞斯充满信心,演出季结束时一定能反亏为盈。与此同时,熊式一已经签了合同,在挪威、芬兰、丹麦、瑞典、德国、奥地利、匈牙利以及美国等国演出。

9月,《王宝川》在阿姆斯特丹公演,观众反应热烈。首演之夜,熊式一亲临现场。那场戏完整演出,前后共四个半小时,深夜才结束,但观众都好像兴犹未尽。新闻报道称:"中国剧作家震撼欧洲。"[2] 演出后,熊式一接受了丝带花环,那是荷兰授予作家或演员至高无上的荣誉。当地的报纸都在宣传评论这部戏,尽是赞美和惊叹。很多地区都希望能看到此剧公演。为此,莫里斯·布朗安排翌年2月再去荷兰巡回演出。

10月8日起,《王宝川》移到海牙公演,中国驻荷兰使馆的金问泗

---

[1]《学术界名流百余人电贺戏剧家熊式一》,剪报,1935年8月1日,熊氏家族藏。
[2] "Chinese Playwright Takes Europe by Storm," *Time of Malaya*, September 7, 1935.

公使准备在10日举行国庆招待会,宴请各国使节、社会名人以及王室成员,包括荷兰首相和朱莉安娜公主(Princess Juliana),熊式一作为荣誉嘉宾也应邀参加。负责协调组织这次活动的M. H.布兰德(M. H. Brander)忐忑不安,紧张万分,因为这样高层次的活动,容不得半点差错。他知道熊式一日程排得很满,在巴黎、威尼斯和其他欧洲城市穿梭。他再三乞求熊式一,千万不要缺席或者迟到,每个来宾都期盼着能见上他一面。

熊式一通过秘书,转告了布兰德自己的行程安排:"熊先生夫妇将出席8日的演出,当天下午乘坐飞机,1时30分从伦敦机场出发,4时10分抵达阿姆斯特丹。"

熊式一夫妇如期出席了这两场活动。中国使馆的招待会,一百余名嘉宾出席,熊式一大出风头,俨然一名风云人物,众人簇拥着他,争相与他交谈。

蔡岱梅刚抵达英国,就随着熊式一去荷兰参加活动。熊式一出国近三年,在此期间,他在文学和戏剧上的建树令人钦羡;与此相比,蔡岱梅在国内始终默默无闻。她的成就鲜为人知,它们不起眼但值得夸耀:她完成了北平大学女子文理学院文史学系规定的课程,6月,从大学毕业,获文学学士学位。为了完成大学学业,她付出了巨大的努力和代价。她在北平攻读学位的同时,独自抚养德锐和德达;其余三个孩子,由她在南昌的父母帮着照料,她只有在放假期间才得以回乡看望他们。在孩子们的心目中,她"神奇无比,可亲可爱,像个女神一样",他们"爱她、敬她"。她每次回家,孩子们感觉"就像女神降临人间,美如天堂一般"[1]。这次她来英国与丈夫团聚,所有五个孩子只好都留在了南昌,最小的德达才三岁。

蔡岱梅身材窈窕,丝质旗袍裁剪贴身,圆圆的脸庞,一头秀发,看上去"十分快乐"[2]。虽然她年已三十,而且有了五个孩子,但看她那模样,与大学生没什么两样。

---

[1] 熊德锐致熊德海和熊德达,1950年1月15日,熊氏家族藏。
[2] Dymia Hsiung, *Flowering Exile* (London: Peter Davies, 1952), p. 9.

从荷兰归来后,熊式一夫妇参加了在萨沃伊酒店举办的茶话会。巴瑞·杰克逊爵士、亨伯特·沃尔夫(Humbert Wolfe)、艾琳·范布勒(Irene Vanbrugh)、坎宁安·格雷厄姆(Cunninghame Graham),以及其他许多文学界的著名人物欢聚在一起,群贤毕至,犹如"戏剧艺术界璀璨的星空"。他们来欢迎挚友的妻子蔡岱梅,一些报纸这么描述她:"岱梅的脸像一朵鲜花,深色传神的双眸,乌黑的秀发。她身穿奶色的高领绸缎旗袍,上面是真丝刺绣的金龙,她脚上穿着银色的鞋子,右耳插着一朵小白花。"[1]

那次聚会,实际上是为熊式一伉俪饯行。两周后,他们将启程去大西洋彼岸,熊式一要去百老汇导演制作《王宝川》。

* * *

美国地大物博,文化艺术多元,发展鼎盛兴旺。熊式一深知,百老汇欣欣向荣,在戏剧界的影响很大,势将引领世界。再说,美国的公众也钟情于英国的戏剧。他和普瑞斯一直在找机会,去美国上演《王宝川》。伦敦首演之前,他们就主动与美国的剧院公会联系,但他们的提议遭到了拒绝,理由是"美国与伦敦的观众对同一部戏的反应截然不同"[2]。此后,他们先后接到丹佛大学和芝加哥的圣泽维尔学院来函,表示制作该剧的意向。但普瑞斯心中自有计划,她打算把美国的演出版权先卖给专业剧院,以确保利润和美国之行的成功。

好莱坞华裔女影星黄柳霜主动提出,愿意帮熊式一牵线,为《王宝川》进军百老汇出力,她自己也想在戏中扮演主角。她与美国剧院公会主任劳伦斯·兰格(Lawrence Langer)联系,兰格答应可安排夏天先在他主管的康州西港的小剧院上演,由黄柳霜担纲女主角。据黄柳霜介绍称:兰格是纽约地区"最出色的制作人之一",他"在西港的

---

[1] "Little Black Plum Blossom Is Happy Now," *Daily Sketch*, October 16, 1935.
[2] Anita Block to Rose Quong, December 1, 1934, HFC.

美国百老汇制作人盖斯特与熊式一夫妇

小剧院上演的戏差不多全都成功移师百老汇"。[1]但熊式一认为不妥，因为夏天上演本身具有相当的冒险性，而且《王宝川》已经在伦敦大获成功，它的质量无须再做任何测试。熊式一觉得应该长驱直入，直接上百老汇舞台。

熊式一拒绝黄柳霜的提议，其中还有一层重要的原因：百老汇的名牌制作人莫里斯·盖斯特（Morris Gest）已经答应把《王宝川》带去百老汇；8月份，普瑞斯的选择权到期，熊式一正好可以自由决定与盖斯特或其他任何制作人合作。

盖斯特是苏俄移民，在美国的戏剧界和百老汇混了多年，是个颇有传奇色彩的人物。他信奉创新，爱独辟蹊径，自成一家。他早年为著名的歌剧制作人奥斯卡·汉默斯坦（Oscar Hammerstein）工作，崭露才能，得到赏识。1920年代初，经他策划，俄罗斯芭蕾舞团和莫斯科艺术剧院首次来美国访问演出，轰动一时。盖斯特一直对东方的文化情有独钟，1916年，他帮助把音乐剧《朱清周》引到百老汇。前不

---

[1] Anna May Wong to Shih-I Hsiung, July 19, 1935, HFC.

久,他在伦敦时,去小剧院看了《王宝川》,印象深刻,誓言要把它引到百老汇,介绍给美国的公众。不用说,对熊式一来说,那真是天大的好运气!

盖斯特不失时机,立即着手开始准备。

1935年8月31日,熊式一写信给瑞娜·盖斯特(Reina Gest)做自我介绍。"要是大西洋两岸的安排工作进展顺利,没有任何意外的话,我希望在10月中旬与内子一起乘船出发,那时我将能荣幸地与您见面。"他告诉瑞娜:"盖斯特在伦敦的时候,我们经常在一起欢度时光。我希望不久的将来,能重享这欢悦。"[1]

熊式一的职业生涯,其轨迹距离学术追求渐行渐远了。几个月前,他告诉尼科尔自己已经决定不去耶鲁研究生院进修。尼科尔真心诚意地关心熊式一的研究,前不久还在表示想与他合作完成毕业论文。听到熊式一做了这个决定,尼科尔当然不无遗憾,但他仍然希望熊式一继续博士研究生的学业,不要彻底"放弃"中国戏剧论著的计划。他告诉熊式一,那课题是个大空白,亟需填补。"对此进行充分的阐述,非你不可。我认为,完成这部专著与你的创作生涯,应当可以并行不悖。"[2]

然而,尼科尔没有能驾驭熊式一前行的走向。

10月26日,熊式一夫妇登上贝伦加丽亚号(*S. S. Berengaria*)远洋邮轮,出发去纽约。

11月,玛丽女王大学的学生名册上,熊式一的名字被删除了。他与博士学位擦肩而过,从此无缘。

---

[1] Shih-I Hsiung to Reina Gest, August 31, 1935, HFC.
[2] Allardyce Nicoll to Shih-I Hsiung, April 8, 1935, HFC.

第七章　百老汇的明星

1935年10月30日，贝伦加丽亚号远洋邮轮从英国驶抵纽约，当地的报纸争相报道这条重要新闻。[1]邮轮上，载有价值160万美元的黄金，还有一大批名人旅客，包括电影名星查尔斯·博耶（Charles Boyer）、梅勒·奥伯隆（Merle Oberon）、查尔斯·奥布雷·史密斯（Charles Aubrey Smith），还有舞蹈家蒂利·洛西（Tilly Losch）等。他们大都身材高大、白肤碧眼，个个衣着时髦。唯独熊式一夫妇是华人，所以特别引人注目。熊式一身穿褐色中式长衫，面目清秀，双眼炯炯有神；他的夫人蔡岱梅，一身时髦的黑底绣花缎面旗袍，外面有时套一件皮大衣。他们与船上同行的旅客随意聊天，自由自在的，毫无隔阂和陌生感。

熊式一首次来纽约，将成为百老汇剧院舞台上第一位中国导演，执导百老汇第一部英文中国戏剧。他被冠以"中国莎士比亚""中国诗人""东方莎士比亚"的称号。[2]同样，蔡岱梅也唤起公众无尽的想象。一份报纸的相关报道刊登了她的照片，与同船的蒂利·洛西和梅勒·奥伯隆的照片并排放置一起。左右两位是耳熟能详的超级巨星，蔡岱梅位于中间，俨然明星。

纽约热烈欢迎熊式一夫妇来访，每天都有介绍熊式一和《王宝川》

---

[1] "Beauty, Brains and Gold Here on Berengaria," *Daily News*, October 31, 1935.
[2] "Hsiung: Broadway's First Chinese Play Director," n.p., ca. March 1936; "A Man and Wife in the News," *Christian Science Monitor*, December 4, 1935.

1935年10月,熊式一夫妇赴纽约,在百老汇上演《王宝川》。同船的旅客中有许多著名的电影明星、舞蹈演员、导演编剧等,只有熊式一夫妇(左三、左四)是华人

的新闻报道。短短几周内,有关的消息居然见诸纽约报纸的头版。一个华人剧作家,如此快速引起媒体关注,是很罕见的。[1]

梅兰芳1930年的美国之行,公众依旧记忆犹新。他在百老汇的49街剧院和其他城市演出了一系列中国古典剧目,美国的公众得以观赏到中国文化精粹京剧的神韵。梅兰芳优美的身段、精湛的演技,令观众大开眼界。熊式一这次来百老汇,计划在布斯剧院执导《王宝川》。盖斯特和熊式一为此悉心制定了一套策略:他们委托梅兰芳在上海设计订制了雍容华丽的剧装,特意请苏州的刺绣高手专门缝制。此剧的报道中,经常提及梅兰芳和他设计的剧装,梅兰芳因而成了《王宝川》演出的一部分。他的魅力和名人效应,加上剧装光彩夺目的绸缎、栩栩如生的艳丽刺绣及其昂贵的造价,抬高了这出戏的艺术和市场价值。

熊式一夫妇下榻的爱迪生酒店,坐落在时代广场。1931年,酒店

---

[1] "Hsiung: Broadway's First Chinese Play Director," n.p., ca. March 1936; "A Man and Wife in the News," *Christian Science Monitor*, December 4, 1935.

纽约的媒体大力宣传,称贝伦加丽亚号远洋邮轮上"明星荟萃之一瞥"。
左起:舞蹈家蒂利·洛西、蔡岱梅和电影名星梅勒·奥伯隆

落成开业时,爱迪生莅临庆典仪式并亲手点亮酒店的电灯。其建筑风格高雅时尚,属于百老汇剧院区的豪华酒店之一。

熊式一夫妇抵达纽约后不久,温德尔·菲利普斯·道奇(Wendell Phillips Dodge)写信与他们联系,邀请他们和盖斯特夫妇去墨丽山酒店(Murray Hill Hotel)共进午餐。道奇是很有影响的作家和戏剧制作人,而且是燕京大学美国咨询委员会成员。他和夫人正在筹办一场酒会和晚宴,正式欢迎熊式一夫妇。他告诉熊式一,燕京大学校长司徒雷登博士恰好回美国,届时也会受邀一起参加。

1935年12月8日那天,墨丽山酒店的庞贝喷泉大厅做了精心布置,大厅内悬挂着古色古香的大红灯笼、飞龙长卷,还有中美国旗。数百名上层政要名人,包括中国总领事应邀出席,大家共聚一堂欢迎熊式一和司徒雷登这两位来自中国的嘉宾。酒会之后,宾客缓步移到隔壁宴会厅就餐。身穿中国传统服饰的华人演员现场表演,晚宴上的内容在本地电台做了转播。晚宴结束,舞会开始,大家兴犹未尽,伴着音乐轻歌曼舞。道奇对这场活动感到十分满意。他事后给熊式一的信中写道:"毫无疑问,对中国、对阁下、对行将上演的《王宝川》,公众

已经留下了灿然的印象。"[1]

"钨矿大王"李国钦是纽约华商巨子，热心公益，几年前他曾协助华美协进社（China Institute），邀请安排梅兰芳访美。这次活动，他积极参与，作为主办委员会的委员，也出席了12月8日的晚宴，位列主桌嘉宾席间。第二天，他给中国驻美大使施肇基写了一封长信，提议在《王宝川》首演之前，再举办一场类似的大型晚宴，邀请近200名学术文化界的知名人士参加。他愿意出资办这场活动，并恳请施肇基大使拨冗光临。他在信中写道：

> 莫里斯·盖斯特为苏联和意大利做过一件大好事，他把他们的戏剧艺术介绍到美国。据熊先生介绍，盖斯特这次会全力以赴，确保演出一举成功，我深信这应该对中国有益。这出戏与众不同，相当有意思。它一定程度上表现了中国哲学，绝对彰显了中国文化。它没有其他那些美国人制作的中国戏剧或影片的腐臭味儿。为此，我们华人应当大力扶植。[2]

李国钦认为："国内局势如此，我总觉得应当竭尽全力抗御外侮，不应该为一部戏剧耗费时间和心思。但是转念又觉得，也许现在正是让世人了解我们祖国的大好时机。"他强调，《王宝川》宣传中国文化和道德观念，它在海外的成功是广大侨胞的无上骄傲。海外华人必须抓住这一机会，向公众展示中华民族"有深厚的文化底蕴，爱好和平、深明大义"[3]，不应当受外族欺凌。

李国钦组织的晚宴，后来于1936年1月底首场演出之后举行。那天，嘉宾云集，其中包括大学教授、文化学术界知名人士，还有其他社会各界的名人。

---

[1] Wendell Phillips Dodge to Shih-I Hsiung, December 19, 1935, HFC.
[2] K. C. Li to S. K. Alfred Sze, December 9, 1935, HFC.
[3] Ibid.

*　　*　　*

熊式一原计划在纽约停留两三个星期，1935年12月初回伦敦。盖斯特已经事先做好安排，熊式一到纽约后，一周之内就可以面试选角，11月中旬开始彩排。但没想到，招募建组不尽如人意，进展缓慢。年底圣诞节前，还没有找到合适的主要演员，为此他一筹莫展。首演被一次又一次地推迟，先延到圣诞节，最后改到1月底，熊式一夫妇在纽约一共滞留了四个半月。

接二连三的推迟和日程改变，弄得熊式一十分头疼。原先预定的在英国的社交活动计划，只好取消或调整，因此引发相当的混乱。为了这些事，他不得不写许多信，解释情况或修改计划。即使在这种情况下，他还是不忘吹嘘几句。下面这封信就是一个比较典型的例子。在信中，他通知有关的组织人员，自己无法按原计划出席活动。他做了解释，既表示歉意，其中又少不了几分得意：

> 我知道，你肯定会觉得我如此出尔反尔，太不近情理，但我实在身不由己。管理公司决定推迟上演时间，比原定时间推迟了四个星期。他们在这里对剧作者亲自导演这件事吹得天花乱坠，我实在不忍心撇下他们，"一走了之"。[1]

有几项十分重要的活动，熊式一因为远在大西洋彼岸，无法亲临参加。1935年11月28日在小剧院举办的《王宝川》上演一周年庆祝活动，便是其中之一。毋庸置疑，那是一个有特殊意义的夜晚，对他来说，更是如此。过去的一年，他的人生和职业生涯发生了巨变。一年前，谁会想到他会一跃成为国际明星？他一定深感遗憾，无法脱身出席，否则这绝对是一次大显身手的机会。虽然他不能去伦敦参加这个活动，但他向组织方提议，如果可行，他愿意准备好演讲，通过电台播放的形式和伦敦的听众分享。他还建议，邀请中国大使郭泰祺和

---

[1] Shih-I Hsiung to Christine [last name unknown], November 16, 1935, HFC.

艺术史学家劳伦斯·比尼恩，作为他的替补。此外，他推荐画家朋友蒋彝，说可以请他去讲几句，并且说明蒋彝虽不是一个能说会道的人，"在类似的隆重场合"往往会拘谨，但他要是能出场，将"会非常吸引人"[1]。

熊式一不得不错过的另一项活动是国际中国艺术展览会。那是有史以来海外举办的规模最大的中国艺术展，成千上万的伦敦市民争相前往参观。为了配合展览，出版社赶紧出了一批有关中国艺术的书籍，其中蒋彝的《中国画》(*The Chinese Eye*)最为成功。[2]它通俗易懂、趣味盎然，介绍中国绘画的原理、哲学、方法。蒋彝采用比较的方法，强调中西绘画之间的异同，选用了许多实例逸事来具体说明或者阐释一些抽象的概念。它别开生面，令人大开眼界。《中国画》出版后，一个月内全部售空，出版社赶紧推出第二版。

《中国画》标志着蒋彝写作生涯的开始。他一生写了二十多本英文作品，其中以"哑行者游记"最为出名。至于《中国画》的出版，熊式一功不可没。梅休因出版社想出版一本介绍中国艺术的书，找熊式一商量，熊推荐了蒋彝。蒋彝认为，可以从一个中国画家的角度来写这本书，去介绍中国画，熊式一对此想法十分欣赏。他觉得在此之前，介绍中国艺术的书籍，作者都是西方学者，现在，具有丰富实践经验的中国画家出面写书介绍，这样的书一定会畅销。书稿完成后，熊式一通读了一遍，并撰写了一篇《序言》。他的文字大胆泼辣、机智诙谐。《序言》的起首部分如下：

> 我去都柏林看我的戏剧演出时，碰到一位教授，他问我是不是写诗，是不是中国几乎每个人都会写诗。我回答说是的。他一听，大声说，那我们一定有大量的垃圾！真是的！但这里没有几个人会写诗，结果你们的垃圾比我们更多！当时我要是知道他是

---

[1] Shih-I Hsiung to Christine [last name unknown], November 16, 1935, HFC.
[2] 蒋彝撰写的介绍中国绘画的英文作品，书名为 *The Chinese Eye*，直译是《中国眼》。作者在其精装版的书面上，用隶书字体题写的中文书名为《中国画》。

一位剧作家,知道那天晚上我至少与二十位剧作家握了手,知道那场演出的观众内大概半数是艾比(Abbey)剧院或盖特剧院的剧作者,那我一定会回敬他几句有关戏剧的恭维话。[1]

熊式一嘲笑说,有些批评家擅长批评,却连"两行无韵诗"都不会写。在他看来,唯有那些"经验丰富的戏剧家"才有资格讲话,他们有见地,言之有物。同样,蒋彝是一位经验丰富的画家,他最有资格写这本介绍中国艺术的专著。

> 现有的中国艺术书籍,全都是西方批评家写的。他们的观点虽然有价值,但他们做的阐释肯定不同于中国的艺术家,那可怜的一帮子!我想你们会同意我的观点,他们应当有机会能谈谈自己的看法。本书作者探讨中国画的历史、原理、哲学,深入浅出,读者看了受益良多,且感觉轻松愉快。这不是厚厚的一大本,谢天谢地,也不是学术专著!如果蒋先生能够介绍中国艺术,毫无枯燥沉闷的学究气,那光凭这一点,作者和读者就都得大大地庆贺一番![2]

* * *

百老汇演出,选角一事进展困难,迟迟未能找到理想的女主角,因此一直拖延着。圣诞前一周,熊式一在爱迪生酒店草拟了一份急电,发给远在上海的唐瑛,恳请她为国为民争光,来纽约参加剧组,扮演王宝川:"你能不能马上来此参加百老汇的一流戏剧《王宝川》,出演女主角?帮助我们一起为中国发扬光大,让世人了解中华佳丽。"[3]熊式一请她赶紧航寄照片用于宣传广告。

唐瑛不久前在上海卡尔登大戏院的公演中扮演女主角王宝川。她

---

[1] Shih-I Hsiung, "Preface," in Yee Chiang, *The Chinese Eye* (London: Methuen, 1935), p. vii.
[2] Ibid., pp. ix–x.
[3] 熊式一致唐瑛电报,1935年12月,熊氏家族藏。

一口流利的英语，加上曼妙的身段和精湛的演技，获得好评如潮。按弗立兹的说法，"全中国最适合扮演这个角色的"[1]，非唐瑛莫属。如果唐瑛能去百老汇演出，必定能引起轰动。

熊式一想方设法选一位华人女演员加盟，这是具有开创意义的努力。自1920年代中期以来，美国的戏剧和电影中，开始偶尔出现亚洲的影像，如百老汇戏剧《樱花》(*Sakura*，1928)、音乐剧《如果这是叛国罪》(*If This Be Treason*，1935)，以及电影《大地》(*The Good Earth*，1932)。但亚洲人普遍遭歧视，被认为低下无能，亚洲人的角色基本上都由白人演员扮演。《王宝川》在伦敦上演时，剧组清一色全是白人演员，包括梅西·达雷尔、卡罗尔·库姆、西娅·霍姆（Thea Holme）这几个扮演王宝川的主角演员。熊式一试图在百老汇公演中起用华人演员出演女主角，改变白人扮演黄种人的现象。黄柳霜很想参与演出，可惜时间安排上有冲突，只好作罢。[2]因此，唐瑛成为最佳、最稳妥的选择，她要是能在美国舞台上参加演出，那这出戏会更加地道纯正。

可惜，唐瑛没有接受邀请。她碍于家庭婚事等种种纠葛，难以脱身成行。虽然一再劝说，但她依然坚辞。12月23日，她回电断然拒绝："拟不复考虑。至歉。"[3]许多人为此深感惋惜。中国一家报纸甚至说：要是唐瑛能出场，其影响和宣传作用，"绝不亚于二十名大使"[4]。

盖斯特和熊式一原先对唐瑛寄予厚望，她的决定弄得他们措手不及，失望到了极点，只好赶紧重新找演员。幸好在开幕前一周，他们选定了海伦·钱德勒（Helen Chandler）扮演女主角。钱德勒年轻但很有天分，有丰富的舞台经验。她八岁开始在纽约演戏，十岁就登上百老汇的舞台。她曾在易卜生的《野鸭》(*The Wild Duck*) 中成功扮演海特维格（Hedwig），在《哈姆雷特》中扮演奥菲利亚（Ophelia）。她原已签约，在百老汇另一家剧院的《傲慢与偏见》(*Pride and Prejudice*) 中扮演简·贝内特（Jane Bennett）。盖斯特专门出面，为她解了约，并

---

[1] Bernardine Szold Fritz to Shih-I Hsiung, January 3, 1936, HFC.
[2] Eve Liddon to Shih-I Hsiung, October 29, 1935, HFC.
[3] 唐瑛致熊式一电报，1935年12月23日，熊氏家族藏。
[4] Bernardine Szold Fritz to Shih-I Hsiung, January 3, 1936, HFC.

英国戏剧演员西娅·霍姆,曾饰演《王宝川》的女主角,后成为熊式一的好友(图片来源:熊德荑)

邀她的丈夫、英国演员布拉姆韦尔·弗莱彻(Bramwell Fletcher)演薛平贵。

1936年1月27日晚上,等待已久的《王宝川》终于在布斯剧院拉开了帷幕。

就在此前的一刻,盖斯特夫妇特意给熊式一夫妇发来贺电,预祝演出成功:"祝愿《王宝川》像丁尼生的'小溪'一样,永恒长存。祝你好运。上帝保佑。"[1]丁尼生(Alfred Tennyson)是英国桂冠诗人,他的著名短诗《小溪》(The Brook)描写涓涓的溪流,穿山谷、越田野,流经石径,淌过草坪,千里跋涉之后,汇入江河。"人们可能来来往往,而我永远奔流向前。"诗人以磅礴的激情、豪放的笔调,赞颂那不折不挠、一往无前的拼搏精神,歌唱那向往光明、向往美好的高尚境界。盖斯特以"小溪"作比喻,预祝并坚信,《王宝川》会一如湍急的河川充满活力、奔流不息、永恒长存。

---

[1] Reina and Morris Gest to Shih-I Hsiung, telegram, January 27, 1936, HFC.

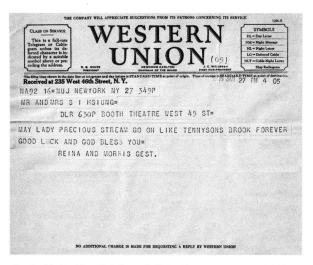

《王宝川》在百老汇首演前,盖斯特发的贺电(图片来源:熊德荑)

首场演出,名人嘉宾云集,座无虚席。银行家约翰·摩根(John Morgan)的女儿安·摩根(Anne Morgan)看了之后,赞不绝口。她告诉盖斯特:"《王宝川》这出戏,即使等二十年,也值。"[1]《纽约世界电讯报》(New York World-Telegram)记者惊叹:"愉快动人、异国风味、与众不同、耳目一新、新颖独到、扣人心弦、引人入胜——《王宝川》就是所有这一切的总和。"[2]

* * *

百老汇充满活力、生机勃勃,且兼收并蓄。《王宝川》首演的第一周内,百老汇的剧院里,同时有二十多部戏剧在上演,还有十来部音乐剧和七部电影。布斯剧院附近的其他一些剧院,在演《傲慢与偏见》、《赤褐披风》(Russet Mantle)、《第一夫人》(First Lady)以及《禧

---

[1] "Fashion and Intelligent," *Daily Mirror*, January 29, 1936, HFC.
[2] Robert Garland, "'Charming' the Word for Chinese Drama," *New York World-Telegram*, January 28, 1936.

《王宝川》在百老汇演出的宣传品

年》(Jubilee)，它们全都是新的戏剧。《王宝川》是唯一由亚洲作家创作执导的戏剧作品。

西方观众不熟悉京剧和中国戏剧的传统惯例，为他们表演，面临相当大的挑战。熊式一指出："我们的戏，西方人难以理解。我们的戏底蕴极其深厚，那数百年的传统、神祇的内容、我们对爱情的观点，美国人是无法理解的，除非他们在中国长期生活过，或者看过很多、很多的中国戏。"[1]确实，百老汇对《王宝川》的宣传中，较多地渲染东方色彩、异国情调。1930年代时，美国舞台上的华人形象，大多突出奇妙、怪异的特点，往往与龙的图像相关联，还经常附有扇子、灯笼之类的点缀。这些内容既令人钦羡，有时也难免为之厌恶或生畏。《百老汇剧院指南》中，对《王宝川》的描述就是一个颇具典型的例子。其使用的语言明显具有东方主义色彩，《王宝川》被说成是一出奇特、古怪、优美、诱人的戏，专供勇于冒险、追猎陌生异国情调的剧院观众享用。[2]

---

[1] "Shakespeare of the Oriental Lands Here," *New York Evening Journal*, October 30, 1935.
[2] "Broadway Theatre Guide," *New York Amusements* 15, no. 6 (February 1, 1936), p. 5.

熊式一没有去直接挑战、抨击那些观点或说法。他刻意创新，多管齐下，针对观众的特点进行调整，确保《王宝川》演出的成功。他的策略行之有效，因为大部分观众都认为，《王宝川》虽然陌生，但容易欣赏，其异国情调令人着迷。

《王宝川》这部英文话剧中，保留了中国的风格，尽管原剧中的唱段被对话取代，武打技艺被动作表演替代。换句话说，它与西方的戏剧形式相吻合，但同时又令人联想到几年前梅兰芳的京剧表演。舞台的布置简而又简。开场时，花园的场景中，一张椅子，旁边绑着一根长杆，上面有些枝叶代表树木；左侧是一张奇形怪状的小桌子代表巨石。扮演薛平贵的弗莱彻在做上马、飞驰、下马的动作时，手执马鞭代表那无形的坐骑。王夫人前往寒窑看望女儿王宝川时，在两面旗帜中间缓步随行，仿佛坐在马车上似的。长棍上插着的旗帜代表马车，上面绣有车轮，由随从举着。代表高山的布墙，兼而表示关隘。薛平贵单骑赶回长安，经过城关时，布墙上举，他从底下经过。观众在看戏过程中，必须不断地运用想象，以便看出台上更多的内容细节，他们必须积极投入，参与剧情的发展。

检场人，对美国观众而言是一个全新的形象。中国京剧舞台上，检场人是必不可少的。他们负责更换道具，或者在演员假装昏厥倒地时上前扶一把。他们身穿日常的服装，游走于舞台各方，虽然他们人在舞台上，而且在观众的视线之内，但他们必须被视而不见。在《王宝川》中，扮演检场人的诺曼·斯图亚特（Norman Stuart）和杰西·韦恩（Jesse Wynne），在舞台两侧等候，一旦需要，他们便立即冲到台上帮助移动桌椅、递送马鞭或长剑、抛送垫子让演员用来下跪。据说每场演出，他们搬动桌椅多达一百余次，但这两位演员乐此不疲。空闲时，他们故意抽支烟、翻翻报纸，装出一副百无聊赖的样儿。观众事先就得到提醒，应当运用想象力把检场人作为无形的存在。但结果却恰恰相反，观众们饶有兴致地追随这两个演员的一举一动，甚至咯咯发笑。检场人这角色，本来就新奇，加上演员的夸张表演，非常逗笑，所以很受欢迎。传统惯例与丑角滑稽的结合，增加了表演的娱乐性。

报告人是熊式一特意创设的角色。演出开始，报告人介绍场景和人物；演出过程中，解释场景的更替衔接，或者讲解中国戏剧和表演技法的基础知识；剧末致以幽默的结语。1930年，梅兰芳在美国巡演时，特意邀请华裔舞台新人杨秀参加，开幕之前用英语做讲解，介绍京剧技法和剧情概要，帮助观众欣赏理解戏的内容。《王宝川》比这更进了一步，报告人的部分贯穿始终，分量更重。他不算是剧中的一个角色，却是个"荣誉"成员、评论解说员、翻译人员。报告人起到的作用至关重要：他像一座桥梁、一个中介，联结观众与舞台表演，联结中国传统文化和西方的现代剧院。

百老汇演出期间，扮演报告人的是中国大使施肇基的女儿施妹妹[1]。她在英国长大，从美国韦尔斯利学院毕业，又去法国学习美术，再回纽约开画室。她在艺术上颇有天分，年仅二十六岁，已经在艺术界崭露头角。首演前一周，熊式一恳请她加入剧组，并诉之以爱国情操："你的参与，是为祖国效劳……这不是普通的表演。"[2] 施妹妹此前不久在伦敦刚看过《王宝川》的演出。熊式一如此诚意的邀请，施妹妹稍稍考虑了一下，马上就答应了。她没有任何舞台表演的经验，但全心投入，背台词，参加排练。她虽然是第一次上台，表现却像个资深的演员。剧组的成员，除了她以外全都是白人。她得到的评论最多、最好，成为该剧的亮点之一。她神态自如，穿一身绣金的旗袍，显得淑丽娴雅、仪态万方。所有的评论家都齐声称道。整个演出季，她一直参与其中。

施妹妹在舞台上的出现，引起轰动和惊叹。她是位华人，但外表与中国妇女那种目光呆滞、封建落后的刻板形象截然不同，更不是那种淫荡堕落、奸诈邪恶的"龙女士"。最令人惊讶的是，她说一口纯正的英语，评论家个个为之折服，夸她的英语完美无瑕。据说，好莱坞因此看中了她，想怂恿她从影，取代红极一时的华裔明星黄柳霜。

事实上，《王宝川》在百老汇的演出，特别是开演不久时，报界的

---

[1] 又名"施蕴珍"或"施美美"。
[2] Martha Leavitt, "From College to Stage Career," *Herald Tribune*, February 9, 1936.

评论毁誉参半。一些批评家表示失望，认为它无法与梅兰芳的表演相提并论。有的公开承认，说自己想象力不够，难以欣赏那些微妙精致的细节部分。此外，中国戏剧的传统和舞台布景理念与美国观众有一定的隔阂。个别批评家不事掩饰，公然指责它为"貌似天真，故作姿态"[1]。有的干脆哀叹，"东方是东方"[2]，西方人无法理解。

除了上述那些负面的评论和反应外，正面的反馈和掌声越来越多。评论报道基本上都认为，《王宝川》是"一部地道的中国戏剧"，它的简洁难得一见，属于"深思熟虑的简约艺术"[3]。即使一些非常挑剔的批评者也都承认，这部戏相当迷人，弥足珍贵。

* * *

在美国的几个月里，熊式一周旋于社会文化界，扩展自己的活动圈子和影响力，风光无限。他喜欢抛头露面，从来不会害羞或者怯场。他接受大量的媒体采访，宣传自己、宣传《王宝川》，让公众了解中国文化。

美国全国广播公司（National Broadcasting Company）为电台播音员设计准备了一份问卷，不知谁灵机一动，邀请中国剧作家"熊式一博士"参与一试。1936年2月21日，《每日新闻》（Daily News）记者约翰·查普曼（John Chapman）公布了相关的问答情况，以飨读者。他称赞说，熊氏的回答聪明得体，十分诙谐。[4]

> 问：令尊从前是干哪一行的？
> 答：家父是个自由自在的绅士。
> 问：尊父母希望您从事哪一行工作？

---

[1] Percy Hammond, "The Theaters," *New York Herald Tribune*, January 28, 1936.
[2] 原句引自英国诗人鲁德亚德·吉卜林（Rudyard Kipling）的短诗："Oh, East is East, and West is West, and never the twain shall meet."（东是东，西是西，两者永远不相遇。）
[3] Arthur Pollock, "Lady Precious Stream," *New York Herald Tribune*, April 5, 1936.
[4] John Chapman, "Mainly about Manhattan," *Daily News*, February 21, 1936.

答：做人，我现在成人了。

问：您住在城市还是乡村？为什么？

答：我住在城市和乡村中间，所以进城或者去乡下都方便。

问：您认为什么是百无聊赖？

答：我在唱歌的时候，那就是百无聊赖。

问：您认为哪一类运动或消遣最没有意思，为什么？

答：足球最没有意思——可能是我不踢足球的原因吧。

问：什么情况下一出戏会变成蹩脚戏？

答：我认为蹩脚戏在任何情况下都是蹩脚戏。

问：您喜欢做饭吗？

答：在饥肠辘辘、家中空无一人的时候。

问：您最喜欢的是什么菜？

答：饿得慌的时候，什么菜都喜欢；不饿的时候，什么菜都不喜欢。

戏剧俱乐部和文化机构，如纽约莎士比亚协会、巴尔的摩美国诗歌协会、戏剧喜剧俱乐部、戏剧论坛等，纷纷邀请熊式一做演讲。他还去哥伦比亚大学、纽约大学、宾夕法尼亚大学做有关中国文学和剧场的讲演。1936年2月底，纽约上州的圣劳伦斯大学举办妇女学生组织会议，学生们对熊式一充满敬仰之情，热情邀请这位"杰出的演讲家"出席并演讲。会议"圆满成功，激动人心"，其中一个重要的亮点就是熊式一的演讲。此外，熊式一还去费城的本杰明·富兰克林研究所，做题为《富兰克林在中国》的报告，并将他的中文译本《自传》作为礼物，赠送给对方留存。

* * *

曾经在加里克剧院参与导演《王宝川》的梁宝璐，1935年回上海之后，记者纷纷采访她，并提了一个许多人百思不得其解的问题：为什么《王宝川》能在海外一炮走红？梁宝璐轻描淡写地答道："那是熊式一的幸运！"[1]熊式一看到报载的消息，心中愤愤不已。到纽约后，一次他与蔡岱梅作为贵宾去参加某大型宴会，他在发言中借用了梁宝璐的话。他的原意是以此作为自讽和自谦，没想到效果惊人。他原来心中的不快，也便烟消云散了。下面是他的叙述和反思所得：

> 那天的主持人，在饭后就请出席的贵宾，一一站起来，让大家瞻仰他们的风采，聆听他们的言论。他们都是那时候的风云人物，主席要每人谈一谈他成功的秘诀。这令他们很为难。在这种场合，一两千人之中，藏龙卧虎，当然其中大有饱学之士，早已成功之人。发言的嘉宾，决不能在短短的几句话之中，自夸其成功之道。差不多都是说：他们没有什么秘诀，又不便说自己比别人更下了多少功夫，更不能说得天独厚，或者是读书更多、学问更好、阅历更广、经验更富等等！都只能勉勉强强地说几句谦虚的客套话，加上一些引人发笑的陈腔滥调。轮到我的时候，差不多可讲的话全让他们先讲的讲尽了！我在这危急存亡的关头，几乎要站起来道歉，只说我无话可讲的时候，忽然想起了梁小姐，好像忽然逢见了救苦救难的观世音菩萨一样。她所说的那句耿耿在我心头放不下去的话："那是熊式一的幸运"真是救了我逃出苦海！

> 我于是简简单单老老实实地直说：《王宝川》的成功，实在全是幸运，幸好我挑选的演员，都十分了解而且诚心诚意合作；"不求文章高天下，只求文章中试官"，这次幸好各报纸的评剧先生都一致赞扬推荐，最幸运的是西方观众都对于这出和他们所一向欣赏绝不相同的外国剧，完全能接受且特别欣赏。在座的人有

---

[1] 熊式一当初推荐梁宝璐，让她在加里克剧院参与执导《王宝川》的排演，为她提供了一个在英国实践的好机会。梁宝璐很努力，公演十分成功，熊式一也甚为满意。没过多久，梁宝璐回国，在上海工部局女子学校教英文，恰逢万国艺术剧社排演《王宝川》，她应邀去做了指导。报纸上报道宣传时，却张冠李戴，说她曾在英国执导《王宝川》几百场等等。梁宝璐非但没有纠正此错误的说法，还把《王宝川》的轰轰烈烈归结为一时幸运所致。熊式一为此耿耿于怀，认为她如此说话，"太不够朋友"，见熊式一：《良师益友录》，手稿，熊氏家族藏，页5。

很多都是演员和剧评人,他们听见我的话特别高兴。其中以《一月十六黑夜谋杀案》(Night of January 16th)一剧之主角,爱德门·伯利兹(Edmund Breese),尤其欣赏我这简短的言词。当主席请他致词的时候,他竟说自己一无可说之处,只是生平没有遇见过像熊某这种剧作家,把自己的成功,谦推为幸运,把获到的好评,归功于演员!他大大地称赞了我之后,一句别的话也不提就坐下了。主席不肯放过他这么一位红得发紫的名演员,再要他起来多谈几句,他一再的推辞,不肯再讲话。后来经不住大家热烈的鼓掌催促,他再起身重新声明,他再说也没有别的话可说,只是要大家知道熊某这种作家,是千载难逢世界上少见的人。

这次的场面,给了我一个深刻的教训!我前未曾想到,梁小姐这么一句当初我认为是不够交情的话,使我得到了如此意外的收获!嗣后我常常深省,凡是逆耳之言,不管你认为它是忠告也好,讥讽也好,你都要把它再思再想,总要记得我当初不知道梁小姐是我一位难逢难遇的益友……[1]

熊式一与作家、演员、制片人、出版商、经纪人等建立了广泛的联系。到纽约没多久,熊式一夫妇去文学代理人南宁·约瑟夫(Nannine Joseph)家喝茶,应邀参加的是一组"具有影响力"的人物,其中包括赛珍珠和她的新婚丈夫、出版商理查德. J. 沃尔什(Richard J. Walsh)。[2]熊式一结识了他们夫妇俩,成了朋友。他尊敬赛珍珠,其描写中国农村生活的小说《大地》赢得1932年度的普利策奖。同样,赛珍珠也很尊敬熊式一,她给戏剧批评家奥利弗·塞勒(Oliver M. Sayler)的信中提到熊式一,其敬仰之情一览无遗:

我真的很乐意这么说,我认为《王宝川》是一出美轮美奂的戏。熊博士确是个天才,他能很好地把握古代中国戏剧的氛围,

---

〔1〕 熊式一:《良师益友录》,手稿,熊氏家族藏,页6—7。
〔2〕 Nannine Joseph to Shih-I Hsiung, November 7, 1935, HFC.

他也是个艺术家，能剔除令西方观众生厌的方方面面，同时又保留下那些基本的形式、精美的表现、优雅的环境。[1]

熊式一在美国访问期间，目睹了种族歧视，为此深感震惊。他知道华人和亚裔在美国受歧视，但他没有料到犹太人也受歧视。1936年2月，他应邀去费城参加晚宴。宴会地点位于费城的"主线区"（Main Line），属于僻静的上流社会富人区。那天，盖斯特没有接到邀请，尽管他大名鼎鼎，被誉为《王宝川》的小爸爸"和"百老汇的菩萨"。熊式一事后才发现，那是因为盖斯特是苏俄犹太人，而犹太人在1930年代是遭到歧视的。[2]

《王宝川》增进了西方对中国文化价值和中国现代女性的了解与欣赏。它突出强调了王宝川的坚毅、忠贞、智勇、独立。原剧《红鬃烈马》中，王宝钏是古代中国典型的贤惠女子，薛平贵远征西域，她独守寒窑，苦苦等待，一别十八年。薛平贵偕重婚妻子代战公主返回时，王宝钏没有任何嫉妒或怨恨，反而客气地欢迎代战，称她为"贤妹"，感谢她多年来照顾薛平贵。王宝川却不同于此，她聪明、镇静、坚定、自信、富有同情心，并且有自己的主张。关键时刻，她帮助薛平贵，甚至做出重要的决定。原剧中，王宝钏下令对十恶不赦的魏虎处以死刑，以解心头之恨；熊式一的新剧中，魏虎作恶多端，理当严惩不贷，但王宝川出面干预，让他免去了死刑，改以杖责四十军棍。

通过《王宝川》，熊式一向美国的公众提供了一个了解中国女性的新视角。在20世纪初的几十年间，中国经历了快速的变化，青年女性接触到西方的现代思想和价值。她们与男性一起接受教育、参与社会活动、追求职业和理想、经济上独立。她们大胆、自信，有文化、有思想。在一些大城市，青年妇女可以自由恋爱，离婚也不再是奇耻大辱。熊式一敦促美国公众仔细认识一下中国女性，从不同的角度思考

---

[1] Pearl S. Buck to Oliver M. Sayler, March 5, 1936, HFC.
[2] "Oriental Play Reincarnates Old China," *New York Evening Journal*, March 23, 1936; Nina Vecchi, "The Very Model of a Modern Impresario," *Daily Eagle*, April 5, 1936; 熊德荑访谈，2013年4月15日。

女权主义。他认为,中国妇女最大的优点是宽恕,这一点在王宝川身上得到体现,特别是她与父母、夫婿、姐夫的关系。自由和平等固然重要,温柔却是力量的来源。换言之,温柔与力量并不互相排斥。他甚至宣称,中国妇女对她们的社会角色感到满意,甘于承担"家中女王"之责任。[1] 美国当时经济不景气,失业率居高不下,就业市场偏于男性优先。妇女不能公开要求工作权益,许多妇女别无选择,只好待在家里。熊式一的言论为公众提供了些许慰藉,没有任何人表示反对,也没有哪个批评家对此质疑或反驳。

《王宝川》在百老汇的演出,将蔡岱梅推上了国际舞台。她聪明、谦虚、优雅、有魅力,陪同熊式一出席各种社会文化活动,新闻报道中常常有她的照片和介绍。她接受记者采访,谈中国的文化传统和文学实践、中国诗歌的创作、文学潮流、商品市场对文学品位的影响、近现代女作家的崛起等等。通过蔡岱梅,公众看到中国新一代女性在走向现代化、走向世界。她们再也不是那些裹着小脚、百依百顺的旧时代妇女。蔡岱梅受过大学教育,自信、稳重、有胆识。她才三十岁,已经是五个孩子的母亲,还出版过两本诗集。从她的身上,公众看到了与王宝川类似的素质,甚至有人称她为"现代的王宝川"[2]。

值得一提的是,在百老汇演出《王宝川》,也为中国的抗战出了一份力。1935年12月9日,北平上万名学生组织大游行,要求国民党政府停止内战,一致抗日。12月18日,美国中华之友在纽约德拉诺饭店举办盛大晚宴,欢迎方振武将军。方振武曾任安徽省政府主席,是赫赫有名的军事将领、抗日英雄。美国中华之友举办的晚宴有许多社会知名人士参加。恰好熊式一在纽约,所以执行秘书长J. W. 菲利浦（J. W. Phillips）亲自致函,邀请他光临,并恳请他加入筹委会。12月底,纽约的华人团体也纷纷特设筵席,如中华总商会、溯源堂、中华公所等。其中,中华总商会在当地华文报纸上登广告,宣布12月31日除夕

---

[1] "America Leads as the Land of Romance, Declares Dr. S. I. Hsiung," *American*, February 9, 1936, E-3.

[2] "They Parted in China, the Result Was a London Play," *Ceylon Observer*, April 26, 1936.

1936年3月14日,罗斯福夫人在百老汇观看了《王宝川》演出,并上台与演员施妹妹、熊式一夫妇,以及制作人盖斯特合影(图片来源:熊德荑)

在旅顺楼欢宴,招待"抗日英雄方振武将军、中国戏剧家熊式一夫妇及台山女子师范学校校长陈婉华女士",希望众会员"踊跃参加,共表欢迎"。确实,《王宝川》帮助并增进西方世界对中国的"同情和理解"[1]。《洛杉矶时报》(Los Angeles Times)载文指出,此剧的成功,会赢得美国公众的同情、中国古代文化的"复兴","会让日本难以对付,这比蒋介石的机关枪的威力更大"[2]。

1936年3月14日晚上,罗斯福总统夫人带着她的几个孩子一起去观赏《王宝川》。她很喜欢这出戏,夸它"迷人、有趣、含蓄、服饰华

---

[1] "I feel too that it must help in giving us sympathy for and understanding of your country—about which we have in this country so little that is really first hand." M. M. Priestley to Shih-I Hsiung, March 13, 1935, HFC.

[2] *Los Angeles Times*, December 27, 1935.

丽，令西方人大开眼界"。演出结束之后，总统夫人上台向剧组人员致谢。熊式一事先让夫人蔡岱梅去附近的唐人街准备了一份点心作为礼物。蔡岱梅刚出国不久，不了解西方的文化习惯，她未作任何包装，直接把这点心送给了总统夫人。总统夫人平易近人、毫无架子，她欣然收下了礼物，拿在手中，与熊式一夫妇、盖斯特、施妹妹一起合影留念，这珍贵的一刻得以保存了下来。

* * *

3月18日，熊式一夫妇启程返回伦敦。熊式一通过秘书通知普瑞斯，他计划赶回伦敦，出席《王宝川》第500场公演。他还精心安排了晚宴，由蔡岱梅担任司仪，他们已经邀请了中国大使，晚宴是中餐。[1]

3月30日，星期一，晚宴隆重举行，庆祝第500场演出，暨熊式一出师百老汇凯旋归来。晚宴的菜单琳琅满目，包括蛋花蘑菇汤、葱烤龙虾、鸡片蘑菇、油炸猪肉、鸡丝蔬菜面等等。每一道菜名都插进了《王宝川》中的有关内容，如"油炸西凉国猪肉"和"鸡丝蔬菜宝川面"。这别出心裁的设计，增添了许多惊喜和趣味，成为席间宾客的杂谈佐料。

在英国，1935年全年演出的戏仅两部：《王宝川》和《风风雨雨》(The Wind and the Rain)，后者在伦敦已经连续上演了992场。1936年2月底，《风风雨雨》突然宣布停演。这一来，《王宝川》成了伦敦上演的戏中持续最久的一出了。

3月初，在纽约，《王宝川》移到49街剧院，继续又演了八个多星期，直至4月25日演出季结束为止。百老汇的第一部中国戏剧于三个月内共上演了105场。与此同时，在大西洋对岸的伦敦，它已经演了近550场。

---

[1] Eve Liddon to Nancy Price, March 5, 1936, HFC.

第八章　美妙的戏剧诗

1930年代，电影和戏剧相互竞争，越演越烈。好莱坞劲头十足，传统的剧场戏院面临严峻的挑战。不过，银幕和戏剧舞台其实并非绝对相互排斥、水火不容。不少演员在银幕和舞台上都得以一展身手，同样，剧作家们也努力打破藩篱，尝试新的媒体，力图灵活创新，适应时代变化。

现代媒体的诱惑实在不可抗拒。熊式一对好莱坞影片一直情有独钟，过去几年中，他在寻找将《王宝川》搬上银幕的可能，但苦于没有机会。

从美国回英国后不久，报上便传出消息，说熊式一写了一部电影剧本，内容是关于一位青年华人艺术家从英国回故乡、与恋人喜结良缘的故事。据新闻报道，这部电影将制作三个版本，其中之一用英语对话，供应英国市场；另一个用中文对话，供应中国各大城市；还有一个版本是无声电影，专供中国一些内陆城镇，那里的放映场所缺乏音响设备。这一切，与碧珠电影公司有关。著名电影明星雷欢是该公司的业主，最近刚投资20000英镑，同时改建了梅德韦摄影棚。据称，雷欢将亲自饰演男主角，影片"以隆重的东方婚礼结尾，场景蔚为壮观"[1]。1936年5月，熊式一告诉路透社，说剧本的写作已经完稿，只需要定一个好标题就行了，他对这部影片的前景相当乐观。媒界称誉他

---

[1] "British Studio to Produce Chinese Film by Author of 'Precious Stream,'" *The China Weekly Review*, July 25, 1936.

为"中国电影制片和发行的先驱人物",电影公司预言"这部影片会在中国各地大受欢迎"[1]。

在此期间,罗明佑与熊式一联系,探索在西方的电影发行制作方面进行合作的可能。1930年,罗明佑组建了联华影业公司,任公司总经理。他雄心勃勃,要拍摄制作高质量的中国电影,以好莱坞模式开创发展中国的电影业。联华影业公司办得生机盎然,一度成为30年代中国电影托拉斯。罗明佑制作的无声电影《渔光曲》(1934),参加1935年莫斯科国际电影节获奖,成为第一部在国际电影节上获奖的中国影片。罗明佑找到熊式一,请他帮忙在欧美寻找发行商。1936年1月,熊式一从美国发电报给秘书,安排在伦敦的电影学院和邦德会场放映《渔光曲》。这部影片力图逼真地反映中国劳苦大众的现实生活,但它显得过于东方化,其中东方的背景音乐贯穿始终,电影既没有英文配音,也没有提供任何概要说明。结果,这次活动并没有引起太大的反响,伦敦电影协会的观众没等到放映结束就先行退场了。[2]

那年春天,罗明佑再度与熊式一接洽。联华的新影片《天伦》(1935)已经与派拉蒙影业公司(Paramount Pictures)签了在美国发行的合同。著名制片人道格拉斯·麦克莱恩(Douglas MacLean)将为这部影片"做一些编辑,并配上最佳音乐",决心要让它一鸣惊人,超过美高梅公司(MGM Studios)制作的《大地》。罗明佑认为,要是熊式一能加盟搭档,那无疑是一个绝佳的商机。他建议,他们俩各投入一半资金,由熊式一担任公司董事长。他强调,相对戏剧作品而言,电影院更具影响,也更受欢迎。凭借罗明佑在好莱坞影界的人脉关系,配上在戏剧界"负有盛名"的熊式一,两人联手合作,必定能"相得益彰,事半功倍",十拿九稳可以赚钱。总之,这件事于"当事双方和公司都有益,可以名利双收"[3]。

当时联华公司资金短缺,其摄影棚因日军轰炸惨遭破坏,而且影

---

[1] "Chinese Films for England," *Hindu*, May 22, 1936.
[2] Eve Liddon to Shih-I Hsiung, January 7, 1936, HFC.
[3] 罗明佑致熊式一,1936年4月29日,熊氏家族藏。

片的票房收入不足。这些情况，罗明佑在信中只字未提，熊式一完全蒙在鼓里。其间，罗明佑好几次敦促熊式一汇款，作为电影制片的投资。6月，熊式一又帮忙安排在伦敦放映了一次《渔光曲》，但观众的反应相当冷淡。

没过多久，联华影业公司转手，罗明佑被迫卸任。熊式一和罗明佑再没有进一步讨论合作计划，此事不了了之。

* * *

第八届摩尔温戏剧节于1936年7月25日开幕。翌日，星期天，首场演出《圣女贞德》(Saint Joan)，庆祝萧伯纳80寿诞。戏剧节前后持续了一个月，演出的节目包括《王宝川》、《简爱》(Jane Eyre)、《海沃斯牧师寓所的勃朗特姐妹》(The Brontës of Haworth Parsonage)、《秘密婚姻》(The Clandestine Marriage)，还有萧伯纳的《圣女贞德》、《卖花女》(Pygmalion)、《岩石上》(On the Rocks)三部戏。

摩尔温戏剧节的头一个星期，熊式一都在场。不用说，熊式一这位"充满活力的小个儿"成了众人猎奇的主要目标，他也因此得以近距离地接触萧伯纳和其他文学巨匠，对他们有了更深的了解。一天，大家让萧伯纳谈谈自己早年奋斗成名的经历，他"坦率"地承认，说自己当年攻击莎士比亚和戏剧舞台，"无非是为了谋生而已"[1]。"我们要拼命去攻击旧戏剧，否则舞台上怎么会有我们的戏剧上演的机会呢！"有人便问他，这样岂不是泄露天机，宣布了自己的秘密吗？萧伯纳回答道："这不算什么，我还有更多大阴谋没有告诉你们呢！"[2]

熊式一与萧伯纳一样，喜欢批判文学作品，他常常直抒己见，甚至会毫不犹豫地直言批评萧伯纳。他有自己独到的见解，往往有悖于流行的看法，但他总能说出一套令人信服的理由。事实上，他心里有

---

[1] Shih-I Hsiung, "Through Eastern Eyes," in *G.B.S. 90*, ed. Stephen Winsten (London: Hutchinson, 1946), p. 197.
[2] 熊式一：《谈谈萧伯纳》，《香港文学》，第22期（1986），页94。

左起:熊式一、盖斯特、萧伯纳和温迪·希勒(Wendy Hiller)在第八届摩尔温戏剧节。希勒在《圣女贞德》中演女主角,《王宝川》也是戏剧节演出的剧目之一(图片来源:熊德荑)

数,坦率犀利的批评能立时见效,引起注意。许多粉丝把《圣女贞德》捧为萧伯纳的顶峰杰作,熊式一却不以为然。在他看来,剧中的奥尔良少女"没完没了地高谈阔论,像萧伯纳一个模样",其实这人物应当是"一个多行动、少言论的女性"[1]。他的观点与大部分批评家不同,他宣称,萧伯纳的早期作品才是地道的"戏剧艺术杰作",但它们被湮没了,因为那些唠唠叨叨、高谈哲学大道理的晚年作品都被误认为最伟大的舞台艺术。[2]他语出惊人,说萧伯纳是个伟大的思想家、伟大的哲学家、伟大的演说家,他在这些方面的才能,甚于戏剧方面的造

---

[1] 熊式一:《谈谈萧伯纳》,《香港文学》,第22期(1986),页94。
[2] 同上。

诣。[1]

梅兰芳前一年到伦敦访问时，带了一把古铜拆信刀，作为礼物送给了熊式一。这次熊式一去摩尔温时，随身带着，转送给萧伯纳，作为八十寿礼。事后有一天，他与夫人在街头散步，萧伯纳迎面过来，只见他从口袋里掏出一枚一先令硬币，笑着对蔡岱梅说："熊夫人：我请您做个证人。那一把中国古铜拆信刀，是我现在给了熊先生一个银币买的。"熊式一听了，懵里懵懂的，随后才恍然大悟，原来西洋人有古俗，如果朋友之间送刀子，他们的友情就会被割断的。于是，他欣然收下了那枚硬币，他和萧伯纳之间的友谊一直持续未断。[2]

* * *

熊式一的《西厢记》英译本于1935年秋季出版。《西厢记》是中国传统戏剧的经典作品，对后世文学，特别是明清才子佳人小说，产生过重要影响。书生张珙上京赴考，寄宿山西普救寺，与崔相国的千金崔莺莺邂逅，一见钟情。崔相国新近病故，莺莺伴母亲扶柩回乡，在寺中西厢借住。叛将孙飞虎闻讯，率兵围寺，欲强夺崔莺莺为压寨夫人。母亲崔夫人出于无奈，宣布说，谁要是能发兵解围，退得贼兵，就把女儿许配给他。张生急函知己旧友"白马将军"杜太守求救。杜太守接信，即刻发兵，帮助他们解危脱了险。不料，崔夫人食言，拒绝女儿与张生成婚，声称莺莺已经与郑尚书的公子订了婚。张生痴情，深感失望，相思成病；莺莺早已暗生爱慕之情，为此也大为怨恨，只是苦于无奈。红娘见义勇为，协助他们暗通书信，安排两人秘密幽会。后来，崔夫人察觉了其中私情，红娘无所畏惧，为张生和莺莺辩解。崔夫人只好勉强应允婚事，但要求张生立刻上京应试，须金榜题名，方可迎娶莺莺。张生在长亭与莺莺挥泪惜别，远赴京城，发奋苦读。"上赖祖宗之荫，下托贤妻之德"，一举及第，夺得首魁状元。他

---

[1] Hsiung, "Through Eastern Eyes," pp. 198–199.
[2] 熊式一：《谈谈萧伯纳》，《香港文学》，第22期（1986），页98。

熊式一翻译的英文版《西厢记》书影

衣锦荣归,与莺莺成婚,有情人终成眷属。

《西厢记》的原始创作,可上溯至唐代元稹的传奇小说《会真记》(又名《莺莺传》)。金代董解元将故事扩展,写成了长诗《西厢记诸宫调》,其中做了不少重要的修改,并设计了一个幸福圆满的结局。13世纪时,王实甫又据此创作了杂剧《崔莺莺待月西厢记》,该剧的诗文委婉含蓄、精丽无比,故事情节丝丝入扣,人物性格鲜明生动。数百年来,《西厢记》一直是中国最受欢迎的经典作品。不过,这一剧作有多种版本存世,每种版本又都不尽相同。熊式一的翻译,主要依据金圣叹的批本,同时参考了其他16种最佳版本。正因为此,他在英译的过程中面临相当的困难。《王宝川》是根据《红鬃烈马》做的改编,是一部为英国观众重新编创的剧作;而《西厢记》的英译,则是一项极具耐心的细致的翻译工作。据熊式一自述,骆任庭收藏的中文古代典籍十分丰富,他每天去骆任庭的寓所,在他的私人图书楼里埋首工作,字斟句酌,细细推敲,"常常每天伏案八九小时,笔不停、心不停地逐字逐句——有时逐字逐字推敲翻译……"[1]前前后后十一个月,终于完成了全书的翻译。

熊式一将译稿寄给茹由。1935年2月,他在出版协议书上签了字。根据协议,梅休因出版社同意出精装版,包括印制十幅精美的木刻版画。书名为《普救寺西厢记情史》(Romance in the Western Chamber of a Monastery),后来改为《西厢记》(The Western Chamber)。熊式一把这本译著敬献给骆任庭,以致谢意。

熊式一马上与艾略特(T. S. Eliot)联系,请他为《西厢记》写一篇序言。熊式一随信寄赠《王宝川》和《孟母三迁》,作为自我引荐。他在剧本上题签,自谦道:这"两本拙作,不足挂齿"。他告诉艾略特,梅休因出版社准备下个月出版《西厢记》,这部诗剧已经赢得著名学者拉塞尔斯·艾伯克龙比和邦纳米·杜白瑞(Bonamy Dobrée)的赞誉。"如果您能拨冗惠赐短序,本人则无任感荷。"[2]艾略特在费伯出版社(Faber and Faber)任职,是20世纪现代主义文学运动的中心人物,他的诗作《J. 阿尔弗雷德·普鲁弗洛克的情歌》(The Love Song of J. Alfred Prufrock)和《荒原》(The Waste Land)被尊奉为英美现代派的里程碑作品。可惜,艾略特彬彬有礼地回绝了熊式一的请求:"我只是在极个别特殊的情况下才替人写序,最近我就拒绝了两次类似的邀请,其中之一是我们出版社的图书。正因为此,我如果破例应允的话,那等于是违反了自己的诺言。"[3]熊式一转而与爱尔兰诗人、诺贝尔奖得主威廉·叶慈联系,请他写序,但再次遭到了拒绝。

熊式一没有气馁。最后,戈登·博顿利(Gordon Bottomley)为《西厢记》写了序言。博顿利是诗人和剧作家,他对中国悠久的戏剧传统表示高度的赞赏,他认为,中国的戏剧传统之所以能完整保留至今,

---

[1] 熊式一:《谈谈萧伯纳》,《香港文学》,第22期(1986),页97。
[2] Shih-I Hsiung to T. S. Eliot, n.d, HFC.
[3] T. S. Eliot to Shih-I Hsiung, May 22, 1935, HFC.

是因为它没有去追求时尚潮流。博顿利指出了《西厢记》与《王宝川》两部剧作之间的一些相似之处：

> 这两出戏，都有类似的描绘……有中国生活美丽如画的一面；有差不多类似的社会阶层的家庭场景、军事干预，还有东方生活中常见的基本仪式。最重要的是，这两部戏都围绕着有关宰相的贤淑千金下嫁贫寒这么一个中心问题。[1]

博顿利还指出，《西厢记》的抒情特征之所以存在，主要依赖高超的文学手法和音乐元素。他强调，熊式一为这部英译剧本作的前言"迷人、精致、诗意浓郁"[2]，戏剧界必然会欣喜万分，受益匪浅，会因为接触到这西方世界难得一见的传统惯例而大开眼界。

《西厢记》的翻译，精到细腻，熊式一本人也深以为豪。譬如，第二本第四折《琴心》中，张生依照红娘安排，独自在屋内弹拨琴弦，聊表内心眷眷情愫，并借此试探莺莺，寻觅知音。夜深人静，皎月当空，莺莺到花园里烧夜香，由于母亲赖婚，她心闷幽恨，一肚子哀怨，忽而闻得琴声顺风缭绕入耳来，以下是她的唱段：

> ［天净沙］是步摇得宝髻玲珑。是裙拖得环佩玎。是铁马儿檐前骤风。是金钩动，吉丁当敲响帘栊。
> ［调笑令］是花宫夜撞钟。是疏竹萧萧曲槛中。是牙尺剪刀声相送。是漏声长滴响壶铜。我潜身再听，在墙角东。原来西厢理结丝桐。
> ［秃厮儿］其声壮，似铁骑刀枪冗冗；其声幽，似落花流水溶溶；其声高，似清风月朗鹤唳空；其声低，似儿女语小窗中喁喁。[3]

---

〔1〕 Gordon Bottomley, "Preface," in Shih-I Hsiung, trans., *The Western Chamber* (London: Methuen, 1935), pp. xxxiv–xxxv.
〔2〕 Ibid., pp. ix–xii.
〔3〕 金圣叹：《金圣叹批本西厢记》（上海：上海古籍出版社，1986），页138—139。

片段中，剧作家运用排比的手法和奇特的意象，层层叠叠，有声有色，静中寓动，借景写情，难怪金圣叹称此"妙绝"[1]。熊式一的译文，与原文相符，意境、物象、音调、节奏兼顾，可谓信达雅。他颇为得意，在好几个场合念诵了这段英译文字，并且在《人民国家剧院杂志》(People's National Theatre Magazine)和《诗人自选诗集》(Poets' Choice)中刊载。[2]

熊式一此前给 J. B. 普里斯特利（John Boynton Priestley）的信函中曾提起这本新作，字里行间流露出自豪感。"我的下一部剧作《西厢记》已经付梓，它远胜过前一部作品，但愿它不至于让我丢脸。"[3]《西厢记》的英译本问世之后，巴里邀请熊式一到他家里共进午餐。巴里高度赞扬这部戏剧，认为那是"他记忆中读过的最好的剧本"[4]。熊式一动身去美国的前几天，曾写信告诉尼科尔，说萧伯纳对《西厢记》做了如下评论：

> 我非常喜欢《西厢记》，比之喜欢《王宝川》多多了！《王宝川》不过是一出普普通通的传奇剧，《西厢记》却是一篇可喜的戏剧诗！可以和我们中古时代戏剧并驾齐驱。却只有中国的十三世纪才能产生这种艺术，把它发挥出来。[5]

熊式一对此欣喜若狂。他说这是"最佳不过"[6]的赞词。他每次提到英

---

[1] 金圣叹：《金圣叹批本西厢记》，页136。
[2] "Poems from the Chinese and The Western Chamber," trans. Shih-I Hsiung, *People's National Theatre Magazine* 1, no. 13 (1934), p. 10; "A Feast with Tears" and "Love and Lute," trans. Shih-I Hsiung, in *Poets' Choice: A Programme Anthology of the Poems Read by Their Authors at the Poetry Reading in the Wigmore Hall, September 14th, 1943*, ed. Dorothy Dudley Short (Winchester: Warren & Son, 1945), pp. 37–38.
[3] Shih-I Hsiung to J. B. Priestley, March 19, 1935, HFC.
[4] Shih-I Hsiung, "Afterthought," in Shih-I Hsiung, *The Professor from Peking* (London: Methuen, 1939), p. 182.
[5] 熊式一：《谈谈萧伯纳》，《香港文学》，第22期（1986），页98；Shih-I Hsiung to Allardyce Nicoll, October 22, 1935, HFC.
[6] Shih-I Hsiung to Allardyce Nicoll, October 22, 1935, HFC.

> **S. I. HSIUNG**
>
> **LADY PRECIOUS STREAM**
>
> "LADY PRECIOUS STREAM" is a play of some antiquity in the Chinese tradition and belongs to the "commercial theatre." The translator not only has a perfect command of the English language but is himself of the Chinese Stage. He has not attempted here to alter anything and the play remains definitely Chinese in character; yet, despite the considerable differences in the style, there is a certain resemblance to the themes of Western drama. "Lady Precious Stream" is enjoying a most successful run at the Little Theatre in London.
>
> "This exquisite little volume."—COMPTON MACKENZIE (DAILY MAIL).
> "Distinguished by the firmness of its comic outline."—(TIMES LITERARY SUPPLEMENT).
> "Mr. Hsiung has enriched English literature as surely as did Fitzgerald ... this perfect play."—(NATIONAL REVIEW).
> "Always fresh, always unexpected, yet somehow always right."—(LISTENER).
> "A book to give to special people on any pretext."—(SUNDAY REFEREE).
>
> Second Edition
> 8s. 6d. net
> With 3 Illustrations in Colour and 12 in Monotone.
> Also in a Limited Edition with an extra Illustration ... 42s. net
>
> **THE WESTERN CHAMBER**
>
> *I liked the Western Chamber very much: far better than Precious Stream, which is a commonplace melodrama, whereas the W. Chamber is a delightful dramatic poem, like our very best medieval plays but it needs an exquisite art of performance, which only China could produce in the XVII century.*
> *G. Bernard Shaw*
>
> THE WESTERN CHAMBER is Mr. Hsiung's answer to a prominent London critic who wondered, in his remarks upon "Lady Precious Stream," "to what heights of excellence classical Chinese drama climbs." In China it is regarded as *the* play and has run into thousands of editions. Here East and West *do* meet. Mr. Gordon Bottomley has contributed a Preface.
>
> Illustrated 8s. 6d. net
>
> These books are published by Messrs. METHUEN and are obtainable at all booksellers. Write to 36, Essex Street, London, W.C.2, for full lists

梅休因出版社有关《王宝川》和《西厢记》的宣传广告。其中，复制了萧伯纳有关这两部戏的评论手迹（图片来源：熊德荑）

译《西厢记》时，总会引用这段评语，其影印件也被多次复制使用。

熊式一真心认同萧伯纳的看法，就艺术成就而言，《王宝川》确实难以与《西厢记》比肩。但熊式一爱与萧伯纳开开玩笑，一次，他在文章中这么写道："想必我的读者早已看得出来，我对这两出戏的意见，一向都是这样想的。可是现在我一定要坦坦白白地承认，我一发现萧伯纳的意见和我的完全相同时，我觉得我一定错了！我们大家都知道，萧伯纳决不肯说大家所期望的话，他也从来不喜欢对别人表示同意！我之所以认为他同意我时，我一定错了，这正是尊重他的旨意而已……"[1]据熊式一称，萧伯纳听了这些玩笑话，非但"不以为忤"，反而还很"欣赏"[2]。

精装版书套内侧，有一段介绍《西厢记》的文字，很可能出自熊

---

[1] 熊式一：《谈谈萧伯纳》，《香港文学》，第22期（1986），页98。
[2] 同上。

式一的手笔：

《王宝川》的剧本和小剧场的舞台演出都获得了空前的成功，一位著名的伦敦评论家写道："熊先生明确无误地告诉我们，那不过是一部大众商业剧，我们因此都在琢磨，中国传统戏剧的顶峰之作究竟有多高明。"《西厢记》是熊先生专门为此选择的一出戏。在中国，这戏直到最近一直被官方视为淫戏遭禁，因为其中有一个片断，描写云雨私情，遣词花艳，细述床笫之欢。尽管如此，这部戏有几千个版本，传统文人对那些曲文熟记在心——大概是因为其语言清丽之故。这是一部东西方确确实实邂逅的爱情故事。[1]

可惜，《西厢记》销路不好，出版之后并没有引起轰动，报上有关的书评屈指可数。伦敦市民都在关注行将开幕的中国艺术展。茹由事先就有预感，他说，这部剧作不会像《王宝川》那样广受欢迎。[2]借用中国的一句老话：阳春白雪，曲高和寡；下里巴人，和者甚众。其实，熊式一在纽约长期滞留，也多多少少负有一定的责任。例如，他没能出席福伊尔午餐会（Foyles Literary Luncheons），那是伦敦一年一度的重大盛会，是帮助推广和促销新书的大好机会。借用梅休因书局主任 J. 艾伦·怀特（J. Alan White）的话，由于他这么一次"叛逃行为"，图书销售为之付出了代价。当初《王宝川》出版之后，供不应求，出版商赶紧推出第二版、第三版，而《西厢记》出版了八个月之后，大部分的书还积存在仓库里。[3]尽管如此，怀特还是抱有希望，他认为只要

---

[1] Hsiung, trans., *The Western Chamber*, dust jacket.
[2] J. Alan White to Shih-I Hsiung, April 26, 1935, HFC.
[3] 1960年代，哥伦比亚大学出版社推出《亚洲经典作品译丛》（*Translations from the Asian Classics*），由汉学家狄培理（William Theodore de Bary）任主编，其中包括熊式一的译作《西厢记》。据狄培理在《序言》中介绍，这些都是"代表亚洲思想和文学传统的重要著作"，是西方"有教养人士必读的书籍"。丛书所选的译本都必须"既适合大众读者，又宜于专业人士"。梅休因1938年出版的熊式一翻译的《西厢记》属于"极少数合乎此标准的"译本，当时已经绝版。夏志清为这次再版写了《评论导读》。见Willian de Bary, "Foreword," in *The Romance of the Western Chamber*, trans. Shih-I Hsiung (New York: Columbia University Press, 1968), p. ix.

哪天这戏上演了，马上就会有转机。换言之，它要是能搬上舞台，定能促销。[1]

熊式一想方设法，四处寻找上演机会。其实，《西厢记》出版之前，查尔斯·科克伦已经明确表示有此意向。但他的允诺只是"空中楼阁"。科克伦告诉熊式一，那是他读过的"最美丽的剧本"，他准备挑选几个"伦敦舞台上最伟大的明星"担任角色，甚至打算花750英镑制作服装。后来，熊式一发现，科克伦之所以如此钟情这部戏，是因为巴里说它是一个"很棒的剧本"，并建议他上演。[2] 科克伦试图招募明星演员约翰·吉尔古德（John Gielgud）和费雯·丽（Vivien Leigh）任主角，但吉尔古德拒绝了邀请，他认为，这样的好戏"必定失败"，而《王宝川》一类的烂戏总是能成功"[3]。科克伦本来满腔热情，听了这一番话，如当头一盆冷水，于是搁了几个月，最后改变了主意。到那时，《西厢记》已经失去了宝贵的时机。有几家小型剧院原先曾表示有兴趣上演的，也不再愿意进一步考虑了。

1936年春天，新闻媒体有报道说中国准备上演这出戏，整套班子全都选用中国演员。"清一色中国演员，纯正地道的英语。""用英语演出，十足的中国韵味。"为此，他们开始在香港、上海、北平各高校物色演员，重点考虑英语和戏剧专业的人员。[4] 不久，又有消息说男女主角演员已有人选，分别由昆剧名角顾传玠和王黛娜扮演。熊式一准备安排先在上海演出，随后率领剧组去纽约和伦敦。熊式一还透露，梅兰芳已经答应帮助训练男女演员。该剧将专门配制传统中国音乐，去伦敦和北美巡演时，还会有乐队随行。

---

[1] J. Alan White to Shih-I Hsiung, January 2, 1936, HFC.
[2] Hsiung, "Afterthought," in *The Professor from Peking*, pp. 180–181.
[3] "Prof. S. I. Hsiung, Author of 'Lady Precious Stream,' Gives Talk in Colony," *South China Morning Post*, ca. May 1955. 熊式一自称，他反对由约翰·吉尔古德和费雯·丽任主角，他认为他们无法完全胜任饰演华人的角色。见 Playbill of *Lady Precious Stream*, Hong Kong, April 6, 1986, HFC.
[4] Hsiung, "Afterthought," in *The Professor from Peking*, p. 183；《记〈王宝川〉和〈西厢记〉》，《南京晨报》，1936年4月23日。

* * *

1936年，英国的业余剧社蓬勃发展，备受瞩目。业余剧组激增，全国共计2700余家，业余男女演员多达20万人。除了大城市外，大量的地方城镇没有专业剧院，业余团体积极填补了这些空白。许多戏剧团体在夏天去戏剧联盟（Drama League）或负责签发表演许可证的塞缪尔·弗伦奇公司（Samuel French），了解新出的年度戏剧目录。《王宝川》成为五部最受欢迎的剧目之一。

《王宝川》为熊式一带来财运和声望。他的版税来源很多，包括每星期小剧院和后来萨沃伊剧院结算的收入。1935年4月到1936年4月，他的收入总计908英镑，缴纳的所得税为54英镑17先令3便士。这比英国国民的平均收入高得多，英国1930年代的平均收入是200英镑，一套三居室的房子价格约350英镑。

4月13日，《王宝川》转到西区萨沃伊剧院上演。萨沃伊剧院刚装修一新，富丽堂皇，共有1200个座位。但是，普瑞斯对这个选择并不满意。她一向"竭力反对大型剧院"，因为大剧院会"扼杀戏剧"，一些原本不至于遭此厄运的戏，一进大戏院就一命呜呼。普瑞斯认为《王宝川》之所以成功，其秘密就在于它的"精致和魅力"，在小剧院得以完美体现。她去萨沃伊剧院看了演出后，抱怨连天，说这么一部"美丽精致"的戏"变成了一出哑剧"，其中那些"偷天换日""插科打诨"的细节都没有得到她的批准，她发誓要全部删掉。她深感遗憾，当初没有去找一家小型剧院继续上演《王宝川》，她决定在圣诞节期间赶紧把它重新撤回小剧院。她祈祷《王宝川》平安无事，不至于一命呜呼，回天无术。[1]

《王宝川》在萨沃伊剧院上演共计225场，总算平安顺利幸存了下来。

1936年11月底，《王宝川》又回到小剧院，继续演出。乔伊斯·雷德曼主演，熊式一扮报告人。可惜，票房的收入不及预期。第

---

[1] Nancy Price to Shih-I Hsiung, April 17, 1936, HFC.

一周的收入如下：

  11月24日，星期二，8英镑16先令1便士
  11月25日，星期三日场，13英镑19先令8便士
  11月25日，星期三夜场，17英镑0先令3便士
  11月26日，星期四，10英镑14先令0便士
  11月27日，星期五，24英镑2先令0便士
  11月28日，星期六日场，31英镑4先令7便士
  11月28日，星期六夜场，37英镑19先令1便士

收入总计为143英镑15先令8便士，远远低于两年前首次上演时的票房收入。那时，第一周总收入为224英镑0先令6便士，随后便直线飙升到每周550英镑，甚至590英镑的稳定收入。为此，普瑞斯直言不讳："对这次开演，我深感沮丧，可我们还是得力争佳绩。"[1]

  演出权和财务问题变得日益复杂，有时甚至相当杂乱，熊式一决定聘请专业机构来帮助管理。他请R. 戈尔丁·布莱特（R. Golding Bright）负责处理《王宝川》的专业剧团和国际权利事务。1936年2月，他与塞缪尔·弗伦奇公司签署了合约，负责经营此剧在大英帝国范围内业余剧团的演出权。在此之前，截止于1936年1月14日，英国的27家专业和业余剧团（小剧院除外）付给他的演出版税共计382英镑18先令9便士。塞缪尔·弗伦奇公司付给他600英镑作为预付版税，至1940年末余额轧平；1937年6月，该公司又给他6000美元，作为美国演出的预付版税。四年之后，那笔余额减至2140美元。[2]

  《王宝川》持续演出接近800场，经久不衰，可见其生命力顽强，普瑞斯为之不胜感慨。两年前，谁都不会相信这出戏能持续上演三个星期。自那时候起，许多名演员都会毫不犹豫地接受这戏中的角色。

---

[1] R. Golding Bright, accounting document, December 5, 1936, HFC; Nancy Price to Shih-I Hsiung, November 30, 1936, HFC.
[2] Samuel French to Shih-I Hsiung, June 28, 1937 and July 24, 1940, HFC.

共有六十多名演员扮演了剧中的主要角色,八名女演员扮演女主角。

1936年秋天,盖斯特再次把这部戏带回美国,参加第二季演出。从9月25日到圣诞节,他们在罗彻斯特、芝加哥、克利夫兰、辛辛那提、底特律、波士顿、费城等地公演。男女主角演员分别由威廉·哈钦森(William Hutchison)和康斯坦茨·卡彭特(Constance Carpenter)扮演,除个别演员外,剧组基本上是原班人马。巡演的组织安排丝丝入扣,各地演出均受到热烈欢迎,观众的热情和兴趣持续不衰,对于那陌生的中国戏剧传统,几乎没有什么排斥。相应地,媒界给予大量好评,感谢盖斯特再次把这一出古老的戏剧带来美国,参加新季演出。《芝加哥美国人》(*Chicago American*)刊载的阿什顿·史蒂文斯(Ashton Stevens)的报道,比较典型地反映了这种态度:

> 由于语言和戏剧技巧方面的障碍与神秘,我们当年虔诚地前往梅兰芳神殿膜拜,结果如隔雾看花,不知其所以然。《王宝川》这部戏则完全相反。对我们来说,理解欣赏《王宝川》,十分容易,就像理解观赏《大地》一样。同时像观赏《天皇》(*The Mikado*)一样的简单。[1]

9月25日到26日,在罗彻斯特的演出,票房收入为932.75美元;12月21日到26日在费城的演出,票房收入为4838.93美元。巡演中最成功的是9月28日至10月10日在芝加哥哈里斯剧院举办的16场演出,其票房收入总数为19969美元。熊式一所得的演出版税,扣除了佣金、所得税、杂费之后,共计915.65美元。

* * *

熊式一积极倡导和平,呼吁世界各国支持中国抵抗日本侵略。中

---

[1] Ashton Stevens, "No Chop-Suey Is in This Chinese Play, but Caviar, Hummingbird's Nest," *Chicago American*, September 29, 1936.

国的局势令人担忧。江西是共产党和国民党军队的争夺之地。此前，蒋介石非但没有抗击日寇入侵，反而发起五次大围剿，力图彻底扼杀江西中央苏区的共产党势力。毛泽东领导红军，被迫战略转移，进行了历史性的两万五千里长征，于1935年10月，在陕西延安建立了苏维埃根据地。共产党呼吁各党派、组织、部队团结一致，同仇敌忾，抗日救国。抗日救亡运动深得人心，迅速在全国蔓延。但蒋介石坚持反共立场，拒绝加入抗日联合阵营，顽固推行其攘外必先安内的政策。

无论在欧洲还是在世界其他地区，人们都忧心忡忡，密切注视世界上一系列急速发展的局势。国际联盟没能有效地调查处理九一八事变，显得软弱无力，无法威慑制止肆无忌惮的侵略者，也不能提出并实施和平方案。与此同时，国际联盟的主要成员国英国，在国际政治舞台上似乎失去了"世界霸权"。1935年10月，意大利入侵并占领了埃塞俄比亚；1936年3月，希特勒派遣军队，重新占领了德国西北部莱茵兰的非军事区；两个月之后，意大利军队大摇大摆地进军位于非洲的亚的斯亚贝巴。7月17日，西班牙内战爆发，希特勒调遣飞机，与意大利轰炸机一起，支持西班牙以佛朗哥（Francisco Franco）为首的叛军武装势力。

1936年7月，世界信仰大会在伦敦举行。世界各地不同宗教信仰的人们聚集一堂，旨在促进团结合作，"给予共同理解和相互赞赏的团契"[1]。东西方许多著名的神学家、哲学家及其他领域学者参加了这一盛会，包括铃木大拙、萨瓦帕利·拉达克里希南（Sarvepalli Radhakrishnan）、阿卜杜拉·约素福·阿里（Abdullah Yusuf Ali）、J. S. 威尔（J. S. Whale）、犹大·L. 马格内斯（Judah L. Magnes）。熊式一在开幕式上致欢迎词，还发表了一篇关于中国儒学及其传统的长篇讲演。他引用《论语》中的内容，说明儒家思想在中国的广泛影响，备受推崇。熊式一借此机会，展示了自己对《论语》和儒家思想了如指

---

[1] Francis Younghusband, "Foreword," in *Faiths and Fellowship*, ed. A. Douglas Millard (London: J. M. Watkins, 1936), p. 9.

掌。他的发言幽默生动，结尾部分振奋人心：

> 孔子传道授业的逸事，不胜枚举，但他的教学思想实际上与基督教的信念或世界上其他伟大哲学的理念十分相似。他们的目标只有一个，那就是教导大家如何处事为人。正如孔子所说的："四海之内皆兄弟也。"这表明我们不仅要和睦相处，而且我们所有的一切都是共通的。[1]

9月初，世界和平大会在布鲁塞尔举行。那是一场全球性的争取世界和平的运动，为了唤起各国民众，支持国际联盟力争和平的努力。来自世界上35个国家的四千名代表出席了大会。《每日新闻报》（*Daily Sketch*）刊登的照片中，除了熊式一，还有蔡岱梅、蒋彝、陆晶清，他们带着随身行装，在利物浦街车站候车，照片下的标题为"和平列车的乘客"。他们穿戴整齐，一身西服，作为列席代表，与"和平列车上其他约五百名乘客"[2]同行，前去布鲁塞尔参加盛会。蒋彝除了《中国画》之外，还出版和展出了其他不少书画作品，已经赫赫有名。陆晶清的丈夫王礼锡是诗人、散文家和文学编辑，还是很有影响的社会活动家。他们五个人都住在上公园街50号二楼和三楼的公寓里。王礼锡积极参与和平大会的活动，这次作为中国代表团成员，在开幕式上发表讲话。他激情昂扬，呼吁国际社会关注中国的民族危机；他坚定捍卫中国人民反抗日军侵犯的权利，呼吁国际社会给予同情和支持。[3]

* * *

熊式一在准备中国之行，他和蔡岱梅已经订妥了一等舱船票。

---

[1] Shih-I Hsiung, "The Teachings of Confucius and His Followers," in *Faiths and Fellowship*, ed. Millard, p. 259.

[2] "Passengers for the Peace Train," *Daily Sketch*, September 4, 1936.

[3] "China's Way to Salvation," *Sunday Times*, September 27, 1936.

"和平列车的乘客",《每日新闻报》的报道(1936年9月)

1936年12月4日,他们搭乘维尔代伯爵号意大利远洋邮轮,从意大利热那亚出发。他想回国看望家人和朋友,去家乡南昌看看,顺便考察一下国内的局势。他正在创作一部有关中国当代历史的剧本,他想利用这次中国之行收集一些资料。另外,他将要去上海制作《西厢记》,并处理一些下一年剧组去伦敦演出的安排细节。

有一件颇为蹊跷的趣事,值得一提:熊式一在伦敦通用汽车公司买了一辆福特V8汽车,而且在上课学习驾驶。汽车无疑是速度和摩登的象征,但拥有汽车的奢华并不能保证提供便利。奇怪的是,熊式一即将启程回国,为何要多此一举,自寻烦恼?通用汽车公司提供驾驶课程,并明文规定,要是客户未能通过路试,公司将"回购"该汽车。

后来，熊式一果真没有通过路试。[1] 10月，他与经销商联系，要求把车退回。但是，这车有过碰撞，车身的油漆、车轮、车门都有大量的损坏，需要修理，费用不菲。熊式一通过律师，与通用汽车公司接洽谈判，这事拖延了近一年半，到1938年3月才总算得以解决。

---

[1] 熊式一学车时，邀请一位朋友坐车随行。但他刚开了一条马路，那朋友就让熊式一赶紧停车，说他不想坐了，坚持要下车，因为车子撞到路边，实在太可怕。那朋友直言相告："我的生命比我们的友谊更重要。"熊式一后来也再没有开过车。见熊德荑访谈，2014年12月27日。

第九章　衣锦归乡

1936年底，正值多事之秋。国内的局势危如累卵，人人都惶恐不安，仿佛有大难即将来临的预感。

12月初，蒋介石飞去西安，设行辕于临潼华清池，召见高级将领，密商第六次大围剿，企图一举消灭红军。东北军将领张学良对蒋介石攘外必先安内的政策素有不满，他与杨虎城对蒋力谏，试图说服他改变政策，停止剿共，联合抗日。但他们的意见遭到拒绝。于是，张学良与杨虎城便密谋兵谏，于12月12日凌晨拘捕了蒋介石，力图逼迫蒋介石联共抗日，这就是震惊中外的"西安事变"。此后两个星期中，军政各方进行了紧张而又微妙的周旋和谈判。中共和张学良抓住这一机会，敦促蒋介石放弃他的政策，停止内战，成立联合政府，一致抗日。12月25日中午，蒋介石由张学良陪同，乘坐飞机离开西安赴洛阳。在机场，他表示接受这些条件，并发表口头协议。翌日，他从洛阳飞抵南京。

原先一触即发的局势，似乎突然得到了缓解。但危机远未结束，随之而来的平静，其实只是大灾变之前片刻的宁谧。

12月28日中午，维尔代伯爵远洋邮轮驶抵上海。熊式一夫妇返华的行程，前前后后花了整整一个月的时间。媒体事先没有做太多的宣传报道，去招商局中栈码头迎接的，只有几位好友，包括梅兰芳、欧阳予倩、刘海粟夫人成家和等。熊式一夫妇被接至市中心的国际饭店入住。

熊式一载誉荣归的新闻不胫而走。中外记者闻讯匆匆赶去，当天下午就有记者前往采访。报纸上出现一系列有关的报道：《熊式一昨抵沪》《熊式一载誉归来》《熊式一访问记》《在记者包围中》，还刊有熊式一夫妇与梅兰芳、成家和的合影。

熊式一好客，喜欢与媒体打交道。他住的503号房间，一早就有记者和熟人前来造访。熊式一穿着睡衣，热情招待。宾客络绎不绝，但熊式一毫无倦意，他谈笑风生，侃侃而谈，不厌其烦，有问必答。后来，因为有一位报社女记者来采访，他才赶紧脱下睡衣，换上了一件深青色的西服。12时，欧阳予倩来电催着去赴宴，采访不得不暂时告一段落。

熊式一向大家介绍了《王宝川》的写作和演出情况。除了英国已经上演了大约850场，美国也演了近300场，每周8场，每场有数百名观众。据称，明星丽莲·吉许和费伊·贝恩特（Fay Bainter）都想参演，但考虑到戏的内容与她们的音质，只好选用了其他演员。还有记者向熊式一打听《王宝川》成功的秘诀，他莞尔一笑，回答说："这也许是命运吧！"[1]

熊式一透露说，他在海外着力于将中国文化介绍给西方，首先完成了通俗剧《王宝川》的改编，又英译了文学剧《西厢记》，下一部作品是现代剧《大学教授》。该剧本通过一位大学教授的政治生涯，反映中国近二三十年社会政治的发展变化。这次回国，他得以有机会亲眼目睹国内的局势动态和近况，也可顺便为这一出新剧本搜集一些材料。

熊式一计划元旦后回江西探亲，同时去南京看看。翌年3月再回上海，筹备《西厢记》和《大学教授》的演出，5月启程返回英国。

梅兰芳特意为熊式一配备了一辆汽车，供他在上海使用。熊式一的日程排得满满的，除了戏剧社团的活动外，还得出席各种宴请、聚会、应酬。他下榻的国际饭店坐落在静安寺路上，由匈牙利建筑师拉斯洛·邬达克（Ladislaus E. Hudec）设计，1934年6月竣工正式开业。这座24层的摩登高楼建筑，超过了外滩附近的沙逊大厦，成为上海第一高楼，并享有"远东第一楼"之美誉。1936年3月9日，卓别林途

---

[1]《〈王宝川〉的编导者熊式一载誉归来》，《立报》，1936年12月9日。

经上海时,梅兰芳出面在国际饭店举办欢迎茶会,招待卓别林。这次,为欢迎熊式一回国访问,梅兰芳又特意在国际饭店举办舞会。

1937年1月4日下午5时许,梅兰芳夫妇与主宾熊式一伉俪一起,在14楼舞厅门口恭候嘉宾。梅兰芳一身西装革履,熊式一则是中式穿戴。舞厅的中央,悬挂着一只银色纸扎的大钟,底部射出淡淡的红光。正前方舞台上,红色英文大字"Happy New Year"赫然在目。别致优雅的布置,配上舒缓的西方音乐,喜气洋洋,一派浓郁祥和的节日气氛。宾客款款而至,约二百多人,多是各界名流和明星艺术家,可谓群贤毕至,包括胡蝶夫妇、林楚楚夫妇、叶恭绰、钱新之、黄任之、杨虎、董显光、朱少屏、刘海粟、欧阳予倩、余少培、郑振铎、黄源、杜月笙、虞洽卿、李煜瀛、胡政之、汪伯奇、萧同兹等等。[1]影星胡蝶第一个踏进舞池,刘海粟兴致勃勃与她共舞。两个小时后,客人们才渐渐散去。

翌日,上海地方协会举行新年茗谈会,会长杜月笙主持并致词贺年,欢迎新会员。驻美大使王正廷和熊式一也列席并先后发言。熊式一与大家分享了他创作《王宝川》的经过和心得,最后他说:"我从国外回来,确有点感想,就是我们要在海外宣传国光,应该用全国力量去推动,个人的言行,也是特别的谨慎,对于外国文字,尤须有深切研究。"[2]

* * *

熊式一在上海的访问,时间虽短,却是一次难忘的经历。半个世纪后,每忆及此,他的心中仍然能感觉到温馨的余韵:

> 1936年回国来接家小——那时只有五个孩子——一进国门,大家把我看成国际闻人,政学各界大为欢迎,似乎令人有平步青

---

〔1〕《胡蝶首先下舞池》,剪报,1937年1月5日,熊氏家族藏。
〔2〕《地方协会昨举行新年茗谈会》,《新闻报》,1937年1月6日。

云之感!当时也有一两位同行,认为他著作等身,对于以一出戏成名的人,颇有微词,不过大作家和林语堂之流,极力推崇,使我毕生心感![1]

在熊式一的记忆里,笑语和赞誉声中也夹杂着冷言冷语。确实,尽管社会各界包括林语堂、梅兰芳、胡蝶、刘海粟等名人,对熊式一和他的创作成就赞美有加,但负面的报道和评论在所难免。同行相嫉,文人相轻,加上有些人不了解情况,凭臆想做评判。有报道说,熊式一原先不过是沦落潦倒的一介文人,山穷水尽,无奈之下出走异国,没想到居然名利双收,一举成为"光耀1936年文坛的骄子"[2]。有的认为他靠卖弄噱头获得成功,无非是骗骗碧眼儿而已。"拿声色去炫惑人,已经失去艺术的价值,而是一种罪恶了!而且在一个动荡的骚扰的局面中拿脱了时代性的声色去炫惑人,自然更是为识者冷齿的勾当。"[3]

反对的意见中,最出名的恐怕要数洪深。1936年7月,他在《光明》半月刊上发表题为《辱国的〈王宝川〉》一文,批评指责《王宝川》丧失民族气节,剧末对西域代战公主的人物处理,显然是引清兵入关的"吴三桂主义"。洪深是左派戏剧批评家,一贯强调宣传戏剧艺术的社会政治功能,大力鼓吹政治剧。他的这篇文章,影响非常大。在他看来,《王宝川》经过熊式一的"胡乱更改","已不复是一出中国戏,而是一部模仿外国人所写的恶劣的中国戏与模仿美国的无聊电影出品"[4]。他以赛珍珠的《大地》为例,认为小说中阿兰那种唯唯诺诺、百依百顺的中国旧女性形象,仅仅迎合了西方读者的口味,无视中国现代社会中女性获得解放和转变的现实;而《王宝川》犯了类似的错误,为了恭维讨好外国人,负面地反映并歪曲了中国的历史。[5]

---

[1] 熊式一:《作者的话》,载氏著《大学教授》,页2。
[2] 李吟:《熊式一:从沦落到飞黄》,《辛报》,1937年1月6日。
[3] 凌云:《萧伯纳与熊式一》,《汗血周刊》,第6卷,第18期(1936),页354—355。
[4] 洪深:《辱国的〈王宝川〉》,载氏著《洪深文集(四)》(北京:中国戏剧出版社,1988),页262—271。
[5] 同上。

洪深的批评偏激，而且过于政治化。他甚至在英文月刊《中国评论周报》(*The China Critic*)上发文，攻击《王宝川》宣传中国古代一夫多妻制的传统陋习，对王宝川容忍西凉公主侵犯婚姻，大加挞伐。[1]他没有看过整部剧本，不了解剧中新添或修改后的细节。他没仔细把它与《红鬃烈马》做比较，仅仅根据部分内容，道听途说、借题发挥，斥之为"荒谬绝伦""稀奇胡闹""故意地把人生虚伪化"[2]等等。其实熊式一做了一些重要的修改，包括安排公主在剧末出现，添加了外交大臣这一角色，在说了几句台词后与代战公主一起退场，既增加了喜剧的成分，又避免了重婚这一问题，让西方观众易于接受。

记者在上海采访熊式一时，提到了相关的批评，特别是《辱国的〈王宝川〉》一文，熊式一做了直接回答："那篇文章，题目倒是很吓人的哩！"[3]他认为，洪深无疑是爱国的，有自己的见解，但那些评论，用于《王宝川》却不尽合适。熊式一的态度十分冷静，并未过分感情用事或者断然全盘否定。

> 我认为，东方与西方是有不同的，旧文化好的为什么不应该推崇和称道呢？假使推崇和称道旧的成就和传统的生活就是看轻与忽略新的事物与现代精神，那么辱骂蔑弃旧的成就与传统生活就是推崇和称道新的事物与现代精神了吗？我绝不忽略与看轻新的事物与现代精神，只要确实是中国的，只要是好的。[4]

1930年代的中国，由于社会政治形势和抗日民族主义情绪的高涨，左翼文化运动和文学思潮在上海兴盛一时，其大力鼓吹革命文学及"国防文学"，旨在发动群众，建立抗日文化统一阵线，团结一致抗日救国。熊式一的立场与此略有不同。他认为，文学是一种艺术形式，应当予以尊重，不应该过于政治化。他在几次不同的场合向记者阐述

---

[1] 熊式一：《后语》，载氏著《大学教授》，页160—161。
[2] 洪深：《辱国的〈王宝川〉》，载氏著《洪深文集（四）》，页268。
[3] 戈子：《熊式一在南京》，《汗血周刊》，第8卷，第4期（1937），页75。
[4] 同上。

自己的观点立场。他以《王宝川》为例，认为作为一位作家，他应当享有选择的自由，并有权决定内容的取舍改变。当然，作家需要关注现代生活，应该描写反映现代生活的社会经历，但传统文化中的精髓部分，也同样应当珍惜，得到保存和发扬。他在改编传统戏剧《红鬃烈马》的过程中，剔除了原剧中封建迷信的元素，为剧作注入了新的生命，以飨现代读者和观众。[1]

同样，《西厢记》在中国也受到一些批评指责，主要集中于英语译文的精准问题和文本难以实现高雅的表达。1936年4月，《大公报》刊载了姚克写的《评〈西厢记〉英译本》，那恐怕是最雄辩但也最尖刻的书评了。姚克年轻聪颖、才气横溢，致力于中外文学的翻译，已经颇有名气。他不到三十岁就完成了鲁迅《短篇小说选集》的英译本，赢得鲁迅的高度评价，并引为至交。在姚克看来，《西厢记》是诗剧，其译文必须保留原剧"诗的美"，但熊式一的译文，文字和韵律间"美的组合"却荡然无存。熊式一自称《西厢记》是一个忠实的译本，姚克却批评他没能彻底理解原文，没有做到"达意"这一层。[2]姚克从《西厢记》中挑选了几个译例，解析评论，重点讨论了《酬简》折中描写性交的曲文：

[胜葫芦]软玉温香抱满怀，呀！刘阮到天台。春至人间花弄色，柳腰款摆，花心轻拆，露滴牡丹开。
[后]蘸着些儿麻上来，鱼水得和谐。嫩蕊娇香蝶恣采。你半推半就，我又惊又爱，檀口揾香腮。[3]

---

[1] 戈子：《熊式一在南京》，《汗血周刊》，第8卷，第4期（1937），页75。关于《王宝川》的争论沸沸扬扬，方兴未艾，幸亏苏雪林挺身而出，仗义执言，于1936年在《奔涛》半月刊发表文章《〈王宝川〉辱国问题》，为熊式一打抱不平，此风波才算平息下来。苏雪林认为洪深的批评，逻辑上自相矛盾，而且使用了"辱国"这么"严重"的字眼，"似乎太过"。见苏雪林：《风雨鸡鸣》（台北：源流成文化公司，1977），页201—204。
[2] 姚克：《评〈西厢记〉英译本》，《大公报》，1936年4月8日。
[3] 金圣叹：《金圣叹批本西厢记》，页219—220。

姚克抄录了熊式一的英译，将它转译成中文，读上去像一段常见的男女幽会、相拥亲吻的描写，然后再将它与原剧中的文字做比较，原文中那些交欢淫乐的细腻描写遗失殆尽。姚克讥讽熊式一的译文，说它莫名其妙，其荒谬之处，相当于将"Milk Way"（天河）译成了"牛奶路"一般。在姚克的眼中，要是以"信达雅"来衡量《西厢记》，实在令人失望。他在批评译文之余，还攻击熊式一不惜向西方观众献丑，以此博得青睐和换取成功。姚克没有读过《王宝川》的原剧本，却大骂熊式一宣传一夫多妻制，"以此骗钱，罪不可赦！"[1]。他还指责熊式一靠不伦不类、奇形怪状的扮相、动作、表演手法，以博得观众的欢颜。姚克断言，熊式一写《西厢记》的目的，就是为了要"把中国的丑态献给伦敦人看"[2]。

　　姚克对英译本所提的意见并非绝无道理。必须指出的是，翻译好坏本来就见仁见智，难求齐全。作为一部诗剧，《西厢记》的译文，终难圆满周全，要吹毛求疵，不是绝无可能的。姚克自己也坦承，翻译难，译诗尤难。正因为此，评判不可偏激。当然，比较公允的评论还是有的，如《图书季刊》中藏云的《西厢记的英译》等等。[3] 至于姚克关于熊式一向西方人献丑一说，则完全属于牵强了。事实上，姚克如此刻薄，是有一些具体原因的，他事后曾在伦敦当着王礼锡、陆晶清、崔骥的面，表达歉意，说自己当初"攻击式一完全为别人主使"[4]云云。

*　*　*

　　熊式一夫妇俩在上海逗留了一周，从那里乘坐快车前往南京。
　　他们这次去南京，是应余上沅的邀请。余上沅在戏剧界素享声望。

---

[1] 熊式一：《良师益友录》，手稿，熊氏家族藏，页5。
[2] 姚克：《评〈西厢记〉英译本》，《大公报》，1936年4月8日。
[3] 藏云：《西厢记的英译》，《图书季刊》，第3卷、第3期（1936），页157—160。参见许渊冲：《中诗英韵探胜》（北京：北京大学出版社，1997），页498—502。
[4] 崔骥致熊式一，1945年6月8日，熊氏家族藏。

梅兰芳访欧期间，余上沅全程陪同，也一起去了伦敦，在那里亲眼目睹《王宝川》在英国上演的盛况，并与熊式一结为好友。

南京之行，熊式一得以一窥古都金陵的雄伟和浑厚，也看到了近十年来国民政府定都南京后大规模建设的新面貌。但他们万万没有想到，几个月后，南京沦陷，日军肆虐，残杀无辜，几十万民众生灵涂炭，惨绝人寰。熊式一后来在《大学教授》中描写南京的片段，是他亲身经历的写照，字里行间，不难感受到他心情的沉重、忧思以及悲愤。

> 南京的中华民国中央政府成立到现在，已经有十年多了，在这个短暂时间中，中华民国和她的人民也收获了很多的成就，大家对于这个新迁来的都城，都觉得可以在此安居乐业了。于是，它在历史上的重要性虽然一度曾经消失，现在也慢慢地恢复过来。这许多年来，是新中国的建设时期，高楼大厦不知建筑了多少，桥梁、公路也不知道增加了多少，铁路延长，水运进步，还加了一个最新的空中交通，使我们这个广大的国土上，在从前要费时费月地不方便，到现在随便由哪儿到哪儿都不用发愁了，只要几个钟头就够了。现在既然交通有这么方便，我们不妨到南京去看看，幸好我们决定了这就去，要不然的话，我们一失掉了这个机会，再过几个月，那么南京的街道就会破落不堪，房屋烧毁了许多，四处都是男女老幼的尸首了。[1]

熊式一夫妇抵达南京之后，余上沅在下关车站迎接，随即送他们去首都饭店入住。

1935年秋，国立戏剧专科学校在南京成立，余上沅被教育部聘为校长。那是中国有史以来第一所戏剧专科学校，以研究戏剧艺术、培养戏剧人才为宗旨。自1936年2月至1937年1月，剧校共演出了17部剧，除了余上沅的《回家》、章泯的《东北之家》、洪深的《走私》和

---

[1] 熊式一：《大学教授》，页97—98。

《青龙潭》、张道藩的《自救》等五出戏之外,其余都是外国剧作,包括果戈理、琼斯(Henry Arthur Jones)、奥尼尔、易卜生、高尔斯华绥的作品,还有两部巴里的作品,其中之一是顾仲彝翻译的《秦公使的身价》(*The Twelve-Pound Look*),[1]另一部是熊式一翻译的《我们上太太们那儿去吗?》。

1936年7月,余上沉发函,正式聘伦敦大学的熊式一为该年度国外通信研究导师。同时受聘的还有储安平(英国爱丁堡大学)、焦菊隐(巴黎大学)、吴邦本(巴黎大学)、张骏祥(耶鲁大学)。[2]

熊式一在访问南京期间,除了参观、会友和出席宴请之外,还去戏剧学校与师生面谈交流、做演讲。

* * *

五天之后,熊式一夫妇前往南昌老家省亲。他们俩热切期盼已久,要去看望父老乡亲,跟自己的五个孩子团聚。四年前,熊式一离家时,最小的孩子德达才十个月,但现在都近五岁了。乡亲好友闻讯,蜂拥而至,热烈欢迎这一对年轻的夫妇荣耀归来。他们都惊讶地感叹,熊式一和蔡岱梅在西方世界生活多年,见过了世面,却丝毫没有沾染任何洋习气,特别是熊式一,本色未改,跟从前完全是一个样。

不过,蔡岱梅却私下透露给好友陆晶清"一件秘密":"近来在家里每天早晨不起床,要用人送早餐在床上吃,并且告诉他们英国人都是如此。"她坦率地承认:"这并不是要效洋派,实在是我们的懒劲太重啊!"[3]乡亲好友纷至沓来,络绎不绝,许多人坐下来一聊就是半天。她和熊式一两人疲于应酬,没过多久,连素来喜欢热闹的熊式一也开始感觉不堪缠扰,难以承受。他们原计划5月前返回伦敦的,可是由于蔡岱梅的母亲和孩子们的缘故,一拖再拖,直到6月初才开始准备

---

[1] 熊式一曾在1931年的《小说月报》上刊登中译本,题为《十二镑的尊容》。
[2] 《国立戏剧学校聘书》,1936年7月1日,熊氏家族藏;《国立戏剧学校国外通信研究导师名单》,约1936年,熊氏家族藏。
[3] 蔡岱梅致陆晶清,1937年2月18日,熊氏家族藏。

熊式一夫妇1937年回国探亲时,在南昌与五个子女以及蔡岱梅父母合影(图片来源:熊德荑)

动身从南昌去北平和上海,8月27日左右与剧团一起返回伦敦。

春天,浙赣铁路举行通车典礼。为此,南昌在百花洲图书馆举办了一场大规模的浙、赣特产展览会,陈列展出各式各样的工业、手工业和农产品土特产,琳琅满目。图书馆专门辟出一间小阅览室,作为江西地方文献展览馆,展品包括蔡岱梅父亲蔡敬襄精心收藏的南昌城砖和汉镜等珍贵文物。除此之外,蔡敬襄还提供了在英国上演的《王宝川》剧照,一并展出,以飨观众。[1]

熊式一这次回乡,腰缠万贯,带了约三四万美元,相当于2.5万英镑,大多是版税收入。他们在南昌期间,亲友们知道他们舍得花钱,便大力怂恿,让他们置办了一些田产,还盖了房子。二三十里

---

[1] 蔡敬襄曾编著《江西南昌城砖图志》,应熊式一的请求,他于1933年11月,选拓砖文32种,用玉版宣纸制成两册,工艺精致,题签"大中华民国江西省城砖文字",由熊式一转赠给骆任庭爵士,后者又转交伦敦大学亚洲中心图书馆珍藏。见王迪谀:《记蔡敬襄及其事业》,页76;毛静:《蔡敬襄:蔚挺图书馆》,《近代江西藏书三十家》(北京:学苑出版社,2017)。

外的西山梅岭,山清水秀,可以俯瞰南昌全城,暑夏阴凉,素有小庐山的美誉。蔡岱梅十分中意,所以他们又在那儿添置了田产。[1]此外,熊式一还买了不少古玩字画。没过多久,随身携带的现款便所剩无几。在伦敦和纽约,《王宝川》业已停演,因此不再有演出版税的收入,银行也不见出版社新的版税进账。熊式一囊中羞涩,连返程的船票钱都没有了,无奈之中,只好向伦敦的室友王礼锡和蒋彝告急求助。

在华期间,熊式一与王礼锡夫妇多次信件往来,除了互通近况之外,还商量不少有关税务、银行账户、书籍出版、租房契约等琐事。他们在上公园街50号租赁的二楼和三楼相当宽敞,原先是熊式一夫妇和蒋彝在那里住,一年前加入了王礼锡夫妇,他们都是江西人。熊式一回国之前,安排剧作家罗纳德·高(Ronald Gow)在他们的房间里短期租住四个月,这样可以有点房租收入。现在,他们延长了旅程,而王礼锡夫妇和蒋彝又来信说打算搬出去。这些情况,他们始料未及,一时手忙脚乱。熊式一回国之前,没有收拾整理家具用品,寓所十分凌乱。如果他计划继续承租,年租金150英镑,实在是一笔不小的数字,难以负担。但若是退约,家里所有的家具,包括地毯、藏书、各种用品,都得请王礼锡帮助装箱储存,或者出售处理,真是狼狈不堪。幸好,王礼锡夫妇后来决定暂时不回国,因此不准备搬迁了,仅蒋彝一个人搬出去,到附近另一处公寓住。这样一来少了一番周折。

* * *

自西安事变后,日军一直虎视眈眈,蠢蠢欲动。1937年7月7日,北平西南郊外的卢沟桥发生日军与国民革命军的冲突事件。日军在中

---

[1] 蔡岱梅致陆晶清,1937年5月18日,熊氏家族藏。据许渊冲回忆,熊式一家在蔡家坊有田产,约三百多亩。另外,熊式一1937年在南昌购地产,均通过许渊冲在江西裕民银行工作的大伯许文山协助。许渊冲致郑达,2014年4月8日、2015年8月30日。

国驻军阵地附近举行军事演习，并诡称一名日军士兵失踪，要求进入宛平县城搜查。遭中方拒绝之后，日军便包围宛平城，向宛平城和卢沟桥发起进攻。七七事变爆发，成为抗日战争全面爆发的导火线。

国民党外交部向驻华日本使馆提出抗议，并要求日方立即制止军事行动。但日方变本加厉，向中国增兵，全面大规模地入侵中国。蒋介石表示应战，他发表动员令，准备不惜牺牲一切，领导全国军民守卫疆土。"战端一开，那就是地无分南北，年无分老幼，无论何人，皆有守土抗战之责任。"[1]国民党军队浴血奋战，牺牲惨重。至7月30日，平、津先后失守，陷落日军手中。蒋介石发布《告抗战全体将士书》，"既然和平绝望，只有抗战到底"。他勉励全军"驱除倭寇，复兴民族"[2]。

战前许多人反对蒋介石。"但现在，所有的分歧都消除了。年轻的一代、学生大众、全国知识分子斗志昂扬。日本把中国所有阶层的民众激怒了，它根本想象不到那深仇大恨，那种奋战到底的决心。"[3]这一关键的时刻，成了熊式一政治意识的转折点。他积极参与政治活动，想要尽自己的绵薄之力，做一些报国的工作。在上海，他与梅兰芳和黄炎培商量，如何利用自己的社会影响力来争取国际社会的同情和支持。他们计划联名向全世界呼吁，谴责日军在华"摧残文化蹂躏地方"的残暴行径，并且要求世界支持国际正义的人士，为日军暴行而流离失所的中国同胞"给以物质与精神的救济"[4]。

国难临头，愈发需要文学这一精神武器。确实，文学是文化政治不可或缺的组成部分，作家的关键作用不容低估。对于国防戏剧，熊式一认为："国防戏剧要在极精细，小心，谨慎的情形下去做，不应该过火，引起多方面的反感。在这时期，文学家自应为国防戏剧而努力。

---

[1] 秦孝仪主编：《对于卢沟桥事件之严正表示》，蒋介石《思想言论总集》，卷十四，演讲，中华民国二十六年（台北：中国国民党中央委员会党史委员会，1984），页585。
[2] 秦孝仪主编：《告抗战全体将士书（一）》，蒋介石《思想言论总集》，卷三十，书告，中华民国二十六年（台北：中国国民党中央委员会党史委员会，1984），页217、221。
[3] "Playwright Praises War-Torn China," *Malay Mail*, February 8, 1938.
[4] 《熊式一等将向国际呼吁》，《立报》，1937年8月4日。

不过，现在文学家的使命要较前尊贵到十倍或百倍，因为在非常时期要爱惜国力，文学家的写作也是国力的一种，求过于供的现在，更应该非常细致的珍惜及使用它。"[1]熊式一准备撰文《国难时期文学界应有的态度》，具体阐述有关的观点。[2]

他想在上海义演《王宝川》，为难民和前线的将士进行筹款。同时，他想召集一批有影响力的文化界人士，组织一个团体，向国际社会呼吁公道，寻求人道主义的支持。

在上海，作家和文化工作者们放弃异议和分歧，同仇敌忾，组成了全国文人战地工作团，宋庆龄、郭沫若、熊式一被推为主席团成员。他们在上海招待各国驻华记者，做国际宣传，扩大影响。但不久，日军开辟第二战场，8月13日，日军炮轰上海，淞沪会战开始，日军的飞机对上海、南京等地狂轰滥炸。鉴此，大会决议公推宋庆龄前往美国去做国民外交及军事宣传，郭沫若赴德法等欧洲国家，熊式一回英国，在各处发表文章，向民众做宣传，争取国际人士的同情支持，共同声讨日本的侵略行径。[3]

形势突变，打乱了原定的计划。熊式一本来准备先在上海首演《西厢记》，然后率领剧团赴欧美演出，现在此事只好被迫放弃。熊式一与盖斯特一直保持着联系，在纽约上演《西厢记》的安排已经一切就绪，梅兰芳也帮忙订制了整套"制价高昂的戏剧服装"。可是，战事爆发，演出计划只好暂时被搁置一旁。

北平没法去了。8月底，熊式一乘火车又去了一趟南京。这是一段缓慢、险象环生的旅程，火车是日军空袭的目标。但他因此得以目睹中国民工"可歌可泣"的献身精神。他后来向路透社记者介绍："一段铁路被炸毁了，可是，日军还没有完全消逝，铁路工人就已经开始修路，一眨眼工夫，火车又恢复了运转。"[4]

---

[1]《熊式一等将向国际呼吁》，《立报》，1937年8月4日。
[2] 同上。
[3] Hsiung, "Afterthought," in *The Professor from Peking*, pp. 183–184; 熊式一：《作者的话》，载氏著《大学教授》，页2—3。
[4] "Playwright Praises War-torn China."

接下来的几个月,中国的局势日益严峻。11月,日军占领太原和上海,南京告急。中华民国政府决定战略撤退,迁都重庆。

在此期间,熊式一和家人困在南昌。进出南昌的交通全都阻绝了,粤汉铁路也常遭轰炸。南昌并非安全的避风港。8月15日至10月20日两个月间,南昌遭到日军空袭轰炸7次,炸毁或损坏近160座房屋,38人丧生,113人受伤。"我觉得,日本人根本没有对准什么目标,好像急急忙忙赶紧把炸弹都扔了,然后就又离开了。"[1]11月9日,蔡岱梅写信告诉陆晶清,他们随时准备动身回伦敦,假使有希望上船,一定马上传电报通知他们。[2]

熊式一自惭在国内没有做出什么成绩,筹备江西文化界战时工作协会已经多时,但仍无头绪。他对王礼锡夫妇在英国宣传抗日"心往神驰"[3],由衷地感佩。他归心似箭,但去上海十分艰危,返英一时难以成行。他思念在伦敦的朋友,挂念他们的工作。他给王礼锡夫妇的信中这么写道:

> Lascelles Abercrombie现在牛津何校College任教,请告以便通信。请他骂日本。英国报纸有关中日的重要言论及名人的言论,请剪寄一点给我。笔会P.E.N.文礼公若去参加,也与H. G. Wells谈谈,他颇对中国表好感。我觉得文礼公暂时还是不回国而留在外国做做工作更好,不知你们以为然否?[4]

12月13日清晨,日军攻陷南京。

熊式一和蔡岱梅于12月15日出发去香港。四天后,他们搭乘维多利亚邮轮前往欧洲。他们乘坐的是二等舱,省下了"一大笔旅费"来支持抗日救国。他们没有带家中的女佣,一来怕她不适应海外生活,

---

[1] "Playwright Praises War-torn China."
[2] 蔡岱梅致陆晶清,1937年11月9日,熊氏家族藏。
[3] 熊式一致王礼锡和陆晶清,1937年11月13日,熊氏家族藏。
[4] 同上,文礼即王礼锡。

二来也可节省一些开支。[1]

德兰、德威及德锐一起随行，最小的两个孩子德海和德达留在了南昌，由蔡敬襄夫妇代为照顾。

---

[1] Dymia Hsiung, *Flowering Exile*, p. 9.

战 争 年 代

1938—1945

第十章 政治舞台

1938年1月11日,熊式一与家人抵达伦敦。"两辆出租车满载乘客,加上行李箱和手提箱",在汉普斯特德的一栋旧式的石砖建筑前停了下来。那就是上公园街50号,他们在伦敦的居所。熊式一最先下车,脸带笑容,朝楼上看了看,然后走上台阶,从口袋中掏出那把随着他远途去了一趟中国的钥匙,打开了前门。[1]

王礼锡和陆晶清还住在三楼,与崔骥合用一套公寓。崔骥是江西南昌人,与熊式一和蔡岱梅家熟稔。他1931年毕业于北平师范大学英语专业,几个月前,他受江西省政府公派,来英国考察教育制度,顺便看看有什么学术研究的机会。

熊式一他们在伦敦的居所与中国南昌的旧宅截然不同。这里,他们没有女佣,再没有人为他们做饭、做家务。在中国,蔡岱梅从来不用下厨房,从今天开始,她就得掌勺,每天为一家五口准备饭菜。此外,他们这一套公寓,与旧宅相比,显得压抑、拘谨。孩子们习惯了在家里无拘无束地东奔西跑,这里可不允许随便蹦蹦跳跳玩游戏。房东住底层,楼上的声音太大太吵,她是绝对不能容忍的。中国的房子虽然简陋,但宽敞自由,有无尽的欢乐;这里却有种种限制,令人沮丧。差别太大,要调整和适应相当不容易。

三个孩子不久便注册去当地的学校上学。德兰被安排在附近一所女子学校上六年级,她品学兼优,出类拔萃,在国内已经读完八年级。

---

[1] Dymia Hsiung, *Flowering Exile*, p. 38.

左起：熊德兰、熊德威和熊德輗姐弟三人在伦敦家中合影（图片来源：熊德荑）

德威和德輗被插进附近另一所学校。他们分别起了英文名字：Diana、David 和 Daniel。熊式一请朋友英妮丝·韩登（Innes Herden）为他们补习英文，还请崔骥教他们中文。没过多久，几个孩子在学校里交了不少朋友，渐渐适应了伦敦的新生活。熊式一忙于自己的写作和社会活动，蔡岱梅则担负起家庭主妇的重任。每天晚上，一家五口聚在餐桌边，品尝着母亲烹饪的饭菜，交流白天的所见所闻，或者天南地北地聊天。家庭的气氛温暖融洽，每天晚餐时分，成了全家最快乐的时刻。

他们距祖国千里之遥，却心系故乡，时刻挂念着敌寇铁蹄下祖国的兴亡。他们关注国内的形势发展，战争局势与中日关系无可避免地成为他们餐桌上交谈的主要话题。蔡岱梅在她的自传体小说《海外花实》中，生动地记录了中日两国的关系如何影响海外华人，甚至他们日常生活的观点。一天晚上，孩子们告诉父母，最近学校一个日本同学不来上学了。

"你们有没有威吓他？"母亲问道。

熊式一夫妇和三个孩子在伦敦寓所前,还有他们的室友王礼锡(后排中)、陆晶清(二排左),以及崔骥(后排右)(图片来源:熊德荑)

"我们从来没有打他,但我们常常愤怒地盯着他。他看上去挺害怕的,尽力远远地避开我们。"

母亲教育他们说:"尽管日本在侵略我们的祖国,他们的孩子没有犯错。你们不跟他交朋友就行了。你们可不能粗暴无礼!"[1]

* * *

熊式一积极参与政治活动,他要为祖国的抗战尽一份绵薄之力。他的政治觉悟的唤醒,与室友王礼锡的影响有关。

王礼锡是位诗人,仰慕英国浪漫主义诗人珀西·雪莱,以笔名 "Shelley Wang" 发表诗歌作品,素有"东方雪莱"之美誉。王礼锡也是南昌人,比熊式一年长一些,在文学和政治领域已经卓有建树。他是个社会活动家,曾经负责江西省的农民运动,与毛泽东等人筹备建立了湘鄂赣农民运动讲习所。1927年后,他参加过报纸杂志的编辑工作,领导学生运动、组织工人运动、出版左翼进步书籍,而且有不少诗歌创作出版。由于政治原因,他在1933年和1934年两次被迫出走,流亡英国。在此期间,他从事国民外交,宣传抗日救国。他组织"中国人民之友社"和"全英援华运动委员会",筹款向中国提供药品、食物和衣物。最近,他又出席在伦敦举办的"世界援华制日大会"。

熊式一坦承,王礼锡是多年来活跃在"政治舞台上的中心人物",而他自己则是个"局外人"。[2] 王礼锡偕妻子陆晶清来伦敦后,为了节省房租和生活开支,与文友胡秋原和敬幼如夫妇合住在附近的一套公寓里。胡秋原也是个社会活动家,参加组织"福建事变",失败后被迫流亡海外。王礼锡夫妇抵达伦敦后的第二天一早,欧阳予倩就伴着熊式一同前去登门拜访。熊式一和王礼锡虽然初次见面,但"一见如故",相见恨晚,成了莫逆之交。之后的几年中,两人差不多无日不

---

[1] Dymia Hsiung, *Flowering Exile*, p. 49.
[2] 熊式一:《怀念王礼锡》,《宇宙风》,第100期(1940),页135。

见，常常在一起谈天说地，长聊到深更半夜。1935年底，胡秋原夫妇回国，王礼锡与陆晶清便搬了过来，住在三楼的公寓房间。熊式一目睹王礼锡的爱国激情和献身精神，为之感染，并以他为榜样，一起努力帮助祖国抵御外寇的侵略。

熊式一开始活跃在政治舞台上。他参加各种筹款募捐活动，出席"左翼书社"的集会，发表演讲。1938年5月8日，他去曼彻斯特参加"中国周"活动，做了一次演讲。那场活动旨在帮助英国的民众"认识中国抗战的正义性"，让他们看到"对侵略行为的受害者应尽的义务"，并且通过一项决议，要求"英国政府全力支持下周内中国代表团向国际联盟理事会提出帮助的请求"[1]。下面是地方报纸的有关报道中涉及熊式一的部分内容。

> 熊式一提到，中国将再一次向日内瓦联盟理事会寻求帮助。国际联盟这次如果对此置若罔闻，那中国人只好把日内瓦比作西敏寺了——一个政治家最佳的安息之所。欧洲列强助长了日本倒行逆施的嚣张气焰；英国袖手旁观，致使日本有恃无恐，推行其侵略政策。[2]

* * *

1938年6月26日至30日，国际笔会第16届年会在捷克斯洛伐克首都布拉格举行，熊式一在该年会的杰出表现，是他政治生涯中最辉煌的亮点之一。笔会首创于1921年，为的是让作家文人借此文学团体交流思想、联谊沟通。但是，笔会又类似于一个"晚餐俱乐部"，因为不论何种情况下笔会都坚持原则，"绝不过问政治"。1930年代初，纳粹德国咄咄逼人，日益猖獗，为此，笔会的非政治立场受到了质疑和挑

---

[1] "China's Case," *Manchester Guardian*, April 7, 1938; "The War in China," *Manchester Guardian*, May 9, 1938.
[2] "The War in China."

战。西班牙的内战持续了两年之久；3月，奥地利被德国吞并；德国随即又开始觊觎捷克斯洛伐克。继续对政治不闻不问，已经不再是一个可取的选择。

熊式一以中国代表的身份出席了年会。6月26日，他向大会执行委员会递交了提案，声讨日本在华"轰炸城市、屠杀平民、毁坏文化"的罪恶行径。大会秘书认为，提案的措辞过激和政治化，恐难通过，希望他做一些修改，削弱其中的政治色彩。熊式一知道，英国和法国的代表会支持他的提案，他信心十足，坚持认为提案的原文会通过的。果然，大会执行委员会当天审查并通过了提案，列于大会的议程项目进行讨论表决。此外，该提案还提议摒除日本，由中国取代其成为执委会成员。毋庸置疑，日本和意大利对此深感愤怒。日本没有代表出席这次会议；意大利代表当晚即提前退会回国。6月28日，东京发来电报，声称"日本笔会对于邀请笔会于1940年往东京开第十八次年会之约，永远取消"。大会秘书当众宣读了电文，全场"掌声雷动，垂数分钟之久"[1]。

6月30日，大会一致通过谴责日本的议案，接受中国取代日本成为执委会成员国。熊式一发表讲话，大意如下：

> 中国的作家，在这紧要的关头，向他世界上的兄弟们致意，并感谢他们所表示的好意。笔会所取的"不问政治"政策，若行之太过，便近于"不顾人道"，则我们大可"不必生存"了。世界上最"不问政治"的机关，当首推日内瓦的"国联"，它和英国的西敏寺相同，都是大政治家休眠的地方。我觉得西敏寺还要好得多；因为大政治家，一进了西敏寺，我们便可永远不见不闻他们了。中国作者，若不问政治，今日我不能出席。西班牙不问政治，今日决无代表参加；捷克若不问政治，大家今日决不能在此开会了。[2]

---

[1]《笔会十六届万国年会记》，《时事月报》，第19卷，第2期（1938），页31。
[2] 同上注，页32。

熊式一的发言刚结束,国际笔会前会长H. G. 威尔斯第一个起立,热烈鼓掌,表示祝贺。全场一片欢呼,掌声如雷。来自世界各国的作家和文学工作者如此慷慨地给予道义上的支持,熊式一万分自豪,也深受感动。此决议或许不能阻止日本的侵略行径,但素以不问政治而自我标榜的文学团体能通过此决议,与会的代表能报以如此热烈的掌声,表明"世界上正义依然存在,能赢得不同国家的作家的同情"[1]。

9月29日,英法首相内维尔·张伯伦(Neville Chamberlain)和爱德华·达拉第(Édouard Daladier)与希特勒和墨索里尼(Benito Mussolini)举行四国首脑会议。次日凌晨,签署了臭名昭著的"慕尼黑协定",以维护欧洲和平为名,出卖捷克斯洛伐克,允许德国吞并苏台德地区。英国的民众听到这一消息,大多以为危机得以化解,甚感欣慰。张伯伦推行绥靖政策,被视为民族英雄,他返回英国时受到热烈欢迎。当时只有极少数人能真正看清"慕尼黑协定"的实质。

凑巧的是,同一天,熊式一应和平委员会组织安排,去威尔士的海港城市斯旺西做演讲。他与听众分享了自己对目前形势的观察和见解。他认为,英国政府一度在中国遵循"中间路线",既表示同情国民政府,又与日本友好相处。恰恰就是那容忍日方肆无忌惮横行侵略的"中间政策",导致了1937年中国战争的爆发。熊式一严肃地提醒听众,对侵略行径视若无睹,后果将不堪设想。他语重心长地强调,如果我们忽视过去的教训,历史将很快在欧洲重演。"今天的欧洲,与七年前的中国一样。当年满洲被拱手让给了日本;今天我们在与他们交战。"[2]

不出熊式一所料,"慕尼黑协定"成了二战的前奏曲。不到一年,二战就爆发了。

* * *

在中国,日军逐渐控制了几乎整个华东地区。1938年夏,日军从

---

[1]《笔会十六届万国年会记》,《时事月报》,第19卷,第2期(1938),页32。
[2] "Chinese Author Speaks in Swansea," *South Wales Evening Post*, October 1, 1938.

南北两个方向进逼武汉。国民政府和国民党中央的许多重要机关都设在武汉,那是军事、文化、政治中心。保卫武汉,对于粉碎日军"三月亡华"的狂妄计划,具有深远的战略意义。国民革命军顽强抵抗,但10月底,武汉全境被日军攻陷。

10月间,王礼锡和陆晶清夫妇响应政府的召唤,毅然决定回国,投身如火如荼的抗日救国运动。启程之前,《新政治家和国家》(*New Statesman and Nation*)的主编金斯利·马丁(Kingsley Martin)和全英援华运动委员会的秘书长多萝西·伍德曼(Dorothy Woodman)组织了一场告别酒会,为他们饯行。数十位朋友出席了这一活动,包括郭泰祺大使、熊式一、左翼书社的负责人维克多·格兰茨(Victor Gollancz)、韩登、伦敦大学经济史教授艾琳·鲍尔(Eileen Power),还有日后成为印度首位总理的尼赫鲁(Jawaharlal Nehru)。酒过数巡,王礼锡即席朗诵了他的英文诗《再会,英国的朋友们!》("Farewell, My English Friends!"):

>我要归去了,
>归去在斗争中的中华。
>当我来时,
>中国是一间破屋,
>给风吹雨打,
>洞开着门户,
>眼看着外来的盗贼抢杀:
>满地散乱的珍宝,
>像破碎的经济、政治、文化。
>两千年的古长城,
>不再能屏障中华。
>黄河长江带着呜咽,
>万里挟泥沙俱下!
>我要归去了,
>回到我的国土——他在新生,

> 现在的血海中,
> 正崛起一座新的长城。
> 它不仅是国家的屏障,
> 还要屏障正义与和平。
> 一块砖,一滴血;
> 一个石头,一颗心。
> 我去了,
> 我去加一滴赤血,
> 加一颗火热的心。
> 不是长城缺不了我,
> 是我与长城相依为命。
> 没有我,无碍中华的新生:
> 没有中华,世界就塌了一座长城。[1]

王礼锡的诗句,情真意切、慷慨激昂,其大义凛然、义无反顾的气概,打动了在场所有的听众。大家自始至终屏息凝神,静静地听着,想牢牢地捕捉住每一个音节、每一个顿挫。"我们不懂的是侵略者的言语,/没有什么可以隔离开我与你,/道路,语言,都隔不开我们的精神。/再见,朋友们!"[2]在场的众人全都被深深地感染,沉浸其中,诗人结束朗诵时,大家无不为之动容,"满座黯然"。王礼锡的文友西尔维娅·汤森德·华纳(Sylvia Townsend Warner),是英国的诗人和小说家,后来她在BBC朗读了这首长诗,通过电台向英国的听众播出。她说自己是"含着骄傲的热泪"读完这首诗的。[3]

王礼锡夫妇动身前,熊式一发信给一些英国友人,请他们写个短信,对中国人民说几句话,由王礼锡带回中国转发。熊式一给H. G. 威尔斯的信中写道:"无论什么内容,只要能向我们的同胞表示,我们的

---
[1] 王礼锡:《再会,英国的朋友们!》,载氏著:《去国草》(重庆:中国诗歌社,1939),页75—76。
[2] 同上书,页80。
[3] 同上书,页80—81。

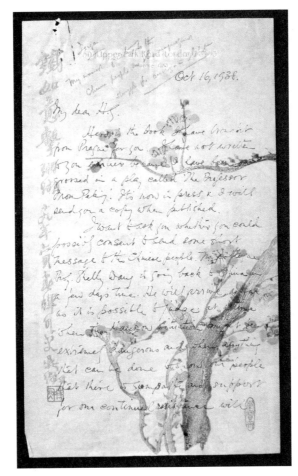

1938年10月16日熊式一给H. G.威尔斯的信，请他为奋勇抗战的中国人民写几句话，由王礼锡捎带到中国转发（图片来源：熊德荑）

顽强抵抗得到了世界上的同情和支持，那必将会产生奇妙的效果。"[1] 威尔斯随即准备了鼓舞人心的短信："谨向浴血奋战、捍卫祖国和自由的中国人民致以最热烈的问候。"[2] 也有个别不愿参与的，例如，诺贝

---

[1] Shih-I Hsiung to H. G. Wells, October 16, 1938, Rare Book and Manuscript Library, University of Illinois at Urbana-Champaign.

[2] Ibid., October 16, 1938 and October 23, 1938.

尔文学奖得主叶芝明确表示，他采取不介入政治的立场，除了写作以外，他"一贯拒绝对公共事务做任何评论"。叶芝解释说："我之所以这么做，是因为我认为作家应当限于他熟谙的个别领域之内。"[1]由于他不熟悉中国，所以拒绝了熊式一的请求。

王礼锡早就有返华赴各战区考察的计划。他和陆晶清回到中国后，立即投入抗日救亡的运动。王礼锡旋即被选为中华全国文艺界抗敌协会理事，负责文协国际宣传委员会的工作，后来又被任命为最高国防委员会的参议；陆晶清也忙于文化工作，编辑杂志，到前方慰问宣传，等等。1939年5月，文协组织作家战地访问团，王礼锡任团长，率领文艺工作者奔波于川、陕、豫、晋等地，赴前线战区访问、慰问、收集材料，以文学艺术的形式宣传报道中国人民可歌可泣的英勇事迹。

王礼锡在奔赴各地的日日夜夜中，长途跋涉，访问开会、整理笔记，还要写作，风餐露宿，劳累过度，不幸得了黄疸，突然病倒在床。1939年8月26日，他在送往医院的路上与世长辞，年仅三十八岁。

噩耗传来，中国和海外的亲朋好友无不唏嘘哀痛，为之扼腕。谁也无法相信，这么一个才华出众、充满活力和激情的诗人、革命家，竟骤然撒手人寰。

王礼锡病逝后，政府和文艺界团体及世界友人纷纷发来唁电，或写下诗文以志纪念。熊式一写了一篇纪念文章《怀念王礼锡》，刊载在半月刊《宇宙风》上。熊式一冠之以"奇人"，他认为，王礼锡不是常人所谓的政治家或诗人，因为王礼锡毫无政治家的"气味"，也没有诗人的"特征"。他借助生活中的几件琐事，以生花的妙笔，轻灵潇洒、惟妙惟肖地勾勒出王礼锡率真豪迈的气质。王礼锡生活上不拘小节，但写诗时却字字推敲，绝不马虎。他胸襟开阔，从不计较个人的恩恩怨怨，但他嫉恶如仇，凡遇见谁主张与日本妥协，也绝不放任或宽恕。熊式一感佩这"奇人"的爱国热忱，更为他的诗才而折服，称之奇绝妙绝。王礼锡才情高逸，实在绝无仅有。熊式一举了两个例子，予以说明：《在圣彼得堡怀古》绝句的前半首，"彼得一窗对水开，波罗的

---

[1] William Butler Yates to Shih-I Hsiung, October 24, 1938, HFC.

海见楼台",运用外国的地名,信手拈来,自然天成;《自嘲》中的诗句"岂有卖文能吃饭,自怜去国为贪生",诗人壮志未酬报国无门的苦闷一览无遗。[1]熊式一的散文《怀念王礼锡》,如同人物速写,着墨不多,却形神兼备,生动刻画出王礼锡的内质。"天下几人学杜甫,谁得其皮与其骨?"熊式一对此作品颇为得意,认为那是他自己"最好的一篇散文"[2]。

* * *

1938年11月1日至3日,《西厢记》在香港皇后戏院公演。香港中国妇女会经过几番周详考虑之后,选定上演《西厢记》,募集款项,支援前方浴血苦斗的将士和后方孤苦无依的难民。妇女会主席李树培夫人亲自主持、废寝忘食,从招募演员到排练演出、媒体报道,事无巨细、悉心安排。剧组的演员,阵容齐整,清一色的华人,个个擅长舞台表演,都能说流利的英语。张生和莺莺分别由唐璜和翁美瑛饰演,曾在上海卡尔登大戏院演《王宝川》剧中薛平贵的凌宪扬,扮演白马将军。欧阳予倩恰好南下在香港,被邀请与西里尔·布朗(Cyril Brown)一起任导演。《西厢记》连演3场,场场爆满,公众反应绝佳,称它为"最佳业余表演"[3]。票房收入,扣除了各项支出费用,共盈余港币8244元,全部捐赠。港督和香港政府准备再度安排公演,为"英国华南救灾基金"[4]筹款。李树培夫人11月底写给熊式一的长信中,详细汇报了演出的经过,包括剧本、演员、台词、导演、音乐、布景等细节。她提到,有几家电影公司已经表示想要将此剧搬上银幕。此外,她和欧阳予倩都认为,在下一年世博会期间,如果能安排组织全班人马前往伦敦和美国公演此剧,既能为国家增加大量的收入,又可

---

[1] 熊式一:《怀念王礼锡》,《宇宙风》,第100期(1940),页135—137。
[2] Shih-I Hsiung to Walter Simon, July 3, 1952, HFC.
[3] 李树培夫人致熊式一,1938年11月21日,熊氏家族藏。
[4] 同上。

大做宣传。[1]

其实,香港演出后才一个月,《西厢记》就在伦敦西区的火炬剧院公演了。原先《王宝川》剧组的一些演员,如梅西·达雷尔和乔伊斯·雷德曼(Joyce Redman)等,都参加了演出。剧中原应吟唱的曲文,改成了朗诵,还配上轻缓优雅的中国音乐。一个月之后,演出合同期满,转到新剧场,1月20日继续上演。除了扮演莺莺的梅西·达雷尔改由凯·沃尔什(Kay Walsh)接替之外,其余全是原班人马。都柏林盖特剧院的主任朗福德伯爵(Earl of Longford)曾预言:"在西方首演这一部精美绝伦的戏,必定占有绝对的优势。"[2]但是,演出的结果与预期截然相反。《西厢记》上演后,票房惨淡。星期五和星期六的演出,票房收入徘徊在17至32英镑之间,周日的票房平均收入仅10英镑。新剧院被迫紧急决定于2月4日停演,以免损失更多。

一些评论家对《西厢记》给予高度的赞赏。但总体而言,它没有激起太大的浪花,没有引起公众特别的关注。剧中那些中国舞台戏剧的程式,伦敦既没有为之意兴盎然、津津乐道,也没有表示困惑不解,想探个究竟。至于怨言和牢骚,倒也没有听说什么。究其原因,可能与这出戏属于阳春白雪,过于高雅有关。《西厢记》是舞台诗剧,要理解和欣赏,确实有相当的难度,对那些受限于文化障碍的观众而言,尤其如此。艾佛·布朗(Ivor Brown)的直率评论,可谓一针见血。他认为:

> 英国观众对这部13世纪的中国戏剧可能基本是这样的反应:"前面40分钟——喔,好迷人啊。"而熊先生的任务是要能让观众相信,接下来的80分钟,不是单纯在重复那些怪诞的、花俏的内容。[3]

首演那天,蒋彝去看戏,前排座位上是一对年轻的英国新婚夫妇,

---

[1] 李树培夫人致熊式一,1938年11月21日,熊氏家族藏。
[2] Earl of Longford to Shih-I Hsiung, October 15, 1938, HFC.
[3] Ivor Brown, "The Western Chamber," *Observer*, December 11, 1938.

他听到那位太太在抱怨："中国人真奇怪,这种事还那么慢!"[1]英国人一定觉得困惑,为什么红娘要在莺莺和张生之间穿梭牵线,为什么中国古代的青年男女谈情说爱如此拖拖沓沓。剧评家悉尼·卡罗尔（Sydney Carroll）认为,这部戏的制作和表演,都不够水平,结果,与这戏有切身利益的各个方面都"亏损了",那些崇拜者也大失所望,深受挫折。卡罗尔表示可惜,在他看来,《西厢记》有一种"奇特的美丽和魅力",如果排演得当,应该会比《王宝川》"更为成功"[2]。

* * *

1937年12月底,中华全国戏剧界抗敌协会在武汉成立,同时通过决议,每年国庆纪念日举办戏剧节。该年双十节期间,"中华民国第一届戏剧节"在陪都重庆举行。中华全国戏剧界抗敌协会的主任和常务理事张道藩发表专文,阐述戏剧节的意义,特别是戏剧和文学在国难时期应当扮演的角色。张道藩认为,戏剧是"综合的艺术",是"教育国民的活动教科书",是"影响青年思想最有力的武器"。不光如此,戏剧是抗日工作中不可或缺的部分,它不仅仅是娱乐活动,更是为了教育民众、唤醒民众、鼓舞民众。同样,余上沅也撰文,强调应通过"戏剧节","增强国家团结精神,扩张抗战力量,提高戏剧水平,促进建国事业"[3]。熊式一赞同张道藩和余上沅的观点,他的剧本《大学教授》,正是他出于爱国热忱,向西方公众展示宣传中国近代历史所做的尝试。

1939年夏季,摩尔温的戏剧节开办之前,梅休因书局赶印出版了《大学教授》。这部三幕三景话剧,背景是三个政局变动的关键时刻,中心人物是善于玩弄权术的张教授。第一幕,1919年北京,张教授初涉政坛不久。他同情并支持参加五四运动的进步学生,他虽倾向国

---

[1] 蒋彝:《自传》,手稿,页97。
[2] Sydney Carroll to Shih-I Hsiung, February 6, 1939, HFC.
[3] 余上沅:《第一届戏剧节我们要完成双重使命》,《国民公报·星期副刊》,1938年10月23日。

民党,但选择参加北洋军阀政府,因为在政府里做事,可以"救国救民"[1],能以此身份帮助营救被捕的学生。第二幕转入1927年武汉,张教授虽然没有在政府中任职,但已经是一位显赫人物。共产党与国民党的联合阵营濒临危机,两党的分裂迫在眉睫,一场内部政变正在酝酿之中。张教授凭借政治嗅觉,决定脱离共产党,加入南京的蒋介石政府。他尊奉的座右铭是:"要是这个政党不能够合我的意思,那我就得马上脱离。"[2]最后,第三幕设在1937年南京沦陷前夕。张教授已经成为国民政府中叱咤风云的权势人物,是蒋介石的心腹智囊。许多人捉摸不透他的政治立场,有人甚至蔑视他是个"叛国贼"。剧末时,人们才发现他其实竭诚爱国,他向蒋介石递呈"国是意见书",建议应当"内政无条件的团结,对外抗战到底!"[3]。在初稿中,张教授是个反派角色,剧末一命呜呼,像一部悲剧。后来熊式一做了修改,张教授活了下来,其前妻在剧末终于认识到,张教授爱国爱民,是个品行高尚的人,因此钦佩不已,冰释前嫌。当刺客潜入室内开枪行刺时,张太太毫不犹豫,以身掩护张教授,自己中弹身亡。

这部戏通过张教授的故事,反映了近代中国的生活,展现了战争对人民的影响。戏的结尾部分,张教授向担任护士工作的女儿以及世界上所有的医务人员致敬:"感谢你们这些医药界的人士、全世界的医生和看护,现在就全靠你们看护这些伤兵难民了,假如没有你们的话……"[4]他向女儿恭恭敬敬地鞠了个躬。随后,他转身,叮嘱身穿戎装、行将奔赴前线的儿子:

> 我的好孩子呀!我们亚洲的前途都在你们肩上,我的好孩子,记住了,要勇敢,同时也要谨慎!保护我们的同胞,也要保护跟我们友好的寄住在我们国土上的外国朋友。[5]

---

[1] 熊式一:《大学教授》,页37。
[2] 同上书,页89。
[3] 同上书,页132、143。
[4] 同上书,页148。
[5] 同上书,页149。

他向儿子行礼,并祈祷:"我希望世界上永远不要有战争了!"[1]这时,远处传来枪炮声,越来越近。熊式一曾公开承认,这戏95%是娱乐性的,政治宣传部分仅占5%。[2] 以上这细节也许就属于政治宣传的部分。有人批评说它看上去好像"画蛇添足",甚至"减低了戏剧的高潮",但熊式一坚持要留着,认为这是不可或缺的部分,他要大家听一听"日本军阀对世界人民祈祷和平的反应是什么!"[3]。

《大学教授》的剧本的尾部附加《后语》,洋洋洒洒,长达三十五页,介绍《王宝川》和《西厢记》的写作翻译、演出过程,以及《大学教授》的创作初衷和历史背景。熊式一解释道,1930年代,西方人对中国的了解不够,存有很多误解。他惊异地发现,一些"谬误的观念"已经根深蒂固,不少人认定中国是个"光怪陆离"之乡,中国人是阴险凶残的怪物。不仅出版物或者好莱坞影片在宣传,学校的英文和地理教科书中,居然也在渲染荒谬绝伦之观念,说"中国人喜欢吃腐烂了的臭鱼,因为他们崇拜古物"[4] 等等。熊式一打定主意,要写一部戏,从新的角度来描写中国社会,纠正那些误解和偏见。他想让西方的读者看到,中国与世界上任何其他国家一样,有善恶之分,有道德伦理,也有好人坏人。《后语》还详尽介绍了中国的近代史,特别是辛亥革命后一些重大历史转折点,这些背景介绍有助于西方读者对《大学教授》的理解和欣赏。

熊式一行文俏皮机智。他知道萧伯纳素以诙谐闻名,爱开玩笑,而且毫不介意别人与他开玩笑。"对于开玩笑的文章,无论是人笑他,或者是他笑人,都特别欣赏。"所以熊式一故意开了一个"大玩笑"[5]。他在《大学教授》的起首部分加了一篇《献词》,戏谑地宣布,这部戏是献给萧伯纳的。"我亲爱的萧伯纳:这一出戏是您的戏!"[6] 他解释

---

[1] 熊式一:《大学教授》,页149。
[2] George Bishop, "Theatre Notes," *Daily Telegraph and Morning Post*, August 4, 1939.
[3] 熊式一:《后语》,载氏著《大学教授》,页180。
[4] 同上书,页171—172。
[5] 熊式一:《谈谈萧伯纳》,《香港文学》,第22期(1986),页95。
[6] 熊式一:《献词》,载氏著《大学教授》,页1。

说,因为几年前萧伯纳曾建议他要"专为这个戏剧节写剧本",于是,他遵命完成了这部剧。

> 我把这件小事宣布出来,也许有点自私自利,假如这出戏不称人意,观众认为它荒废了他们几个钟头的光阴,那我便要把责任全推到您宽大的肩上去;可是万一它能博得蝇头微利,那我知道一定全归我收获的。这种办法可能要算是不公道,不过我仍请您原谅您的好朋友![1]

熊式一在送书稿去梅休因书局前,给萧伯纳打了个电话,通知他说这新的剧本是献给他的,需要得到他的首肯。熊式一解释道:"在书首,我跟你开了个玩笑……"萧伯纳打断他,说:"没人有权拒绝奉献。至于开玩笑嘛,那是我最喜欢的游戏。我倒希望你能尽力而为。"[2]

摩尔温戏剧节8月7日开幕,9月2号闭幕,共四周。这每年一度的戏剧节举世闻名,原先仅演出萧伯纳的戏剧,后来开始也加演一些英国以及世界名家的精品。该年度上演的,除了萧伯纳的《查理二世快乐的时代》(*In Good King Charles's Golden Days*)之外,还有五部其他剧作家的戏,包括熊式一的《大学教授》。能够获选参加上演,堪称殊荣。就熊式一而言,他的作品五年内两度获选,真是无限荣光!整整半个世纪后,他不无感慨地写道:

> 那时萧翁年将九十,而我才三十几岁!这事我虽然认为我很替我国挣了大面子,国内却从来没有过半字的报道,五十年以来,很少有人提起过这件事,戏剧界好像不知道我写过这一本发乎爱国性的剧本![3]

---

[1] 熊式一:《献词》,载氏著《大学教授》,页1。
[2] Shih-I Hsiung, "Bernard Shaw as I Knew Him," Far Eastern Service-Brown Network (BBC program, March 22, 1951), HFC.
[3] 熊式一:《作者的话》,载氏著《大学教授》,页1。

熊式一没有提及,当年对这部戏的评论几乎全都是负面的。《大学教授》采用了大量的对话穿插其他内容,大量的历史事件显得过于"复杂"、枯燥、"难以理解",令人困惑。[1]熊式一的原意是要展示张教授如何经历了不同的历史阶段,最后演变成民族英雄式的人物,但观众实际上无法看出原委。剧中的政党和派别,五花八门、名目繁多,很不容易梳理。莫里斯·科利斯的评语是,它看上去"难以捉摸而且索然无味"[2]。难怪一些剧评家坦言,"那么一大堆令人生厌、唠唠叨叨的对话,讨论中国的战争政治",他们渴望得到"符合逻辑的兴奋点"。有的甚至质疑,这部戏是否够格参加摩尔温戏剧节。

很明显,这部戏未能有效地摒除西方观众对中国和华人的误解。相反,它被视为一场东方权术的演示,反而强化了中国人"神秘莫测"的形象。张教授的情妇一个接着一个,他投机钻营、奸诈狡猾,甚至残酷无比。看戏之后,观众的脑中一直萦绕着疑问:他究竟是个卖国贼、投机分子、恶棍,还是个英雄、爱国者、真正的革命者?间谍与反间谍,隐瞒和制造假象,伪装和故设陷阱,这一系列错综复杂的叠影,令人联想起流行的华人虚假欺诈、居心叵测的刻板印象。澳大利亚记者哈罗德·廷珀利(Harold Timperley)同情中国,他直言相告:"许多人接受了日本对中国的看法,认为掌权的政治人物和军阀投机取巧,我认为,你的戏虽然准确地描绘了中国某些特定阶段的政治生活,但很不幸,它会给人以错觉,以偏概全……作为朋友,我觉得自己必须坦诚相告。我认为,在目前的形势下,这部戏如果上演,可能有损中国的事业,而且会使你在同胞中不受欢迎。"[3]

然而,这部爱国的戏绝不是轻率之举或者粗制滥造的作品。它有精心构思的情节、生动有趣的舞台指示、内容详尽的《后语》。熟悉中国历史或者有兴趣的人们,读这部剧本相当容易。相对舞台表演而言,阅读剧本绝对更容易一些。要想确保舞台制作的成功,演员们需要有

---

[1] Philip Page, "Velly Tiedious This Chinese Play," *Daily Mail*, August 9, 1939; A.D., "The Professor from Peking," *Manchester Guardian*, August 9, 1939.

[2] Maurice Collis, "A Chinese Prodigy," *Time and Tide*, August 12, 1939.

[3] Harold Timperley to Shih-I Hsiung, February 12, 1940, HFC.

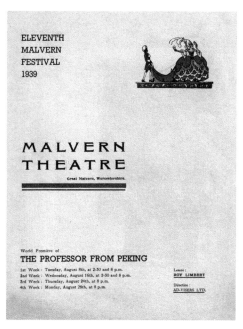

《大学教授》节目单

充分的排练时间,而且要得到熊式一或其他内行专家的指导。鉴于此,诗人和戏剧家戈登·博顿利(Gordon Bottomley)表示遗憾,他觉得摩尔温戏剧节上,这部戏没能真正演出水平。他告诉熊式一:

> 无论是英国的观众还是英国的演员,都缺乏背景知识,表演过程中,他们无法欣赏您戏中的细微妙处:他们需要您的帮助。武汉和南京,于他们而言,并非如您所知道的重要象征;他们需要了解这两个城市危机的背景知识。我在想,要是戏中那斜体的舞台指示,能有一部分融入演员的台词,那多好![1]

《大学教授》生不逢时,上演近三周就遭封杀。欧洲局势日紧,英国在紧急备战,散发空袭的传单、分发瓦斯面具、宣布灯火限制,并

---

[1] Gordon Bottomley to Shih-I Hsiung, September 9, 1939, HFC.

《大学教授》剧照,诺曼·伍兰德(Norman Wooland)和玛洁丽·皮卡德(Margery Pickard)分别演卞教授和柳春文

且准备疏散。《大学教授》问世第二周,各地的戏院已经门可罗雀。三周后,政府下令疏散,所有的戏院都奉命关闭。摩尔温戏剧节提前结束。《大学教授》原定11月去波兰首都华沙国立剧院开演,那隆重的盛局,也因此成为泡影。这部戏,在欧美几乎没有什么报道,国内更是如此。1940年和1942年,它在英国两个地区演出了几场之后,便如石沉大海,一晃就是半个世纪。1989年,熊式一亲自将其译成中文,并在台湾出版及上演,才又使其获得新生。[1]

---

[1] 熊式一:《作者的话》,载氏著《大学教授》,页4。

* * *

英国政府在1939年8月宣布,自9月1日起疏散妇孺。熊家的三个孩子,根据学校安排,需要到伦敦市外的寄宿家庭居住。

同一天,德国武装部队进攻波兰。

9月3日,熊式一去临街的蒋彝家,一起守在无线电前,等着听张伯伦首相的广播讲话。上午11时15分,张伯伦发表讲话,宣布英国向德国宣战。"你们不难想象,这对我来说是多么可悲的打击,我长期争取和平的努力,彻底失败了。"

熊式一匆匆赶回家。

他和蔡岱梅离开中国快两年了,他们心里一直牵挂着德海和德达以及其他的亲友,1939年5月,南昌被占领之后,更是忧心忡忡。原以为他们在英国和伦敦相对安全,不料,二战爆发,三个孩子因此疏散离开了伦敦,离开了他们身边。一家子分散在各地,真是糟透了。

"世界上还能找到一小片和平安宁的地方吗?"[1]他们不禁喟叹。

* * *

战争是残酷的、血腥的,无辜的百姓丧生或流离失所。战争却为《王宝川》带来了新生,如凤凰涅槃。

英国政府宣战之后,所有的剧院、电影院、公共娱乐场所,立即停止营业。后来,伦敦市中心地区的剧院逐步在指定的时间段内重新开放。12月7日,《王宝川》在西区的金斯威剧院上演。恰如熊式一回答记者所说的,人们渴望一些娱乐活动,以缓解战争时期内心的恐惧。《王宝川》备受欢迎,它"给人愉悦,忘却战争和烦恼"[2]。参加演出的包括一部分原来的主要演员。服装是梅兰芳新近在中国专门订制

---

[1] Dymia Hsiung, *Flowering Exile*, p. 83.
[2] "Old Favorites Return," *Bolton Evening News*, December 18, 1939; "On Stage and Screen Next Week," *South Wales Echo*, February 3, 1940.

的,他负责监督,由苏州的刺绣工匠缝制了50套服饰,这些服饰工艺精细、色彩典雅,赶在演出前运抵伦敦。熊式一写信,邀请好友和名人莅临观赏,包括皇家戏剧艺术剧院的主任肯尼斯·巴恩斯(Kenneth Barnes)、英国前首相鲍德温(Stanley Baldwin)、第一海军大臣丘吉尔、英国戏剧委员会负责人杰弗里·惠特沃斯、T. S. 艾略特等等。为了应对德军的空袭,剧院采取了一些相应措施,节目单中印有附近防空掩体的介绍,以备万一。公演一直持续到翌年1月27日,随后,剧组去西南部的海滨城镇托基继续演出。至此,《王宝川》在伦敦已经公演了近900场。

* * *

德兰的寄宿家庭在圣奥尔本斯(St. Albans),那是伦敦北部三十多公里外的一个小城。房主是个汽车司机,为人亲切善良。德威和德锐被安置在另一个城市,后来德兰帮助将他们一起转移到了圣奥尔本斯,寄住在一位英国教会牧师家里。新房主很喜欢这两个孩子,他们懂事,又有礼貌。但可惜那牧师和他的姐姐都年迈体衰,没有精力照顾两个十来岁的男孩,所以他们不得不写信给房屋委员会陈述了原因。同时,他们也给熊式一写信,建议他设法与孩子们住在一起,那个年龄段的孩子需要父母的关心和指导,这对孩子成长有利。[1]

熊式一闻讯,立刻搜寻圣奥尔本斯地区的出租物业,很快就租下了橡木街一栋二层楼的房子。那是典型的郊区房,前面带一个小花园,屋后有个大院子。

没过多久,熊式一和蔡岱梅搬去圣奥尔本斯与三个孩子团聚了。

熊式一给他们的新居起了个名字:"西厢居"。不久,这新居的雅号便醒目地印在了他的通信便笺上。

---

[1] M. Symonds to Shih-I Hsiung, September 20, 1939, HFC.

第十一章　圣奥尔本斯

熊式一与圣奥尔本斯彼此之间并不陌生。1935年春天，圣奥尔本斯中心学校在校礼堂演过两场《王宝川》，校长I. M.嘉顿小姐亲自参与制作。首场演出后，嘉顿上台告诉观众，熊式一原来没想到参加排练的都是这么年轻的学生演员，他显得不胜惊讶。嘉顿相信，要是熊式一再听到演出精彩成功的消息，肯定非常高兴，一定又会大吃一惊。[1]

如今，熊式一搬来圣奥尔本斯，当地的居民经常有机会见到这位家喻户晓的华人作家，他们会打个招呼，或者聊上几句。熊式一在圣奥尔本斯作讲座，介绍现代中国，谈谈抗日战争，并且帮助英国和中国为其抗击侵略者筹募资金。

1940年1月18日，熊家的小女儿在圣奥尔本斯出生。她的出生证上，英文名字一栏填着"Precious Stream"（宝川）。熊家好多朋友都知道这个名字，包括当初主演王宝川的乔伊斯·雷德曼和卡罗尔·库姆。梅休因书局的怀特主任得到这消息，大为赞赏："听到身边有了一个活生生的'宝川'，这感觉实在是妙不可言！"[2]

过了几个月，家里要为小女儿起中文名字。她在咿呀学语，"我"字一直发成"yi"的音，熊式一翻检字典，挑选"yi"音的字，最后为她起名"熊德夷"，其中的"德"字表示辈分；"夷"字，意谓外国人或蛮人，她在海外出生，这字贴切自然。"德夷"这个名字使用了好一

---

[1]　"Lady Precious Stream," *Heart Advertiser*, April 5, 1935.
[2]　J. Alan White to Shih-I Hsiung, February 6, 1940, HFC.

阵,每次家里来了客人听到这个名字,都大吃一惊,无一例外。小女儿长大后,蔡岱梅建议将"夷"字改成"荑",发音不变。"荑"字表示茅草的嫩芽,多一点柔雅,更女性化。

* * *

二战爆发后不久,熊式一开始为英国广播公司(BBC)工作。1940年2月中旬,夏晋麟约他和蒋彝去伦敦中山楼餐馆,与联合广播委员会(Joint Broadcasting Committee)的E. R. 戴维斯(E. R. Davies)共进午餐,商谈有关《英华的生活和思想》("The Life and Thought of England and China")广播节目的工作。几天之后,戴维斯通知熊式一,情报部已经批准,请他和蒋彝合作,为《英华的生活和思想》节目准备六篇讲话稿。同时,戴维斯还通知熊式一,情报部批准由他接替夏晋麟的工作,为《香港每周背景通讯》("Weekly Background Newsletter for Hong Kong")撰稿。这些新闻通讯稿,每篇大约1800到2000字,除了中文原稿,还需要准备英文译本。戴维斯就内容、风格、广播对象做了一些具体的解释:

> 这些新闻通讯是针对香港地区说中文和英文的听众,他们除了接触一些廉价报纸外,很少有多余的时间和其他接收信息的机会,他们的想法往往相当模糊。这些新闻稿得使用简单的日常语言,写得轻松易懂,尽可能生动有趣,加上大量的例子,包括中国的思想内容,这样的话,听众会感觉熟悉自然,就能很容易理解这些新闻通讯要传达的信息。[1]

联合广播委员会是军情六处的间谍和宣传部新近在伦敦成立的秘密机构。战争爆发后,BBC在政府的资助下,代表情报部与联合广播委员会协商,在海外推出了一系列新的节目,《香港每周背景通讯》便

---

[1] E. R. Davies to Shih-I Hsiung, February 20, 1940, HFC.

是其中之一。夏晋麟是外交史学者和立法院立法委员,最近接到国民政府中央宣传部任命,要去美国负责宣传部驻美办事处事务,因此,他在联合广播委员会的工作便由熊式一接替。夏晋麟已经为《香港每周背景通讯》撰写了九篇通讯稿,根据安排,他接下来完成第十篇稿件后,立即由熊式一接任。

鉴于文化背景、语言能力、社会声誉,熊式一无疑是理想人选。《王宝川》和《西厢记》都在上海、香港、槟城上演过,当地报纸也常有介绍他文学和戏剧方面的报道,他在那些城市是知名人物。除此之外,他在写作方面是个高手,他的文字清晰生动。帝国服务处总监麦格雷戈(J. C. S. MacGregor)对他的能力绝对满意:"我再找不到第二个这样出色的广播人员了。"[1]

熊式一写的第一篇每周背景通讯,开始部分介绍英国海军不久前成功营救300名英国水兵俘虏的事。运载这些战俘的德国补给舰阿尔特马克号想偷偷地把他们运到俘房营去,德方为了避免英军攻击,故意驶入挪威领海,想寻求中立国的庇护。英国皇家海军的哥萨克号驱逐舰毅然出击,迫使阿尔特马克号搁浅,成功救出了船上所有的战俘。

这一事件发生在挪威水域,而挪威当时为中立国,因此此事颇有争议。挪威政府抗议英国海军违反了国际法,而英国政府则坚持那是正当的行动,没有违反海牙公约。熊式一在叙述事情的大略经过后,援引孟子的观点,来为英国辩护:

> 假定有强盗绑架了我们的孩子,正带着他们穿过邻家的院子逃窜,假定我们的邻居不肯帮助我们营救孩子,要是我们为了救孩子而被迫闯入邻居的家院,这算不算正当的行为?从原则上来讲,闯入私宅无疑是不允许的,但遇到了这种紧急情况,我们就非得把孩子的生命放在首位。
>
> 至圣贤师孔子对这个问题的看法,我不清楚,但他的弟子孟子

---

[1] J. C. S. MacGregor, "BBC Internal Circulating Memo," April 4, 1940, Written Archives Centre, BBC.

曾经遇到过类似的困境。有人与他争辩说，既然男女授受不亲，那要是看见嫂子掉进了河里，伸手去救助算不算非礼呢？孟子回答，那属于紧急情况，那样做是可以的，尽管有些人会认为不符合礼教，但要能变通。我觉得，哥萨克号的情况简单说来与此相似。[1]

熊式一写的第二篇通讯稿，介绍中英两国人民不惜牺牲，反对侵略和维护正义。他称赞英国的民众对中国人民的同情和慷慨支持，英国慈善团体在不断地为中国的医院筹募资金。他指出，中英两国在为共同的事业而努力奋斗："即使在战争期间，我们的英国友人还在深切地关心我们，我想，香港人民听到这一消息，一定会很感动的。"[2]

熊式一没有受过新闻专业的训练，除了在北京的一家报社当过短期的文学版编辑外，他在新闻写作方面毫无经验。一次，他甚至直言不讳：他瞧不起新闻写作。[3]既然如此，他为什么要接受BBC的工作？因为这提供稳定的收入，每周5个坚尼。[4]但更重要的是，强烈的道德义务和责任感促使他接受了这任务，并坚持到底。熊式一凭借精湛的文字技巧和深厚的文学功底，成了一名优秀的新闻撰稿人。他遵循戴维斯为他制定的基本原则：内容翔实、使用口语、穿插中国的文化思想，使听众易于理解接受中心思想。这些通讯稿件，评论介绍战争时期的新闻时事和社会近况，如英国人民的民族献身精神、民主制度、敦刻尔克大撤退、英伦空战、战时物资配给供应等等。他运用了一些独创的方法，在表述中加入文化内容，用中国历史借鉴比较，借助新闻报道来敦促相互支持、共同奋战以抗击世界上的邪恶势力。熊式一援引了一系列中国的文化典故，如合纵连横、项羽乌江自刎、岳飞与秦桧、塞翁失马、花木兰和梁红玉，还有伊索寓言中的国王分箭等等。

---

[1] Shih-I Hsiung, "Weekly Background Newsletter for Hong Kong, No. 11" (BBC Program, 1940), p. 1, HFC.

[2] Shih-I Hsiung, "Weekly Background Newsletter for Hong Kong, No. 12" (BBC Program, 1940), p. 5, HFC.

[3] Hsiung, *Professor from Peking*, pp. 178–179.

[4] 每坚尼折合为1.1英镑。

BBC的这份工作，需要自律、坚韧不拔的毅力、无私奉献的精神。熊式一必须每周按时交出初稿和修改稿，每周要去伦敦与戴维斯会面，讨论稿件。所有的稿子都得经过情报部的审查。[1]有些极为敏感的国际问题，诸如爱尔兰问题、中日关系、滇缅公路等，都需要按照规定，统一口径，谨慎而行。审查人员的意见，并非一直与熊式一的看法一致，他的稿件时常被删削或者要求修改，偶尔还会被彻底推翻。熊式一为此难免愤懑苦痛，并且深感无助。有一次，审查人员坚持要他把法国前总理皮埃尔·赖伐尔（Pierre Laval）的名字，改成其后任总理皮埃尔-埃蒂安·弗朗丹（Pierre-Étienne Flandin），熊式一愤怒至极，告诉戴维斯说，自己原来的写法绝对正确，为了准备这篇文章，他做过不少研究，精心读了五篇相关的文章，其中有几篇是名记者的报道。他把这些文章都一一罗列出来，给戴维斯看，证明自己言之有据。他说道："我真希望审查员将来能对我信任一点。"[2]幸好戴维斯理解他的困境，常常耐心听他诉说，表示同情，并给予安慰和鼓励。这种近乎苛刻的工作条件，常人难以容忍，蒋彝就因此婉言辞去了。但熊式一明白，广播公司这份工作有助于亚洲民众了解欧洲战场的新闻近况，意义重大、至关重要，即使不尽如人意，也绝不能半途而废。他坚持不懈，连续工作了近两年之久。

* * *

1940年5月24日，熊式一发了一封信给克莱门汀·丘吉尔（Clementine Churchill），祝贺她丈夫两周前就任英国首相。"您丈夫就任首相时，我没有机会祝贺他。我真挚地祝贺英国人民、英国、同盟国，终于有这么一位英明的领袖执政，他一定能引导我们走向胜利。"熊式一深信，英国必将战胜挫折，取得最后的胜利。"请代我转告首

---

[1] Shih-I Hsiung to E. R. Davis, October 4, 1941, HFC.
[2] Ibid.

相,我们中国人民坚信同盟国必定会日益强大。"[1]这封打字的信,使用彩色木刻水印信笺,熊式一用钢笔在顶端补充了住址:"圣奥尔本斯橡木街西厢居"[2]。

熊式一写信的主要目的,是建议BBC考虑制作一些介绍中国哲学家的节目。他认为,中国的古代圣贤,强调刻苦忍耐和坚韧不拔的品格,其中的道德精神内容,可以鼓舞士气、振奋人心、奋勇抗敌;同时,播放这一类节目,广播内容上可以起到一个调节,不至于整天播放的全是战况报道。克莱门汀同意熊式一的观点,把信转给了BBC。情报部和BBC也都表示赞同,可惜广播公司没法安排时间插进这节目,所以此事只得作罢。[3]

熊式一除了为《香港每周背景通讯》撰稿之外,还为《英华的生活和思想》节目准备了三次广播讲话。此外,他为英国高小和初中学生的地理节目制作了广播讲话:《北平》《扬子江》和《北方的村庄》。这些节目是向学生介绍世界上的多元文化,以及人类共有的价值。熊式一生动地介绍了中国的历史、文化、地理,其中穿插进他的个人生活经历。根据各地学校老师写来的报告看,学生反应普遍满意:"极其有趣,有地方色彩,很吸引人""有关华人生活的描述,给听众留下了深刻的印象"[4]等等。此外,熊式一还在广播电台上多次发表专题讲话,谈蒋介石、中国战争文学、儒教、玛丽王后、萧伯纳等等。

7月,英国政府屈服于日本的外交压力,同意关闭滇缅公路三个月。由于滇缅公路属于重庆政府最重要的联外通道,英国政府的这一决定,严重影响了战争物资的运输,招致强烈的批评,许多人对此政策深以为憾,认为这是绥靖政策,无疑是"远东的慕尼黑"[5]。全英援

---

[1] Shih-I Hsiung to Clementine Churchill, May 24, 1940, RCONT1, Dr. S. I. Hsiung Talks File 1: 1939–1953, Written Archives Center, BBC.

[2] Ibid.

[3] Frederick Whyte to Shih-I Hsiung, May 24, 1940, HFC; Christopher Salmon to Shih-I Hsiung, June 4, 1940, HFC.

[4] J. C. S. MacGregor to Shih-I Hsiung, June 3, 1940, HFC.

[5] "Statement by The China Campaign Committee on the Burma Road and the Proposed 'Peace Terms,'" ca. August 1940; "The Burma Road," *The Times*, September 9, 1940.

华运动委员会和其他社会团体组织了一系列讲座，宣传滇缅公路、介绍其重要性，争取赢得英国更多民众的同情和支持。《泰晤士报》上刊登了一份公开信，要求政府恪守诺言，10月份重新开放滇缅公路，"恢复"与中国的友谊。信上署名的十位著名作家和文化人士，包括记者艾佛·布朗、监狱改革家马格瑞·弗莱（Margery Fry）、政治哲学家A. D. 林赛（A. D. Lindsay）、演员西比尔·桑代克（Sybil Thorndike）、作家H. G. 威尔斯等。[1]

熊式一对丘吉尔政府的决定非常失望。战前，他曾经陪同国民政府立法院院长孙科去丘吉尔乡间的住宅访问，丘吉尔明确表示，他如果复出执政，一定会支持中国的抗战事业。关闭滇缅公路，显然与他当时的承诺自相矛盾。熊式一应中国政府要求，在三个月期满之前，与丘吉尔接洽，希望能重新开放滇缅公路。他在10月5日的信中，以尊敬但坚定的态度，敦促丘吉尔恪守诺言，支持中国：

> 亲爱的首相：
>
> 　　日本最近的无耻之举已经向全世界表明，英国对它的友善不仅无济于事，而且有损长远的民主事业。英国政府以前在奉行绥靖政策时，您是为数不多认为日本必须受到制约的政治家。为此，我希望您现在能竭尽全力，帮助开放滇缅公路，为中国提供一切可能的援助。中国在浴血奋战，不光是为了自身的自由，而且是为了全世界的自由。中国胜利了，民主事业将获得进步；如果日本胜利，世界和平将受到巨大的威胁。目前这一重大决定的时刻，日后必将以每一种语言，永载史册。[2]

就在同一天，熊式一还给英国政府其他一些政要写信，包括前张伯伦内阁陆军大臣莱斯利·霍尔-贝利沙（Leslie Hore-Belisha）和外交大臣哈利法克斯伯爵（Edward Frederick Lindley Wood, Earl of

---

[1] "The Burma Road."
[2] Shih-I Hsiung to Winston Churchill, October 5, 1940, HFC.

Halifax），敦促他们在行将举行的辩论中，支持丘吉尔重新开放滇缅公路。"中国在为世界和平奋战，应该给中国大力帮助。"[1] "英国外交政策的变化将会给我们大家——我们和你们——带来胜利！"[2]

令熊式一深感欣慰的是，哈利法克斯伯爵几天后立即回复，通知他说，首相已经在下议院宣布，将于10月17日重新开放滇缅公路。

10月17日那天，克莱门汀·丘吉尔亲自写信给熊式一，与他分享喜讯："我非常高兴，滇缅公路又重新开放了。"[3]

* * *

1940年9月7日，德国开始闪电战。连续两个月，德国空军每天晚上在伦敦上空狂轰滥炸，成千上万的人死伤，一百多万座房屋被毁坏。熊式一在伦敦的住房不幸被炸毁并拆除，他家那些"漂亮的中式家具"[4]和其他物品都荡然无存。

相对而言，圣奥尔本斯还算相对安全，那里没有空袭。但是，熊式一夫妇心里一直牵挂着国内的两个孩子和其他亲友的安全。早于1938年6月，马当失守，南昌告急。蔡敬襄夫妇年已六旬，被迫撤离南昌。他们将所藏的地方志、珍本古籍、碑帖文物等，分装数十箱，带着德海和德达，还有几个亲戚，舟车困顿，辗转400公里，去赣南乡下避难，住在古庙旁的土屋子里。1939年5月，南昌沦陷，凌云巷数百家房屋全部被焚毁，义务学校也遭罹难，化为一片焦土，蔡敬襄多年来精心构建的蔚挺图书馆成了凋零空屋。三百余块城砖，过于沉重，转移不便，埋在了地窖下，幸免于难。可惜，蔡岱梅的母亲不幸罹病，10月初殒逝他乡。战争期间，通讯不便，一封信往往要花几个月才能抵达英国。熊式一和蔡岱梅一直挂念着家人的安危，可是久久杳无音信，免不了牵肠挂肚，常常心焦如焚。

---

[1] Shih-I Hsiung to Leslie Hore-Belisha, October 5, 1940, HFC.
[2] Shih-I Hsiung to Earl of Halifax, October 5, 1940, HFC.
[3] Clementine Churchill to Shih-I Hsiung, October 17, 1940, HFC.
[4] V. E. Hawkes to Shih-I Hsiung, September 17, 1940, HFC.

何时回国定居，这是熊式一夫妇在认真考虑的问题。1940年初，来了个好机会，国立四川大学提出要聘请熊式一任英语系系主任。熊式一回复，表示愿意考虑去川大任职。

四川大学位于四川成都，属于国立十大学府之一。校长程天放原来任职中国驻德国大使，与熊式一很熟。他接到熊式一愿意来川大工作的消息后欣喜万分、"至为雀跃"，川大的教职员及学生也同样表示热忱欢迎。程天放相信，熊式一来川大，肯定会喜欢它的学术氛围和舒适友好的校园环境。他特别提到，川大有不少熊式一的清华校友，如谢文炳、饶孟侃、饶余威、罗念生等。川大在9月中旬开课，程天放建议，熊式一可以提前一两个月去那儿，趁便先浏览一番峨眉秀色。[1]

中国急需学者和文化工作者参加抗战工作。林语堂不久前刚回国，被大张旗鼓地宣传。熊式一的一些朋友也都很关心他，鼓励他赶紧回国。前《北京晚报》和《立报》编辑萨空了特意给他写信，劝他"与其在欧看他人战斗，何如归来参加战斗"。国内"一切在进步中，新生蓬勃，可为之处极多，因之更须吾人努力"[2]。

川大的教职无疑是个佳选。熊式一反复权衡，斟酌了许久，最后还是放弃了这个机会。他原以为这是个教授职务，薪金优渥，后来却发现由于"国难"之故，仅350到400元而已，而且是国币，不是英镑。靠这微薄的薪俸，在川大生活、维持生计，是不成问题的，可他在英国有家小，肯定都"难以糊口"。[3]当然，熊式一还有其他一些考虑。他在英国已经有了名气，英国的文学市场对他青睐有加，十分友善，凭他的英语水平和中国文化背景，他在社会上和文学界游刃有余。他正在创作一部反映现代中国的小说《天桥》，很有可能会在西方大受欢迎。他雄心勃勃，一直计划着把莎士比亚的作品翻译成大学读本和演出本。[4]要是他选择回国，意味着必须放弃所有这一切，必须离开那么多才华横溢的文学出版界的好友，想到这些，心里难免不舍。

---

[1] 程天放致熊式一，1940年4月9日，熊氏家族藏。
[2] 萨空了致熊式一，约1940年6月，熊氏家族藏。
[3] 程天放致熊式一，1940年4月9日；Shih-I Hsiung to B. Ifor Evans, 1940, HFC。
[4] Shih-I Hsiung to B. Ifor Evans, 1940, HFC.

* * *

熊式一对朋友肝胆相照。他手头杂事烦琐，但如有需要，总是慷慨相助。他会抽出时间，帮助朋友看稿子、提意见、写序言，甚至给出版社牵线举荐。蒋彝的《中国画》和一些"哑行者"游记作品，崔骥的《中国史纲》(*A Short History of Chinese Civilisation*)、唐笙的《长途归来》(*The Long Way Home*)，还有王礼锡、郭镜秋、罗燕、高准等人的作品都是经他推举出版的。

他讲义气，为了朋友，会毫不犹豫拔刀相助，当然，这里是指以笔作刀。他推崇文友的才能，为朋友仗义执言，他行文奇特、词锋尖锐、浩气凛然。1942年，他在文学杂志《时光与潮流》(*Time and Tide*)上发表读者来信，讨论有关欧内斯特·理查德·休斯（Ernest Richard Hughes）的两部书作的译文质量，对有关的书评做了回应。在信首，他彬彬有礼地写道："先生，我自小熟读中国经典作品，请允许我为休斯先生说两句。"他随即切入正题，强调声明："我把他的翻译与中文原文做了比较，发现休斯先生的翻译独具一格。"[1]他举了三个例子，具体讨论休斯的翻译风格。他认为，译文与原文似乎有明显的出入，但那实际上并非错译，而是不落窠臼、创意新颖的标志，是译者成功辟出蹊径的标志：

> 休斯先生在中国传过教，在他的著述中处处可见这虔诚的传教士的身影。我认为，在作品中能彰显自己个性的，都属于有独特风格的作家。就此而言，休斯先生实际上属于卓有成就的。谁会去相信，牛津这样的名校会在学术上毫无建树；同样，谁也不会相信，能巧妙地发明"世人凡心""拙劣行为""内蕴之力"这些词语的人会平淡无奇。目前纸张短缺，出版社绝不可能推出缺乏学术价值或者写作风格平平的作品。这两部作品都是由登特书局（J. C. Dent & Sons）推出，那家大出版社口碑良好，而且其中一本收录于《世人

---

[1] Shih-I Hsiung, letter to the editor, *Time and Tide* 22, no. 50 (December 12, 1942), p. 1002.

文库》(*Everyman's Library*),那真是很了不起的。[1]

另一次,熊式一写信,为文友J. B. 普里斯特利辩护。普里斯特利是小说家、戏剧家,1940年英伦空战期间,曾经为BBC做了一系列简短但鼓舞人心的电台广播讲话,他的节目大受欢迎,仅次于丘吉尔。熊式一在信中提到,自己头天晚上去剧院看了普里斯特利的《家事》(*How Are They at Home*),非常喜欢。他"尽情地笑个不停",而且"一次又一次地偷偷抹掉一两滴眼泪"。他不同意其他一些批评家的见解,他觉得这部剧作是成功的"娱乐宣传"[2]。

> 或许我应该提一句,我对剧院并不陌生,我在戏剧创作的艺术修炼方面也并非一事无成。为此,我希望您能垂询拙见。那位才华横溢的评论家的高见,我不敢苟同,他的剧评妙不可言,但可惜过于深奥,恕我才疏学浅,无法欣赏。[3]

熊式一的辛辣笔调,令人联想到英国作家斯威夫特。熊式一自嘲,说自己"生性愚钝",他针对《家事》的一些负面的批评意见做出反驳。他援引萧伯纳、高尔斯华绥、易卜生等剧作家为例,说明宣传与剧作并非永远相互排斥。观众的反应才是试金石,那"一直是我舞台艺术方面免费的、唯一的老师"。他认为《家事》是"一部欢快的好戏!应当对所有设计这部戏的人表示衷心的祝贺"[4]。

* * *

1941年3月底,BBC计划推出一档新的中文节目,直接广播新闻评论,对象是远东地区的听众。这档节目时长十五分钟,每星期二格

---

[1] Shih-I Hsiung, letter to the editor, *Time and Tide* 22, no. 50 (December 12, 1942), p. 1002.
[2] Shih-I Hsiung, letter to the editor, unpublished manuscript, March 29, 1944, HFC.
[3] Ibid.
[4] Ibid.

熊式一在BBC播音，1941年

林威治时间10时30分播出，包括国语和粤语两个部分，国语那部分由熊式一制作。[1]

5月5日，《新闻评论》节目正式启动。驻英大使郭泰祺首先致辞，接着，熊式一宣布："这是伦敦呼唤中国。我是熊式一先生，现在做第一次新闻评论。"从1941年5月至12月，熊式一除了在10月休假外，每星期二都会播音，马来亚和香港地区的民众每星期都能收听到他的新闻评论。

至于《香港每周背景通讯》节目，1940年6月改名为《伦敦通讯》（"London Letter for Hong Kong"）。[2]一年之后，《新闻评论》推出之际，联合广播委员会根据香港和新加坡方面的要求，决定依旧保留《伦敦通讯》这个节目，让它们共存。戴维斯对《伦敦通讯》的效果极为满意，他有一次告诉熊式一："香港的市民肯定很欢迎我们的通讯内容，尽管它们到达香港时有些内容不可避免地过时了。"[3]至于其影响究竟如何，没有具体的统计数据或资料可以说明。不过，根据一封马来亚听众的来信，可以一窥该节目对远东地区的影响：

﹝1﹞ E. R. Davies to Shih-I Hsiung, March 20, March 25 and April 7, 1941, HFC.
﹝2﹞ 由于去远东的航空信邮服务中止了，通讯稿件往往要花数周才能抵达目的地，所以"背景通讯"改为"伦敦通讯"，为此，熊式一在选材和写作上也做了相应的调整。
﹝3﹞ E. R. Davies to Shih-I Hsiung, April 24, 1941, HFC.

来自伦敦的中文时事通讯，对当地的马来亚华人听众如雪中送炭。在他们看来，这是中英两国之间的政治合作，不是纯粹的电台娱乐而已。[1]

戴维斯与熊式一分享了这封听众来信。"这实在有意思，太振奋人心了。"戴维斯对听众的反馈欣喜不已，他的自豪和成就感溢于言表。[2]

熊式一深知战时新闻工作的重要性。正如夏晋麟在1970年代回忆道：整个战争期间，通讯是中国政府面临的"最紧迫的问题"，也就是"如何让中国政府和人民及时了解外界的情况"。[3]1940年至1941年熊式一为BBC工作期间，曾经试图探索在上海创办一份题为《欧风》的刊物，专门报道介绍与欧洲相关的时事新闻和信息。[4]中文杂志《宇宙风》和《天下事》编辑部原来在上海，因为亲日势力控制审查出版物，自由办刊物已经不复可能，且有人身安全之虞，加上发行面临阻挠困难，编辑部决定南迁去香港。但是在港办杂志，需要交一大笔保金，还要有人作保，而主编陶亢德手头拮据，在香港又人生地不熟，他与熊式一联系，请他出面鼎力相助。

《宇宙风》是林语堂于1935年在上海发起的文艺期刊，办得有声有色，销售量很大，影响也很广。1941年春，主编陶亢德抵港后，马上会晤香港远东情报局秘书麦道高（D. M. MacDougall），商谈在港办杂志的事。他告诉麦道高，这两本杂志一贯"亲民主自由的英国"，而且熊式一经常撰稿。麦道高同意可免交保金，但需要太平绅士之类的名人作保。情报局了解熊式一，作为变通，允许接受他作保。熊式一接到消息之后，马上发电给情报局，作为"电报保"，帮助这两本期刊顺利在港完成登记注册。[5]

---

[1] E. R. Davies to Shih-I Hsiung, July 23, 1941.
[2] Ibid.
[3] Ching-lin Hsia, *My Five Incursions into Diplomacy and Some Personal Reminiscences* (New York, n.p., 1977), p. 98.
[4] 陶亢德致熊式一，1941年5月22日，熊氏家族藏。
[5] 同上注，1941年5月22日、1941年6月29日。

自1940年到1942年初,熊式一在中国发表了近30篇中文文章,大多是基于他为BBC撰写的通讯稿改编而成,它们介绍英国和欧洲的战争局势,如战时教育、征兵制度、言论自由、宣传出版等等,或者讨论中英关系、分析远东局势。不少文章在上海的出版物上刊载,如《中美周刊》《上海周报》等。这些刊物专注欧亚时事,拥有一大批读者群。他还在《宇宙风》和《天下事》上发表了一系列专题文章,如《从凡尔赛到轴心》《希特勒和希特勒主义》《墨索里尼与法西斯主义》《二十年来之法兰西》。

　　可以毫不夸张地说,熊式一的努力,使远东的读者和听众一直能保持对西方战事和近况的了解,他使西方成了"东方的紧邻"[1]。

　　12月7日,日本偷袭珍珠港,随即进犯马来亚、新加坡和香港。美国和英国向日本宣战。

　　12月底,BBC宣布取消《伦敦通讯》和《新闻评论》节目。熊式一海外广播的工作也就此告一段落。

---

[1] Wilfrid Goatman, "Many Tongues—One Voice," *London Calling*, no. 279 (1945), p. 6.

第十二章　异军突起

熊式一在BBC工作，有稳定的收入，得以应付房租和其他的家庭开支，但同时也为此耗费了大量的时间和精力。1941年底，他的撰稿和广播工作告一段落，谢天谢地，他因此赢得了自由和时间。

他在写小说《天桥》，近三年了。1939年2月，他与伦敦的出版商彼得·戴维斯（Peter Davies）签了合约，年底之前完稿。戴维斯对这本小说寄予厚望，预付他350英镑，并且在合约中明文写定，今后如有新的小说作品，预付版税分别为500和750英镑。美国的一些出版商，如威廉·莫罗（William Morrow）、诺夫（Knopf）、利特尔和布朗出版社（Little, Brown & Company），听到这消息，纷纷表示有兴趣，来函探询小说的外国版权事宜。但是，熊式一却迟迟没能按时交稿，一拖再拖。戏剧活动、社交应酬、孩子家务、战争与疏散，加上BBC的广播工作——他疲于奔命，根本无法静下心来写作。1939年11月，他总算勉强交出了书稿，但那仅仅是小说开头部分的初稿。

为了这部小说，熊式一承受着巨大的压力，心力交瘁。他的家人也因此焦虑忐忑，蔡岱梅担忧过度而失眠，健康受到影响。他们全家搬到圣奥尔本斯，特别是家里添了小女儿之后，这栋三卧室的房子显得过于拥挤，嘈杂不堪，在家写作变得绝不可能。熊式一写作需要安静的环境，一个人独处比较能集中精力，才思泉涌。于是，他在本地的报纸上登广告，就近租了一个房间，这样他就可以享受宁谧，专注于写作了。蔡岱梅觉得，那像世外桃源："比自己家里的书房更理想！可以避开电话、来客、孩子的干扰。"但租了这房间，并没有彻底解决问题。BBC的工作，弄得他无法彻底沉浸于小说创作之中。尽管出版商不停地施压、催促，小说的交稿限期还是被一次又一次地推延。出版商不得不反复提醒他，那些"各种各样的承诺"从没有"兑现"[1]。1942年，出版商终于忍无可忍，声色俱厉，发出警告：他们预付了版税，有权利按时收到书稿。"这本书多次被延误，我们的耐心可不是没有限度的。"[2]

彼得·戴维斯书局的出版预告中，已经多次介绍《天桥》。1942年夏季的预告中刊登了这部小说的内容提要。"熊先生擅长人物刻画。"小说中的男女主角大同和莲芬，恰似他笔下的薛平贵和王宝川，"令读者唏嘘流泪或喜笑颜开"。《天桥》这部小说，不同凡响，它层峰迭起，一波三折，作者的敏锐机智、优雅文采，发挥得淋漓尽致。"[3]1942年9月，戴维斯终于收到了期盼已久的书稿，书局立即着手出版工作，进行封面设计，1943年1月底，《天桥》正式出版。

《天桥》是一部以真实历史为背景的社会讽刺小说。故事发生于1879年至1912年，从清朝统治到民国初期的过渡时期。近代史中一系列重要的事件贯穿始终，还穿插了不少著名的历史人物，如慈禧、袁世凯、光绪皇帝、李提摩太（Timothy Richard）、黄花岗七十二烈士等等。熊式一写《天桥》，是为了要"改变西方人对中国的偏见"[4]。据他自述，当时在西方出版的介绍中国的书籍，除少数外，基本上都是洋人写的。他们往往把中国说成是一个稀奇古怪的国家，华人与众不同，难以捉摸。即使赛珍珠，对华人可谓富有同情，她的畅销小说《大地》整体的描写还算比较写实逼真，但作品中突显的是中国农民落后愚昧的一面，难以看到任何"希望和积极的东西"[5]。熊式一决计要写"一本以历史事实、社会背景为重的小说，把中国人表现得入情入理，大家都是完完全全有理性的动物，虽然其中有智有愚，有贤有不肖的，

---

[1] C. S. Evans to Shih-I Hsiung, August 27, 1940, HFC.
[2] T. G. Howe to Shih-I Hsiung, October 20, 1942, HFC.
[3] "Peter Davies Books, Autumn 1942," advertisement, 1942, HFC.
[4] 熊德輗：《为没有经历大革命时代的人而写》，载熊式一著《天桥》，页7。
[5] 同上。

这也和世界各国的人一样"[1]。

《天桥》一开始,读者被带到19世纪末中国江西南昌城外:

> 本书的开端,作者先要虔心沐手记一件善事。前清光绪五年(一八七九)七月间,在江西省南昌城进贤门外二十几里,一条赣江的分支小河上,有几个工人,不顾烈日当头,汗流浃背,正在那儿尽心竭力地建造一座小桥。[2]

这座名为"天桥"的小桥,是李明的"善举"。李明节俭精明,又尖酸刻薄,积攒了大量的地产,富甲一方,方圆几十里的田地,全是他的家产。可惜美中不足,他年近半百,却膝下无子。为了求嗣,延续香火,他立誓破财行善,为村民造桥,期许能感动神灵。

不久,妻子果真怀孕,但胎儿刚出世即死去。李明深感失望,匆匆赶去天桥,那里有一条小船停泊在桥下,渔夫的妻子刚分娩,生了个男婴。李明说服渔夫,把他妻子刚生下来的孩子买了下来,作为自己的儿子,取名大同。他兴冲冲地赶回去,踏进家门,却发现妻子怀的是双胞胎,生下的第二个胎儿,也是个男婴,便将其取名小明。于是,大同与小明成了名义上的孪生兄弟。

大同自小受冷眼相待,但刻苦好学、正直上进,得到叔叔李刚的扶掖,在私塾接受了传统教育,随后去南昌,进教会学校学习。1898年,他北上京城,参加维新运动。戊戌变法失败后,去香港加入孙中山组织的反清秘密团体,历经多次起义和挫折,十多年之后,在武昌起义中被公推为总指挥,成功推翻了清朝的封建统治。小说将大同这三十年的坎坷经历,置于波澜壮阔的中国现代史中,既写出了清朝政府的腐败以及民不聊生、怨声载道的社会现状,又反映了处于社会变革转型前夕的中国,其经济、文化、宗教、政治方面的尖锐矛盾和冲突。大同是这一段社会历史的产物,在关键的时刻发挥了重要作用,

---

[1] 熊式一:《序》,载氏著《天桥》,页22。
[2] 熊式一:《天桥》,页25。

促成了深刻的革命和社会的变化。

《天桥》中的人物，个个性格鲜明、栩栩如生，读来给人呼之欲出的感觉。小明的奸诈、傲慢、笨拙，与大同的憨厚、耿直、执着，形成鲜明的对照，互为衬托。同样，他们的父亲李明，吝啬成性，虽然是当地的首富，貌似仁慈，实际上刻薄刁钻。与之相比，李刚则旷达、超逸，视功名如浮云，他秉性敦厚、见义勇为，敢于挺身而出，为秀才解围或替侄子大同打抱不平。此外，吴老太太、教会学校的马克劳校长、传教士李提摩太以及袁世凯，虽然着墨不多，却个个形象突出。

熊式一不愧为叙事高手。他的作品，语言简练生动，亦庄亦谐，故事波澜起伏，扣人心弦，读之难以释手。小说中时而穿插一些中国古典诗文或典故，或者夹进一些江西本地的民俗和习语，增加了浓郁的乡土色彩。例如，每章起首附有谚语警句："种瓜得瓜，种豆得豆，天网恢恢，疏而不漏""画虎画皮难画骨，知人知面不知心""射人先射马，擒贼先擒王"。《天桥》发表后，有不少英国的评论家称此为狄更斯式的作品。故事中，李明在梅家渡抱着大同冒雨匆匆回家、大同后来又被卖给凶神恶煞般的盗贼、大同与莲芬和小明间的三角恋爱关系等等，这些坎坷遭际，惊心动魄，确实与《雾都孤儿》(*Oliver Twist*)、《远大前程》(*Great Expectations*)有几分相似。

《天桥》作为一部社会讽刺小说，无论从艺术成就还是从社会批评的意义上来看，不逊于《儒林外史》或《官场现形记》。与之相比，它有两个明显的特点：第一，《天桥》是描写近代中国砸碎封建桎梏、寻求自由、寻求思想上的独立和解放的痛苦过程，具有历史意义。作者以几近于尖刻无情的幽默笔触，对乡民的愚昧闭塞、吴老太的自负和狂妄、官场的丑陋黑暗，做了犀利的剖析、深刻的批评和鞭挞。同时，作者借助大同在北京的经历，表达了对维新变法的失望，对老奸巨猾的袁世凯玩弄权术、争权夺利的憎恨。小说中，对西方传教士的揶揄讽刺和逐步认识，是一个不容忽视的部分。那些传教士表面上仁慈为怀，俨如耶稣再世，内心却鄙视中国，咒骂华人是异端邪教徒，他们专横跋扈，意在统治中国。值得一提的是，通过对会馆或教会学校的门房、上海或香港市民的描述，作品刻画了一种普遍的"洋奴"和

"奴才"的心态。第二，作品将历史真实与艺术想象相结合，丰富了作品的内涵和思想深度。整个故事置于清末的历史之中，有甲午海战、戊戌变法，也有光绪皇帝的《定国是诏》、六君子、袁世凯、孙文、容闳、黎元洪、武昌起义等历史人物的真实姓名和历史内容。熊式一认为："历史注重事实，小说全凭幻想。一部历史，略略地离开了事实，便没有了价值；一部小说，缺少了幻想，便不是好小说。"[1]史实与文学虚构糅合相融、虚实参差，增加了阅读的愉悦，也促使读者对历史的反刍和思考。有意思的是，在书名页的英文书名"The Bridge of Heaven"（《天桥》）下，熊式一用中文题写道："熊式一造"。王士仪认为，这本《天桥》小说是熊式一以戏剧的结构精心"造"成的文学作品，作者以戏剧的形式，达成了对那些历史人物和事件的讽刺。[2]

小说中，对西方传教士李提摩太的描绘值得注意。李提摩太是基于历史人物提摩太·理查德塑造的。他心地善良，提携大同，帮助其教育活动和反清活动。《中国近代史》中，李提摩太被誉为进步的传教士、中国人民的朋友，熊式一最初就是从那本书中接触到这人物的。后来，一个偶然的机会，他读到了汉学家苏慧廉（William Soothill）写的传记《李提摩太在中国》（*Timothy Richard of China*）。苏慧廉认识理查德，他在传记中详尽介绍了理查德在中国戊戌变法中的角色和作用。熊式一发现，理查德曾拟订奏折，提出施行新政的七点纲要，明确规定内阁由八位大臣组成，其中半数成员须由洋人担任，还须委任两位洋顾问，辅助皇帝行使新政。[3]显而易见，理查德认为洋人明了世界的进步方向，中国应当受外国传教士的管辖。看到传记中这个细节以及其他一些内容，熊式一对理查德的性格、观点、其在戊戌变法中起的历史作用等有了截然不同的新认识。为了忠于历史事实，他花了很大工夫，重新修改书中的有关部分。完稿后的《天桥》中，李提摩太和另一位传教士马克劳，

---

[1] 熊式一：《序》，载氏著《天桥》，页21。
[2] 王士仪：《简介熊式一先生两三事》，载熊式一：《天桥》，页12。
[3] William Soothill, *Timothy Richard of China* (London: Seeley, Service, 1924), p. 220. 熊式一：《天桥》，页236—237。

表面上慈祥、和蔼、热忱、进步，实际上自高自大、刻薄虚伪。大同原先抱着希望，把他们看作救世主，最终看穿了他们，认清了他们"根本就瞧不起中国"，视中国为一个"没有文化的野蛮国家"，以至于他表示"宁可饿死，也不能同这种人在一块儿做事"[1]。他意识到，要拯救中国，只有靠中国人自己。熊式一从中也吸取了一个重要的教训：处理历史人物时必须慎之又慎，证据确凿方可落笔。[2]

《天桥》的写作，蔡岱梅功不可没。熊式一把这部作品献给她，献词如下：

> 谨献给岱梅
> 有时是我严厉的批评家
> 有时是我热情的合作者
> 但永远是我的爱妻

蔡岱梅自幼受父母悉心培养，加上大学文史专业的训练，具有良好的文学修养和造诣。她虽然不善于英文写作，但富有见地，为《天桥》提供了不少相当中肯的意见。她读完手稿的开首第一、第二章之后，告诉熊式一"你的文字别有风味"[3]，可是写得比较松散，需要做一些修改。她认为，李明属于当地的名士，对于这个人物，可以借助他在外热心慈善公益但在家对仆人和穷人刻薄盘剥的反差，来突显其吝啬小气的性格特点。初稿中，李明的双胞胎是先女后男，所以领养了大同，蔡岱梅觉得不妥，建议索性将此改为男婴死产，"买了他人之子回家才知另有一个"。她解释说："我们中国虽重男轻女，也是指女儿多的人家，贫的家尤甚。头一个女孩，无论如何不会那么看不重。"她还对传教士的描写、作品人物的把握和刻画等，谈了自己的看法，她甚至考虑到中西方读者在文化理念与文学欣赏方面的差异，以及与此相

---

[1] 熊式一：《天桥》，页239。
[2] 熊式一：《序》，载氏著《天桥》，页23。
[3] 蔡岱梅致熊式一，约1940年，熊氏家族藏。

关的文学市场等因素。蔡岱梅的这些意见，对熊式一不无启迪，他认真地逐一考虑，并做了相应的修改。[1]

* * *

《天桥》戏谑、吊诡、扣人心弦、峰峦叠起，让读者着迷，好评如潮。不少书评谈到熊式一与狄更斯在人物描写和写作风格上的相似。[2]有的评论索性称他为"中国的狄更斯"[3]。《纽约客》(New Yorker)的书评称："小说中那些仁慈的揶揄，近于哥德史密斯（Oliver Goldsmith）和伏尔泰，情节和人物间讽刺性的反差平衡，令人想起菲尔丁（Henry Fielding）。"[4]《泰晤士报文学副刊》(The Times Literary Supplement)推荐《天桥》，将其列为他们的首选。熊式一的文友纷纷向他祝贺，竭尽赞誉之词。诗人约瑟夫·麦克劳德说自己从未读过如此完美的作品，他认为熊式一的文字精美优雅，开卷展读"如鸟语啁啾，似仙琼醉人"[5]。另一位文友写道，看完这部小说，脑中留下的故事，像一座"精妙的水晶屋，那是欧洲或安格鲁-撒克逊（Anglo-Saxon）作家绝对无法构建的"[6]。

就熊式一而言，令他最得意的，要数约翰·梅斯菲尔德（John Masefield）、H. G. 威尔斯及陈寅恪的溢美赞词。梅斯菲尔德是英国桂冠诗人，他专门为这部小说写了序诗《读〈天桥〉有感》。他歌颂大同，作为一个理想主义者，从小就怀有远大的抱负和美丽的憧憬。"在狭小的绿地上种了 / 一株李树或白玫瑰。"面对残酷和黑暗的现实坚韧不拔，始终追求自己的信念。诗人以激昂的激情，咏唱大同不屈不挠的英勇精神：

---

[1] 蔡岱梅致熊式一，约1940年，熊氏家族藏。
[2] "China, Gay and Grave," *Punch*, January 27, 1943, HFC.
[3] "A Chinese Charles Dickens," *New York Post*, July 22, 1943.
[4] "The Chinese and Others," *New Yorker*, July 24, 1943, p. 61.
[5] Joseph Macleod to Shih-I Hsiung, January 3, 1948, HFC.
[6] William [last name unknown] to Shih-I Hsiung, May 30, 1946, HFC.

> 大同必定能找到
> 心灵安宁的归宿
> 李树将盛开昂首怒放
> 如雪花飘扬纯净洁白
> 夜空中宁谧的明月
> 仿佛在平静的海洋中荡漾

威尔斯的回忆录中,用了相当长的篇幅,谈及这部描绘中国革命转变时期的小说。威尔斯称其为"一幅波澜壮阔、震撼人心的画面",他赞赏熊式一,以"入木三分的针砭、插科打诨的笔触",惟妙惟肖地描摹那些自以为是的基督教徒,与西方传教士一贯宣传的所谓"贫穷、愚昧的中国人如何皈依基督教而获救赎"[1]的说法完全不同。威尔斯认为,熊式一熟悉自己祖国的山山水水和人文生活,并且有深刻的理解,与此同时,对西方世界,也够得上"称职的裁判"。威尔斯断言:很难在西方找到与熊式一相匹敌的人。[2]

毋庸置疑,熊式一看到威尔斯的文字喜出望外。他在与萧伯纳的通信中谈及《天桥》时,提起威尔斯的评论:

> 您夸奖说《天桥》写得很好,听到这美言,我惊喜不已。我原以为您肯定会谴责它了,因为我希望它受欢迎畅销,而它已证明比不值一提的《王宝川》更受欢迎。尽管全世界都把那出戏当作高雅的杰作,我们俩心里明白,它不过是一部廉价的古代传奇戏而已。
>
> 至于《天桥》,H. B. 威尔斯说,他觉得那部小说"揭示了中国的发展趋势,回肠荡气,远胜于任何研究报告或论述"……

---

[1] H. G. Wells to Shih-I Hsiung, February 16, 1943, HFC.

[2] H. G. Wells, *'42 to '44: a Contemporary Memoir upon Human Behaviour during the Crisis of the World Revolution* (London: Secker & Warburg, 1944), p. 84. 事实上,威尔斯对熊式一不吝赞美的同时,对崔骥的才能和成就也十分欣赏,他认为崔骥的《中国史纲》(1942)是记录中国历史的最佳读本。

不知您意下如何?[1]

此外，史学家陈寅恪，写了两首七绝和一首七律，赠送给熊式一，盛赞他在文学上的成就。其中两首绝句如下：

其一
海外林熊各擅场，
卢前王后费评量，
北都旧俗非吾识，
爱听天桥话故乡。

其二
名列仙班目失明，
结因兹土待来生，
把君此卷且归去，
何限天涯祖国情。[2]

陈寅恪是备受推崇的学者，与梁启超、王国维、赵元任并称清华"四大导师"，他的评语自然有分量，但令熊式一最得意的，是第一首绝句中陈寅恪将他与名扬英美文坛的林语堂相提并论，并且坦承相比《京华烟云》(*Moment in Peking*)，他更喜欢《天桥》，即"爱听天桥话故乡"[3]。值得注意的是，陈寅恪的诗中用了个"听"字，而不是"读"

---

[1] Shih-I Hsiung to George Bernard Shaw, March 9, 1943, 50523 f42 Shaw Papers 781A, British Library.
[2] 熊式一：《序》，载氏著《天桥》，页19。初唐有四位年轻有为的诗人，即杨炯、王勃、卢照邻、骆宾王，人称"王杨卢骆"。但杨炯对这样的排名不以为然，他认为，"吾愧在卢前，耻居王后"。后来，"卢前王后"被用以表示名次排列的顺序。
[3] 夏志清也十分欣赏《天桥》。1943年8月，他写信告诉熊式一，指自己曾经与林语堂谈起《天桥》，林语堂认为那是一部"佳作"，而且相对开首部分，他更喜欢它的中间和结尾部分。见夏志清致熊式一，1943年8月24日，熊氏家族藏。林语堂的小说《京华烟云》又名《瞬息京华》。

或"阅读"。1945年底,陈寅恪到英国牛津任教时,受到熊式一的款待和帮助。陈寅恪当时患严重的眼疾,视网膜脱落,双目几乎失明,他乘便去伦敦医院找顶级的眼科专家诊治,得到的结论却是回天无术,无法救治。[1] 正因为此,他在"听"小说《天桥》之后,写下了那些嘉许溢美的诗句。毋庸置疑,陈寅恪对熊式一心存感激,其赞扬之辞,很可能夹杂客气的成分。[2] 熊式一沾沾自喜,常常引用那首绝句,并多次用毛笔抄录,作为礼物送给子女和亲友。

在圣奥尔本斯,熊式一本来就是一位知名人物,1943年,他的小说《天桥》出版后,更是如此。那年当地最受读者青睐的五六本小说,其中包括《天桥》,还有海明威的《丧钟为谁而鸣》(*For Whom the Bell Tolls*)。[3] 1944年1月,《天桥》出版一周年之际,彼得·戴维斯印刷出版《天桥》第六版。1945年2月和7月,出了第九和第十版,分别为2150和2000册。熊式一的版税收入蔚为可观。1945年春天,他的版税收入为690英镑。

美国地广人多,国力蒸蒸日上,图书市场潜力无限。《天桥》出版不久,熊式一与纽约的普特南出版社(G. P. Putnam's Sons)就美国版本签了协议。普特南出版社已有百年历史,他们赢得了这本小说的美国版权,相当满意,而熊式一能找到这家声誉良好的老字号出版社,也十分高兴。他曾经在1942年10月与庄台(John Day)公司联系,因为那家书局出版了林语堂的作品,但书局出版人理查德·沃尔什反应冷淡。然而,普特南出版社同意出版《天桥》后,沃尔什改变了想法,他写信给熊式一,对先前的决定表示后悔。熊式一做的回复,口气谦恭,但不乏讥讽,令人联想起著名的19世纪英国文人塞缪尔·约翰逊

---

[1] 伦敦医院专家对陈寅恪眼疾的诊断书,由熊式一寄给胡适。胡适当时在纽约,他接到信后,与哥伦比亚大学医学院的眼科专家联系,看看还有什么办法可以补救,但是那些专家了解情况后都认为,既然英国的专家已有定论,实在爱莫能助了。胡适也无可奈何,只好如实转告途经纽约回国的陈寅恪。见胡适著,曹伯言整理:《胡适日记全集》(台北:联经出版事业公司,2004),第8册,页223—225。

[2] 陈子善:《关于熊式一〈天桥〉的断想》,《中华读书报》,2012年9月12日。

[3] *Hertz Advertiser*, St. Albans, January 14, 1944.

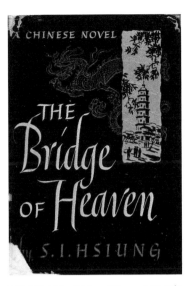

《天桥》(*The Bridge of Heaven*) 1943年美国版书封

（Samuel Johnson）博士，完成其独立编出的字典后婉言谢绝切斯特菲尔德伯爵（Philip Stanhope, Earl of Chesterfield）赞助的信。"尊函敬悉，承蒙不弃，深感厚爱。拙作未能由贵书局付梓，诚以为憾。"他指出，自己曾经与庄台公司先后两次联系过《王宝川》和《大学教授》的出版事宜，但均遭拒绝。这次《天桥》的美国版，他依旧率先与庄台公司接洽，但庄台还是一副不屑一顾的态度，于是，他与普特南谈妥并签了约。"今闻尊言，甚为喜悦，嘉许拙作，实以为幸。无上荣耀，莫过于此矣。"[1]

7月，《天桥》在美国出版之际，预定数高达4500册。熊式一在美国还够不上头牌作家，这又是他的第一部小说，居然能如此畅销，真够令人振奋的！出版商信心十足，乐观地预言，这部小说定将获得"巨大的成功"[2]。

---

[1] Shih-I Hsiung to Richard Walsh, May 9, 1943, HFC.
[2] Earle H. Balch to Shih-I Hsiung, August 11, 1943, HFC.

《天桥》被翻译成了欧洲的主要语言，如瑞典语、法语、德语、西班牙语、捷克语、丹麦语等，在欧洲大陆畅销。它带来了丰厚的版税收入，熊式一后来借此解决了三个孩子上牛津大学的学费。

* * *

熊式一写《天桥》的同时，还在暗地里与莫里斯·科利斯合作，创作剧本《慈禧》(The Motherly and Auspicious)。

科利斯毕业于牛津大学历史专业，考取印度高等文官，被派去缅甸，在那里工作了20年。1934年，他卸职回英国，之后不久，在都柏林邂逅熊式一。两人惺惺相惜，成为好友。

科利斯对历史、文学、艺术均有涉猎，深谙亚洲的社会历史文化，特别是缅甸和中国。他是位多产的作家，写了不少散文、评论，还出了几本畅销书，如《暹罗怀特》(Siamese White)和《缅甸审判》(Trials in Burma)等。他的新书《大内》(The Great Within)，1941年刚出版，描写的是明清年间紫禁城内的宫廷秘闻逸事。科利斯知识渊博、为人谦恭，熊式一由衷倾慕；同样，科利斯也钦佩熊式一，称他"异军突起，名震文坛"[1]。

1941年初，由熊式一提议，他们俩见面，开始讨论新剧本和分工合作的具体细节。"慈禧"这个题目，他们俩都很感兴趣。熊式一认为，慈禧在1908年去世前掌权几十年，是有史以来御座上"最残酷、自私、卑劣的女人"[2]。熊式一曾经在1938年春天与伦敦书商联系，询问有关慈禧的出版物，书商马上为他提供了一份书目，开列了八本图书，同意为他选购。[3]就在几个月前，他还在与美国加州美高梅电影公司接洽，探讨有关拍摄慈禧太后的影片。同样，科利斯的历史作品《日暮君主》(Lords of the Sunset)中，主角掸邦公主两次摄

---

[1] Maurice Collis, *The Journey Up* (London: Faber and Faber, 1970), p. 58.
[2] Hsiung, "Afterthought," in *The Professor from Peking*, pp. 187–188.
[3] Arthur Probsthain to Shih-I Hsiung, April 7, 1938, HFC.

政,"是个邪恶、机智、残忍、可怕的女人,她能说会道、信口雌黄、豪放不羁,又自命不凡,她非常迷人、愚蠢但熟谙世事"。科利斯认为,慈禧太后刚愎自用,权欲熏心,与缅甸的掸邦公主如出一辙,这两个强势的女性统治者之间存在本质上的相似之处。正因为此,1941年2月,科利斯听到熊式一提出合作写这部剧本的想法,便欣然应允,一拍即合。

5月,两人签署了一份协议,便立即开始工作。熊式一主要负责阅读有关的中文史料,如清朝宫廷的文献和研究类的出版物、宫廷成员新近出版的回忆录等等。他挑选相关的内容译成英语,提供给科利斯参考使用。当时,虽然出版了一些介绍清宫秘史的英文作品,包括庄士敦的《紫禁城的黄昏》(Twilight in the Forbidden City),但外界对清宫内情的了解还是非常有限的,而那些中文史料中,包含着大量前所未闻的、珍贵的原始资料和细节,对这部宫廷秘史的戏剧化构建至关重要。他们俩决定,剧本的写作原则上基于事实,在允许的范围内稍加发挥。他们拟定了轮廓概要,科利斯据此写戏,完成的初稿给熊式一过目提意见,然后再作修改。他们有时信件往来,有时到伦敦在图书馆见面,交换意见。他们相互尊重、契合通融,合作得十分愉快。

他们希望,这部戏不仅能登台上演,最终还能搬上银幕。1942年末,熊式一将剧本的副本寄给费雯·丽,她读了之后,表示非常喜欢这部"漂亮的剧作"[1]。过了几个星期,熊式一又给约翰·吉尔古德送去一份副本,请他过目。吉尔古德是英国名演员,在演艺界红极一时。他读完剧本,激动不已,第二天就回复,说这剧本写得好极了。他指出,这戏可不能像《王宝川》那样,采用极其精简的道具布景,应该请最近为芭蕾舞剧《鸟》(The Birds)创作舞台布景的蒋彝制作设计布景。他还提出,戏中的女主角在扮演上有相当的难度,需要由年轻的女演员担任,这样才能演出逐渐成年、衰老的各个阶段,如果选用中年演员,则开场部分就难以令人觉得可信。吉尔古德答应,等剧院

---

[1] Vivien Leigh to Shih-I Hsiung, January 2, 1942, HFC.

公司的经理宾基·博蒙特（Binkie Beaumont）出差回来，立即帮助推荐。[1]熊式一和科利斯都知道，如果能抓紧制作上演《慈禧》，将有助于宣传，还能帮助促销，因此他们马上与博蒙特商洽影片和舞台制作的事。可惜，由于制作费用过于昂贵，加上一定的技术难度，谈判没有成功，熊式一和科利斯大失所望。与此同时，在此后近20年中，他们不断地与其他剧院公司联系。尽管这出戏在各地上演过好几次，但从来没有机会打入西区的剧院。

《慈禧》这部三幕剧，时间的跨越度很长，借由一连串精彩的情节，戏剧性地描写慈禧这个传奇人物，如何从一个普通清朝官员家庭出身的少女，步步高升，成为权倾朝野、炙手可热的圣母皇太后。戏的开始，兰儿与妹妹陪着母亲，护送父亲的棺木北上京城。半途中，她们所带的盘缠已经用光。兰儿年仅十六岁，天生丽质、精明干练，却工于心计、野心勃勃，认为"人的命运掌握在自己的手中"[2]。她从本地一名官员的儿子手里骗得一笔借款，交付了船资，全家得以顺利抵京。不久，兰儿和妹妹被选中秀女，兰儿继而又与内监李莲英勾结串通，为自己日后脱颖而出、入选并诏封成为懿嫔铺平道路。她为了进一步巩固自己的地位和权力，设计将一个男婴秘密带进宫内，作为她与咸丰皇帝所生的龙胎。咸丰得此独子，对她宠爱有加，晋封为懿妃。不久，她派人除去孩子的母亲，杀人灭口以绝后患。几年后，体弱亏虚的咸丰皇帝过量服用鹿茸血致死，幼子载淳继位，登基时年仅五岁，改年号为"同治"，嫡母慈安太后、生母慈禧太后，正式垂帘听政。此时，二十六岁的慈禧已经平步青云，成为中国最有权势的人物。1872年后，同治皇帝成年，亲理朝政，常与慈禧意见相左，且显然不愿听凭摆布，慈禧便把他谋杀了，以咸丰帝的侄子载湉即位，改年号为"光绪"。光绪皇帝年幼，慈禧太后再度临朝垂帘听政。光绪成年后，力主维新强国，于1898年发布《定国是诏》，开始戊戌变法，并授意组织兵变，迫使慈禧归政。慈禧闻讯大怒，立即软禁光绪帝，维新

---

[1] John Gielgud to Shih-I Hsiung, May 29, 1943, HFC.
[2] Collis, *The Journey Up*, p. 40.

变法的重要人物被斩首或镇压。1908年11月15日，慈禧驾崩。前一天，她下诏毒死光绪，以免维新人士死灰复燃，酿成后患，并指定溥仪继承大清皇位，即宣统皇帝。

1943年11月初，《慈禧》出版。书首附有科利斯写的长篇序言，详细介绍历史背景与剧本中的场景内容、据以参考的主要文献资料以及剧中人物等等。科利斯在序言末谈道，慈禧这个人物，不同于欧洲历史上的女君主，包括伊丽莎白女王（Queen Elizabeth I）或维多利亚女王（Queen Victoria）。她孜孜以求的，是征服对手；她唯一的目标，是制服掌控男性。而这正是她威势的秘密所在。

序言后，附有道光和慈禧的家谱，以及15本权威的中文参考资料，包括薛福成的《慈安太后圣德》、罗惇曧的《庚子国变记》、王文韶的《王文韶家书》等。书中还有咸丰、同治、李莲英、光绪、慈禧等八幅黑白水墨肖像插图，作画的是熊德兰，书中仅列出她的笔名"云烟"。这些插图，并非出于专业画家的手笔，显得稚嫩，但人物的性格却跃然纸上，实在难能可贵。熊式一为每幅插图题字，还为剧本题写了中文书名"慈禧"。

《慈禧》的封面上，剧作者的名字莫里斯·科利斯赫然醒目，但不见熊式一的名字。两人合作的事，极为保密，仅崔骥等少数亲密好友知道内情，连费伯出版社都不知道熊式一是合作者。熊式一除了分获一半版税外，丝毫没有享受到联合作者应得的荣誉，没有沾到半分光。他如此心甘情愿地低调行事，明显不同于他一贯的作风和性格。为什么熊式一此次会如此心甘情愿默默无名？连科利斯都百思不得其解。事过三十年，这还是个谜。他私下揣测，或许是因为剧中没有美化慈禧，熊式一心存顾虑，怕受到同胞们群起攻击。

个中的真实原因，其实与熊式一雄心勃勃的写作计划有关。《天桥》的书稿，一拖再拖，如果当时再另签一份合约，有可能会因此招惹法律诉讼。这样秘密合作完成《慈禧》一剧，既可以保证顺利完成《天桥》，又可避免法律方面的纠纷。就熊式一而言，此举一举两得，他收集资料，研究慈禧，既利于剧作，小说的写作也可获益，因为《天桥》中有涉及清末历史的部分。因此，向来喜欢主事的他，退

《慈禧》中熊德兰所画的插图之一。右上角的"慈禧太后"为熊式一所书,左下角的印章的白文为"落纸云烟"

居二线,科利斯单独掌舵。难怪科利斯感叹,他以单一作者的身份亮相,但总感觉像在"代人捉刀"[1]似的。1970年,他的回忆录《奋力向上》(The Journey Up)出版后,两人秘密合作的真相才首次公之于世。

《慈禧》出版后,两个月内售出2000多册,获得了弗罗尼卡·韦奇伍德(Veronica Wedgwood)、崔骥、翟林奈(Lionel Giles)等著名历史学家和批评家的高度评价。翟林奈邀请科利斯去中华学会做专题演讲,主持人是汉学家和中国艺术考古学家帕西瓦尔·耶茨(Perceval Yetts)。中国大使顾维钧偕夫人黄蕙兰也在座。黄蕙兰读过《大内》,她很赞赏《慈禧》,甚至当面告诉科利斯,约翰·布兰德(J. O. P.

---

[1] Collis, *The Journey Up*, p. 62.

Bland)这可要彻底完蛋了。果然没过多久,布兰德真的一命呜呼了。[1]

布兰德何许人也?为什么黄蕙兰会提起他?布兰德是个英国记者和作家,1893年至1910年间,在中国生活工作,后来与英国作家E. 拜克豪斯(Edmund Backhouse)合著《太后治下的中国》(*China under the Empress Dowager*),1914年出版,一时洛阳纸贵。其实布兰德本人并不完全了解中国,他也不知道书中有不少内容是拜克豪斯臆想编造的,但他洋洋得意、自以为是。此后的三十年中,尽管有不少新的材料出现,他也没有留意或者补充更新。《慈禧》的出版,运用了许多新的材料,佐以戏剧性的表现,颠覆了布兰德唯我独尊的地位。科利斯又在序言中指出,布兰德的作品有其局限性,这一说法无疑触动了布兰德的神经,有损他的声誉。布兰德气急败坏,专门去费伯出版社,他大发雷霆,宣称科利斯的资料来源不实,《慈禧》不过是一部"好莱坞历史"[2],属凭空捏造,而且威胁一定要科利斯供出幕后合作者的真实身份。

熊式一没有具名,确实也因此带来了诸多不利。科利斯曾预料,他作为这部剧作的单一作者,可能冒有一定的风险,因为他虽然出版过好几部作品,但从未涉足戏剧。1943年末,普特南出版社考虑美国版《慈禧》,编辑部曾请理查德·沃尔什审阅并提意见。沃尔什没有推荐出版,他认为,剧中对慈禧的描写"缺乏同情心""不可信",究其原因,剧作者"从根本上缺乏对中国人的同情心,这部剧是西方优越至上的观念炮制的产物"。[3]

尽管沃尔什持反对意见,但普特南还是在美国出版了《慈禧》。不料,出版后销路并不好。伦敦分社的编辑给熊式一写信,谈到熊式一没有具名的事,表示遗憾和惋惜:

不用说,看到这些书评之后,我愈发坚信,这部戏没有列出

---

[1] Collis, *The Journey Up*, pp. 65–66.
[2] Ibid., pp. 64–65.
[3] Stanley Went to Shih-I Hsiung, December 9, 1943, HFC.

您的大名,真是不幸之至。要不然,我想情况绝对大为改观。一方面,写书评的看到作者是中国人,肯定会接受它,认为真实可信;同时,您是《王宝川》的剧作者,他们一看到您的尊姓大名,就马上会把它作为剧本来处理。[1]

---

[1] Stanley Went to Shih-I Hsiung, July 14, 1944.

第十三章　牛津岁月

1943年春天，伦敦计划安排让疏散各地的学生搬回伦敦。时间真快，一转眼，熊式一全家搬去圣奥尔本斯已三年多了，他们得赶紧决定下一步到哪里生活。

三个大孩子两年内都要上大学了。老大德兰，1944年高中毕业，德威和德锐紧跟着在下一年毕业。他们最近不会回国，所以必须在英国完成大学教育。牛津与剑桥，这两座大学城举世闻名，搬到那儿，是理想的选择。

德兰从小聪明上进，品学兼优，在文学艺术方面才华出众。她为《慈禧》画过肖像插图，她的国画作品还参加过展览会，参加义卖，帮助援华基金及其他募款活动。[1] 她接下来要准备高中毕业会考，因此得赶紧决定今后大学的专业方向。她在国会山学校上学，校方讨论研究过她的情况，认为她在艺术方面才华出众。他们一致认为，如果德兰选择将来学习艺术，那么，伦敦的斯莱德美术学院（Slade School of Fine Art）无疑是最适合她的艺术学校。与此同时，她的老师们也坚信，德兰在数学和英语方面成绩优秀，要是她选择这些专业，也必定能出类拔萃。

靠艺术混饭不容易，熊式一不想让德兰选艺术专业。牛津或剑桥

---

[1] 熊德兰还为唐笙的小说 *The Long Way Home*（1949）画了三十多幅水墨插图，她的画风古朴典雅，相当成熟，比之前明显有了长进。后来，老舍《牛天赐传》英译本的封面插图也出自她的手笔。1947年春，英国皇家水彩画协会举办画展，德兰参加并展出五幅花鸟画。

的文凭响当当的，走遍天下都管用。为此，熊式一找英妮丝·韩登商量。英妮丝婚前名为英妮丝·杰克逊（Innes Jackson），是熊家多年的朋友，三个大孩子刚到伦敦时，她为他们补习过英语，彼此相当熟悉。韩登是牛津大学的毕业生，现在，她丈夫在剑桥大学教书，全家搬去了剑桥。熊式一向她打听剑桥大学入学招生以及当地的住房情况，韩登回复说剑桥房源很紧，像他们这样有四个孩子的家庭，要找房子更是难上加难。她还介绍说，要上剑桥大学，必须得通过"严格、竞争激烈的考试"，还得掌握拉丁文，大学会考后至少要接受一年辅导。剑桥大学格顿（Girton）学院是女子学院，韩登建议，要是德兰想进格顿学院，最好同时报考几所学院和大学，作为后备，以防万一没有被录取。

熊式一权衡了一下做出决定：他们搬去什么地方，孩子们就去那里上学。牛津大学与剑桥大学在学术声誉上平分秋色。剑桥大学的数学和科学专业相对更强一些，而牛津大学的人文和社科专业独占鳌头。要是能在牛津找到合适的房子，他们就搬去那里，三个孩子全都选人文专业；要是剑桥成了他们的落脚之地，三个孩子就攻读数学或科学专业。不管是在牛津还是剑桥，一家人得住在一起，孩子们在当地就近上学。这样的安排，无疑是最经济不过了。熊式一胜券在握，信心十足，似乎他的几个孩子要考进这两所竞争激烈的大学，根本不在话下。

7月，经纪人通知熊式一，牛津南部有一栋两层楼房出租，不带家具，距市中心约三公里。蔡岱梅在《海外花实》中这么描述那房子：

> 六间宽敞的卧室，还有两间用人住的房间，楼下三间客厅也都很大。这栋独立的楼房，占地大约两英亩，非常大。花园修剪整齐，有许多树，还有果园以及厨房花园。[1]

房子的四周参天的高树林立，大草坪和花园都被精心的修剪打理，

---

[1] Dymia Hsiung, *Flowering Exile*, p. 140.

房子后一片葱葱郁郁的草地，星星点点散布着牛群。"看上去像个小公园，漂亮极了。"[1] 房租每年200英镑，租价不菲，但凭着《天桥》的版税，他们还能承受得了。说实在的，这偌大的房子，兼带花园和草坪，那房租根本不能算贵。

熊式一后来给这房子起名"逸伏庐"，它建于18世纪末，有一段重要历史：红衣主教约翰·亨利·纽曼（John Henry Newman）曾经在那里住过。纽曼是思想家，倡导宗教改革，是英国宗教史上的著名人物。1832年他去意大利，翌年返回英国，他母亲和全家不久前刚搬去逸伏庐住，所以纽曼就住进了这房子。不久，纽曼领导发起了影响深远的牛津运动。1879年，纽曼被教宗任命为红衣主教。还有，1850年代，在牛津大学教数学的刘易斯·卡罗尔（Lewis Carroll）也常常光顾逸伏庐，他喜欢摄影，在附近的教堂里当执事，后来他出版了脍炙人口的儿童作品《爱丽丝梦游仙境》（Alice in Wonderland）。

对于熊式一家来说，唯一不够理想的就是七年固定租赁期。但蔡岱梅却不以为然，她觉得时间飞快，到三个孩子都大学毕业时，一晃四五年就过去了。

8月间，熊家搬到了牛津。德兰进韦奇伍德女校准备高中毕业会考，德威和德锐去圣爱德华中学继续上学。

牛津比圣奥尔本斯热闹多了。在牛津这个万人仰慕的文化重镇，图书馆、博物馆、剧院、美术馆、音乐厅、书店，比比皆是，到处能让人感受到深厚的文化底蕴和充满激情的活力。沿着小巷街角漫步或是经过中世纪的建筑，听见空中荡漾的教堂钟声，瞥见大学墙垣内的校舍草地，尽是美丽和庄严，心中的敬畏之感便油然而生。这金灿灿的古老城市，见证了几百年来人类文明史上的发现创造，它充满青春活力，培育了一代又一代的莘莘学子，他们成为日后的国家栋梁。

搬到逸伏庐，去牛津市中心很方便，可以经常去那里享受体验文化生活，特别是戏剧表演。熊式一几乎每周都去新剧院或其他戏院看戏。他钟爱莎士比亚戏剧，如《哈姆雷特》、《奥赛罗》（Othello）、

---

[1] Dymia Hsiung, *Flowering Exile*, p. 148.

《第十二夜》(Twelfth Night)等等。他也欣赏其他英美剧作家，如桑顿·怀尔德（Thornton Wilder）、派屈克·汉密尔顿（Patrick Hamilton）、约翰·派屈克（John Patrick）、W. S. 吉尔伯特（W. S. Gilbert）、汤姆斯·布朗（Thomas Browne）等。

* * *

熊式一的兴趣逐渐转向现当代的社会政治题材，他计划写一本新书，题为《中国》(The China War)，内容涵盖自1894年甲午海战到1941年珍珠港事件这段近现代史。为此，他认真拟写了一份提案，其中包括概要和大纲，还有书中采用的地图和插图的简介。但这个写作计划后来没有进行下去。[1]

他开始考虑蒋介石的传记写作。早在1938年初，他从中国回来后不久，就与伦敦一家小出版社订了一份有关《蒋传》(The Life of Chiang Kai-shek)的"口头协议"。根据这份协议，他在圣诞节前必须交稿，字数约22000左右；出版社收到书稿，立刻编辑、排版、印刷，赶在1939年1月初出版。书价定为一先令，价格低廉有助于销售，利于宣传。当时，西安事变和卢沟桥事变刚发生，欧洲也在濒临战争的边缘，世界动荡、前程扑朔迷离，正是出版的天赐良机。但是，那计划没有付诸实现。不过。熊式一并没有完全放弃这个写作题材。两年后，他在BBC工作期间，写了一篇介绍蒋介石的文章，题为《远东的丘吉尔》，刊载在BBC的出版物《伦敦呼唤》(London Calling)上。那篇文章很受欢迎，被多次转载，熊式一还在BBC电台和其他地方发言谈过这个题目。1943年5月，熊式一与纽约的普特南出版社签了一份正式协议，一年之内完成《蒋传》的书稿，出版社付了他250英镑预付版税。[2] 蒋介石在国际上声誉日隆，英美国家大力鼓吹蒋介石，称他为亚洲的抗日英雄。熊式一写蒋介石传记，倒并非出于任何政治目的

---

[1] Shih-I Hsiung, "Tentative Outline of *The China War*," manuscript, ca. 1943, HFC.
[2] Stanley Went to Shih-I Hsiung, May 11, 1943, HFC.

或者个人崇拜。他的动机"主要与经济利益"有关,这部传记肯定有市场,可以成功,而且能赚许多钱。[1]

差不多与此同时,熊式一与彼得·戴维斯签了一份合约,答应在十二个月之内交出《和平门》(*The Gate of Peace*)的书稿,那是《天桥》的续集,力争最早在1944年出版这部小说。熊式一获得750英镑预付版税。

《和平门》的故事梗概如下:

> 和平门这座旧宅大院,坐落在南昌附近的一个小村庄里。梅太年纪轻轻,却已经守寡,她安守妇道,一心一意,尽力培育两个幼儿。邻村新来了大同、莲芬,还有女儿亚辉(音)一家。看到他们新式开明的举止行为,村上一时沸沸扬扬。梅太见了那京城来的姑娘,如此自由自在、无所拘束,自然难免惊讶;但她看到姑娘长得眉清目秀、聪慧伶俐,不禁欢喜不已。梅太后来发现自己的小儿子冀灵(音译)对亚辉情有独钟,便主动提出,要为这小两口按传统规矩订婚。不料,麻烦事从此接踵而至,和平门内,再没有了和顺平安。
>
> 这些孩子长大成人,新老之间的矛盾日益加深,大同这老革命,渐渐地蜕变成为青年一代眼中的"反动派"。北京的大学生发起学生运动之际,他成了进步学生的攻击目标。学生组织的首领,不是别人,正是冀灵。亚辉既孝顺父亲,又暗恋年轻的冀灵,她崇尚自由,却为此左右为难。她想方设法,争取让一方妥协,但没有成功。最后,日寇入侵中国,他们所在的北京大学,在教学楼边新建了一道城门,名叫"和平门"。他们面临的种种头痛麻烦问题,结果得到了圆满的解决。[2]

据熊式一的说法,《和平门》这部小说,与前面的《天桥》一样,采用朴

---

[1] 熊德威:《历史思想自传》,打印稿,1964年6月,页7,熊杰藏。
[2] Shih-I Hsiung, "The Gate of Peace: A Novel," n.d., HFC.

实自然的叙事风格,在介绍中国历史的同时,还诠释中国的文化习俗。

由于《天桥》的巨大成功,戴维斯和普特南都格外迁就熊式一。不料,熊式一没有按时完成书稿,书商对此深感失望。尽管如此,戴维斯似乎仍然愿意妥协包容,他甚至在1944年4月与熊式一签订了关于《蒋传》的协议,其中的版税条款十分慷慨:头4000册20%;此后为25%;殖民地销售15%;预付版税350英镑。至于普特南,9月开始表示担忧,因为熊式一搬去了牛津,而《蒋传》迟迟不见进展。熊式一不断做出承诺,延长期限,好像给他们希望和期盼,然而到期却始终未能完成。如此拖沓,导致出版计划一次又一次拖延,书商变得怒不可遏,但又无计可施。1944年8月,熊式一告诉普特南,说自己会在三周内完成《蒋传》,结果又没能履行诺言。1944年10月,彼得·戴维斯在《时报周刊》(*Times Weekly Edition*)中刊登大幅广告,宣传这部"最精彩深刻的传记","当今世界上风云人物的最权威、最全面、最新颖的传记作品"。[1]两家出版社都做好了准备,于1945年1月左右推出这部新作;不幸的是,他们又空欢喜了一场。到了1945年春天,彼得·戴维斯不得不再一次将此与其他五六本出版物放在一起做新书预告。

* * *

熊式一实在太忙了,难得空闲。他参与各种各样的社会活动,支持帮助中国抗日救国。

他担任好几家组织的顾问,提供建议或指导。熊式一积极参与克里普斯夫人(Lady Cripps)领导下的全英助华联合总会,在各地宣传动员、募捐筹款。至1944年6月,该组织募款总额高达1210943英镑。1943年3月31日至5月25日,该组织在伦敦华莱士收藏馆举办"艺术家援华展览会",画展期间,每周举办一次讲座,主讲的嘉宾包括熊式一、蒋彝、艺术史学家肯尼斯·克拉克(Kenneth Clark)、克

---

[1] "The Life of Chiang Kai-shek," *Times Weekly Edition*, October 11, 1944, p. 17; "Peter Davies Books, Spring 1945," advertisement, Peter Davies, London, 1945, HFC.

里斯玛·韩福瑞（Christmas Humphreys）、萧乾、阿瑟·韦利（Arthur Waley）、帕西瓦尔·耶茨。同年10月，由笔会赞助，全英助华联合总会举办"青年中国短篇故事大赛"，沟通东西方儿童的理解和友谊，收入全部作为募捐。熊式一担任这场大赛的评委，其他的评委还有蒋彝、萧乾、赫蒙·奥尔德（Hermon Ould）等。[1]

战争时期，书籍出版受制，但这限制不了公众对文学作品的热情。全英妇女理事会下属的文学艺术委员会在威格莫尔音乐厅举办了一场别开生面的诗歌朗诵会，收入所得，作为赈款，与全英助华联合总会平分。9月14日下午，这座世界顶级的音乐厅内，座无虚席，参加诗歌朗诵会的听众兴致勃勃，要亲身体验这一场"雄心勃勃的试验"。文学评论家戴斯蒙德·麦卡锡（Desmond MacCarthy）致开幕词，随后，十多位著名诗人轮流朗诵诗作，包括克利福德·巴克斯（Clifford Bax）、埃德蒙·布伦登、塞西尔·戴-刘易斯（C. Day-Lewis）、路易·麦克尼斯（Louis MacNeice）、威廉·燕卜逊（William Empson）、T. S. 艾略特等等。登台参加朗诵的还有两名中国诗人：叶公超和熊式一。叶公超是外交官诗人，他诵读的是南唐后主李煜的词。熊式一则选择《西厢记》中的两段曲文，以中国传统读诗的方式吟诵，抑扬顿挫，俨如一段精彩的文学演绎和表演。无线电台节目《伦敦致重庆》转播分享了这场活动的录音，听众反响热烈。[2]

熊式一为中英团结合作呐喊奔走，为重庆的报纸撰稿，为中国的作家和政治人物牵线，使其得以与英国的名人接触会晤。熊式一的同乡好友桂永清来伦敦，任驻英武官，经熊式一安排，得以与H. G. 威尔斯见面晤谈，威尔斯"坦率地陈述了自己对欧洲目前形势的看法"，桂永清也向对方介绍了"中国的近况"。[3] 熊式一听到萧乾在与外国友人联系，请他们对努力抗战的中国人民表示支持，便马上写信给威尔斯，

---

[1] "China Short Story Competition," *Time and Tide*, October 23, 1943.
[2] Hsiung, trans., "A Feast with Tears" and "Love and the Lute," in *Poets' Choice*, ed. Short, pp. 1–6.
[3] Shih-I Hsiung to H. G. Wells, January 16, 1945, Rare Book and Manuscript Library, University of Illinois at Urbana-Champaign.

敦促他考虑协助:"所有的中国人,都非常渴望听到您在这场合要说些什么。"[1] 威尔斯很快准备了短信,表达了他对顽强不屈的中国人民的敬佩和支持。熊式一把它转给萧乾,立即电传到中国。

搬去逸伏庐,是个大胆的决定。熊家六口人,加上留在中国的两个孩子,养家糊口,全靠熊式一的版税收入。《天桥》和其他作品、演戏的版税收入还算不菲,但那毕竟不是稳定的收入,用于应付孩子们的学费和房租之外,剩下的就不多了。正因为此,熊式一与书商签了那些新书出版合同。熊式一平时出手大方,从不懂节俭,每次拿到版税,便挥霍无度。他爱社交往来,热情好客,逸伏庐——如此宽敞大气的建筑,交通又方便,熊家的住所便成了社交聚会的中心。每逢周末,家里必有聚会,宾朋满座。大家都爱来逸伏庐这个中国沙龙小聚,喝茶吃点心,讨论一些感兴趣的话题。熊式一夫妇热情招待每一位来客,蔡岱梅忙着准备茶点和饭菜,熊式一则里里外外照应接待。

确实,逸伏庐成了圣地一般,也有人说它像第二个中国大使馆。中国学生、访问学者、政要名流,都一定会来这里,拜会房子的主人。熊式一在英国闻名遐迩,能与他见面,谈谈教育、出版、工作、世事,得到他的指点,实在是一件幸事。除了牛津本地的客人,还有许多专程远道赶来造访的政府要员、外交官员和文化界名人,他们来参加聚会甚至过夜,总是无一例外受到热情款待。访问过熊家的客人包括方重、范存忠、王佐良、许渊冲、卞之琳、张歆海、吴世昌、陆晶清、陈源、凌叔华、唐笙、杨周翰、华罗庚、傅仲嘉、桂永清、卫立煌、段茂澜、胡适、蒋梦麟、罗家伦、蒋廷黻、顾毓琇、袁同礼、王正廷、傅秉常、郑天锡、朱家骅、程其保、李儒勉等等。

逸伏庐舒适静雅,房子四周绿树成荫、花香鸟语,美不可言。平时,家里来了客人,三个大孩子,加上聪明活泼的小德荑,还有著名的剧作家与温善的主妇,一起殷勤招待。周末聚会后,除了德兰、德威和德锐,其他的中国同学也帮着收拾整理,其乐融融。借用熊式一

---

[1] Shih-I Hsiung to H. G. Wells, September 4 and September 13, 1944.

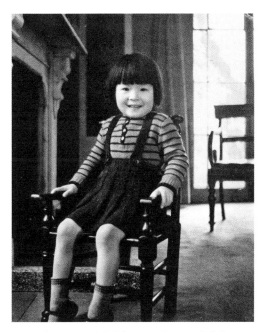

熊德荑在牛津逸伏庐家中（图片来源：熊德荑）

的评论："想有牛津大批学生洗碗抹桌、争先恐后者，只此一家也。"[1]每一个来访的客人都有宾至如归的感觉，熊家"帮助了所有途径牛津的中国人"[2]，友善好客的主人口碑极佳。在许多华人朋友的心目中，逸伏庐像一个温馨的港湾，是海外游子的新家。唐笙在剑桥大学经济系学习，她有志于文学创作，第一次拜访熊家后写信表达谢意。她的感受其实很有代表性：

> 能见到自己仰慕的作家，并受到您快乐的家庭的款待，我心中的喜悦，您是无法想象的。在您明亮欢快的家里，听到德荑悦耳的笑语，看到熊太太慈祥的颜容，我思乡的苦楚，顿时云消雾散，仿佛回到了自己中国的家里一般。[3]

---

[1]《重洋万里一家书》，《文山报》，1948年5月1日。
[2] Munwah Bentley to Shih-I Hsiung, August 9, 1948, HFC.
[3] 唐笙致熊式一，1945年4月14日，熊氏家族藏。

熊家在牛津属于最有名的家庭之一。在车站，出租车司机见到中国人，就把他们拉到逸伏庐。给熊式一的信件，信封上的地址写得不妥甚至写错，最后也都会送到他手中。他告诉一位BBC的朋友，"实际上，你只要写牛津，熊，我就能收到"，"我收到过好几封寄给我的信，上面除了'伦敦，牛津'，其他什么都没写！英国邮局真够得上世界上最佳机构的美誉"。在信纸旁边的空白处，他补充写道："中国许多人都以为牛津在伦敦！"[1]

1945年，胡适去牛津，接受名誉法学博士学位，熊式一夫妇在家招待胡适。熊式一认为胡适去参加颁发仪式应当穿学位服，那是最妥帖的服饰。不久，他居然奇迹般地弄到一件牛津大学大红学位袍，还配有牛津绒帽，作为礼物送给胡适。当时物质紧缺，连日常生活用品都严格实行配给，要这么快弄到一套牛津学位服难以想象。胡适事后写信，感谢熊式一夫妇的"厚待"，而且"费大力"帮助办理此学位服。"朋友们见此红袍，无不欣喜赞美……此袍此帽，是故人的厚谊，就使牛津之行增加一层特别意义，最为纪念。"[2]熊式一心里颇觉得意。1930年代初，胡适曾劝他不要在英语世界出版写作，但他成功证明自己有能力打出一片天地，他前几年还寄了一本《大学教授》给胡适。仅仅十来年的工夫，他不光在西方文坛站住了脚，还能在牛津尽一分地主之谊，招待胡适。熊式一豁达大度，不计恩怨。他甚至曾经推辞出任国际笔会副主席，改为推荐胡适。[3]

这段时期，熊式一为痼疾缠身，苦不堪言。1944年初，他的上嘴唇生了个外痈，皮肤红肿，有黄色脓头，看上去像一颗"晶亮的珍珠"[4]。普特南出版社的编辑斯坦利·温特（Stanley Went）是3月得到这个消息的。他一直盯着熊式一，想了解蒋介石传记的写作进展。听到熊式一的病况后，他表示十分同情，马上写信关心："我知道外痈

---

[1] Shih-I Hsiung to John Warrington, August 2, 1951, RCONT1, Dr. S. I. Hsiung Talks File 1: 1939–1953, Written Archives Centre, BBC.
[2] 胡适致熊式一，1946年4月17日，熊氏家族藏。
[3] 王士仪：《简介熊式一先生两三事》，载熊式一：《天桥》，页9。
[4] 熊式一致蔡岱梅，日期未详，熊氏家族藏。

疼痛刺心，难以忍受。可以想象上唇有了这么一个外痈，必定痛苦万分。"他幽默地补充说，希望熊式一顺利康复，"尊容英俊，不至于永久受损"。[1] 外痈是一种疖子，灼热疼痛，还会溃疡流脓。没想到熊式一的病久治未愈，年底反而愈发严重。医生给他用了盘尼西林，当时被视为特效药，奇缺而且金贵，但不见任何起色。结果，他的疼痛加剧，双脚都被感染，流血流脓，而且还会传染，为此他去医院住了一个星期。1945年2月，患病一年之际，普特南出版社依然在虔诚地祈祷，希望他早日康复。这真是一段倒霉的日子，他的生活和写作无疑大受影响。

熊式一个子矮小，体魄并不健壮，人们往往因此而低估了他。1923年，他在南昌省立第一中学教书，别人常误以为他是学生。他写了《王宝川》后，在伦敦四处奔走，找剧院上演。那些管事的经理见了他这么个小个儿，不把他放在眼里，谁都没有认真理会他。他父亲在四十二岁之前去世，他的哥哥四十二岁患病去世，星相家们早已异口同声地断定，他绝对活不过四十二岁，那是个坎儿。但出乎意料，看星相的居然失算。他不光活过了四十二岁，还活得有声有色。如今，他成了三个牛津大学生的父亲！德兰通过了各门考试，1944年春天被圣安妮学院（St. Anne's College）录取。那一年92名新生中，她是唯一的华人女学生。翌年，德威和德锐也分别考入新学院（New College）和彭布罗克学院（Pembroke College）。一家出了三个牛津大学的大学生，而且同一时间在牛津上学——那简直是闻所未闻的事，更不要说，他们都是不久前刚从中国来的！

有一次，熊式一去圣安妮学院替德兰交学费，在校门口被拦住。圣安妮学院是女子学校，门房以为熊式一是附近其他学校的大学生，不让他进。可以想象，熊式一心中的得意劲儿！谁会想到，眼前这位眉清目秀、青春焕发的男子，居然已经四十二岁了，是六个孩子的父亲！

---

[1] Stanley Went to Shih-I Hsiung, March 24, 1944, HFC.

*　*　*

战争的阴影笼罩英国,但大家依然为《王宝川》所吸引。1943年7月,伦敦摄政公园露天剧场(Regent's Park Open Air Theatre)公演《王宝川》。扮演王宝川和薛平贵的是西娅·霍姆和斯坦福·霍姆(Stanford Holme)。这对资深的夫妇演员,一直在尝试和创作各种形式的戏剧。露天剧场没有帷幕,场景移动微乎其微,身穿剧装的检场人上台搬移道具。开场时,纷纷扬扬的白色玫瑰花瓣,代表漫天大雪;两个男孩,托着一块纸板制作的门,代表雄伟的关隘。整场演出,堪称完美。《笨拙》(Punch)杂志的剧评人写道:"再没有比这演出更具戏剧化的了。"从严格意义上来看,《王宝川》属于精湛纯真的戏剧化表演,称它戏剧化,是当之无愧的。剧评人甚至大呼:"我们真够蠢的,以前怎么从来没有想到这!"[1]

那年圣诞期间,科尔切斯特剧院(Colchester Repertory Theatre)演出《王宝川》。科尔切斯特在英国东南部,是英国最古老的城镇。剧院创办人罗伯特·迪格比(Robert Digby)与熊式一联系,希望他能亲临指导,给这一台戏"地道的原汁原味"[2]。熊式一欣然应允,去科尔切斯特住了两个星期,负责制作的整个过程。12月22日,科尔切斯特扶轮社举办午餐聚会,熊式一与听众分享了自己早期经历过的百般挫折、后来在西区和百老汇的光辉成功,顺便聊了聊自己与萧伯纳和巴里的友情和交往。整整半小时内,他妙语连珠,场内的听众笑声不断。[3]那场演讲精彩绝伦,熊式一精湛的英语技巧,尤其是他对习语的娴熟使用,加上幽默和风趣,令人大开眼界。扶轮社社长雷金纳德·普罗特富德(Reginald Proudfoot)深为叹服,称赞道:熊式一不仅是个戏剧艺术家,还是一位伟大的盟友。[4]

---

[1] A. D., "Lady Precious Stream (Regent's Park)," *Punch*, July 21, 1943, p. 58.《王宝川》后来又分别于1944年6月和1947年6月在露天剧场演出。

[2] Robert A. Digby to Shih-I Hsiung, October 14, 1943, HFC.

[3] "Chinese Humorist and Playwright," *Essex County Standard*, December 24, 1943.

[4] "Chinese Author's Sense of Humour," *Essex County Telegraph*, December 25, 1943.

1941年12月,熊式一在指导排练《王宝川》(图片来源:熊德荑)

科尔切斯特的演出圆满成功,剧院和所有参与演出的人都表示满意,欢迎熊式一将来再光临。熊式一也因此获得83英镑的演出版税收入。

* * *

第二次世界大战于1945年结束。2月初,美英苏三国首脑在雅尔塔举行会议,商定战后世界新秩序和列强的利益分配方针。两个月后,5月7日,德国签署无条件投降书。

7月初,英国举行战后公投大选,选举结果于7月26日宣布。温斯顿·丘吉尔仍然享有超高的支持率,但他麾下的保守党通常被视为反动派,已经不再受欢迎。克莱门特·艾德礼(Clement Attlee)为首的工党提倡社会改革,鼓吹"战后共识",扩充社会服务系统,推进全民就业,大获人心,结果赢得压倒性的胜利。7月23日,宣布选举结果之前,熊式一写信给菲利普·诺埃尔-贝克(Philip Noel-Baker)和J. B. 普里斯特利,预祝他们竞选成功。两人都回信,对他的良好祝愿表示感谢。[1]诺埃尔-贝克事后被任命为艾德礼政府的外交事务大臣。

8月，美国在广岛和长崎投下原子弹。8月15日，日本裕仁天皇宣布无条件投降。

在英国各地的华人，个个欢天喜地，笑逐颜开，像迎接盛大喜庆节日一样。在逸伏庐，中国朋友相聚在一起，欢庆这盼望已久的历史性时刻。下面是崔骥的记录：

> 太阳暖洋洋的。维多利亚李树硕果累累，馥郁甘甜，尽情享受了阳光的呵护。蜜蜂在忙忙碌碌地嗡嗡飞舞，无论是屋子里的女士，还是室外的客人，个个显得异常美丽。我们这些流亡海外的华人，难以抑制兴奋之情，真想要互相拥抱。类似的场合，人生难逢，这一定要庆祝一番！[2]

值得注意的是：这段描述中，崔骥使用了"流亡"一词。它表示远离祖国，暗示着无尽的苦痛和乡愁；同时，它也表示，与自己挚爱的祖国之间那种生死攸关的关联，永远不可断舍。

同一天，蒋介石在重庆发表广播讲话，宣告中国抗战的胜利。

9月，南昌市民举行大规模游行庆祝活动。

自抗战爆发，熊式一夫妇便带着三个孩子去英国，德海和德达留在了南昌，由蔡岱梅的父母帮着照顾，后来他们又一起迁到赣南乡村避难。蔡岱梅的母亲刘崇秋不幸病逝他乡，蔡敬襄将老伴的灵柩，置放在三宝佛堂旁侧的土屋内，日夜为伴，整整六年。日本投降后，他在寺庙辟了墓，并将老伴安葬于此，然后打点行李，一家老小一路奔波，回到了南昌。

战争期间，义务学校由师范毕业生蔡方廉负责，他在赣南继续办学。回南昌后，蔡敬襄想要复校，可是学校的原址已经被夷为平地，

---

[1] Philip Noel-Baker to Shih-I Hsiung, July 24, 1945, HFC; J. B. Priestley to Shih-I Hsiung, July 25, 1945, HFC.

[2] Chi Tsui, "Matthew Chrusaky," unpublished manuscript, ca. 1949, HFC.

一片废墟。熊式一是学校董事长,蔡敬襄希望熊式一能早日回来,帮助重建学校,重振旧日光彩。

熊氏一家在牛津瑞气盈门,其乐融融,中西的文化、传统与摩登,完美地融汇结合一体。他们吸引了公众的关注,成为媒体的焦点。1945年圣诞节前,英国的《女王》(*The Queen*)杂志报道介绍牛津这一著名的家庭,题为《中国作家之家》。《女王》是份老牌杂志,已有八十年的历史,侧重报道"上流社会与时尚名媛"。它采用整幅的版面,刊印了七张在逸伏庐拍摄的熊氏家庭的黑白照片,例如四个孩子围观熊式一夫妇下围棋、熊式一夫妇陪德荑读书、熊式一与三个孩子骑自行车等等。照片中,熊式一夫妇和孩子们时而穿长衫或旗袍,时而西装领带;西式的寓所内,有围棋、书画、中国古籍,可作消遣娱乐,陶冶性情,又有打字机、自行车等西方的现代工具。在此之前,伦敦的《标准晚报》(*Evening Standard*)也曾专栏报道过熊家。1946年,美国妇女杂志《治家有方》(*Good Housekeeping*)的系列专题"杰出外国人"中,刊登了大卫·米尔斯(David Mills)的文章《快乐的熊家》,同样刊印了部分家庭照片,如熊式一推独轮车、与子女一起做园艺、全家在客厅里读书等等。熊式一与家人身居海外,事业有成、家庭和睦,继承发扬了中国的文化传统,又成功融入现代西方世界。这些报道宣传,在欧美帮助促成了他们模范家庭的形象。

* * *

二战结束后,英美两国的书商,敏锐地看到眼前的机遇和挑战。战争期间,实行纸张配给,图书出版大大受限。社会公众渴求书籍阅读,那是生活中不可或缺的部分。由于纸张短缺、劳工不足,加上政府的支持乏力,书籍出版步调缓慢,难以满足大众的需求。英国出版商史坦利·昂温(Stanley Unwin)敦促政府,应竭尽全力"确保英国的图书供应"[1]。

---

[1] Stanley Unwin, "Why That Book Is Still Not There," *Observer*, October 7, 1945.

1946年,熊德兰、熊德威、熊德輗同在牛津大学学习,熊式一与他们一起骑自行车(图片来源:熊德荑)

对于目前的形势走向,彼得·戴维斯心中一清二楚。9月19日,他与妻子应邀去逸伏庐吃晚饭。翌日,他写信给熊式一夫妇,感谢他们的热情款待。信中,他敦促熊式一尽快抓紧完成传记和小说。他直言不讳,提醒熊式一千万不要延误,机不可失,时不再来。

> 我深信不疑,《蒋传》如果不能马上问世,我们就会错失天赐良机。不仅如此,你的生花妙笔,如果迟迟没有新作出版,在读者心目中的名声也会有所损伤。至于你的那部小说,也绝对同样如此。[1]

戴维斯重申,一旦劳工限制被解除,图书出版将飞速加快,畅销书的

---

[1] Peter Davies to Shih-I Hsiung, September 20, 1945, HFC.

激烈竞争，马上会愈演愈烈。戴维斯强调，这"事关重大"，熊式一应当"火速行动"，尽早将两份书稿交给书商。

对于蒋介石传记，戴维斯和普特南的编辑温特都忐忑不安。一年之前，道布尔戴出版社（Doubleday）推出张歆海的《蒋介石：亚洲人的命运》(*Chiang Kai-shek: Asia's Man of Destiny*)，后来《泰晤士报文学副刊》又有书评，他们俩都向熊式一提起过那部传记作品，尽管它够不上重磅级巨作，但他们担心要是再出现一两本类似题材的传记作品，即使是二流，甚至三流的，也必然会危及熊式一的大作。

1945年10月，戴维斯在信中再一次重申，各类的限制一结束，"你死我活的竞争"便接踵而至。他希望尽快接到这两部书稿，越快出版越好。[1]

---

[1] Peter Davies to Shih-I Hsiung, September 20, 1945, HFC.

十字路口

1945—1954

第十四章　逸伏庐

逸伏庐成了海外华人聚会的场所，熊式一也因此结交了一大批达官显贵，包括国民政府的高官政要和驻欧美国家外交官员，如大使、公使、参赞、部长、军长、驻联合国代表等。凭着这些人脉交情，朋友偶尔碰上一些困难的事情，对他只是举手之劳而已，因此常常有朋友托他帮忙为孩子进牛津大学或者申请奖学金，也有人托他帮助办个签证等等。相应地，他也得到不少方便。他招待帮助了桂永清，后者感恩，投桃报李，替他获取了"一些最有价值的资料和信息"，还有"好几张照片"，供他写蒋介石传记使用。[1]

熊式一向来认同那些知书达礼、有教养的文人学者。但他尽力避免涉足政治，从来不想参政，不想谋个一官半职。在他的心目中，政治属于低俗卑劣的行当，文学艺术才是崇高的追求。

不过，自恃清高、不涉政治，有时难以做到。熊式一有时会试图巴结政府官僚，甚至会干预并强行要求子女协助。一次，教育部长朱家骅途经英国，来到牛津住在逸伏庐。熊式一要德兰安排，请朱家骅到牛津大学的学生组织"中华俱乐部"做一次演讲。德兰任中华俱乐部的秘书，却拒绝帮忙，熊式一夫妇大发雷霆，臭骂了女儿一顿。最后，他们让德锐出面，与"中华俱乐部"主席说，安排让朱家骅去演讲。[2]牛津大学的学生思想活跃，有各种各样的政治俱乐部和讨论会，宣扬或论辩

---

[1] Shih-I Hsiung, *The Life of Chiang Kai-shek* (London: Peter Davies, 1948), pp. xii, xiv.
[2] 熊德威：《历史思想自传》，打印稿，1964年6月，页12。

熊式一全家合影,1946年于逸伏庐(图片来源:熊德荑)

社会主义、无政府主义、托洛茨基主义等各种政治思想。熊式一夫妇让孩子们尽量远离这些政治俱乐部。一次,德威从同学程镇球那里借了一本《中国的惊雷》(Thunder Out of China),书中描写中国的抗战和战后国内的形势,作者是美国记者白修德(Theodore H. White),倾向共产党,同情延安政府,抨击国民党蒋介石政府政治腐败、大失民心。熊式一发现儿子在看这本进步书籍,便厉声呵责,力图阻止。[1]

逸伏庐环境幽静,熊式一的文友曾预言,这里将成为"逸伏庐文学工厂",新作品会源源不断。但结果却恰恰相反,自从搬去新居之后,熊式一好像彻底放弃了写作。他忙于社交、应酬,乐此不疲,对拍卖行的家具古董产生浓厚的兴趣,杂货店购物、厨房打杂,甚至养鸡养狗,都成了新的嗜好。《天桥》的成功,赚了不少钱。"钱还没有用完,他一

---

[1] 熊德威:《历史思想自传》,打印稿,1964年6月,页12。

般不到不得已时,是不肯动笔写书的。"[1]蔡岱梅劝他,尽早放弃那些琐碎的杂务,戒除那些无聊的嗜好,专注于有价值的追求,文学写作是他的才华所在,应当静下心来,认真开始《和平门》的写作。[2]

《天桥》出版后的几年之内,熊式一没有写出什么重要的作品。不过,他写了一些短篇散文,其中之一题为《一个东方人眼中的萧伯纳》,载于《萧伯纳九十华诞:萧伯纳的生平面面观》(*G. B. S. 90: Aspects of Bernard Shaw's Life and Work*)。1946年7月,萧伯纳的一些朋友决定编辑制作这本纪念册,庆祝萧翁的九十寿秩,二十多位著名的文化界人士撰文,包括约翰·梅斯菲尔德、J. B. 普里斯特利、H. G. 威尔斯、阿尔多斯·赫胥黎(Aldous Huxley)、加布里埃尔·帕斯卡(Gabriel Pascal)等,熊式一是集子中唯一的非西方作家。十年前,戏剧界在摩尔温欢庆萧翁八十寿辰时,熊式一刚开始崭露头角;而今,他已经跻身最受尊敬的作家和评论家圈。

熊式一来自不同的文化背景,既是萧伯纳的朋友,又是他的仰慕者。他在文中回忆自己与萧伯纳的友情,观察到的点滴细节,以及对萧伯纳的评价。他观察细致,勾画出萧伯纳奇特的个性,读来令人耳目一新。其中有个细节,讲到他陪伴中国驻英武官桂永清去拜访萧伯纳,大家在谈论政治时,萧伯纳快人快语、词锋犀利,短短数语,将大英帝国恃势凌人的实质揭露无遗:

> 有一回,我带着一位老友桂将军去见他,这位客人照例向萧恭维一番,赞美他丰满的胡子、闪烁的眼睛,突出的前额,鼻子和嘴巴,甚至赞美了他的牙齿。那就做得有点过分了,而萧便以非常幽默而和善的方式阻止他说下去。他问:"你真的欣赏我的牙齿吗?好吧,你可以更近一点来欣赏!"接着他从口中拿出假牙来,放在手心给桂将军看。
>
> 桂将军想知道萧怎样使自己在这样的高龄还显得这么年轻,

---

[1] 熊德威:《历史思想自传》,打印稿,1964年6月,页12。
[2] 蔡岱梅致熊式一,约1950年8月,熊氏家族藏。

熊式一在江西订制了印有萧伯纳肖像的花瓶作为礼物,赠送给好友萧伯纳(图片来源:熊德荑)

萧回答说那非常简单:你绝不能抽烟、喝酒、吃肉,十四岁以前则须戒女色。

然后轮到萧问桂将军一两个问题了。他想知道身为中国访英军事代表团团长的桂将军,逗留在英国期间想做些什么事,桂说他最高的目的在促进中英合作。萧回答说:"你会发现很容易就可达成使命,大英帝国最会跟别国合作了,只要这种合作对她自己有百分之百的利益。"当桂将军回国见蒋介石的时候,正值战争最艰苦的时期,而萧的那句话是唯一使委员长开怀大笑的事,他很久没有这样笑了。[1]

文章的结尾部分,作者俏皮机敏,口气自谦,又不失自我宣传:

---

[1] 熊式一著,炎炎译:《一个东方人眼中的萧伯纳》,《中华杂志》,第6期(1980),页87。

现在我要说明，写这篇东西，跻列于当代诸贤达的作品之中，并非我的主意。我在下笔前已经想了很久，一个人想读一篇东西不外乎三个理由，最正当的理由是那篇文章写得好；即使写得不好，但如果是出于名家手笔，则仍有必要一读；如果有一个无名小卒写了一篇蹩脚文章，而他的名字也无人会念，但是只要文章的主题没有前人谈过，倒也值得一读。至于目前的情形，我是绝不可能使读者相信我这篇文章是属于这三者之一，我只要求读者以最大的耐性来读它，而这种耐性是在长年的战争岁月中好好培养出来的。[1]

这篇散文，得到许多文友的赞赏推崇。崔骥读完稿子，写信表示"大为佩服"。熊式一文中提到，巴里曾告诉他说，萧伯纳早上醒来时，一定会得意地振臂高呼："好哇，我是萧伯纳！"熊式一觉得，凡自认为是世界上顶尖的人物，包括巴里在内，都会有这种感觉，那是理所当然的。[2]崔骥在信中补充道："惟望一日，式一札闼洪休之际，不欠伸曰：'Hurrah, I am Hsiung!'（好哇，我是熊式一！）"[3]

1946年，联合国系列丛书之《中国》（*China*）出版，这部论文集后来被誉为权威经典，成为战后所有亚洲研究学者的必读书。《中国》详尽地介绍中国的文化史，涵盖历史、政治、哲学、宗教、艺术、文学、经济等各个方面，由杰出的中外学者行家撰文，其中包括陈荣捷、陈梦家、蒋彝、胡适、邓嗣禹、赛珍珠、富路德（Luther Carrington Goodrich）、何乐益（Lewis Hodous）、克拉伦斯·汉密尔顿（Clarence H. Hamilton）、赖德烈（Kenneth Latourette）、熊式一等。

论文集的编辑是哈雷·麦克奈尔（Harley F. MacNair），芝加哥大学的中国史专家、教授。麦克奈尔与熊式一联系，请他为该集子写一篇题为"中国戏剧"的论文，熊式一慨然应允。十年前，《王宝川》获得巨大的商业成功，熊式一无暇他顾，只好中途辍学，博士论文半途

---

[1] 熊式一著，炎炎译：《一个东方人眼中的萧伯纳》，《中华杂志》，第6期（1980），页87。
[2] 同上注，页86。
[3] 崔骥致熊式一，1946年6月13日，熊氏家族藏。

而废,自然少不了诸多遗憾。这次写学术文章,他得以再度审视一下原先的研究题材。他悉心准备,完成了"戏剧"章节,使用《礼记》《诗经》《史记》以及其他经典著述中的材料,梳理脉络,细述了中国戏剧的起源、发展及至13世纪元代臻于成熟和完美的过程。熊式一认为,元代杂剧取材于历史和小说,其目标明确,为的是"赢得观众的同情欣赏",作为戏剧作品,已经成熟,成为严肃的文学形式。《赵氏孤儿》《西厢记》《琵琶记》为元代杂剧中一些最为典型的经典。继元代杂剧后,19世纪昆曲和京剧的出现,标志着又一个重大的变革创新阶段,其"语言和音乐,相较表演和背景,受到更多的重视"[1]。

麦克奈尔收到熊式一的文稿后非常满意,称赞它"可圈可点……翔实有趣",整个论文集因之而"增色"。[2]

作为作家,熊式一深知写作出版的艰辛,完成一部书稿之后,还得四处联系出版。由于作品题材、市场销路、作家名声、出版利润等因素,少不了碰钉子、受牵制,甚至挨白眼。熊式一认真探索,想成立一家出版公司,专门出版与中国有关的书籍或者中国作家的作品,为业已成名的作家服务,也扶持文坛新手,为他们提供方便。银行家李德岳(音)对此表示赞同,同时获得了专事雕版印刷业务的华德路父子公司(Waterlow & Sons)的支持。经过商量,熊式一、李德岳、蒋彝及华德路父子公司四方合伙成立公司,名字暂定为"中英出版公司"(Sino-British Publishing Company)。[3]他们与林语堂联系,表示有诚意出版他未来的新作。可惜,林语堂的作品版权全都被美国或英国的出版商买断了,所以只好作罢。熊式一转而决定考虑林语堂的女儿林太乙的小说《金币》(*The Golden Coin*)。后来,他们发现有几个问题颇为棘手,需要应付处理。例如,除了要解决资金,还得申请纸张配额,这是一件很头疼的事。他们做了很大的努力,但创办这出版公

---

[1] Shih-I Hsiung, "Drama," in *China*, ed. Harley F. MacNair (Berkeley: University of California Press, 1946), p. 385.

[2] Harley F. MacNair to Shih-I Hsiung, October 16, 1944, HFC.

[3] 他们后来又商量过,考虑选用"莲花""东方""温切斯特"或"独角兽"等作为公司名字。

司,实在是困难重重,结果只得作罢。

在此期间,熊式一与好朋友崔骥发生龃龉,其中的原因与他自己出版物减少有关。崔骥的《中国史纲》和其他一些书籍,都是由熊式一帮忙与英国和其他外国书商磋商谈定的。对熊式一的大力扶掖,崔骥感恩戴德。他尊重熊式一,视其为师长,将其奉为楷模。在南昌,崔骥家与蔡岱梅家熟稔。到了英国后,崔骥与熊式一亲如一家,在他的心目中,熊家就是自己的家。同样,熊式一夫妇把他视为家人,熊家的孩子,特别是德荑,都亲热地称呼他"叔叔"。

崔骥是位学者,在文史方面很有造诣,他始终埋首学问,心无旁骛。他搬离伦敦到圣奥尔本斯之后就一直独居。1945年崔骥搬去牛津,不久经医生检查确诊患肾结核,便马上住院治疗,后来转去肯特的马盖特疗养院住了两年,又回到牛津继续疗养两年。在此期间,他忍受了极度的孤独寂寞,以惊人的毅力,坚持翻译写作,完成了好几部作品,包括英译谢冰莹《一个女兵的自传》(*Autobiography of a Chinese Girl*)、与杰拉尔德·布利特(Gerald Bullett)合作翻译《范成大的金色年华》(*The Golden Year of Fan Cheng-Ta*),以及撰写《中国文学史》(*History of Chinese Literature*)。他的《中国史纲》赢得美英和欧洲其他国家学术界的赞誉,多次再版,被大学用作教科书,并且译成了各种欧洲语言。

在牛津,熊式一、蒋彝和崔骥是三个最出名的华人学者。崔骥的高产和声望,造成了熊式一心中一定程度的嫉妒和焦虑。崔骥有一次随口提醒熊式一,需要勤于写作、多有新作问世,以保持其在英国文化学术界的领军地位,否则,在众人的心目中,蒋彝的地位会超过熊式一,排名成为蒋、熊、崔。这么一句出于善意的忠告,却被误认为是无礼、蛮横、颠覆性的挑衅。[1]其实,崔骥从来无意自我标榜或者炫耀自己,更没有企图在学术界诋毁或者贬低熊式一。为此,崔骥写

---

[1] 崔骥致蔡岱梅,约1946年,熊氏家族藏。崔骥看到刊物上朱尊诸的文章《在英国的三个中国文化人》,介绍都在牛津地区的熊式一、蒋彝、崔骥,便特意转给熊式一。朱尊诸的文首,介绍熊式一,其小标题为"熊式一唯一的毛病是'懒'",介绍崔骥的部分,小标题是"崔骥集中全力于学术著作"。见《新闻天地》,第14期(1946),页2—3。

了好几封长信，反复向熊式一和蔡岱梅解释，力图澄清真相。他崇拜熊式一，从熊式一去英国之前便是如此。他最喜欢熊译的《西厢记》，去戏院看了7场演出。他佩服熊式一的英语语言能力，认为他胜过林语堂："中国人写英文的只有熊林（语堂）二先生。其余我们——好的是人修改了的，不好的是自己的。熊林之间，熊是真文人，《王宝川》印入 Modern Classic（现代经典），林是记者派。"[1]他看了熊式一的《蒋传》第一章初稿，赞美此"起首极好，无以复加，自是太史公派头"[2]。他甚至表示，如果熊式一为文学之王，他愿追随左右，甘任"执鞭之士"[3]。可惜的是，崔骥原已不堪疾病和孤独的折磨，为了这场误解，他拼命辩解，费了好多口舌，平添了不少精神上的苦痛。

* * *

抗战胜利后，国共之间多次举行协商谈判，但终未能达成和平协议。1946年中，内战爆发，全国范围内大规模的武装冲突接连不断。在此社会政治形势动荡之际，南京国民党政府又面临经济危机这一巨大的挑战。通货膨胀失控，1945年至1948年间物价每月上涨30%。为了控制通货膨胀，政府在1948年发行金圆券，但因为准备不足，未能严格实行发行限额，结果反而导致恶性通货膨胀。1948年8月至1949年4月，上海物价指数上涨"天文数字135742倍"[4]。政府的财政经济政策不得人心，使得民不聊生，怨声载道。

蔡敬襄回南昌之后，因为国内局势混乱，各个方面都未能走上轨道，一直手头拮据，度日维艰。熊式一在南昌北面禾州的稻田，一直是租给佃农，收来的租谷，部分给熊式一的兄姐家，剩余的用于德海和德达的教育费用，以及全家的生活开支。由于自然灾害，旱涝不定，

---

[1] 崔骥致蔡岱梅，1946年6月8日，熊氏家族藏。
[2] 崔骥致熊式一，约1947年，熊氏家族藏。
[3] 崔骥致蔡岱梅，1946年6月8日，熊氏家族藏。
[4] Hsu, *The Rise of Modern China*, p. 640; "What Ails the 'Gissimo'?" *News Review*, November 11, 1948, p. 15.

遇上圩堤倒塌，有些农田颗粒未收。所幸的是，蔡敬襄多多少少有点租谷收入，加上熊式一夫妇偶尔寄一些汇款贴补，勉强支撑着对付。

重建义务学校，始终是蔡敬襄一个难以挥去的梦想。蔡敬襄寄望于熊式一夫妇。所有的亲朋好友，听到熊式一在海外拼搏、名震西方文坛的故事，个个仰慕不已；看到熊式一家在牛津的全家照，人人钦羡赞佩，蔡敬襄同样为此感到自豪。要从政府那里获得拨款或贷款，几无可能，他想如果熊式一夫妇回到中国，他们就能帮着管理学校，筹集资金，提高其声誉。

崔骥的岳父程臻，字撷泖，是位学者，通经史，工诗词，在中正大学文史系任教。[1] 中正大学是国立综合性大学，1940年创办，原址在江西吉安，1945年抗战结束，迁到南昌市郊。虽然建校不久，但校方尊贤纳才，吸引了许多一流学者，实力雄厚，特别是文史系，教师阵营尤为强大，有王易、姚名达、欧阳祖经等，加上学风严谨，学校办得欣欣向荣。经程臻向校长林一民推荐介绍，1948年夏天，德威和德锐刚从牛津毕业，即被中正大学延聘为副教授。学校也发了聘书给崔骥和熊式一，前者任史学系教授，后者为文学系主任。

* * *

1948年是不平静的一年。

新年伊始，熊式一家收到了桂冠诗人约翰·梅斯菲尔德的贺信。他感谢熊式一一家赠送的"珍贵礼物"，并写了一首诗，祝愿熊式一新年快乐，阖府安康：

> 严冬的清晨，格外的美丽，
> 迎来了你们精美的贺礼，
> 请接受我们由衷的谢意。

---

[1] 程臻又名程撷华。参见江西师范大学校庆办公室编：《师大在我心中》（南昌：江西人民出版社，2010）。

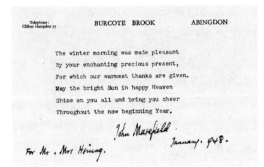

桂冠诗人约翰·梅斯菲尔德寄给熊式一家的贺年卡，1948年（图片来源：熊德荑）

愿欢乐的天堂中金灿的光辉
照耀你们，为你们全家带来愉悦，
在新的一年中，天天如此。[1]

6月底，熊式一去捷克首都布拉格，参加首届国际戏剧研究会，他任执委会成员，余上沅是另一位中国代表。

回英国后才一个月，德兰便启程回中国。她接受了北平师范大学的聘请，任英语系副教授。

德兰回国的决定，并不是一蹴而就的事。蒋介石政权摇摇欲坠，北平古城及至整个中国局势动荡。德兰1947年从牛津毕业，熊式一想让她在海外延长居留一段时间，通过关系四处为她寻找奖学金机会，去美国或法国攻读研究生，可惜都没有成功。唐笙最近刚刚去了一趟中国，她建议德兰暂缓归国，等"局势明朗之后"再做决定。劝她不要动身，眼下很"不安全，一片混乱"。[2]

不过，也有一些朋友鼓励并欢迎德兰回国。最后，李效黎的劝告起了关键性的作用。效黎以前是燕京大学学生，读书期间认识了在那

---

[1] John Masefield to Dymia and Shih-I Hsiung, greeting card, January 1948, HFC.
[2] 唐笙致熊德兰，1948年5月20日，熊氏家族藏；唐笙致熊式一和蔡岱梅，1948年8月30日，熊氏家族藏。

熊德兰牛津大学毕业照（图片来源：熊德蓂）

里教政治经济的英国老师林迈可（Michael Lindsay）。林迈可出身贵族家庭，父亲是牛津大学贝利尔学院院长。他从牛津大学毕业后，1937年去燕京大学教书。在华期间，他利用假期，去过冀中抗日根据地，也到过聂荣臻的五台山司令部和山西八路军总部，目睹了游击队在物质短缺的艰苦条件下英勇奋斗的革命气概，他深受感动，同情共产党，决定以实际行动来支持中国人民抗日救国的努力。林迈可与效黎1941年6月结婚后，帮助共产党地下组织运输医疗物资，还帮助操作管理无线电通信器材。不久，珍珠港事件爆发。林迈可从德语广播上听到这消息，立即和妻子一起，将随身的皮箱塞满收音机零件，逃离北平，又徒步走到平西根据地。随后的几年中，他们跟随八路军辗转晋察冀，后来又去延安，在毛泽东和朱德的身边工作，林迈可任部队的无线电技术教官,效黎担任翻译和英语教师。[1]抗战结束后,他们俩回到了牛津,成为熊家的常客。对效黎来说,去逸伏庐,就像回到了老家一样。她给熊家介绍了许多中国的近况,宣传延安、宣传毛泽东和共产党。她的思想和见解深深影响了德兰。德兰公开承认:效黎是促成她做出回国决定的关键人物。[2]

8月,德兰启程回国,同行的还有戴维·霍克斯(David Hawkes)、杨周翰以及其他几位牛津的朋友。她到北平安顿下来,学校就开始上课了。蔡敬襄一生致力于教育,看到德兰任大学教授,激动不已。他写道:"系其父求谋而不得者。今竟上达父志矣。"[3]她在父亲的母校任教,"增光吐气"[4],真是青出于蓝,胜于蓝。德兰写信,安慰远在牛津的父母,无须担心,她一切安好。"北平虽然四边在打仗,炮声听得很清(楚)",但学生还是安心上课,城里一点也不乱,"无论如何北平不会兵荒马乱"。她还说,北师大在举办校庆活动,校内有跳舞表演,气氛十分热闹,不见任何战乱迹象。师大的同事们都十分友好,学生与她也关系融洽,常常到她宿舍来玩,一起聊天,"大家真的像一家人似的"[5]。

* * *

1948年10月,《蒋传》终于出版发行!出版商在收到熊式一的书稿以及附录内容和照片资料后,立即着手编辑出版。熊式一对这本书的装帧设计相当满意。函套封面上,印着蒋介石的照片,他身穿戎装,面带笑容,显得坚毅稳重,照片上方是英语书名和作者名字,左侧是中文书名"蒋传"和"熊式一述"及印章。紫绛红的底色,营造了一

---

[1] Hsiao Li Lindsay, *Bold Plum* (North Carolina: Lulu Press, 2007);陈毓贤:《一位英国教授眼中的红军》,《上海书评》,2015年6月12日。
[2] 熊德荑访谈,2009年8月22日。
[3] 蔡敬襄致熊式一和蔡岱梅,1948年11月4日,熊氏家族藏。
[4] 同上。
[5] 熊德兰致熊式一和蔡岱梅,1948年12月15日,熊氏家族藏。

蔡敬襄摘录清姚鼐及唐杜甫诗句，1946年（图片来源：熊德荑）

种典雅雍容的气氛。熊式一收到样书后，寄给他的好朋友约翰·梅斯菲尔德、伯尼·马丁（Bernie Martin）等，还寄了一本给丘吉尔。

《蒋传》从介绍传主的家族历史背景开始，渐渐铺陈传主的童年经历、慈母抚养教育的艰辛。传记的中心部分介绍了蒋介石在日本振武学校接受军事训练、参与推翻清朝、追随孙中山、参与创建黄埔军校、誓师北伐、统率军民抗击日本侵略、处理复杂微妙的国共政治关系、制定中国政策，以及对付西方列强施压等等。最后一章，涵盖了西安事变、抗日战争，直至最近第二次国共内战的历史，内容繁多，作者均做了简略的概述。

熊式一得力于好友桂永清、国民党元老张清以及国民政府驻英大使馆的帮助，获得了许多前未出版的私人信件、日记、文件，因此得以提供不少精彩的细节，有助于对传主的性格行为进行阐释。总体而言，《蒋传》为读者展现的是一幅恢宏的社会政治图卷，传主的私人生活很少涉猎。蒋介石本人曾表示，希望避免讨论他的私生活，熊式一尊重他的要求，小心翼翼地尽量不去谈及。其实，恰如熊式一所言，

> WESTERN 1617.
>
> 28, HYDE PARK GATE,
> LONDON, S.W.7.
>
> 24 October, 1948.
>
> Dear Mr. Hsiung,
>
> I am so much obliged to you for sending me a copy of your book. Pray accept my thanks for your kindness. I am looking forward to studying it.
>
> Yours sincerely,
>
> Mr. S.I. Hsiung.

丘吉尔收到赠书《蒋传》后，写信致谢。熊式一曾经称，蒋介石是远东的丘吉尔（图片来源：熊德荑）

他"在这方面也没有太多的材料"[1]。

在《蒋传》中，蒋介石被描写成嘉言懿行、高风亮节的领袖人物，他尊奉儒家传统、严于律己、精忠报国。在四十余年的戎马政坛生涯中，历经艰辛，始终如一，忠于国家大业，为国家统一和建设甘愿牺牲一切，在所不惜。书中对西安事变、滇缅公路、美国史迪威将军等一系列重要的细节和人物做了细致的描述，字里行间，熊式一对蒋介石的崇敬溢于言表。熊式一直言批评国民政府的官员，因为中国依然

---

[1] Hsiung, *The Life of Chiang Kai-shek*, p. ix.

局势混乱，没能恢复安定的秩序，但他寄希望于蒋介石，对他充满了信心，认为他是民族的救星。

儒家思想的基本道德价值是"仁义"，其中，奉行孝道为仁之本。《蒋传》以浓墨重彩描写蒋介石对母亲的孝顺敬奉，突出他一贯奉行的儒家的核心道德观念。蒋介石七岁时，祖父去世；未满八岁，又失去了父亲。他的母亲含辛茹苦，将抚养子女作为自己生命的唯一目的。母亲培养他完成了学业，不为名也不为利，为的是他将来能成为栋梁之材，服务社稷，赢得世人的尊重。在他奠定人生基础的前25年中，母亲相信他、支持他，给予他精神和物质上的帮助。蒋介石认为，他母亲堪与中国历史上最负盛名的孟母相比。[1] 1921年，母亲去世，蒋介石悲痛欲绝，拟就一篇祭文，表达自己的哀伤和对母亲的感恩。

熊式一把《蒋传》敬献给自己"敬爱的博学广闻的母亲"。这是一个值得注意的细节。在他的童年时代，母亲是他的启蒙老师，教他儒家经典。"当时我只能理解些许／欣赏甚微／但必须全部熟记在心。"[2] 作者颂扬母爱，强调儒家文化传统，这与《蒋传》中不惜笔墨地突出母亲对传主的童年及成长的影响有一定的共通之处。

1949年1月，《蒋传》跻身于值得一读的图书之一。[3] 可惜，它最终未能吸引大量的读者，部分原因与内容有关。书中的政治事件与人物，对西方读者来说，过于冷僻陌生，难以引起兴趣。连他的儿子熊德威都觉得"枯燥无味"，仅仅看了头两章便撂下了，没有再读下去。但是主要的原因与出版时间有关。几年前，世界上都把蒋介石捧为远东的丘吉尔；但眼下，大家都在琢磨，"大帅到底怎么啦？"[4] 国民党政府一片乌烟瘴气，贪污腐败，全国范围内通货膨胀，民不聊生。新闻报道中，尽是负面的内容。杜鲁门连任美国总统，国民党政府获得更多美元的梦想随之破灭，蒋介石的前景黯淡，全世界的注意力已经转移到毛泽东和共产党军队。4月，人民解放军百万雄师渡过长江，解

---

[1] Hsiung, *The Life of Chiang Kai-shek*, pp. 21–22, 375.
[2] Ibid., p. iv.
[3] "Some Books Worth Reading," *Highland News*, January 29, 1949.
[4] "What Ails the 'Gissimo'?"

放了南京；5月，南昌、上海等许多周边城市纷纷被攻占；10月1日，毛泽东主席在天安门城楼上向全世界宣布：中华人民共和国成立。国民党军队士气颓丧，节节败退，蒋介石仓促逃往台湾。在这当口出版的《蒋传》，当然不会有市场，其失败也可想而知。

彼得·戴维斯计划，首版5000册《蒋传》一俟售罄，立即加印。国内外已有预定3150册，除此之外，出版商估计应当能马上卖掉至少1000册。没料到，伦敦的书店和图书馆都小心翼翼，不敢多进书或订购。媒体的反响也不算热烈，书评中对其大捧特捧的寥寥无几。《蒋传》出版后一个月，仅卖掉一两百本。出版商担心之余，还抱着一丝希望，他们认为，要是蒋介石能出人意料，打一两个胜仗，那肯定会引出新的书评，刺激这本书的销售。[1]事实证明，那其实只是臆想而已。与此同时，鉴于中国局势的走向，普特南、庄台、麦克米伦、普林斯顿大学出版社、耶鲁大学出版社等美国出版商纷纷拒绝考虑这本书。瑞典语、荷兰语、德语、西班牙语、印地语的外语翻译也都被取消了。

熊式一错失了良机。图书经纪人阿米蒂奇·沃特金斯（Armitage Watkins）感到非常惋惜，他叹息道："要是三年前有这部书稿就好了。"[2]有人建议熊式一写一本毛泽东传记，被熊式一断然拒绝。他的回应颇为愤世嫉俗：出版商的目光短浅，他们只关心书有没有市场效应。[3]

《蒋传》的销路一直低迷，至1951年后，基本就无人问津了。出版商为了腾出仓库里的空间，不得不将库存进行处置。

* * *

1948年夏天，熊式一全家送别了德兰，心头沉甸甸的。就在这当

---

[1] John Dettmer to Shih-I Hsiung, November 10, 1948, HFC.
[2] Armitage Watkins to Shih-I Hsiung, April 26, 1948, HFC.
[3] John Dettmer to Shih-I Hsiung, April 27, 1951 and November 9, 1951, HFC.

口，他们突然接到通知：小说家格雷厄姆·格林（Graham Greene）已经买下了逸伏庐，送给他的妻子维薇安（Vivian Greene），因此，熊式一一家必须抓紧搬走，腾出房子让新主人搬进来。事实上，这消息是在德兰离开的当天收到的。一家子本来就心乱如麻，这突如其来的消息，弄得大家措手不及，震惊不已。

熊式一之前与维薇安打过交道。1943年，他们搬进逸伏庐没多久，便接到维薇安的来信。她自称"非常胆怯、非常尴尬"，向熊式一表明了自己对逸伏庐的浓厚兴趣。[1]这栋房子强烈地吸引她，主要是因为它的历史，特别是它曾一度成为约翰·纽曼红衣主教的寓所。作为天主教徒，她迫切希望能在这房子里居住；如果能住进逸伏庐，则无上荣幸。她说自己得到这房子在市上待租的消息时，偏偏晚了一步，熊式一已经在四天前签了租约，为此她懊恼不已。她特意写信，低三下四地恳求熊式一："今后你们万一不想继续在逸伏庐住下去，能不能首先考虑允许我做您的租客，或者说分租客？"[2]一晃五年过去了，维薇安摇身一变，成了逸伏庐的房主。她与丈夫格林都是天主教徒，虽然两人从1949年1月开始分居，但格林还是买下了这栋房子，作为礼物送给她，让她日后居住。[3]

一两个月内从这么大的房子里搬出去，根本不现实。附近一下找不到不带家具的出租房屋。在牛津倒是有一些待售产业，都在4000英镑左右，熊式一买不起。他向维薇安说明了自己的困境，但是维薇安本人也承受着巨大压力，她的房东要她必须在翌年3月底之前搬离。她希望能尽早接手逸伏庐，在搬进去之前，做些修缮改建。但她的计划结果没能如期进行，熊式一一家一直拖到翌年5月底才搬出。

熊式一后来迁到海伏山房，它位于牛津南部的海伏德，离牛津市中心大约五里路。那是一栋独立的老式房子，基本上是用石头盖的，在泰晤士河上游的河畔，占地一英亩。虽然名为海伏山房，其实徒有

---

[1] C. S. Evans to Shih-I Hsiung, November 12, 1943, HFC.
[2] Vivien Greene to Shih-I Hsiung, November 11, 1943, HFC.
[3] Sheila Fairfield and Elizabeth Wells, *Grove House and Its People* (Oxford: Iffley History Society, 2005), pp. 22–24.

虚名，那不过是一座小山坡而已，上面几棵松树，后面便是这房子，好像中国山上的古庙。海伏山房与逸伏庐有天壤之别，下面是蔡岱梅的自述：

> 我们初次看见时又惊又喜。虽不像桃源，但颇像侦探电影中的屋子，静悄悄的向着河流，四面很远才有住户。我们立即租定了。同时由各方打听，是不是原住人被谋杀了。结果知是一位老太太住此四十年，从未修理。自她死后又有一年多，锁着无人管理。屋内蛛网极丰富，糊墙纸裂破掉落，积尘之厚不可插足。屋侧屋后的草地，各有各的高低，颇似自有春秋，各不相让的态度。地鼠放肆其间，左右全是它的洞府。园地要整顿，后面的野草，都快有人一般高。[1]

5月，熊式一在搬进去前一个星期，写信给经纪人求救："这是S.O.S."，房子里没有电，照明靠煤油灯。"晚上点煤油灯或者蜡烛，我没法写作。"[2] 此外，他们得使用手泵从井里汲水。差不多一年后，供电问题才总算得以解决。

生活上的艰辛困顿固然难熬，精神上的压力苦痛更是不堪承受。自从1948年6月，德锐从牛津毕业后，去法国攻读历史研究生。家里搬去海伏山房时，只剩下德威和九岁的德黉两个孩子。1949年1月，北平解放，接下来连续好几个月德兰和其他亲友都杳无音讯。熊式一说："中国来的消息全都令人堪忧。"4月，国民政府外交部长和驻英大使两次去逸伏庐，从他们口中透露的消息来看，国民党败局已定。

熊式一家中的收入减少，经济窘迫，常常捉襟见肘。熊式一向来习惯了挥霍，从来不计较钱财。在逸伏庐时，他慷慨招待宾客，开销很大，欠了不少债，但却毫不在乎，满以为《蒋传》会畅销，一旦出版就像《天桥》一样，版税会源源不断。不料，《蒋传》落得这么个地

---

[1] 蔡岱梅：《乡居琐记》，《天风月刊》，第1卷，第1期（1952），页31—32。
[2] Shih-I Hsiung to Noel Baker, May 18, 1949, HFC.

熊德威牛津大学毕业照（图片来源：熊德荑）

步。家里没有任何积蓄可以机动，熊式一只好请一位银行朋友出面斡旋，让自己的银行允许他透支，最高额150英镑。《王宝川》偶尔还有一些版税收入，但数目有限，绝对不够应付生活开支。无奈之下，熊式一和蔡岱梅不得不变卖首饰、皮大衣、藏书等。夫妻之间开始经常为钱发生争吵。

1949年8月，德威毕业，他也想回中国工作。他没法找工作挣钱解决旅费，而熊式一也无力为他提供帮助。事有凑巧，联合国巴尔干问题特别委员在招聘雇员，是去希腊的视察小组里任秘书翻译，三个月的薪水足以应付回国的旅费。德锐刚从法国回来，熊式一决定由德锐去担任这份工作，先节省下100英镑给德威买船票，然后再花三个月积攒的旅费。

那年的节礼日，即圣诞节后的第二天，是一个有特别意义的日子。德海和德达从南昌来牛津与家人团聚了。十二年前，他们在南昌与父母兄姐告别，今天他们分别是十九岁和十七岁。他们还是第一次见到可爱的小妹妹德荑。一家人欢聚在海伏山房庆祝节日，畅叙家常。

德锐从希腊发来一封长信，充满深情，追述了许多南昌童年时代的美好回忆。他写道："没有比家更好的地方，没有比回家更快乐的事，没有比亲情更甜馨的爱。"[1]

可惜，德兰和德锐远在北京和希腊，六个兄弟姐妹没能聚在一起，与父母共度佳节。事实上，六个兄弟姐妹后来一直分散在世界各地，他们从来都没有能共聚一堂。

---

[1] 熊德锐致熊德海和熊德达，1950年1月15日，熊氏家族藏。

第十五章　海外花实

1950年1月，英国政府宣布，承认中华人民共和国中央人民政府为合法政府，并表示愿意与其建立外交关系。国民党政府随即关闭了其在伦敦的驻外机构。许多海外华人因此面临困难的抉择：回共产党领导下的新中国，或者跟随国民党去台湾，再就是原地不动，滞留海外。决定留在英国的，都成了无国籍人士，他们原有的护照不再被认可。由于英国就业机会很少，大部分人从此转入服务性的行业，许多前外交服务人员，领了国民党政府发的遣散费，只好去开餐馆或者杂货店，以维持生计。

熊家这原本幸福美满的家庭，一度为众人称羡，如今却风光不再。一家八口人，现在分散在世界各地，经济拮据，加上前景莫测，这些像厚重的阴影，始终笼罩着他们的心头。德威2月回到中国，在北京文化部找了份工作；德锐从希腊回英国之后，年底也去了中国。

熊式一留在英国，他不想回国。国内的变化翻天覆地，新政府制定了一系列政策，对熊家来说，有不少是痛苦的，难以接受。全国开展土地改革运动，彻底取消土地私有制，取消不劳而获和剥削行为，在农村划分阶级成分，地主的土地被没收，归集体所有。熊式一在禾州有农田，被划为地主。过去几年来，一直由蔡敬襄帮忙负责监管租田和租谷。蔡敬襄写信告诉熊式一，政府没收了田地，还要减租退租。"既到现在时势，没奈何，只有听天由命。"[1] 蔡敬襄虽然忧心忡忡，信

---

[1] 蔡敬襄致熊式一和蔡岱梅，1951年4月2日，熊氏家族藏；蔡赞勋致熊式一和蔡岱梅，1951年5月25日，熊氏家族藏。

中却常常劝慰熊式一夫妇:"你夫妇幸在英国,托天福佑眷顾也。"[1]

熊式一确实幸运。他在剑桥大学获得了一份教职,任现代汉语讲师。中国语言历史系主任古斯塔夫·哈龙(Gustav Haloun)是位捷克汉学家,是他推荐熊式一去剑桥大学教中国戏剧和当代文学的,任期一年,经过批准可以延长一到两次。

那不是一份长期的教职,也不是教授职位,薪资又薄得可怜。尽管如此,在剑桥大学任教,毕竟是一份光彩的工作。熊式一没有博士学位,他的出版物很多,很有影响力,但其中扎扎实实的学术论文,只有《中国戏剧》这么一篇。他心里清楚,要想在学术界站住脚,就非得有更多的学术出版物。他在剑桥的伊甸楼租了个房间,这样就可以安心教学研究,不必疲于来回奔波。能在剑桥任课,终日与文学为伍,可忘却一切忧愁,而且挣面子,用蔡岱梅的话来说"精神愉快,也是幸事"[2]。她为之雀跃,鼓励熊式一珍惜这个机会,重新拿出当年写《王宝川》的干劲来。前些年,熊式一忙于应酬,受友人干扰,加上乡居,受邻居影响,纠缠于俗事:"终日弄狗弄猫,修理零件。直至今日,你又回到执教兼著作,如此,你的心境又可回到原来儒雅之气度。"[3]蔡岱梅多次敦促他,利用剑桥图书馆丰富的藏书资料,完成《和平门》,写一部中国戏曲史,然后分部写中国小说、中国诗、中国散文。"目的不在赚钱,而可做不朽之作品,也算是一生弄笔的结束。"[4]

《和平门》的写作一拖再拖。1948年底,《蒋传》出版时,戴维斯向熊式一打听这部小说的进展。他希望熊式一能"开诚布公",老老实实地告诉他,这部小说究竟写了多少,什么时候能完成交稿。熊式一的答复毫不含糊:"下个月",即1948年12月。但是,他再次违约,戴维斯根本没有收到书稿。

1950年秋天,熊式一动手写《和平门》,希望这部小说能帮助纾

---

[1] 蔡敬襄致熊式一和蔡岱梅,1951年3月25日,熊氏家族藏。
[2] 蔡岱梅致熊式一,约1950年8月,熊氏家族藏。
[3] 同上。
[4] 蔡岱梅致熊式一,1951年1月30日,熊氏家族藏。

困,为家里解决经济问题。德辂12月动身回国之前,熊式一从剑桥写信,向儿子道歉。他说,自己先前没能帮德兰付船费,心里曾暗暗打算,日后要为德威付旅费;但德威动身时,他发现自己无能为力,只好靠德辂帮助解决。他暗自决定,在德辂出发前,一定要完成《和平门》。不料,这次德辂"又得完全靠自己解决旅费!"。他告诉德辂,作为父亲,他深感内疚。"我为此痛苦万分!!!"[1]

熊式一向蔡岱梅保证,他会尽力抓紧完成《和平门》,既是为了履行合约义务,又可以挣点版税养活家小。家里缺钱,一直入不敷出。为了让熊式一集中精力教书写作,蔡岱梅留在了牛津独自照顾三个孩子,并承担了所有的家务琐事。她给熊式一的信中,十之八九都涉及费用开支、账单、孩子的学费、欠款、贷款。她一直处于担忧、焦虑、恐惧之中。家里的邮件中,她时而会收到"一堆可怕的索债信",或者"近日账单信特别多,叫人喘不过气"。[2]有一次,驻法大使段茂澜的夫人来访,突然听到外面有人猛敲大门,原来是电力公司的职员,上门来催讨10镑多的欠款。那人公然威胁,说如不当场付清,就立刻剪电线断电。蔡岱梅拿不出钱,只好向段夫人先借垫了10镑,她为此大失面子。[3]除了要对付牛津和剑桥方面,南昌的亲友也常来信,要求借款帮助。国内的亲友绝没有想到,也不会相信,熊式一会10镑钱都拿不出。

事实上,用蔡岱梅自己的话来说:"我们真穷。"[4]下面是熊式一1951年4月写给蔡岱梅的一封信中的内容:

> 今日略略还账,真可怕。剑桥房东廿八镑。Gas公司十四镑,吴素萱款(陈君来取去购书)十三镑,Smith书店先付十镑,德兰M.A.九镑(再不能改期),李萍十镑,老杂货店十镑。已九十三镑多,银行只允透支百五十,前已达百九十,故已不能再开。不

---

[1] 熊式一致熊德辂,约1950年12月,熊氏家族藏。熊德兰回国的旅费是用自己的存款支付的。后来她在北京时,又用自己的存款帮助支付德海和德达赴英国的旅费。
[2] 蔡岱梅致熊式一,1951年2月1日、1951年5月2日,熊氏家族藏。
[3] 蔡岱梅致熊式一,1951年4月27日,熊氏家族藏。
[4] 蔡岱梅致熊式一,约1951年,熊氏家族藏。

但梁款六十、海达学费共廿、老书店卅、牛津房东三月及六月底两季；此外，肉店、素食、素菜、面包（四镑）、牛奶（十三镑）皆不能还；再有热水机（廿七）及修椅（五镑）二段尚在交涉中，亦须随后设法，因开门七件家用不能中断。若银行一退票，则不堪设想也。我定下星期一起闭门将《和平门》赶完，盖非两三百镑不能过此暑假也。心中甚急。[1]

那年夏天，熊式一并未能完成《和平门》。下一年，也未能完成。事实上，他一直没有完成《和平门》的写作，这部小说当然从未付梓出版。可是，熊式一却把它写进了自己的履历，1960和1970年代，《世界名人录》（*Who's Who*）内，此小说也给列进了"熊式一"条目中。

* * *

1950年，朝鲜半岛燃起了战火，战火延至中朝边境，对中国的领土安全构成严重威胁。10月19日，中国人民志愿军为了保家卫国，跨过鸭绿江，参与艰苦卓绝的朝鲜战争。

二战结束以来，崔骥在南昌的家人一再敦促他回国，但由于国内局势不稳，加上他的身体状况，回国的计划一而再，再而三地被推迟。他患肾结核，在疗养院里住了将近五年，已经手术摘除了一个肾脏，但病情依然不见好转。朝鲜战争爆发后，他的家人心焦如焚，催他赶紧动身回去。崔骥答应了，说已经订了船票，12月与德锐一起动身。

然而，他始终未能成行。10月28日，他因肾结核医治无效辞世，年仅四十一岁。

崔骥，字少溪，南昌人，幼年即失去双亲，由舅舅程臻抚养长大。程臻的女儿程同榴是崔骥的表妹，两人自小指腹为婚。他们结婚后，程臻成了崔骥的丈人。1937年，崔骥去英国，两个幼儿留在了南昌，由程同榴照顾。崔骥出版《中国史纲》之后，声名鹊起，广受推

---

[1] 熊式一致蔡岱梅，1951年4月，熊氏家族藏。

崇，成为公认的最优秀的中国史学家。可惜，他被诊断患肾结核，发现时为时已晚。此后，他不顾重疾缠身，继续翻译、研究、写作。在他旅英期间，妻子程同榴在国立中正大学（后改名为南昌大学）的图书馆工作，同时承担繁重的家务，照顾两个孩子以及年迈的父亲。国内物价飞涨，加上政策多变，程同榴靠微薄的薪资根本难以维持生计。她患了肝病，还是坚持上下班，每天为工作和交通往来耗去十多个小时，疲劳过度，心力交瘁。1940年代末，她和父亲出于无奈，多次给崔骥写信，诉说家中的困境，向他求助，希望能接济一下，纾缓燃眉之急。他们以为，崔骥出版发表了大量的著述文章，版税收入一定丰厚，生活富裕。"如版税所得，或有余羡，能否酌筹一二百镑寄归，则我与同女母子一切问题暂可解决。"[1]南昌的亲友万万没有想到，学术出版有名无利。崔骥《中国史纲》的英文书稿，依靠韩登帮助修改和润色，在文字上把关。这事很敏感，崔骥当然不会对外张扬，只有熊式一等少数人知道。稿酬本来不多，收到后按预先讲定的与韩登平分，这样所剩无几，支付生活开支都不够。他出国所带的盘缠用完后，常常靠熊式一家接济。崔骥心里明白，自己作为丈夫和父亲，赡养和帮助妻儿是义不容辞的责任，可他身在海外，贫病交加，连自己的医疗费用都无法付清。千里之外，妻小加上丈人面临生活和经济上的重重困难，他实在爱莫能助。为此，他深感无奈、惭恶、内疚，甚至绝望。

闻悉崔骥英年早逝的噩耗，中外文化友人都不胜痛惜。崔骥为人谦和，虽然学富五车，却从不自矜自夸，而且从不计较名利，众口称道。他的诗人好友杰拉尔德·布利特专门写诗，题为《崔骥》，以兹纪念："他饱受了顽疾苦痛的缠扰／站起身来，离我们而去……／他再也不用担心黑夜的沉哀／他的脸上挂着孩童般的欢笑／无牵无挂地，奔向光明。"[2]熊式一和蒋彝组织安排葬礼，熊式一主持，许多中外朋友应邀出席。熊式一和蒋彝为他在牛津博特利公墓买了一穴墓地，作为长眠之所。在晶莹的白玉墓碑上，除了英文碑文，还镌刻着凌叔华的行

---

［1］ 程臻致崔骥，1949年12月22日，熊氏家族藏。
［2］ Gerald Bullett, greeting card, Christmas 1951, HFC.

崔骥之墓。墓碑上的中文碑文"崔少溪先生之墓"为凌叔华所书（图片来源：熊德达）

书碑文"崔少溪先生之墓"。

蔡岱梅感慨不已。崔骥与她家很熟，十多年前，崔骥作为公费生赴英国，壮志满怀，一心想学熊式一出版写作，在学术上做出一番成就。没想到他"竟牺牲了，不能回去"[1]。寥寥数语，却道尽了内中无限的苍凉酸楚。

熊式一和蔡岱梅帮着料理后事，并委托许渊冲等人回国时，捎带一些遗物和钱去南昌给崔骥的家人。程臻和程同榴依然在焦急地盼着崔骥归去，差不多整整一年，大家都没有敢把这个噩耗透露给他们，生怕他们无力承受这精神上的打击。[2]

---

[1] 蔡岱梅致熊式一，1951年2月13日，熊氏家族藏。
[2] 许渊冲回国时，受熊式一和蔡岱梅委托去南昌崔骥家，遇见了程臻和程同榴，后者最近动了子宫瘤手术，刚出院。许渊冲考虑到程同榴的健康，没敢告诉他们有关崔骥的实情，只是将熊式一托他捎带的十英镑换成了人民币，转交他们。过了几天，程臻放不下心，独自一人专程到许渊冲家，想打听清楚他是否有凶讯隐瞒，可是许渊冲还是不敢透露。见许渊冲致熊式一和蔡岱梅，1951年1月15日，熊氏家族藏。半个多世纪后，许渊冲回忆道，他当时只是把捎带回去的崔骥大衣等遗物交给了他的家人。他去的时候，"崔父不在家，崔妻接了大衣，眼中含泪，似有预感"。许渊冲随便离开了，"报道死讯的信是托他的邻居转交的"。见许渊冲致郑达，2014年4月8日。

* * *

  如前所述，熊式一在剑桥教书，蔡岱梅留在了牛津，照顾三个孩子，还要操持家务。熊式一在剑桥的住所没有安装电话，为的是节省开支和时间。因此，蔡岱梅差不多每隔一两天要给他写信，谈谈家里的情况、日常费用开支、来客和邻居的近况，甚至国内亲友的消息等等。她关心熊式一的健康，信中也经常提醒丈夫要注意饮食起居。她写信大都利用片刻的间隙，所以有时写一封信要中断十多次。但这样繁忙的生活，反而激起了她炽烈的创作欲望。

  1951年6月，蔡岱梅开始了自传体小说的写作。她见缝插针，只要有点滴的空余时间，就赶紧在卧室窗边的小桌边坐下，把脑中零星的思想和灵感匆匆记下来。对她来说，写这部自传体小说，不单单是为了给爱女德荑讲述自己的经历，更是为了释放心头的重负和忧闷，为了治疗心灵的伤痛。她想念自己远在千里之外的孩子，思念自己的父亲和家乡。当然，写作还有重要的经济原因，这本小说可以帮家里挣一些版税，可以帮着付清一些债务。

  蔡岱梅喜欢文学。她爱读英国小说，尤其喜欢畅销女作家的作品，像梅佐·德·拉罗琦（Mazo de la Roche）的"惠特沃克一家"丛书（*Whiteoak Heritage*），或者罗伯特·亨瑞太太（Mrs. Robert Henrey）的《小马德琳》（*The Little Madeleine*）。这些女作家的作品，文字简易流畅，读起来亲切感人。她由衷地佩服那些女作家，希望自己的作品也同样能引人入胜，受读者欢迎。但她有自知之明，她知道妇女通常在社会地位和文化教育上不受尊重。作为一个普通的华人家庭主妇，她要想创作成功，谈何容易？在英国，华人女作家屈指可数。她认识的有韩素音、凌叔华、唐笙，那都是佼佼者，或者饱读诗书，或者有西方教育的背景。她自己来英国已经十多年，除了极个别的例外情况，她写东西都使用中文，那是她的母语，得心应手。英语水平的不足、文化的边缘地位，加上女性的身份，多重因素像一道道锁链，阻碍了她的自信和能力。尽管如此，她还是开始用中文写这部自传体小说，坚持不断，于10月中旬完成了初稿。

寒假期间，熊式一抓紧把蔡岱梅的中文稿译成了英文，书名暂定为《远离家乡》（Far from Home）。1952年2月，熊式一开始与戴维斯洽谈这部书稿的出版事宜。

蔡岱梅十分谦恭。出版社同意出版她的英文书稿之后，她写信致谢。在信中，她首先表示对戴维斯的谢意，随后，她感谢丈夫帮助把书稿译成了英文，并补充道："虽然他译时我曾和他吵架数次，因为他喜欢用过火的字眼。"蔡岱梅解释说，这部作品写得比较匆忙，不是完全尽如人意。原先只是随意为她的小女儿德荑写的，结果自己成了作品的中心人物。她希望出版后，英国的妇女读者会喜欢。最后，她写道：

> 此部稿本来动机是为我的小女孩Deh-E读的，不知不觉偏向母亲了。我希望有一批英国的母亲喜欢就好。但是，我感觉歉然的是，写时写得太快。同时式一警告我不能超过十万字，故结尾两章似乎太匆忙了点。我是去年六月中才动笔，十月中即完稿。寒假里式一才译的，等打字的打完也就是二月了。
>
> 我准备第二本从缓慢慢地写《我的父亲》（My Father）。预备一年以上的时间写完试试，或者比较满意点。我知道我的作品比我丈夫的差得远，但我喜欢瞎写，他总是别的事太忙。我要鼓励他快把《和平门》写完，中国有成语"抛砖引玉"，如果我的 Far from Home 是砖，他的《和平门》就是玉了！[1]

蔡岱梅的这封信，风格奇特。它采用英文书信的格式，右上角注明写信的日期，然后在左边以"Dear Mr. Davies"（亲爱的戴维斯先生）起首，信的末尾以"Sincerely, Dymia Hsiung"（诚挚地，黛蜜·熊）结束，这些都是用英文书写的。但是，信的全部内容却都是用中文写成。

戴维斯当然不识中文，但他收到那字迹娟秀轻逸的信之后，必定大为惊喜。他迅速给蔡岱梅回复道：

---

[1] Dymia Hsiung to Peter Davies, April 21, 1952, HFC.

蔡岱梅写给出版商戴维斯的信（图片来源：熊德荑）

非常感谢您的中文来信，它看起来赏心悦目——这是我记忆中有幸收到的第一封中文信。您丈夫的英文写得漂亮极了！但我怀疑他的英文是否真能及得上您那优雅的中文，这事恐怕更坚定了我长久以来所持的观点：贵国要是亦步亦趋、模仿所谓的西方文明，其结果必然一无所得，只会损失惨重。[1]

熊式一代表蔡岱梅，出面与出版社商洽所有的细节，包括签订合同、决定书名、封面设计、广告宣传，甚至市场营销等。关于作者名

---

[1] Peter Davies to Dymia Hsiung, April 28, 1952, HFC.

蔡岱梅所著《海外花实》的书封。其中，上方印章的朱文为"熊岱梅"，下沿的作者姓名为"Dymia Hsiung"

字的形式，经过几次三番的商量，最后决定采用熊式一的建议，用蔡岱梅的英文名字"Dymia Hsiung"。开始的时候，戴维斯曾提议用蔡岱梅的原名，附加熊式一的名姓，即"Dymia Tsai（Mrs. Hsiung）"[1]。那时候，妇女作家的出版物使用丈夫全名的例子并不罕见，如通俗作家马德琳·亨瑞（Madeleine Henrey）的作品都使用"罗伯特·亨瑞太太"这名字。因此，附加"Mrs. Hsiung"（熊式一太太）不算首创。再说，熊式一的知名度高，这有助于促销。但"Dymia Tsai（Mrs. Hsiung）"这名字实在过于笨拙，所以大家最后一致同意用"Dymia Hsiung"。

1952年9月，英文自传体小说《海外花实》出版发行。书套封面的中间是牛津大学博得利图书馆的前景，包括三个学生——两名男学生，中间一名女学生——朝它走去的背影。蔡岱梅看过《小马德琳》，封面上是一座小矮屋，前面三个小孩和一条小狗，她受此启发，请徐

---

[1] Peter Davies to Dymia Hsiung, April 1, 1952.

蔡岱梅的这一幅黑白照片于1935年摄于纽约。1952年,她的自传体小说《海外花实》出版时,书套背部印用了作者的这张照片(图片来源:熊德荑提供)

悲鸿的学生、画家朋友费成武用彩色水墨绘制而成。封面的顶部印着黑色的英文书名,并钤有红印"熊岱梅",作者的英文名字在下沿,用醒目的红色字体。书套的底部是一张大幅的黑白照片,十多年前在纽约由著名摄影师阿诺德·根特(Arnold Genthe)拍摄的。蔡岱梅身穿绣花彩缎长袍,脸上带着微笑,额头挂着短短的刘海儿,光线柔和,衬着深色的背景,突显出东方女性的迷人、温柔、聪慧。封底里页,印有作者的简介:"注:黛蜜·熊是作家熊式一的妻子,熊式一出版的作品包括著名戏剧《王宝川》、大获成功的小说《天桥》,以及权威传记《蒋传》。"[1]

---

[1] Blurb, in Dymia Hsiung, *Flowering Exile*, back flap of the dust jacket.

《海外花实》是一部海外离散的故事,讲述罗干一家在异国他乡构建家园的种种努力,他们历经颠簸辗转,在陌生的社会政治和语言环境中,不折不挠,终于成功开花结果。故事着眼于日常的生活细节、孩子的抚养教育,还有亲朋好友的往来,外界社会政治活动也有提及。罗干一家在英国十余年间,因为战争、教育、经济、政治等原因,在四个不同的地方住过。故事的结构,就是根据这四个地点——伦敦、圣安格斯、牛津及其郊外——组成,每一处地点标志着罗家在文化适应过程中的新阶段。三个大孩子茁壮成长,从牛津大学毕了业,最后毅然选择回国,参加建设新中国。圣安格斯出生的小女儿,在牛津郊外的家中,伴着父母一起生活。故事的女主角罗莲,随着故事的发展,性格和地位也发生了实质性的转变,从一个恪守妻以夫贵、相夫教子的旧式理念的传统主妇,成长为坚强、自信、有主见和能力的女性,她在牛津的家中建成了以母亲为中心的空间,而且还关注外部世界的变化。

故事结尾处,罗干夫妇接到三个大孩子从中国的来信。信中说,他们在北京都找到了工作,或者在大学教书,或者在研究院任编辑。大女儿罗玲带着两个弟弟参观了北京,那是"天下最美丽雄伟的城市"。他们三姐弟去老家南昌探了亲,乡亲们都盼着罗干夫妇尽早回乡。小妹妹罗瑰在旁边听了,插嘴说:"那不行,妈妈要等我得了牛津学位后才回国!"

> 罗太太听了这话,不禁感慨万千。她微笑着,望着小女儿,眼中噙着泪花。听到在北京的三个大孩子安好的消息,她甚觉宽慰。她疼爱他们,但也同样地爱自己的小女儿和丈夫。确实,她不光爱自己的小女儿和丈夫,其中还兼有一种义务感。她希望不久的将来,等她丈夫搁笔退休,能带着小女儿,一起回祖国,与三个大孩子团聚。[1]

蔡岱梅开始动笔写《海外花实》时,崔骥刚去世半年左右,书中

---

[1] Dymia Hsiung, *Flowering Exile*, p. 288.

的宋华，原型便是崔骥。他是个主要人物，其凄惨的遭遇成为一条副线，随着罗干一家的故事平行发展，并形成明显的反差。宋华与罗家一起坐远洋轮来英国，他离开中国，为的是寻找自由。他未出生前，父母便与舅舅家说定，与表妹指腹为婚。他比表妹早六个月出世，小时候父母双亡，后来在舅舅家长大。他对表妹并无恶感，但总觉得这样的包办婚约不合理，可又不敢明言反抗。去北京上大学后，他再不愿意回舅舅家中去，不想当笼中之鸟。他读书用功，喜欢中西文学和哲学，诗词根底扎实，出国给了他一个从事学术研究、写作出版的大好机会。对他来说，登上远洋轮，踏上赴英的旅途，便好像获得了"新生"[1]。更重要的是，出国也让他获得了一个逃脱婚约的借口。不过，他没有勇气反抗，他不敢违背父母之言，明确毁约。因此，他有意——也许是无意的——一再拖延回国之行。罗莲曾一语点破他的症结所在："你舅舅让你表妹等你回去成亲，而你不敢明确告诉他你要废除婚约。时间这么一天天的流逝，你不断受到良心上的责备，这就是你于心不安的主要原因。"[2]写作不光是宋华实现学术梦想的一种手段，也成了他借以规避道德困境的借口。写作为他提供了一个庇护的掩体，使他暂时忘却无法逃离的窘境。小说临结尾时，宋华患了绝症，不治身亡，令人唏嘘不已。

蔡岱梅开始动笔写这部小说时，没有太多的把握，本来想写完之后，作为熊式一的作品发表，既可帮熊式一偿还与出版社签约之债，又可多赚点稿费。但写着写着，她发觉生活中的素材很丰富，就一直写了下去，并决定用自己的名字出版。[3]不过，书中真人真事太多，虽然隐姓改名，但或涉及死者，蔡岱梅总感觉心有余悸，怕日后招人责骂，甚至被告上法庭。熊式一则不以为然，认为不必过于担心，因为它毕竟是文学作品。"如怕得罪人，根本莫写！现在的稿，已是处处忠厚，再改不如为他们写'寿序'，则决无得罪人处。""文学作品，好处在'描摹

---

[1] Dymia Hsiung, *Flowering Exile*, p. 22.
[2] Ibid., p. 137.
[3] 蔡岱梅致熊式一，1952年，熊氏家族藏。

深刻，入木三分'。若说入木三分，乃树怕伤根，则不当写了。"[1]

出版之前，戴维斯与熊式一认真商量研究书名，考虑了十多个，如"Far from Home"（"远离家乡"）、"The House of Exile"（"流亡之家"）、"Forever China"（"永远的中国"）、"The House Far from Home"（"远离家乡的房子"）、"Far from Home"（"长风破浪"）、"Bird's Nest"（"鸟巢"）和"Fruits of Exile"（"流亡之果实"）等等。最后，戴维斯拍板决定选用"Flowering Exile"（"海外花实"），他认为这书名"听上去吸引人"，"而且与书的内容珠联璧合"。[2]熊式一的文友查尔斯·达夫（Charles Duff）称赞道：这书名"带有诗意、神秘"，而且贴切。[3]不过，蔡岱梅本人更倾向于"鸟巢"，那是她最喜欢的书名。1960年代时，她和熊式一在香港和东南亚寻找机会出中文版，每次提到这书稿，她总是用"鸟巢"这书名。"鸟巢"一词，可以指代家庭、孩子、母爱、家居，这些都是书中重要的方面。对于中国读者来说，"鸟巢"蕴含丰富的含义，令人联想到家乡、游子、思乡、回乡等，如陶渊明的《归去来兮辞》中有"鸟倦飞而知还"句。换言之，《海外花实》中，作者要传达的正是海外游子坚毅、勇敢和执着奋斗的精神。

* * *

蔡岱梅没有料到，她的英语自传体小说卖得不错。出版后，她专门去牛津市中心最出名的布莱克威尔（Blackwell's）书店，怯生生地在那里实地观察，看到自己的书放在书架上出售，心里甜滋滋的。《海外花实》得到中外朋友和评论家的一致好评。约瑟夫·麦克劳德夸它"漂亮而名贵，如一幅精雅的水彩画一般，用幽默和人情构成，质朴中含蓄着真艺术，不多言处隐藏着深意"[4]。画家朋友张蒨英忙里偷闲，

---

[1] 熊式一致蔡岱梅，1952年，熊氏家族藏。
[2] Peter Davies to Deh-I Hsiung, April 8, 1952, HFC.
[3] Charles Duff to Shih-I Hsiung, April 29, 1952, HFC.
[4] Joseph Macleod to Shih-I Hsiung, ca. 1952, HFC. 麦克劳德在信中写了这一段评语，熊式一收信后，把原文译成了中文，转给蔡岱梅。

认真读完全书,写信给蔡岱梅谈她的读后感。她的评价真诚中肯,很有见地:

> 读完这本书以后,印象最深的当然是这位主妇 Mrs. Lo。她并没有做惊天动地的事情,也并没有发表长篇大论自命不凡。可是在她每天繁忙琐碎的家事中,无论对人对事,一言一动,感到她宽大真诚、精细周到、合情合理、忍苦耐劳,她是怎样一个模范的主妇,而建筑起一个模范家庭!!子女教育得个个成功,体贴着丈夫安心于写书,她安慰和温暖了多少寂寞孤单、无依无靠的朋友和青年学生!怎不使人垂拜而钦佩,使一般无论中外的主妇读者们会感动而感到惭愧呢!我敬爱这位主妇的伟大,我庆祝你这本书的成功![1]

然而,接下来的几个月中,家中发生了一连串事情,蔡岱梅原先的兴奋心情,因之大打折扣。首先,德海也决定要动身回国。她与德达一起上高中,马上就要毕业了。她有志学医,国内的三个哥哥姐姐都劝她回去,在那里上医学院或大学。德海与父母分离了十二年,来英国团聚才短短的三个年头,却马上又要分手了。蔡岱梅为她打点行装时,心情十分沉重。

其次,蔡岱梅惦念着德威,为他的安危担惊受怕。蔡岱梅准备了三本《海外花实》,作为礼物送给国内的三个孩子。她在上面题了字,给德兰、德锐的两本邮寄去了,但送给德威的那本,因为德威的工作原因,准备让德海随身带着,到国内亲手交给德威。朝鲜战争爆发后,德威去了朝鲜,在安东沈阳空军情报处任英文翻译,后来又到安东中朝空军联合司令部情报处任英文侦听员。他运用自己的语言优势,勤奋工作,获取了许多重要的情报。一次,他侦听到美军计划轰炸水丰水电站,及时向上级报告,避免了一场毁灭性的大灾难。德威立了大功,相当于打下两架敌机,荣立二等功,出席空军战斗英雄功臣代表

---

[1] 张蒨英致蔡岱梅,1952年11月19日,熊氏家族藏。

1951年,熊德海在牛津的海伏山房寓所。身旁是家中的爱犬(图片来源:傅一民)

大会。[1]熊式一接到消息,兴奋之余,没忘了立即提醒蔡岱梅,要格外谨慎,千万别在外张扬。他们家客人多,有国民党特务,也有国内的进步学生,稍有不慎被歪曲夸张,传到台湾,后果不堪设想。[2]这事后来连他们的亲密好友都没敢透露。

还有,蔡岱梅最近接到一个痛心疾首的消息:她父亲于1952年10月在南昌孺子亭寓所与世长辞。蔡岱梅为之哀恸欲绝。她原已计划好,让德海顺便带上一册手签本《海外花实》给父亲,与他分享出版的喜悦。她要告诉父亲,自己的下一部作品是《我的父亲》,而且已经开始动笔了。不难想象,父亲听到这一切,定然会感到无比的自豪和欣慰!遗憾的是,父亲先走了一步,天人永隔,没能分享到这欢乐的一刻。

---

[1] 熊德輗致熊式一和蔡岱梅,1952年10月14日,熊氏家族藏;张华英编:《熊式一熊德威父子画传》(2013),页30。
[2] 熊式一致蔡岱梅,1952年10月28日,熊氏家族藏。

* * *

熊式一在此时出版的两本书值得一提：

其中之一是老舍的英文版《牛天赐传》（*Heavensent*），1951年由J. M. 登特（J. M. Dent & Sons）出版。据书套封内的介绍所言，英文版作品"不是翻译，而是作者本人用英语重新写的"[1]。它还附了一段熊式一气势豪迈的短评：

> 我读到《牛天赐传》的书稿时，思绪万千，与当年约翰逊读《威克菲尔德的牧师》（*The Vicar of Wakefield*）书稿时的思绪一模一样。我很快意识到，尽管《牛天赐传》可能成为又一部《威克菲尔德的牧师》，鄙人却不是那声名显赫的约翰逊博士。今天，出版商大力扶掖，《牛天赐传》有幸与英国的读者见面了。[2]

老舍，原名舒庆春，字舍予。他的作品多以平民生活为主，语言朴实、幽默、生动。1924年到1929年，老舍在伦敦东方学院任教。《牛天赐传》的中文版原作，于1930年代出版。1940年代时，老舍去美国住过几年。以他的英文水平，在1940年代末用英语来写这本小说也不是完全没有可能的。

但事实并非如此。那么，作者究竟是谁呢？

那是熊式一，至少他在1948年底是这么宣称的。他告诉老舍，说自己刚把全书翻译完毕，准备帮助宣传那部小说。老舍当时在美国，通过他的文学经纪人，与熊式一签了一份《牛天赐传》在英国出版权的合同，其中规定，"作者所得的版税，由两人平均分配"[3]。也就是说，应当归老舍的版税由老舍和熊式一平分。稍后，熊式一与登特出版商签了合同。当时登特计划出版一组外国义学的系列作品，但这些

---

[1] Blurb, in She-yu Shu, *Heavensent* (London: Dent, 1951), front flap of dust jacket.
[2] Ibid.
[3] Memorandum of Agreement, ca. December 1948, HFC.

作品都必须是未经翻译的英语原作。正因为此,《牛天赐传》不能作为翻译作品出版,翻译者熊式一的名字当然不能出现,署名"老舍"似也不妥,因为与实不符。结果,英文版的作者名字列作"Shu She-yu"(舒舍予),那是舒庆春的别名,但他此前的小说出版物上从未用过这个名字。[1]

可是,事情还不止于此。小说的译者其实也不是熊式一,真正的译者是他的儿子德辀。1948年夏天,德辀从牛津毕业,准备秋天去法国读研究生,他在家闲着没事,便把这部小说译成了英文。事后,熊式一对译稿做了修改。1986年,香港三联书店重印这部英文作品时,译者是谁的真相才公之于世。老舍的夫人胡絜青在《序文》中说明,《牛天赐传》译文绝佳,但这并非出自熊式一的手笔,德辀才是该书的译者,熊式一只是亲自操办了具体的出版事宜。当时,老舍已经辞世十年,他生前肯定一直深信无疑,《牛天赐传》的译者是熊式一。

另一部作品是小说《王宝川》,于1950年11月出版。熊式一基于原剧的主题,进行发挥改编,以小说的形式再现。目的是什么呢?伯纳德·马丁(Bernard Martin)的评论可能是最妥帖的诠释:"许多没有机会看这出戏的人,会去读这部小说,许多以前看过这出戏但不想读原剧本的人,也可以欣赏这部小说。"[2] 书中附有21幅中国传统水墨画插图,出自画家张安治的画笔。

作者把小说《王宝川》献给小女儿德荑。当年她出生时,父亲就给她起名"宝川"。

《王宝川》的文字轻松流畅,引人入胜。小说的形式,提供了驰骋发挥的自由空间,作者添加了不少细节,或者增加了描述。J. B. 普里斯特利写的前言中,称熊式一是"东方的魔术师",说他的叙事手法微妙机敏,巧夺天工,故事人物栩栩如生地呈现在"冷冰冰的印刷纸面

---

[1] 熊伟致郑达,2011年8月25日。老舍在40年代的一些译作,如《骆驼祥子》和《猫城记》等,均署名"老舍"。1951年的译本《四世同堂》,在"Lau Shaw"(老舍)后面,加署"S. Y. Shu"。不过,老舍此前仅在个别场合使用过"Shu Sheh-yu",如1946年7月在纽约华美协进社的英文杂志上发表的演讲稿《论中国现代小说》。

[2] Bernard Martin to Shih-I Hsiung, May 17, 1950, HFC.

上"[1]，令所有读者心驰神往。熊式一看到普里斯特利的嘉许，喜不自胜。"这前言棒极了！"他说，"简直无与伦比。我得一千次——甚至一百万次地感谢您！"[2]

熊式一深谙媒体的宣传作用。自从1935年以来，他一直没有放弃对电影形式的探索。不久前，他的经纪人埃里克·格拉斯（Eric Glass）与伊林制片厂（Ealing Studios）、华特·迪斯尼等单位接洽。格拉斯信心十足，他认为有了这本"迷人"的小说，电影拍摄权的事就能解决了。[3]

至于舞台剧《王宝川》，1936年以来，已经五度复演，在世界许多地方都搬上过舞台。1950年3月，BBC放映了新摄制的《王宝川》电视剧，一组全新的演员，片长90分钟。BBC不惜工本，投入巨资，制作费用高达1140英镑。电视影响广泛，可以深入千家万户，熊式一对这新媒体很有兴趣。他的短剧《孟母三迁》，做了修改后成为电视剧，于1951年底两次在BBC播出。他还专门为BBC写了两个短剧：《金嘴男孩》（The Boy with a Mouth of Gold）和《孟尝君和冯谖》（The Merchant and the Mandolin）。[4]

1950年圣诞期间，艺术剧院上演《王宝川》。剧院决心以"地道的一流手法"制作，而且有信心圣诞节后，可以移师去西区继续上演。[5]熊式一满心喜悦，演出版税的收入可以帮助减轻家里面临的经济困难。可惜，结果并没能如愿去西区继续上演。不过，《王宝川》被译成了希伯来语，1952年在以色列特拉维夫的室内剧院上演。从2月到10月，共上演了114场，平均每场售票1000张。导演格尔雄·克莱

---

[1] J. B. Priestley, "Preface," in Shih-I Hisung, *The Story of Lady Precious Stream* (London: Hutchinson, 1950), p. 8.
[2] Shih-I Hsiung, handwritten note on J. B. Priestley's letter to Shih-I Hsiung, August 1, 1950, HFC.
[3] Eric Glass to Shih-I Hsiung, November 21 and 24, 1950, HFC.
[4] BBC于1951年11月29日和12月2日先后两次播放熊式一的短剧《孟母三迁》。此前，BBC还播放过熊式一为之专门创作的两部广播短剧：《金嘴男孩》（1951年9月18日）和《孟尝君和冯谖》（1951年9月25日）。
[5] Eric Glass to Shih-I Hsiung, November 13, 1950, HFC.

因(Gershon Klein)自豪地宣称,《王宝川》在"希伯来语舞台上获得圆满成功"。毋庸赘言,这些演出版税对熊家不无小补。他们缺钱,得到这笔收入,无异于雪中送炭。

* * *

1951年秋天,有消息称,新近合并成立的新加坡马来亚大学在计划扩充院系,要成立中文系,任命一名教授系主任。如果能得到这份职务,工作有保障,家里所有的经济困难也都迎刃而解。熊式一与剑桥系主任哈龙商量,哈龙一听,表示支持,鼓励他去申请。能去南洋工作,对有朝一日重返剑桥讲坛,绝对是有帮助的。熊式一找了约翰·梅斯菲尔德、J. B. 普里斯特利、新加坡大学的汤姆斯·西尔科克(Thomas Silcock)、伦敦大学的沃尔特·西蒙(Walter Simon),请他们作推荐人。

剑桥的教职并非尽善尽美,那是个短期聘任,没有工作保障。系主任哈龙是位谦谦君子,温文尔雅,与熊式一相当契合。不料,他在1951年12月猝然去世,熊式一原想转为剑桥永久教职的一丝希望化为泡影。说实在的,剑桥的学术等级制度森严僵化,令人沮丧。后来成为外交官员的德里克·布莱恩(Derek Bryan),当时在剑桥读研究生,他想让熊式一指导研究鲁迅,凭熊式一的能力,指导布莱恩绰绰有余,但系里却不愿意考虑安排。学校一般优先考虑教授,讲师其次,再后才轮到副讲师,而熊式一属于合同副讲师,似乎更低一级,不够资格。[1]

1953年初,又有传闻:马来亚大学放弃了原先的计划,打算仅仅聘请两名讲师而已。这两个职位既无名望,薪水上也没有吸引力。对于南洋的就职机会,熊式一原先就抱着"得之不喜,失之不忧"的态度,既然有了这变化,便不再考虑,彻底放弃。[2] 蔡岱梅赞同熊式一

---

[1] 熊式一致蔡岱梅,约1952年春,熊氏家族藏。
[2] 熊式一致蔡岱梅,约1952年10月,熊氏家族藏;蔡岱梅致熊式一,约1953年春,熊氏家族藏。

的决定。

蔡岱梅想念儿女,也思念祖国。她说:"祖国总是可爱的。"中国这几年日新月异,物价平稳,大力发展基础建设。她建议,全家一起回中国去。[1]熊式一不同意。

熊式一在剑桥的教学,合约至1953年春季期满。蔡岱梅便提了个计划:熊式一利用剑桥大学的图书馆做了许多笔记,收集了很多资料;他可以利用夏天,全力以赴,写《中国文学简史》或《中国近代百年史》,也可以把崔骥尚未完成的中国戏剧研究工作进行下去。她提醒熊式一,哈龙也提到过要他写一两本学术著作,因为要想在任何学术机构立足,必须得有学术出版物。而她自己,则着力于第二部小说。[2]

熊式一他们搬到斯塔夫顿楼,那栋砖木结构的二层楼房属于牛津大学的房产。能住进那栋小楼,实在不是件容易事。熊式一与牛津大学毫无任何官方的关系,但他通过人脉,竟然租到了二楼的寓所。楼下的邻居是威廉·贝弗里奇(William Beveridge)夫妇。贝弗里奇是著名的经济学家,曾担任牛津大学学院的院长,他的经济理论对英国战后的福利政策和健保制度深具影响。斯塔夫顿楼在牛津市中心北面,交通便利,德荑在邻近的中学就读。他们搬到新址后,还保留着海伏山房,分租给其他房客,收点租金作为贴补。

蔡岱梅情绪低落。她觉得近几年发生的所有一切,都与命运有关。人各有命,天意难违。多年前有个算命的老头曾经预言,说熊式一五十岁之后,便不再有好运了。蔡岱梅提醒熊式一,现在他应该面对现实,脚踏实地,静下心来努力工作了。

人生像万花筒,千变万化。谁能断言,一个人从此再无好运?熊式一的剑桥教职合同即将期满之际,又传来消息:英国殖民政府已经批准成立南洋大学。那将是中国境外第一所中文大学。

1953年12月,南洋大学执委会诚邀林语堂担任首任校长,林语堂欣然应允。1954年5月,此任命得到了批准。

---

[1] 蔡岱梅致熊式一,约1953年,熊氏家族藏。
[2] 蔡岱梅致熊式一,约1953年春,熊氏家族藏。

8月，林语堂去英国，为南洋新校选聘教员和购买图书。他专门到牛津，拜望熊式一，两位闻名海外的中国双语作家首次见面。他们彼此间其实并不陌生，此前已经多次打过交道。1945年，熊式一准备创办出版社，曾与林语堂联系，想出版他的作品。1951年，林语堂在纽约创办文学月刊《天风》，曾向熊式一夫妇约稿，后来首期《天风》中刊载了熊式一的《家珍之一》和蔡岱梅的《邻居琐记》。自1935年以来，林语堂数次撰文，高度评价熊式一的《王宝川》和他的英语语言能力，对小说《天桥》也是赞誉有加。林语堂这次牛津之行，为的是邀请熊式一去新加坡参加组建南洋大学，并担任文学院院长。

熊式一坦率相告，自己没有博士学位，也从未在牛津任过教。林语堂钦佩熊式一的才能和成就，在他看来衡量一个人，重要的是能力和建树，不是学历和地位。

南洋大学的职务会带来稳定的收入，今后无须为经济问题担忧了。对熊式一夫妇而言，良机难得，他们喜出望外。

蔡岱梅心中始终担心着家里的经济问题。在等南洋方面的批准决定时，蔡岱梅又提起了这事。他们俩都已经五十岁上下，应该未雨绸缪，做个长期计划安排，免得将来贫困潦倒，晚景凄凉。这些年来，家计萧条，债务和费用开支，害得他们不堪重负，目前还欠着别人的债，没有一点储蓄，夫妻之间常常为了钱而发生争吵，互相责怪。蔡岱梅建议，熊式一去南洋工作，他们应当根据预算额，从总收入中按相应的比例拨出一部分钱由两人分管，各自力争合理地节约使用，其余的部分存储下来。熊式一则坚持，将来的收入中，蔡岱梅分得三分之一，作为在牛津母子三人的生活费用；另外三分之一归他用；至于剩下的三分之一，留在他那里，用于偿还债务。蔡岱梅不同意，熊式一独得三分之二，这样分配不公平，至于由他负责还债，那"等于要猫看守鱼也！"[1]。

9月3日，《南洋商报》宣布，校方批准聘任熊式一和胡博渊为南洋大学的文学院和理学院院长。

---

[1] 蔡岱梅致熊式一，约1954年，熊氏家族藏。

南大文学院院长熊式一博士为国际知名学者，曾著有英文名剧《王宝川》与《西厢记》，战后曾担任伦敦大学教授及剑桥大学教授多年，其文学为英国人士所景仰，于中国时曾执教清华大学，熊博士将于本月底来星履新。

南大理学院院长胡博渊博士乃我国名学者，前任国立唐山交通大学校长，美国哥伦比亚大学研究专员，将于明年初始能来星视事。[1]

9月下旬，熊式一从伦敦出发，途经欧洲大陆赴新加坡。二十二年前，他从中国来伦敦；现在，他从伦敦启程去东方，作为博士、学者、作家、教授和院长。

---

[1]《南洋大学正式聘定熊式一、胡博渊分任文理两学院院长》，《南洋商报》，1954年9月3日。

新 加 坡

1954—1955

第十六章　南洋大学

去新加坡，前前后后共花了将近三个星期。熊式一从伦敦出发，到意大利准备搭乘远洋邮轮。登船前一刻，他才发现乘客必须持有新加坡的入境许可，自己意外疏忽了这事，于是赶紧办理申请手续。新加坡那头在盼着自己，他心里焦急不已，但又万般无奈，只好在意大利苦苦地等着。1954年10月16日，他终于登上飞机去新加坡。

熊式一坐的是头等舱，旁座的乘客是个英国人，随行的还有他的妻儿。那英国人从剑桥大学毕业，在新加坡政府的公共教育部工作多年，资历很深。他富有教养、彬彬有礼，而且十分和善，向熊式一介绍了不少关于马来亚的情况。当他把熊式一介绍给太太时，后者却一副高傲的样子，"简直目中无人似的，爱理不理地答半句话"，熊式一"马上感到英国人在殖民地看不起东方人的态度"。既然如此，他也就避免与他们交谈。后来，那英国人问起熊式一的工作和去新加坡的目的，熊式一便自我介绍，告诉对方说自己是《王宝川》的作者，那英国人一听，便告诉了旁边的太太。"那太太态度大变，居然十分和气"[1]，并且主动找机会与熊式一搭讪了。

熊式一在作品中很少谈及种族歧视问题。他事后给蔡岱梅的信中叙及这一经历时，也只是简略地提了一下，一带而过，没有展开讨论，更没有因此而愤激不平。不过，熊式一肯定有所触动，敏锐地感觉到英国人眼中华人的地位和偏见的存在。那英国太太对他的态度发生戏

---

[1] 熊式一致蔡岱梅，1954年10月17日，熊氏家族藏。

剧性的变化，当然主要是因为他的名声和地位，同时与他的英语能力也有一定的关系。熊式一重视交流和理解，他常常强调英语语言的能力。正因为此，他对社会阶层的区分和教育程度也比较敏感，尤其是人们的英语能力和发音。相对而言，他比较尊敬那些掌握和使用标准英语的人，因为那些都是相对有教养的人士，属于上流或受教育的阶层；听到那些带粗俗口音或者讲不标准英语的人，他暗暗有些不屑。

10月18日，熊式一抵达新加坡。南洋大学执委会主席陈六使及其他成员，南大校长林语堂与黎明、林太乙、林相如，以及当地侨领等数十人，前往机场热烈欢迎熊式一。

在林语堂的寓所，他们向中外记者举行了新闻发布会。林语堂先做介绍：

> 熊博士是闻名英国的作家，在牛津剑桥有廿年，历任剑桥大学讲师，专门教授元曲及中国古典文学和戏剧，在英国学界，知识界及贵族界中，非常著名，他交往的公爵不下十余位，而且是英国文学大师萧伯纳的廿年老友，英国桂冠诗人梅士菲氏和爱尔兰诗人但萨坭氏（Dunsany）都特别作诗称赞熊博士的作品。[1]

熊式一发表讲话，赞扬南洋侨胞创建南洋大学的努力，称它为里程碑式的创举。作为高等学府，它秉持自由独立、不涉及政治、不受政府指挥的原则，是"中国文化历史的新纪元"的标志，值得庆贺和纪念。他希望南洋大学昌盛兴隆，将来能吸引欧洲和美国有志于研究中国文化的侨胞青年前来求学。[2]

熊式一抵达新加坡时，穿一身黄色的绸布长衫。他在英国平日穿的西服，大都是在伦敦庞德街赛斐尔巷的时髦服装店买的。现在，他改穿长衫，因为新加坡气候湿热，穿长衫更舒服。然而，这种穿着风格与1920至1930年代中国的文人传统相近，可是在1950年代的新加

---

[1]《南洋大学文学院长熊式一博士昨日抵星》，《南洋商报》，1954年10月19日，第5版。
[2] 同上。

熊式一在南洋大学,1955年(图片来源:熊德荑)

坡,却显得与众不同,人们大多习惯穿浅色的短袖衬衫。熊式一矮小的身材,外面罩着绸布长衫,形象鲜明独特。他的长衫打扮后来甚至在报上引起热议:现代社会穿长衫是否适宜?长衫是否代表中国文化之精髓?中文专业的大学生是否应当穿长衫?理工学院院长胡博渊从纽约抵达新加坡时,熊式一去机场迎接。胡博渊西装革履,左手拿着礼帽,而站在他旁边的熊式一则身穿浅色的中式装束,两人形成有趣的反差。熊德荑看到父亲从新加坡寄去的照片剪报,回信中写道:"你的长衫打扮,看上去很酷啊!"[1]

在新加坡和马来亚,很多人久仰熊式一的大名。新闻媒体经常有一些有关熊式一、《王宝川》以及他各种文学戏剧创作成就的报道。

---

[1] 熊德荑致熊式一,1954年12月18日,熊氏家族藏。

1930年代中，一些学校和剧院曾上演过《王宝川》。1939年7月底，槟华业余剧团（侨生英语剧团）演出《王宝川》，筹赈支援祖国难民，共四个晚上，当地民众踊跃捐赠，破之前之纪录。太平洋战争爆发以前，新加坡电台播出的"伦敦通讯"和"新闻评论"节目备受欢迎。在当地华人民众的心目中，熊式一不只是个名人，他还赢得了西方世界的认可，他们以此为荣！

当地的华人社区和媒体热忱欢迎熊式一。新加坡江西会馆举行盛大宴会，为这名震西方的同乡接风，200多名会员出席，共襄盛举。各社团侨领和南洋大学执委会陈六使主席一致感谢林语堂和熊式一来新加坡领导南洋大学，他们满怀信心，期盼着它的光明前景。林语堂对熊式一精湛的英语造诣竭尽赞词。熊式一致答词，感谢江西会馆的晚宴款待。他看到海外华人同心协力，热心捐款，支持建立华文大学，深有感触，感动不已。他特别提到出租车司机、三轮车夫、体力工人，他们用辛苦汗水换来微薄的收入，慷慨捐助建校，他表示钦佩。

熊式一接受报社记者的采访，概述了自己的规划设想。文学院现有中国语文及文学系、英法文系、教育系、新闻系，不久将增设马来研究系。他强调指出，马来亚的华文学校不重视英语教育，而私立学校的精英学生接受的是英语教育，但对中国文化知识的教育却相当匮乏。他想设定一个双语教育的高标准，以此来改变这一现状。换言之，南洋大学将对英语和华文教育同等重视，所有的毕业生应该"对两者都掌握足够的知识，对其中之一更为精到"[1]。

* * *

华文教育，不仅仅是一个教育问题，它其实还是一个"敏感的政治议题"[2]。

---

[1] "Trisha Riders Touched Heart of Dr. Hsiung," *Straits Times*, October 22, 1954.
[2] 黄丽松著，童元方译：《风雨弦歌：黄丽松回忆录》（香港：香港大学出版社，2000），页76。

马来亚的人口总数约六百万,其中华人占40%以上,新加坡有一百四十万居民,华人占80%。那里的华文中小学共有男女学生三四十万,初高中学生有两万以上。当地的学校分两大类:英语系统和华文系统。前者都是公立学校,由政府拨款资助,沿用英语教育课程,教学语言为英语,学生毕业后一般都上马来亚大学继续深造。而华文系统的学校由华人社区管理,它们得不到任何公共资金。虽然有一部分学生想毕业后继续深造,但真正能接受高等教育的为数不多,而且基本上都是到中国上大学。1949年政府更迭,华人高中生,特别是一些学生活动家,坚持"回祖国"上大学,他们毕业后要回马来亚,却遭到禁止,或者受到严格的审查甚至批评。因此,年轻人接受高等教育的前景变得十分渺茫。

为青年一代提供汉语教育和高等教育,成了迫在眉睫的首要任务。南洋企业家、新加坡福建会馆主席陈六使深觉事不宜迟,他积极倡导,要创建一所为华侨子弟服务的华文大学:"大学在三年内办不成,则应该在五年内办成,五年内再办不成功,马来亚华人的文化程度只有日趋低落了。所以希望华侨同心合力创办南洋大学,维护马华文化永存,不致被时势所淘汰。"[1]

在新加坡和马来亚,华文学校的学生大多数为贫困的劳工家庭子女。他们经济困难,受鄙视,通常与政府部门或者外国企业无缘。创办华文大学,这一社会群体将受益无穷,他们能够获得专业工作所必需的技能和知识,日后在职场中有望晋升和成功。陈六使的倡导,获得众侨团和华侨的支持,大家齐心协力,呼吁建立华文大学。陈六使带头捐献500万坡币,作为建校基金,同时,他又代表福建会馆,捐出在裕廊律一片五百余英亩土地作为建校用地。一些有经济实力的企业家也积极响应,踊跃捐款。殖民地政府一开始对此举竭力抵制。英国驻东南亚高级专员马尔科姆·麦克唐纳(Malcolm MacDonald)认为此事欠妥,既然已有马来亚大学,再创办这样一所华文大学,必然会引

---

[1] 新加坡南洋文化出版社编纂:《南洋大学创校史》(新加坡:南洋文化出版社,1956),页1。

起与马来亚大学之间无谓的竞争，还会"加剧华人与马来人之间的种族摩擦"。但是，新加坡和马来亚的侨团和华侨民众热情高涨，坚持不懈，努力推动和宣传，英国政府最后不得不让步。1953年5月，南洋大学获马来亚联合邦政府批准注册，首批执行委员会成立，由十一名委员组成，继而转为董事会，负责处理南大的事务。

南洋大学的创办人都明白，南大必须严格遵循政治中立的立场。共产党和国民党都在设法扩大在新加坡和马来亚地区的影响，所以政治倾向和政治立场成了一个极度敏感的问题。陈六使和执委会公开明确宣布，南大恪守政治中立的立场，避免涉足政治。[1]

对于这微妙复杂的情势，熊式一早在牛津时已有所闻，他当时甚至有预感，南洋大学会演化成为一所"政治对立的私立大学"，认为此事"未可乐观也"。[2]可他决没有料到，自己的新加坡之行，居然会一步步卷入明争暗斗的政治旋涡之中。

10月2日，林语堂抵达新加坡。他与陈六使在楼房安排、建筑设计、发展规划、资金分配等一系列问题上，显示出巨大的分歧。林语堂构想宏伟，准备不惜斥巨资，吸引顶级师资，并购置扩充设备，把南洋大学建成世界一流的大学。陈六使这位马来亚的巨富，作为商界的精英人物，素来重合理经营，强调减少浪费，与林语堂的理念价值相差甚远，几乎格格不入。林语堂提出要花坡币100万元为学校添置图书，陈六使听了大吃一惊，回答道："什么？买书花100万元？学生不是都自己买书的吗？"[3]林语堂的一些言论见解新奇，甚至称得上奇思怪想，陈六使和其他一些创办人闻所未闻，认为这些观点匪夷所思。林语堂平日烟斗不离嘴，有一次，他宣称吸烟有助于思考，认为大学图书馆应当允许吸烟。[4]他说培养学生和学习的过程，如熏火腿一样，必须耐心持久，日积月累，通过潜移默化，生肉逐渐变成火腿，学习

---

[1] Rayson Huang, *A Lifetime in Academia* (Hong Kong: Hong Kong University Press, 2011), pp. 94–95.

[2] 熊式一致蔡岱梅，约1954年4月，熊氏家族藏。

[3] Huang, *A Lifetime in Academia*, p. 96.

[4] Ibid., p. 95.

才会成功。

11月15日，南大召开首次校务会议，校长与各院长一起商讨重要的议题，诸如学校的行政机构、设施装备、教师招聘、招生工作、课程安排和收支预算等。出席会议的除了林语堂、熊式一、胡博渊，还有伍启元、杨介眉、黎明等数人。胡博渊，麻省理工学院毕业，前国立交通大学校长，哥伦比亚大学研究员，现任理工学院院长；伍启元，来自联合国，帮助建立商学院；杨介眉，应林语堂的邀请，来南大担任首席建筑师和教授；黎明是林语堂的女婿，联合国前同声翻译，现任大学的行政秘书。会议由林语堂主持，董事会成员均未受到邀请。

为期一周的行政会议上，具体讨论了哪些内容？林语堂和与会的校方行政人员到底制定了什么样的预算方案？提出了什么样的发展规划？如此重要的会议，却秘密进行，滴水不漏，学校的董事会被完全排除在外。校董会急切想了解他们商讨的具体内容，但又无计可施。

熊式一在忙着招募文学院的教师。他已经为英语系招聘了八位教师，包括他的两个英国朋友，查尔斯·达夫和乔纳森·费尔德。董作宾应招担任中文系主任，还有张心沧、丁念庄、刘若愚等。历史学家黎东方应聘来校教历史，并在翌年春季任先修班班主任。熊式一还计划成立艺术系，其中包括戏剧、音乐、绘画等专业。除此之外，他在忙着创办一份双语报纸《南洋大学公报》(*Nanyang University Gazette*)。

熊式一永远是个活跃人物。他应马来亚笔会之邀，在英国文化协会中心做了个演讲，题为《一个外国作家在英国的经历》。他协助马来亚笔会排练演出英语舞台剧《西厢记》，选用了清一色的华人演员。他还在当地的广播电台上，向听众介绍中国戏剧。

* * *

初始阶段像一段蜜月期，可惜好景不长，稍纵即逝。随即而来的是现实世界中不加粉饰的对峙、纠纷、交锋和摩擦。

1955年2月中旬，林语堂向校董事会呈送了开办费概算和1955年1至8月的经费预算报告。

过去三个月内，校董会几次三番提出，他们需要做规划安排，希望尽早得到这两份报告，以便开会研究讨论。日盼夜盼，这两份报告总算揭晓，送到了校董会手中。意想不到的是，这些文件居然同时也发给了地方报纸，董事会成员还没有来得及审核、批准，有关的预算报告已经在媒体上先行公布了。董事会为之震惊、愤怒至极。此外，报告中罗列的开办费用和年度预算，极度奢侈浪费，难以接受。蕴积已久的愤懑，如炽热的火山岩浆，猛烈地迸发出来。

第一份开办费用概算报告，总数为坡币5611131.89元；其中，基建费用坡币2241375元，图书坡币1636200元，设备坡币1159000元。报告中还列出教员赴新加坡的旅费和津贴，计坡币240000元，他们大都乘坐飞机头等舱，少数人从水路来，也是坐头等舱席。至于1955年1至8月的预算开支，总额为坡币480635.68元，其中最大的开支项目为薪金，计约坡币322834.20元，加上旅费坡币20000元。南大教员的薪资比英国和美国的大学都要高。例如，教授的年薪为坡币19000元，折合2200英镑，相当于英美大学教授的两倍。熊式一和胡博渊两个院长，年薪各坡币24000元。林语堂作为校长，年薪坡币36000元，另加坡币6000元的办公津贴，还配备专用汽车和司机、住房和服务人员。[1]

2月17日，学校董事会召开会议，商讨预算问题。陈六使在会上公开批评林语堂提出的预算，他认为那"并非普通大学应有的预算案，只有支出没有收入，只着重教员的旅费及其他津贴，而开销之大所定薪率之高非吾人能负担"。他语重心长，沉痛表示这一切远不同于他预期的情况，他担心如此浪费挥霍，势必有损华文教育和学校建设。他坦承，自己与林语堂在图书馆建筑设计和校园安排等一些问题上，存在巨大的观念差异。他心存恐惧，生怕事态恶化，一发不可收拾。[2]

2月19日，林语堂和陈六使，各由五人陪同，私下会晤，磋商谈判预算问题。双方唇枪舌剑，互不相让。结果他们被分隔开来，陈六使一方六人安排在一个房间里，林语堂一方在另一个房间里，新加坡

---

[1] 新加坡南洋文化出版社编纂：《南洋大学创校史》，页96。
[2] 同上书，页18。

的名律师马绍尔（David Marshall）应邀进行斡旋，来回穿梭，为双方传递信息，试图找到一个双方可以接受的解决方案。林语堂坚持，他的目标是建立世界一流的大学，要实现这一目标，顶级的师资和完善的基础设施至关重要。他指责陈六使出尔反尔，不愿提供财务支持，他要求陈六使将许诺的2000万资金交给他支配。会议始于下午5时半，持续了四个半小时，双方都不肯让步，谈判陷入僵局。没有达成解决方案，日后妥协的可能看来几近于零。

熊式一没有出席参与谈判。他前几天去香港招聘教师和购置书籍。据他自称，陈六使给他发了急电，指示他在香港暂留二三个月，避避风头。[1]但那电报抵达之前，他已经离开了香港，下午6时左右回到了新加坡。他一翻报纸，才知道陈林两方开会讨论预算问题的事，立刻意识到事态的严重性。他等到翌日凌晨2时，总算有机会与胡博渊电话交谈了一下。白天，他与林语堂见面，林语堂看上去十分沮丧，斩钉截铁地表示要离开新加坡。

一时间，预算问题成为媒体的头条新闻。林语堂的预算提案遭到舆论抨击，南大陷入危机。广大民众希望这一争端能和平解决，因为南大对于华人子弟和社区至关重要。可是，林语堂的奢华作风，受到普遍的严厉批评和指责。办学的资金源自华侨的捐赠，都是劳动所得的血汗钱，应该受到尊重，应该节俭地使用，绝不容许挥霍浪费。大多数实业家，一贯克己俭约，为了建校，都尽心尽力，绝对不能容忍如此的奢侈糟蹋。

林语堂成了众矢之的。他收到匿名信，威吓要他辞职，否则有生命危险。为了安全，他只好搬家，到一处公寓里住，并有便衣保镖跟随。[2]与此同时，熊式一似乎安然无事，很少有人攻击他，他好像四平八稳，左右逢源。有人提议，让他当副校长协助林语堂，更有谣传，一旦林语堂辞职，校董会就会请熊式一出任校长。陈六使的侄子私下向他透露，陈六使有意要他接替林语堂。可是，熊式一当场拒绝，明

---

[1] 熊式一致蔡岱梅，1955年5月26日，熊氏家族藏。
[2] 林太乙：《林语堂传》，页273。

确表示自己忠于林语堂。[1]

林语堂已经觉察到熊式一在当地侨众中颇受欢迎，他心生戒备，两人之间产生了微妙的裂痕。林语堂以及黎明和黎东方，见熊式一长袖善舞，对他渐生嫉意，开始疏远他，不再信任他。同样，熊式一对林语堂也失去了幻想，他告诉蔡岱梅，他"看穿了"林语堂和陈六使，"决不会上他们的当"，他会"洁身自守，不卷入旋涡之中的"。无论结果如何，他会照顾好那些他请来的教员，尽力保护他们的利益，"不会做对不起朋友的事"[2]。

南大的前景难以预料。熊式一的心中充满了焦虑和忐忑。他盼着家中来信，它们给他带来温暖、慰藉、欢悦。女儿德荑爱在信中叙述一些近况或趣闻，熊式一看了，总是乐不可支。"对我来说，现在没有比开怀大笑更快乐的事了。"他让德荑多讲些有趣的事，"就按你那一套有趣的方法讲，尽量夸大渲染或者故意轻描淡写。"[3]

陈林双方的僵局持续，经过反复交流商谈、游说调解，依旧不见任何效果。4月初，林语堂与校董会就辞职和遣散费问题达成了协议。

4月6日，双方公开发表联合声明，宣布林语堂和南大的12名教职员集体辞职。学校发给每人一笔遣散费，其中包括薪资和旅费。根据《南洋商报》的报道，南大校董会遣散全体教育职员费用总额为坡币305203元，他们都各自领取了支票。[4]林语堂得到坡币72241.50元，其中包括薪资坡币63000元。熊式一和胡博渊各得薪资坡币20000元以及旅费。

林语堂及全体教员与校董会之间的僵局，因此得以解决。至于巨额的遣散费，陈六使慷慨解囊，以私人资金全额垫付。

《联合声明》中提到："该校若干教授已决定离此他任，其仍未决定行止之人员，尚由执委会分别与之洽商或愿再行留校任职。"[5]

---

[1] 熊式一致蔡岱梅，1955年3月8日、1955年3月11日，熊氏家族藏。
[2] 熊式一致蔡岱梅，1955年3月18日，熊氏家族藏。
[3] 熊式一致蔡岱梅，1955年3月29日，熊氏家族藏。
[4] 《林语堂一群昨日已遣散》，《南洋商报》，1955年4月7日。
[5] 新加坡南洋文化出版社编纂：《南洋大学创校史》，页161。

4月17日，林语堂夫妇携女儿林相如乘飞机离开新加坡。南大董事会主席陈六使亲赴机场欢送，众多侨领、侨团代表、学生群众也前往欢送。林语堂连声道谢，与众人握手告别。双方和好如初，南洋大学的风波就此平息，成为历史。

* * *

那阵子，熊式一从公众的视野中消失了。4月13日，林语堂离开新加坡前几天，熊式一就动身去香港，据称是要前往东南亚，花两个月的时间，考察文化教育，并为日后的文学创作收集资料。实际上，他已经受邀接替林语堂校长之职，想到别处避避风头，等南洋大学一事尘埃落定后再回来。[1]

熊式一知道林语堂心存妒忌，因此他小心翼翼地周旋，始终镇静平和，以礼待人，避免发生冲撞。他出发往香港之前，林语堂半夜来电，谈有关刘若愚的事。熊式一从睡梦中惊醒，接了电话，没有与林语堂争辩，只是听着，任他"一味地强调"。林语堂说完后，熊式一问道："还有什么？"对方回答："没有！"熊式一便说，"Thank you"，林语堂也接口说了句："Thank you！"熊式一在信中将此细节告诉蔡岱梅时，自诩道："事后我颇佩服我的涵养！后来我们分别也客客气气。"熊式一自认为君子之风，无懈可击。

其实，对林语堂索取天价遣散费的做法，熊式一是持有非议的。他认为，林语堂这做法"大不对"，不光自己拿了七万多，还为女儿林太乙和女婿黎明开了高薪。至于三个院长，熊式一和胡博渊开得"特别少"，而伍启元"则不开"。据熊式一称，林语堂公布熊式一和胡博渊得遣散费，是为了"掩人耳目"，为自己开脱。熊式一在5月初明确告诉蔡岱梅，鉴于他仍要留在南大，他其实没有得遣散费，因为他坚持"不肯得赔偿费"[2]。

---

[1] 熊式一致蔡岱梅，1955年4月16日，熊氏家族藏。
[2] 熊式一致蔡岱梅，1955年5月5日，熊氏家族藏。

> 董方既留我等，我等当然不能要，要了也会被报上骂得一文不值，南大当未绝望，我之不肯得赔偿费及因我必须尽力维持我所请定之张刘 Field 等等，若何董方决裂，他们则落空，故必须做得有结果才行。[1]

他还强调，目前自己休假到香港考察教育期间，"月薪仍照支，即使将来不能干下去，他们自然会送我津贴及川资，吃亏也不多"[2]。他已经名声在外，陈六使与其兄长陈文确都推重他，校董事会也执意要挽留他，不让他回英国。陈六使明确表示要让他接任校长。要是他留在那里，无论是任院长或校长，都一定能为南大做出贡献。

保留南洋大学的工作，最大的优点就是收入稳定，每月可以汇款至牛津。他月薪坡币2000元，相当于233英镑。他与蔡岱梅说定，每年给牛津家中1100英镑，即每月汇寄90英镑。余下的部分，他留着自己支配。

说实在的，对牛津的三口之家，每月90英镑的收入，只够勉强应付。蔡岱梅发的每一封信，都像是S.O.S.求救信号，细数家中尴尬的财务困境。德荑平时帮着家里记账和写英文信，蔡岱梅让她帮忙开列了一份9月至11月的支出明细，并准备了一份年度预算，其中包括房租、电费、伙食杂费、德达费用、德荑费用、岱梅费用、园丁和冰箱等等，共计1095英镑。蔡岱梅把它们附寄给熊式一，并解释说，以往在剑桥的通信中，十之八九是谈家用开支，她决计以后不谈，但她觉得有必要做个预算，先把这个事说清楚，双方可以有个计划。[3]

蔡岱梅深明大义，待人接物稳当妥帖、考虑周到。熊式一去南洋后，她提醒丈夫，在财务开支上宜节俭为要，千万别违反学校规定，并劝他尽力而为，不要辜负林语堂的一片厚望。听到熊式一拒绝接受遣散费后，蔡岱梅表示支持，没有半句怨言。"我听到你没有拿'遣散

---

[1] 熊式一致蔡岱梅，1955年5月5日，熊氏家族藏。其中的"张刘Field等"指张菁英、刘若愚、Jonathan Field等人，熊式一原来已经与他们商定，拟聘请他们到南洋任教。
[2] 熊式一致蔡岱梅，1955年5月5日，熊氏家族藏。
[3] 蔡岱梅致熊式一，1954年10月27日、1954年11月4日，熊氏家族藏。

赔偿费',大为放心,否则真难听。"[1]

4月23日,蔡岱梅50寿诞。熊式一从香港给她汇去100英镑,作为生日贺礼。

* * *

接下来的一两个月中,熊式一的来信明显减少。蔡岱梅凭着直觉,意识到其中有些蹊跷,她感到不安,在信中连连打听:"你在港约有多久耽搁,碰见什么人?望抽暇谈谈。"[2]"你究竟在港有多久?南大有无头绪?现推谁做校长?"[3]"你在港住什么地方?生活如何?"[4]

7月初,蔡岱梅看到一篇《南洋商报》的剪报,题为《林语堂一群昨日已遣散》,是有关南洋大学校董会与校方教员处理纠纷的具体报道,其中载有陈六使与林语堂4月6日发表的《联合声明》,以及坡币305203元遣散费的分配明细。文中白纸黑字,明明白白写着:林语堂、胡博渊、熊式一等十三人"签收各人的津贴遣散费,事毕,诸教职员出来,均笑逐颜开"[5]。

蔡岱梅一看,怒不可遏。原来熊式一领了遣散费,放进腰包,独自享用,真是太不负责任了。不仅如此,他还隐瞒事实,一派谎言,蒙骗家人,实在是欺人太甚。她责问熊式一:

> 你没有告诉我把款退回了南大,事实上也不会让你一人不得,否则报纸也会登的,大概你的数是半年的薪水外加六千多津贴,让你在港休息数月,再另聘你正式担任什么。[6]

---

[1] 蔡岱梅致熊式一,1955年5月9日,熊氏家族藏。
[2] 同上。
[3] 蔡岱梅致熊式一,1955年5月19日,熊氏家族藏。
[4] 蔡岱梅致熊式一,1955年6月11日,熊氏家族藏。
[5] 《林语堂一群昨日已遣散》,《南洋商报》,1955年4月7日。
[6] 蔡岱梅致熊式一,1955年7月9日,熊氏家族藏。

蔡岱梅的心被深深地刺痛了。她在牛津照顾一家三口，每月靠90英镑维持生活，而熊式一留下150英镑独自享用。她认为，家里还欠着好几笔朋友的旧债，已经拖了很久，从道义上来讲，理当尽早还清为妥。她告诉熊式一，她4月生日时收到100英镑贺礼，想到丈夫"能在百忙中记得我的生日"，感动不已，可她随即转手汇去香港给朋友梁文华："即日为你还债！并没有留下一便士。"[1]

对于遣散费的事，熊式一矢口否认，坚称媒体报道纯属虚无。"我多次说过，并未得赔偿。"他说，校董会根本没有开过他的支票，他与胡博渊曾经去函报纸，要求更正，经再三交涉，结果主笔表示道歉，答应日后在"社论中颂扬院长"[2]。他再三强调，如果先前真接受了遣散费，扣除30%税收，所剩不多，仅坡币14000元，还落得个臭名声，绝不可能像眼下这样每月仍有坡币2000元的薪水收入。蔡岱梅不相信，要去打听证实。熊式一表示："你要写信去问董事会，当然无人能阻止你，不过丢我的脸，于你也不大好而已。"[3]

8月初，有消息传来，董事会内部决定请熊式一接任校长职务。罗明佑刚从新加坡回香港，碰见熊式一，告诉他说，那里人人都咒骂林语堂，称赞熊式一。熊式一知道，自己在新加坡很有人气。但接任校长，他需要慎重考虑，因为当地华人的派系和学生质量，都是相当棘手的问题。

* * *

8月9日，熊式一从香港回到了新加坡。"我终于重新回新加坡了！"他给德荑的信中，描述了自己与港督的午餐和离港前码头送行的盛况，其中不乏幽默和炫耀自夸。

---

[1] 蔡岱梅致熊式一，1955年7月9日，熊氏家族藏。
[2] 熊式一致蔡岱梅，1955年8月17日，熊氏家族藏。
[3] 熊式一致蔡岱梅，1955年7月24日，熊氏家族藏。

索罗德先生（Anthony Thorold），或者说索罗德将军，退休前任香港海军和港口总司令，我们的邮轮启航时，整个舰队全体出动，为他送行。大家齐声高呼，燃放烟花爆竹，震耳欲聋。那些舰艇和快艇尾随我们普特洛克勒斯号，跟了很长一段，然后渐渐放慢速度，向右驰去离开了。景象十分壮观！

我们的邮轮还在港湾内时，人们都以为海军司令和我是香港两个头面人物，休息室内人满为患，一半是来为我送行的，另一半是为他送行的。但后来船开了，我的朋友全都走了，而他的舰队还继续向他致敬。我不禁嫉妒万分。

……对了，港督上周邀我共进午餐，我和伦诺克斯－博伊德先生（Alan Lennox-Boyd）坐贵宾席。驻菲律宾大使克鲁顿先生（George Clutton）只轮到第三重要的席位。我在香港期间，根本没有与港督电话联系或去找他。他说听到我在香港，要与我见个面！他一定像你一样在想，我是丘吉尔的好朋友！[1]

* * *

新加坡有几十家华文小报，俗称"蚊报"。它们专事小道八卦或者爆料内秘，迎合公众读者的好奇心态，其内容并非准确属实，但具有相当的市场，其中的恶意诋毁，常常会造成负面的影响。熊式一回到新加坡没几天，就发现自己成了"蚊报"的攻击目标。《锋报》刊载《移民厅拒绝熊式一入口》的报道；8月13日，《内幕新闻》（*Facts Review*）载文，称一名吉隆坡名望人士谴责熊式一为南洋大学风波之肇事元凶。

熊式一曾目睹林语堂受"蚊报"群起攻击的情状。他明白，一旦自己接任校长，肯定会成为众矢之的。可他没料到，这些攻击会如此无情、恶毒和迅猛。

他请律师协助处理此事。下面是律师给《内幕新闻》信件的部分摘录：

---

〔1〕 熊式一致熊德荑，1955年8月9日，熊氏家族藏。

  该文章宣称，陈六使与林语堂之间的争端之所以落到此地步，完全是文学系主任熊教授的煽动所致。该文章还宣称，熊式一煽动陈六使驱逐林语堂，旨在篡夺林语堂的大学校长职务。该文章甚至写道，陈六使与林语堂之间谈判的失败，主要归咎于熊式一，并把他定为南洋大学的肇事元凶。[1]

  律师在信中还指出，《内幕新闻》的文章无视事实，纯属"虚假捏造、恶意诽谤"，其目的是要"诋毁"熊式一。熊式一是"公众人物，享有国际声誉"，律师责令报社收回其错误言论，"充分且无条件地道歉"，并支付"大笔赔偿金"。[2]

  《锋报》和《内幕新闻》很快登载道歉启事，承认前文与事实不符，表示歉意，并交付了赔偿金。为了避免诽谤诉讼，他们随即便关门大吉。[3]

  "蚊报"肆虐，防不胜防。10月，记者何九叔写了一篇洋洋十万字的长篇报道，题为《揭开南大四十层内幕》，爆料"诡异、曲折的内幕秘辛"，在《夜灯报》上系列登载。文章不仅大骂林语堂，熊式一也被描写成投机分子，心口不一，专事破坏捣蛋。[4]

  熊式一意识到，拒绝接受校长的委任是明智之举。过去的几个月中，南洋大学的变化太大了，现在一切都那么糟糕，令人失望。校董会开始独揽决策大权。学校从马来亚、新加坡和中国香港等地低薪招聘了一批教师。熊式一觉得，这些新教师大多不够格，他们会影响学校的声誉，如果他当校长的话，自己的名声会因此受损。此外，预科班已经录取了200名新生，明年1月全部免考转入南大。他对这做法很担心，因为那些学生质量较差，离大学水平还有一段距离。另外，校董会不愿在图书和教学仪器上花钱。他在澳门时，与藏书人姚钧石谈

---

[1] N. N. Leicester and Y. F. Chen to *Facts Review*, August 22, 1955, HFC.
[2] Ibid.
[3] 《内幕新闻》不久后遭到政府批评，指责其政治上的"不良行为"，责令禁止出版。见 "The Happy Life Is Bad—Govt," *Strait Times*, September 17, 1955。
[4] 何九叔：《揭开南大四十层内幕》，《夜灯报》，约1955年10月。

妥了书价，准备购买其珍藏的"蒲坂藏书"。那套私人藏书包括八万册古籍稀世善本，弥足珍贵，可以成为南洋大学图书馆镇馆的核心藏书。熊式一回新加坡后，兴冲冲地向校董会报告，以为自己煞费苦心谈判所得，足以博得众人的赞赏，却没料到遭到拒绝，如同当头一盆冷水落下。[1]

几星期后，校董会公布了一些新的规定。为了便于管控，以免重蹈覆辙，日后教员的聘任需每年续签合同。新出炉的薪资标准为：校长月薪坡币1000元，院长坡币800元，教授坡币500到600元。据马来亚任教的黄丽松说，这薪资水平仅相当于马来亚大学的一半，以马来亚的标准来看，也是相当低的。[2]此外，根据新规定，熊式一要是继续当院长的话，除了行政工作之外，他还得兼课。

这一薪资标准成了压倒骆驼的最后一根稻草。胡博渊通知校方，他决定不再留校工作。同样，熊式一也提出了辞呈。

他告诉蔡岱梅，南洋大学待他十分客气，付了他坡币4800元，相当于六个月的工资。按规定，类似的情况，校方至多只付三个月的工资。

那是一段极其焦虑不安的时期。1948年以来，新加坡一直处于紧急状态，对任何可疑的政治活动，政府都予以打击。有谣传说熊式一通过自己在华的子女通共。他被怀疑与一名被捕的共产党激进分子有关系；他的信件受到检查。有人甚至向特务处告密，说他亲共，结果他只好去移民局和内务所接受问话，以释怀疑。[3]他告诉蔡岱梅，自己每天7时起床，忙到半夜一两点才能回家。加上过度的压力，身体健康受影响，体重锐减，从134磅跌到了122磅。[4]

---

[1] 熊式一致蔡岱梅，1955年9月1日，熊氏家族藏。1958年底，加拿大不列颠哥伦比亚大学出资七万美元，经由何炳棣牵线，购置了这套藏书中的65000册，如今这批书籍成为该馆最重要的图书收藏之一。见沈迦：《蒲坂藏书的前世今生》，载氏著：《普通人：甲乙堂收藏札记》（济南：山东画报出版社，2009），页240—271。

[2] Huang, *A Lifetime in Academia*, p. 97.

[3] 熊式一致蔡岱梅，1955年11月25日，熊氏家族藏。

[4] 熊式一致蔡岱梅，1955年11月20日，熊氏家族藏。

熊式一的签证有效期为一年，他必须在10月18日之前离开新加坡。下一步去哪儿呢？

香港似乎更为合适，熊式一的理由是香港有许多熟人，找份工作绝无问题。工资低一点，也不失面子。要是留在了新加坡，当个廉价教授另加一个头衔，那才"汗颜不好见人"[1]呢。

* * *

10月18日，熊式一离开新加坡去香港。

"熊式一拒绝南洋大学聘任，"地方报纸宣布，"原南洋大学文学院长熊式一博士接任林语堂博士校长职务的希望已于昨天彻底落空。"[2]

熊式一在临行前发表了告别新加坡人士书，表明其永远忠于南洋大学的拳拳爱意：

> 再见，新加坡——并不是永别了，当然我要回来的，常常会回来，也许很快就会回来的，我在这儿，耽得非常之好，结交了许多好朋友，而且我相信并没有开罪什么人——至少我自己不知道我得罪了任何人。
>
> 我对南大可告无憾，在位时候，我尽了绵薄的力量，近来关心南大及我个人的朋友，不断地征询我的意见，问我许多问题，可惜我不能遵他们的好意，绝对不能给他们一个满意的答复，我离开南大时，我和校董方面，毫无恶感，彼此仍是好朋友，我永远是热心赞助南大的人，陈林间的冲突，虽是件极不幸的事，南大光明的前途，绝不因此而受影响，华侨高等教育为当前的急务，大家必须抱着热烈的决心，把南大造成一个东南亚最伟大的最高学府。[3]

---

[1] 熊式一致蔡岱梅，1955年10月9日，熊氏家族藏。

[2] "Hsiung Declines Nanyang U. Post," *Singapore Standard*, October 18, 1955.

[3] 《熊式一告别新加坡表示始终爱护南大》，剪报，1955年10月，熊氏家族藏。

熊式一对热心教育的侨胞慷慨捐助办学,表示由衷的敬仰。那些捐赠十万百万的,令他感动不已;那些只能以血汗换取几毛钱来捐赠的劳工车夫和平民百姓,他也同样钦佩无量。他最后表示:

> 我对南大及南大同人,决没有也决不会说半句坏话,南大初创时,我曾和他发生关系,这是我将永远引为荣幸的事件,以后我无论在什么地方,我总会尽我小小的力量,为南大宣传,也极望常常听见南大的好音,谨祝南大基础稳固早日成功。
>
> 我现在呢,我总是不断读书和写作的,近来写作的时候极少,读书的时间也不多,所以现在要积极努力,略以弥补了,但是最近我要到香港去导演《王宝川》的电影片,这是我最感兴趣的事,当然有一番忙碌,但是我认为那是值得的。[1]

---

[1]《熊式一告别新加坡表示始终爱护南大》,剪报,1955年10月,熊氏家族藏。

香　港

1955—1991

第十七章　香港之恋

1950年代初，大量难民从内地进入香港，导致人口总数剧增。新的难民中，有很多作家、编剧、编辑、出版商、艺术家、音乐家、电影制作者等。他们来到香港之后的文化实践，为当地的社会景观带来了前所未有的多元变化，促使香港成为中西文化、风格、影响相互交错的枢纽，人们日常交流，大多使用粤语、普通话、上海话或者英语。在这样一个多元文化的语言环境中，熊式一感觉自由自在，如鱼得水。

香港临近内地，熊式一的四个孩子都在内地工作生活。当然，他是不会回去看望他们的，因为去了内地，将来要再回英国就不是那么容易了。

* * *

就职业生涯而言，香港是个不错的选择，这是熊式一去香港的理由，他对远在牛津的妻子就是这么说的。然而，他决定去香港，其实主要与方召麟有关。他深深地爱上了方召麟。

熊式一与方召麟初识是在1953年冬天。那时，方召麟与她的绘画老师赵少昂在伦敦马尔堡美术馆举办联合画展。后来，方召麟和赵少昂应熊式一之邀，去他在牛津的寓所做客，蔡岱梅精心准备了丰盛的美食招待远道而来的客人，画家朋友蒋彝和张蒨英也出席作陪。

方召麟出生于江苏无锡，自幼习画，曾受钱松喦和陈旧村启蒙。1937年，她赴英国留学，在曼彻斯特大学读现代欧洲史。在学期间，认识了同学方心诰,两人相爱并结了婚。1939年,二战爆发,他们带着儿子方曼生一起回国。接下来的十年中,由于抗日战争和解放战争,他们颠沛流离、辗转多地,相依为命。1949年,中国的政局动荡不定,他们便举家移居到香港,在铜锣湾与夫家一起居住,并经营进出口公司。但是命运多舛,到香港后不多久,丈夫不幸骤然去世,留下八个幼龄子女,最大的11岁,最小的才3岁。如此沉重的打击,常人难以应对,但方召麟勇敢地挺了过来。她挑起家庭重担,接手经营进出口公司的业务,在婆婆方高玉昆的协助下,抚养家小,同时继续书画方面的艺术追求。经过几年刻苦学习,她的书法和花鸟画艺大有长进,在欧洲一些主要城市展出书画作品,并获牛津大学和其他博物馆收藏。

1953年,方召麟虽是首次见到熊式一,但她十多年前在曼彻斯特读书时,就已经耳闻熊式一以及他的剧作《王宝川》了。同样凑巧的是,熊式一1935年在纽约的社交场合结识抗日名将方振武,几年之后,方振武的儿子与方召麟喜结良缘,方振武便成了她的公公。

1955年4月中旬,南洋大学教员集体辞职,此后,熊式一到香港作短暂居留,在那里又遇到了方召麟,两人很快坠入爱河。方召麟才四十一岁,宽宽的前额,浓眉下一对明眸,透露着灵气。她性格爽直,文学艺术方面禀赋出众。熊式一比她年长十来岁,是著名的戏剧家、杰出的公众人物,老成练达,在社会上甚有影响。熊式一意识到自己深深地爱上了对方:"亲爱的,我爱你,深深地爱你,言语难以表达我的爱。你如此可爱,如此优雅,如此温柔,如此善良,如此体贴,如此随和,我觉得自己根本配不上你。"[1]同样,方召麟也爱上了熊式一,不能自已,她向对方倾诉自己炽烈的爱意,向他叙述自己坎坷的人生,让他翻阅自己的私人日记。她告诉熊式一:"情爱之发生,往往是一个人对另一个人的怜惜、推崇、了解、同情,而渐渐得到心灵上的交流和身体上的结合。一个人得到了爱情,就仿佛得到了温暖;反之,没有了爱情,人生也就失去温暖了。"她认为自己是值得熊式一"全心全意去爱的",同时,她还坦言:"我需要一个能够爱我,领略我爱的人;

---

[1] 熊式一致方召麟,1955年5月15日,熊氏家族藏。

我认定你是这样的一个人。因此,我便从接受你爱的那天起,把我整个的心和全部的爱都交给你了,请你永远珍重它,宝贵它;我一定不会使你失望。一定做一个你值得爱的人。"[1]方召麟的"真诚和坦率",让熊式一感动不已,他告诉对方:"我没料到你会爱我这么深。"[2]方召麟在香港大学读中国哲学及文学,毕业考试在即。熊式一敦促她尽一切努力,专心致志、全力以赴做准备,集中精力应考。方召麟顺利通过了考试,5月底毕业,获中国文学学士学位。

熊式一完全沉浸在热恋的情感世界之中,爱得如痴如狂。从6月中旬至7月底,他每天写一份情书,大多用英语,偶尔用中文,笔迹流畅快速,倾诉心中波涛起伏、无尽缠绵的情愫和爱意。他赞美方召麟,白皙的脸蛋上,明眸皓齿,风情万种,充满了好奇、透露出聪颖的禀赋。在他的心目中,方召麟的美丽远远胜过罗马神话的爱神维纳斯。他毫不隐瞒,告诉对方:"我从来没有像这样疯狂热恋过,因为我从来没有遇到过像你这样的女子。"[3]"你的情性,让我陶醉,你的爱,让我愧不敢当、受宠若惊。"[4]

熊式一慧眼识才,他看出方召麟具备"出类拔萃的天资禀赋",是个"奇才,全才"。[5]方召麟的文学艺术天赋深深吸引着熊式一。

> 多年来,我一直在寻找一个能够鼓励我、关心我并且理解我的人,今天我找到了你,不光你能这样做,而且还是当代的天才、天姿美貌的丽人、拥有一颗金子般的心。[6]

熊式一再三劝方召麟不要一味追随现当代的书画家或画派。在他看来,像岭南画家赵少昂这样的书画名师顶多是个二类艺术家。熊式

---

[1] 方召麟致熊式一,1955年5月,熊氏家族藏。
[2] 熊式一致方召麟,1955年6月9日,熊氏家族藏。
[3] 熊式一致方召麟,1955年6月16日、1955年6月30日,熊氏家族藏。
[4] 熊式一致方召麟,1955年6月16日,熊氏家族藏。
[5] 熊式一致方召麟,1955年6月26日,熊氏家族藏。
[6] 同上。

一在艺术品的鉴赏方面品味甚高,他在青少年时学习过书画篆刻,曾经与一些名书画家有过交往。他认为,方召麐应当取法于这三个方面:古人、自然、悟性。他坚信,方召麐如果这样实践,她的杰出才能必定能得到充分发挥,前程无量,不落窠臼,独树一帜,留下"不朽"[1]的传世名作。熊式一愿意助她一臂之力,让她专心追求艺术上的完美,并帮着培养指导她的孩子。

可是,没过多久,方召麐便感觉不妥,惴惴不安,提出要终止这段持续了一个多月的恋情。虽说她的丈夫已病逝好些年了,但她生怕与熊式一的亲密关系会招致旁人的流言蜚语。她自责没能把持住自己,以致落到"不易自拔"的地步。经过冷静的思考之后,她做出决定,要"摆脱一切情丝的束缚"。她了解自己,只有在完全独立的情况下,她才能真正"振作和坚强起来"。她与方心诰结婚的十多年里,丈夫疼她爱她,对她百般地呵护,结果却弄得她"几乎一无所成"。她立志要在书画艺术方面做出成就,为此她"要远离一切人与事,去学习几年,为自己奠定一个基础"。她也劝熊式一振作精神,专心写作,再创佳绩。[2]然而,方召麐的解释和劝告无济于事。熊式一爱她,十万分地爱她,即使为她献身也在所不辞。[3]他认为,方召麐也真心爱他。他觉得,方召麐经历了"那么多悲伤痛苦的岁月"[4],应该追寻幸福,受之无愧。他鼓励方召麐不要畏怯,要敢于享受完美的生活。

方召麐心中憧憬的,是远离人境,去一个平静安谧、风景优美的环境,在那里安心习字作画。公司业务、家庭孩子、行旅安排,加上体质虚弱——都干扰并扼杀艺术创作的灵感。欧洲之行后,她一直渴望着能有一小段自由自在的空闲。1955年8月,机会来了,她要去新加坡和马来亚创作书画,在那里办个展。

8月6日,熊式一动身去新加坡。他到那里,除了处理南洋大学的事务,还马上与当地的艺术家、有影响力的朋友和记者,以及政府官

---

[1] 熊式一致方召麐,1955年6月19日,熊氏家族藏。
[2] 方召麐致熊式一,1955年6月初、1955年6月10日,熊氏家族藏。
[3] 熊式一致方召麐,1955年7月17日、1955年8月7日,熊氏家族藏。
[4] 熊式一致方召麐,1955年6月19日、1955年6月22日,熊氏家族藏。

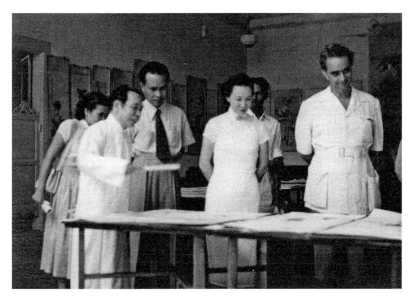

熊式一在新加坡中华总商会举办的方召麐（穿旗袍者）书画展览会上评点作品（图片来源：熊德荑）

员联系，为方召麐8月中旬前赴新加坡做安排，为她行将举办的书画个展做宣传。熊式一在地方报刊上介绍方召麐的书画，高度评价她的艺术才能。"方召麐女士生长于大江之南——前贤顾恺之倪云林之故乡，江苏无锡——西滨太湖，北屏惠麓，得山川灵气之所钟，书法绘画，卓绝一代，宜其然也。"[1] "现当代画家中，很少能见到具备如此力度和激情、如此高才和执着追求的人。"[2] 他预言，方召麐必将称雄书画艺坛。经过精心的安排，10月6日至9日，方召麐的书画个展于新加坡中华总商会举行，在媒体和艺术界引起很大的反响，获得极高的评价。

10月底，熊式一辞去南洋大学的职务，单独离开新加坡，20日抵达香港。第二天，他给方召麐写信，告诉她："我心中的爱意与日俱增，天上人间没有任何力量可以阻断它，即使削弱它也绝无可能。"[3]

---

[1] 熊式一：《方召麐女士之书画》，《南洋商报》，1955年10月6日。
[2] "She Paints in Poems in a Waning Art," *Singapore Free Press*, September 30, 1955.
[3] 熊式一致方召麐，1955年10月21日，熊氏家族藏。

熊式一在构思一部英文小说,题目暂定为《阿卡迪亚插曲》(*Acadian Interlude*)。[1] 那是一个爱情故事,开始部分在香港南部的浅水湾,叙述者是名画家,与小提琴家女主角邂逅。然后,故事追溯到几年前,两人在伦敦女王音乐厅女主角的音乐会上相识,女主角后来到男主角的乡间别墅做客。在香港,他们的爱情之花灿然绽放,故事最后在巴厘岛结束。[2] 熊式一告诉方召麟,这故事基于他们俩的实际经历,但他故意将主角人物的职业做了修改,现实中的作家和画家改成了画家和音乐家。他还透露,准备要添加一些真实的经验和细节来充实故事,甚至打算引用一些他们俩往来信件中的内容。他回香港之前,起草了故事的开篇部分,让方召麟先睹为快。方召麟读完之后,饶有兴趣,鼓励他继续写下去。下面是初稿中的第一段:

> 大海出奇的平静,南来的微风徐徐轻抚着我们的身体。我们俩懒洋洋地靠在躺椅上,注视着海浪接连不断地拍打浅水湾的海滩,沉浸在无尽的遐思之中。五月的清晨,阳光明媚,我们这么坐在树荫下,似乎在阿卡迪亚的入口处。我们只是偶尔聊上几句。我向来不善言辞,笨嘴拙舌的,对她的倾慕之意,连千万分之一都没法表达出来。我们俩都词不达意,绕开脑中真实的思想:我聊上几句艺术,她偶尔问问我现在创作些什么作品。我们享用了一顿简单但愉快的午餐之后,说定了第二天再见面。[3]

方召麟没有马上回香港。她从新加坡去马来亚槟城,月底要在那里举办个人书画展,得赶紧做准备。后来,她在槟城的展览又大获成功,作品广受欢迎,当地的美术评论家对她的书法造诣尤为赞赏。展览结束后,她回到新加坡处理一些收入所得税的事,11月中旬才返抵香港。

---

[1] "阿卡迪亚"原为古希腊一地名,人们在那里安居乐业,故常常被喻为远避灾难、生活安定的世外桃源。
[2] 熊式一致方召麟,1955年10月19日,熊氏家族藏。
[3] Shih-I Hsiung, "Acadian Interlude," unpublished manuscript, ca. October 1955, HFC.

新加坡和马来亚的三个月之旅,为方召麟带来了一项意想不到的收获:人生感悟。她明确了自己应该孜孜以求的目标,她下定了决心,要在今后的几年内,"继续请教于前辈大师,向其学习,并多观古代艺术精品,以资借镜"。为此,她必须摒弃杂念,心无旁骛,潜心学习书画。她毫不含糊、斩钉截铁地宣布:"无论何人亦不能更改我已决定之主张。"[1]那无疑是一项困难的抉择,但方召麟没有丝毫的犹豫。她直言不讳地告诉熊式一,自己做此决定后,"感觉快乐、自由,像林中的小鸟一样"。她建议熊式一也专心致志,努力创作小说和完成电影制作。[2]

熊式一敬佩方召麟的才赋和毅力,认为她"得天独厚,颖悟过人,他日之成就古今人孰能望其肩背"。他也了解方召麟的性格,知道此事已难以挽回,纵然再努力争取,也终属徒劳,枉费心机。他不禁暗自怆然。与此同时,他十分惊讶,发现方召麟在艺术观上与他相左,方召麟坚持己见,认为应当享有独立思考的自由,有时甚至在朋友面前公然批评他。譬如,熊式一主张师法古人,即"今师不如古师",方召麟却予以反驳,并援引孔子师郯子、苌弘、师襄、老聃,以此证明"圣人且不以师今人为耻",为何她非得"乞教于死之人耶"[3]。

熊式一尊重方召麟的选择和决定,再没有坚持。此后的多年中,他们俩各自追求文艺创作的目标,但依然保持着友情,相互敬重,在必要的时候,都乐意帮忙,为对方助上一臂之力。

* * *

熊式一开始投入电影《王宝川》的制作准备。

他自幼爱看电影,1920年代在北京和上海管理过时髦的电影院;1936年,他在伦敦郊外的梅德韦片场参与电影制作;1941年根据萧

---

[1] 方召麟致熊式一,1955年12月,熊氏家族藏。
[2] 方召麟致熊式一,1955年12月12日,熊氏家族藏。
[3] 方召麟致熊式一,1955年12月15日,熊氏家族藏。

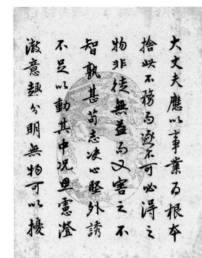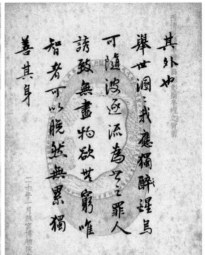

方召麐手迹（图片来源：熊德荑提供）

伯纳同名剧本拍摄电影《芭芭拉少校》时，他在影片中客串扮演一个唐人街华人的角色。熊式一因戏剧《王宝川》闻名遐迩，他的名字与《王宝川》形影相连，《王宝川》似乎成了他的代名词。但熊式一始终怀有一个愿望，他要把《王宝川》搬上银幕，借助现代的媒体工具，与世界上更多的观众分享这动人的故事。他在1953年曾公开宣布：

> 我只剩一个愿望还没有实现。我坚信这部戏本身就能拍成一部最具艺术性和最成功的电影，它无须像一般好莱坞电影所要求的那样对其大刀阔斧地进行改写。至今为止，所有制片人都宣称这不可能办到，可是我有信心，总有一天会碰到一个人，能证明他们全都判断错误。[1]

事实上，二十年来，熊式一始终在四处寻找机会。1937年，普瑞米尔-斯塔福德电影公司（Premier-Stafford Productions）曾同意拍摄《王宝

---

[1] Shih-I Hsiung, "All the Managers were Wrong about Lady Precious Stream," *Radio Times*, July 31, 1953, p. 19.

川》彩色电影。1938年末,熊式一与维吉·纽曼(Widgey Newman)签订了《王宝川》电影的合同。根据合同,熊式一得提供电影导演和技术方面的指导。电影胶片的长度限于五千英尺,即片长大约五十五分钟。合同还规定在签约后十四天内就得开始拍摄工作。但是,由于某些未知的原因,该计划后来不了了之了。[1] 熊式一还与其他电影制片人和公司有过联系,讨论拍制电影的事,但一直没能成功。

香港是实现这一梦想的理想之地。香港的电影业呈爆炸性增长,数十家电影公司应运而生,它们大量制作电影,满足民众的需要。所有这些电影,除少数外,全都是普通话或粤语片。这些电影公司中有一部分非常成功,例如长城、中联、新联、华侨、电懋、邵氏等,邵氏甚至建立了邵氏影城,成为世界上最大的私人制片厂。新来香港的作家与本地作家,除了创作电影剧本以外,还以文学作品和传统题材改写电影剧本,而这些文学电影极为流行,刺激了香港的电影业。[2]

熊式一想要在香港大显身手,准备亲自编导拍摄《王宝川》电影。他充满自信,这部戏可以拍成一部最具艺术性和最成功的电影。他到香港后才两周,就举办新闻发布会,宣布拍摄彩色影片《王宝川》的计划。他准备全部用华人演员;影片完全根据戏剧版本制作,不作任何改动;用伊士曼七彩胶卷拍摄,并配有中文和英文两种语言。熊式一雄心勃勃,坚信《王宝川》会成为票房大热门,并且长驱直入,进军国际电影市场,改变香港影片从未能打入欧洲或美国电影市场的现状。

12月13日,太平洋影业有限公司注册成立,资金为50万港元。熊式一和周昌盛担任该公司的经理。熊式一的月薪为2000港元,他还用《王宝川》的版权换得一股资金,价值一万港元。1956年1月26日,太平洋影业公司购买了数万尺伊士曼七彩胶卷,一俟摄影场接洽妥当和演员选定后,立即开拍七彩影片《王宝川》。

---

[1] Widgey R. Newman to Shih-I Hsiung, November 1, 1938.
[2] 梁秉钧、黄淑娴主编:《香港文学电影片目》(香港:岭南大学人文学科研究中心,2005)。

* * *

那年春天，香港正在筹备第二届艺术节，音乐、美术、摄影、戏剧等各个领域的艺术人才踊跃参加。公演的戏剧节目中包括熊式一执导的《王宝川》和《西厢记》，两出戏都是用粤语演出。

熊式一抓紧把《王宝川》英文原著翻译成中文，在香港出版。他在中文版序中兴奋地指出，《王宝川》之前大多在英美演出，有些是他亲自导演的，此外，在上海、天津及香港也曾演出过英语本。这次他将中文剧搬上舞台，而且是首次与国人接触。他自谦："我是只略通文言，稍通现代汉语，勉强可通英文的人。"他感谢演员们的支持配合。"我记得1935年在纽约演出此剧时在一个数千人的文艺场合的宴席上，主席要我报告那次我的成功秘诀，我说：我并没有什么秘诀，我只是幸运得到各位演员一致的合作，因此才有这美满的成绩。"这次在香港，他又得到了演员们的配合支持，包括戏剧界的同人和粤语演员吴楚帆、梅绮、郑孟霞等。[1]

3月8日至14日，《王宝川》在香港利舞台演出。方召麐专门撰文宣传介绍："我们有机会看到由熊先生亲自导演的《王宝川》和《西厢记》在香港演出，这是香港人的眼福和耳福。"[2]方召麐充分肯定《王宝川》英文剧和中文剧的成就，尤其是紧凑的情节和精彩鲜明的人物形象。整个演出过程中，它牢牢地吸引住观众，无论是中外老少，或者被感动得流泪，或者在发噱的地方忍不住哈哈大笑。艺术作品，瑕疵难免，但《王宝川》能引起观众如此的兴趣，成为港人街头巷尾喜爱谈论的话题，足见其成功。方召麐认为，《王宝川》给香港的戏剧界带来了一服兴奋剂。[3]

《王宝川》演出结束一周后，熊式一编导的古装粤语话剧《西厢记》在香港皇仁书院上演。参加演出的是中英学会中文戏剧组的成

---

[1] 熊式一：《中文版序》，载氏著：《王宝川》，页3—4。
[2] 方召麐：《熊式一和他的〈王宝川〉》，手稿，约1956年，熊氏家族藏。
[3] 方召麐：《写在〈西厢记〉上演之前》，手稿，约1956年，熊氏家族藏。

员,他们全是业余演员,但富有舞台表演经验。《西厢记》保留了剧中一些重要的元剧词曲,熊式一力求保留原剧中高雅优美的诗歌元素和字句气氛,他要求演员在表演时,如同诗歌朗诵,像表演莎士比亚剧一样,争取逐字逐句都能清清楚楚地进入观众的耳朵。由于时限,一些细节被删去了,全剧在《长亭送别》结束,整个演出共三个小时。《西厢记》与《王宝川》一样,没有使用很多舞台背景和道具。三天的演出,大获好评。4月中旬,剧组又去九龙伊利沙伯中学做第二次公演。

熊式一常常应邀去学校、俱乐部、社团做演讲。一次,他去扶轮社,演讲的题目为《我不要任何人谋杀王宝川》。他指出,在当今充满战争或者暴力事件的世界中,《王宝川》给人和平美好的期望。演讲结束后,一位扶轮社成员提问,"王宝钏"应当译为"Precious Bracelet",其实英译为"Baochuan"也可以,为何成了"Precious Stream"?熊式一回答说,解答这个问题需要收费十元钱,可以作为会员费收入。该会员按数交付了之后,熊式一解释道:如果把"王宝钏"英译为"Baochuan",在英语世界没人会听得懂,所以就必须意译!"钏"与"川"是谐音,"Bracelet"(钏)有两个音节,而"Stream"(川)是单音节词,所以使用"Stream",它的发音、意思都更胜一筹。[1]

* * *

戏剧节之后,熊式一马不停蹄,马上投入电影的制作。他招募了十多位年轻的华人演员,李香君主演王宝川,鲁怡演薛平贵,缪海涛演王允,夏德华演代战公主。熊式一对所谓的老牌影星不感兴趣,他聘用的演员都必须能说精准的普通话而且具有良好的英语水平。他满怀信心,经过他的训练指导,一旦电影成功,那些演员都会一夜成名,就像他当年在西区和百老汇执导的舞台剧中的那些外国演员一样。李香君新近从内地迁居香港,获选担纲主演。她年仅二十一岁,却具有

---

[1]《王宝钏译王宝川,问题回答要十元》,剪报,1956年1月5日,熊氏家族藏。

精湛的京剧表演技能和丰富的舞台经验。这部电影的演出经历，是她影业人生关键的第一步，后来李香君果然成为邵氏电影公司的当家花旦，成为香港最耀眼的女明星之一。

作为电影题材，《王宝川》是不错的选择。《红鬃烈马》的故事几乎家喻户晓，而熊式一的《王宝川》又获国际声誉，这部电影的成功可谓十拿九稳。事实上，香港许多人相当熟悉《王宝川》。早在1935年，香港大学就上演过这部戏，此后的二十年里，新闻媒体时常有关于它和熊式一的报道。在香港，熊式一广为人知，深受尊敬，有众多粉丝，其中包括不少欧美国家的外交人员和外国公司的职员。熊式一曾经自豪地宣称："他们都是《王宝川》的仰慕者。"[1]

从政治角度来看，《王宝川》应该也是一个稳妥的选择。香港与内地、台湾相邻，在冷战期间，成为左右两派势力激烈争斗的敏感前沿。在香港，既有受美国新闻署资助的文化机构，如亚洲出版社和友联书报发行公司；也有左翼的《文汇报》和《大公报》。正因为此，许多作家必须在这两个阵营之间做一抉择。港英政府试图保持中立，避免政治干预，但亲国民党和亲共产党双方之间的小规模冲突仍司空见惯。1956年"双十日"那天，争斗发展为武装暴动，成为香港历史上最血腥的一天，即所谓的"双十暴动"。熊式一试图不去介入政治，他在不同的政治派别之间斡旋，谨慎行事。对于所谓的"进步影人"和"自由影人"之间的纷争，他敬而远之，不想去冒犯任何政治团体。他的目标是制作电影、推介中国的历史文化，他希望"专门致力于戏剧和电影艺术"。他有好几部电影制作的计划，包括《孙中山》《孔子》，还想根据韩素音的小说改编一部电影《目的地：重庆》。[2]

6月，电影《王宝川》在九龙启德机场附近的钻石片场正式开拍。熊式一用两台摄影机拍片，一台使用黑白胶卷，另一台用伊士曼七彩胶卷。使用黑白胶卷是为了保险，胶卷在香港冲印，第二天就可以看

---

[1] 批评熊式一和《王宝川》的作家也有，包括著名作家姚克等。熊式一认为这类敌意情有可原，大多出于嫉妒。熊式一致蔡岱梅，1956年5月20日，熊氏家族藏。
[2] 熊式一几次谈到过他的计划，但后来那些电影都没有具体制作过。

到效果，万一拍摄有差错，马上可以重拍。而彩色胶卷必须送到英国的兰克影片公司（Rank Film Laboratories）作冲洗处理，一般得等二十天左右才有消息，万一出了差错，再要重新拍摄，就非常困难了。当然，这么一来，制作成本增高了很多。

11月中旬拍摄工作完成，片长大约一个小时三刻钟。熊式一赶紧制作英文配音，随即动身去英国，与伦敦电影学院和电影界接洽。他对此行寄予厚望，深信能获得放映商的认可。

* * *

圣诞节前，熊式一抵达牛津。

三个月前，方召麟带着大儿子曼生去牛津，她要在牛津大学的玛格丽特夫人学堂（Lady Margaret Hall）研习楚辞。熊式一与蔡岱梅商量好，让方召麟在他们牛津的家中先小憩几天，然后搬去海伏山房住。蔡岱梅办事细心，考虑周到。海伏山房有一对老夫妇住着，蔡岱梅预先让那两个房客迁走，腾出了房子，还特意添置了几件家具，为的是让方召麟住得安逸一些。没想到，方召麟在海伏山房才住了几天，便觉得那里交通不方便，也不舒服，就搬了出去。这一来，蔡岱梅只好赶紧重新找房客。不巧，新房客十分挑剔，闹了许多不愉快，弄得很头疼。

熊式一这次回牛津，蔡岱梅想要和他好好商量一下女儿德荑的大学教育。她认为，德荑高中快毕业了，应当像她哥哥姐姐一样，在英国上大学。德荑喜欢历史、英语、拉丁文，还没有决定选哪一项专业，但这几项应该都是理想的专业。蔡岱梅同意熊式一的一贯主张，孩子的专业应该由他们自己决定。

熊式一回家后一两天，在牛津大学任教的王浩来访，两人就德荑的大学专业做了长谈。王浩从哈佛获得博士学位，对哲学、数学、数理逻辑都深有兴趣。他和熊式一都认为，德荑上大学，应当选数学专业，将来路子较宽。客人离开后，熊式一就向德荑和蔡岱梅宣布了这一消息。没想到，那是最终的决定，他违背了自己一贯的主张，一锤

熊式一夫妇和小女儿熊德荑在牛津家中，1957年（图片来源：熊德荑）

定音，没有倾听考虑女儿的意见，也由不得任何讨价还价。蔡岱梅表示反对，但熊式一置之不理。母女俩感到万般无助，她们俩抽泣了整整一个晚上。

第二天，熊式一去德荑的中学，与校长见面，通知校方家长的决定。校长听了，表示几分担忧。她先前与德荑谈过，认为数学专业对女孩来说太难。德荑在普通教育证书考试中虽然表现不错，但数学不是她的强项，而且，她还错过了一个学期。校长认真地提醒熊式一，如果德荑真要选数学专业的话，她很可能进不了牛津。

熊式一没有退却。他答道："那我就孤注一掷吧。"

几个月之后，他在给一位银行家朋友的信中，生动地叙述了这一决定：

> 至于她（德荑）接下来学什么专业，我可以让你猜三次，但我敢肯定你绝对不会猜到的，因为她是我们家的孽种——作为熊家的一员，居然去从事数学专业！我很气恼，我妻子也吓坏了，这么个娇嫩的姑娘去涉足那艰深无比的领域。但老实告诉你，是我好说歹说鼓励她大胆背离我们家的传统。这么一个大家庭，都

是艺术家之类的,能出个小科学家,也不错。[1]

为了准备入学考试,德荑跟数学辅导老师学了一年。她顺利通过了考试,进入牛津大学。

熊式一非常自豪。他一有机会,就会吹嘘说,1956年那次飞回牛津,为了女儿大学专业的事与妻子大吵一场,可那是他一生做过的最大的好事。[2]德荑在牛津大学接受了数学专业教育,后来到美国,开启了计算机程序研发的职业生涯,并参与阿波罗计划。熊式一喜欢得意扬扬地夸耀:"瞧,要不是我,你现在不会在美国。"[3]

* * *

熊式一的英国之行,主要是为了处理电影《王宝川》的事,但结果并没有预料中那么顺利。他与电影学院(Academy Cinemas)、英国联合影业公司(Associated British Picture Corporation)等一些主要电影放映商和发行商谈判,可是没能达成双方满意的协议。原定的短期旅行,转眼延长到了八个月。熊式一陷入了僵局,就好像当年写完《王宝川》剧本后在伦敦四下找戏院上演的那阵子。然而,相较而言,眼下的境遇更为糟糕:熊式一的太平洋影业公司资金短缺,陷入了财务危机;电影的制作大大超出预算;聘用的演员在等着薪水;伦敦的兰克影片公司也在索取欠款;更有甚者,谣诼纷纭,说电影《王宝川》已经以失败告终,电影公司将破产。

拍摄《王宝川》本来就是一场大赌博。蔡岱梅希望这部电影能带来丰厚的利润,帮助纾缓家中的财务困难。她对熊式一理财的方式极度不满。据她保守的计算,从1955年5月至1956年4月,熊式一在香港花了1800英镑,而牛津家里三口子的开销只有1200英镑,其中包括

---

[1] Shih-I Hsiung to K. C. Li, September 7, 1957, HFC.
[2] 熊式一致熊德荑,1966年5月4日,熊氏家族藏。
[3] 熊德荑访谈,2011年8月23日。

用于还债的100英镑。有朋友告诉蔡岱梅，说熊式一在香港生活奢侈，有汽车还有司机。他很可能把南洋的遣散费全都挥霍精光了。与此同时，他们母子三人在牛津，苦苦地挣扎度日。德达去斯莱德美术学院上学，学费昂贵。蔡岱梅只好将自家公寓房间出租，为的是有点收入贴补。她不得不经常借用德荑的储蓄存款垫付账单。要是熊式一稍稍有点积蓄，那多好。[1]

熊式一身为一家之主，如此不顾念家人，毫无责任心，蔡岱梅愤怒极了。她忍无可忍，谴责熊式一是"脏人"，是"无良心的人"[2]。他们俩之间的裂痕难以弥补，他们的婚姻实际上已经名存实亡。[3]

* * *

1957年8月，熊式一回到了香港。

对他而言，那可是生死存亡的关键时刻。左右两派都散播流言蜚语，诋毁太平洋影业公司和《王宝川》，甚至有人预测说他不会再回香港。但事实证明，他们的猜测和判断都是无中生有。熊式一不仅制作了电影，而且回到了香港。不过他亟需资金，需要付账单，支付工作人员的薪水，还得解决其他杂项开支。安排放映一场《王宝川》，无疑是最有效的方法，它可以马上消除众人的疑虑，增添信心，对于那些骑墙观望、迟疑不决的投资人，更是如此。

1957年9月30日，熊式一写信给港督葛量洪（Alexander Grantham），告诉他彩色电影《王宝川》已经制作完成，配有英语对话，将于明年初在伦敦的电影学院举行正式公映。现拟在香港先举办一场慈善义映，他强调那是在香港"唯一的一场特映"。葛量洪在年底将卸职离港，熊式一表示这场活动可以根据他的时间举办。[4]葛量洪欣然接受了邀请，并复信道："您在本地拍摄制作了面向世界市场的

---

[1] 蔡岱梅致熊式一，1956年4月27日，熊氏家族藏。
[2] 蔡岱梅致熊式一，1955年11月21日，熊氏家族藏。
[3] 熊德荑致郑达，2011年8月22日。
[4] Shih-I Hsiung to Alexander Grantham, September 30, 1957, HFC.

彩色影片,这是香港历史上的一件大事。我非常高兴能在香港一睹为快。"[1]

熊式一急切地期盼义映活动,如果电影《王宝川》受到观众的欢迎、获得好评,等于为影片进军国际市场鸣锣开道,而且香港的投资人也可能会马上慷慨解囊,融资的困难便迎刃而解。10月30日,他在寓所招待葛量洪港督和夫人以及其他几位客人,包括英国驻菲律宾大使乔治·克鲁顿以及民航局长 M. J. 马斯普拉特-威廉姆斯(M. J. Muspratt-Williams)夫妇。有关的新闻报道中,含有如下幽默的细节:

> (马斯普拉特-威廉姆斯的)兄弟托尼在不列颠战役期间驾驶一架喷火战斗机,那架战机的名字叫"王宝川"。他用油漆把这名字写在机身上,分别写了中文和英文两种。熊博士笑着介绍说:"那中文名字写得倒是挺漂亮的,但那是托尼自己拼造出来的字,要不是有下面那英文名字,谁都没法破译解读。"[2]

11月4日的义映晚会,可谓盛况空前,名流咸集,热闹非凡。乐声戏院是二战后在香港建造的第一座现代豪华剧院,坐落在新近发展的娱乐商业区铜锣湾。熊式一身穿长衫,神采奕奕,迎接嘉宾。葛量洪夫妇光临时,他上前恭候,陪同入座。

电影《王宝川》配有英语字幕,还伴有音乐,整体而言,它犹如舞台戏剧《王宝川》在银幕上的复制品。它一共由七个场景组成,最开始的两个场景是在相府庭园;第三、第四、第六个场景在寒窑外;第五个场景在西域;最后是在西凉国王的行宫内部。舞台的周边按中国的传统风格设计,精心彩绘的宫殿式建筑显得富丽堂皇,舞台前沿设有栏杆,两侧是立柱。舞台的布景采用大型中国山水画,王允相府庭园的场景,画的是一座亭阁,四周有假山石、花草和树木点缀。身

---

[1] "'Lady Precious Stream' Was a Spitfire," manuscript, ca. November 1957, HFC.
[2] "World Premiere of Lady Precious Stream Eastman Colour Film," n.p., November 1957, HFC.

穿彩缎服饰的演员们运用抽象的戏剧表演手法,譬如在轿子中趋步向前代表马车行驶,手持鞭子急步向前表示策马疾驰。简而言之,这是一部舞台剧电影,观众在银幕上欣赏舞台表演。

熊式一对《王宝川》的义映晚会颇为满意,他告诉蔡岱梅:"义映相当成功,各方面的评价也不错。""最令人满意的是场内观众的反应,他们在快乐和悲伤的时刻都做出了相应的反应。"[1]义映活动结束之后,他的朋友纷纷写信祝贺:"一个十分愉快的夜晚""令人难忘""表演精彩""难得一见,令人耳目一新""风格独特,丰富多彩,给人无限启迪"。香港新成立的电视台"丽的映声"节目主管罗伊·邓洛普(Roy Dunlop)赞不绝口。他表示,制作这样一部电影,难免要经历无数的"头痛和心痛";他预言,这部"美妙绝伦、扣人心弦的影片一定能在世界各地遍受欢迎"。[2]

可惜,媒体各界的反应相当冷淡。义映之后,这部电影几乎立刻销声匿迹。戏剧《王宝川》依然在世界各地的舞台上有演出,但它的电影版犹如流星,稍纵即逝,仅仅留下瞬间的炫目光彩。

那么,到底是什么原因导致了电影《王宝川》如此令人失望的结局呢?细细看来,可能有多方面的因素,而其中之一无疑与激烈的竞争有关。在放映《王宝川》的那个星期,除了附近的剧院在上演的各种舞台戏剧外,周边的电影院有几十部好莱坞电影和国产电影在上映。《红鬃烈马》这出戏家喻户晓,广受欢迎,因此同时有几部据此摄制的影片。就在《王宝川》义映前两个月,粤语电影《薛平贵与王宝钏》在香港发行;1959年6月10日,又推出了另一部彩色粤剧戏曲片《王宝钏》。[3]

《王宝川》没有成功,也可以归咎于战后观众的新品味。自1930年代以来,剧院一直受到电影业和日渐普及的电视机的威胁。光顾剧院的人数不断减少,越来越多的人选择去电影院,或者在家里舒适地

---

[1] 熊式一致蔡岱梅,1957年,熊氏家族藏。
[2] Helen Dunlop and Roy Dunlop to Shih-I Hsiung, November 15, 1957, HFC.
[3] 与此同时,台湾的电影业也迅猛发展。1956年发行的闽南方言电影《薛平贵与王宝钏》,被誉为带领台湾电影艺术的先行者,并促成了当地电影市场的崛起。

坐在电视机前欣赏节目。电视电影的发展,不可避免地导致大众在审美趣味和观赏要求上的改变。电影电视可以变换节奏,可以运用特技,可以对感官产生强烈的刺激,更容易吸引观众。在剧院看舞台上的表演,需要认真聆听对话,细细地琢磨品味,舞台剧《王宝川》中轻步慢移的优雅适合这样的表演方式;而电影《王宝川》完全按照舞台剧拍摄,银幕上的一些近镜头对话和动作就显得单调呆板。武打和唱腔属于京剧的基本要素,当年在英文剧中,熊式一删除了这些内容是为了让《王宝川》更符合西方的戏剧惯例,让那些没有京剧表演训练基础的西方演员不至于望而却步。熊式一在准备拍摄电影时,蔡岱梅曾经建议他考虑增补武打和唱段,这样的话,就会更加生动和精彩,但她的建议没有得到重视和采纳。熊式一毕竟不是一个电影制作方面的专业人员,他根据戏剧版本拍摄电影,完全依赖对话和舞台剧的表演形式,结果,这部电影显得节奏缓慢,乏味无聊,难以抓住观众的注意力。

最重要的是,戏剧和电影之间存在根本的差异,戏剧《王宝川》本身不适合在银幕上表演。其实《王宝川》在戏剧舞台上取得成功的原因,恰恰就是它在电影院失败的关键。这部戏使用极端虚拟象征的表演手法,它需要观众的参与,需要观众运用想象来建构场景等等。这种象征和极简的舞台表现曾经在1930年代及1940年代为西方观众带来全新的体验,使他们眼界大开,简约的舞台风格和设计成为其成功的秘诀。南希·普瑞斯曾经一语道破天机:"布景的缺乏,使观众有了个任务。看戏的时候,他们得在脑中绘制布景,他们得运用自己的想象力,他们会发现自己在看戏的时候思想会变得活跃,就像在电影院里思想会变得不活跃一样。"[1]电影与戏剧截然不同,它可以运用特写镜头、变速跳跃、改换角度、快速移动等各种技术手段,把戏剧改编成电影,要是不做重大改变,其魅力肯定会大打折扣。兰克公司当年拒绝参与拍《王宝川》电影,其理由与此有关:"电影的功能是将剧院扩大展现,并不惜一切代价来避免仅仅拍摄舞台表演而已。"安东

---

[1] "Rejected All Round," *Evening Standard*, February 20, 1936.

尼·阿斯奎斯（Anthony Asquith）和西德尼·科尔（Sidney Cole）也持有相似的观点：《王宝川》的舞台表演很大程度上依赖舞台幻觉，一旦拍成了电影，就失去了实际舞台表演的那种效果。正因为此，尽管不少电影制片人对这部迷人的戏剧表示极大兴趣，但因为意识到改编工作的困难，先后拒绝合作拍摄。当然也有个别制片人表示愿意按原样拍摄《王宝川》，可是，最终没有一个人答应接手摄制任务。[1]

总之，电影《王宝川》在义映之后，从未公开发行，也从未在世界任何地方再放映过。摄制组和演员很快被解散，李香君接受邀请去邵氏公司拍片。太平洋影业公司始终没有能彻底摆脱财务困境。熊式一作为公司经理，自1957年1月后的几年里，除了享受免费住房外，一直没有领薪水。为了拍摄电影，他把自己的积蓄几乎全都投了进去。好几个朋友在他的鼓动下，也投入了不少钱。大家都对这部电影一定会大获成功深信不疑。不幸的是，他们的希望落空了。一些朋友知道熊式一无法归还欠款，也就不再向他索还。他的多年至交威廉·阿尔贝特·罗宾森（William Albert Robinson）曾经借给他1300美金，帮助其解决经费。他后来写信告诉熊式一，既然这笔借款无望收还，他已经在联邦税单中申明列为坏账处理了。[2]

熊式一的电影实践无疑是一次大胆的尝试，他的奋斗精神可钦可佩。电影《王宝川》的失败令人惋惜，但熊式一丝毫不见气馁，重整旗鼓，振作精神，继续在文学、戏剧、教育等领域进行新的开拓。

---

[1] 1935年8月，威廉·威廉姆斯（William E. Williams）在讨论戏剧所面临的严峻挑战时，曾谈到戏剧受限于慢节奏和道具场景的限制，也提到电影的优势，如快节奏、蒙太奇、人群效应等等。威廉姆斯认为，剧院靠"精明的资源"生存下来，他特别以《王宝川》为例，强调了它在克服舞台戏剧表演的局限性方面的"精明独创性"。不过，威廉姆斯亦指出，不能把《王宝川》看作"当代剧院的典范"，因为它无法真正对抗电影现实主义的冲击。他的结论是，《王宝川》属于"令人愉悦的博物馆藏品"。"博物馆藏品"这个词肯定了这部戏剧文化价值的高度，与此同时，似乎也在含蓄地暗示它未来的归属，多多少少预示了电影版注定失败的命运。见William E. Williams, "Can Literature Survive?" *The Listener* (August 28, 1935), p. 370。

[2] William Albert Robinson to Shih-I Hsiung, March 22, 1961, HFC.

第十八章　拓展新路

熊式一出国后，在欧美居住了二十多年，一直以"卖英文糊口"，现在到了香港，身处一个新的语言文化环境，周围大多是中国同胞，他"自然不免要想重新提起毛笔，写点中文东西"[1]。

他的文学创作激情，像喷泉一般激涌迸发；他的文学生涯，发生了戏剧性的转折，进入了一个新阶段。首先，他用中文写剧本和小说，全都是反映当代香港社会文化生活的题材内容。他还把自己以前出版的几部英语作品译成了中文。第二，他积极参与戏剧工作。香港的戏剧虽然面临影视业的严峻挑战，但依然十分兴盛，有普遍的群众基础。熊式一去各剧团、组织做演讲，并帮助指导戏剧排演。第三，粤语是当地使用最多的方言，在日常生活交流中，大部分香港人讲粤语，媒体、舞台、戏剧和电影表演，也有不少使用粤语。熊式一不熟悉粤语，但要想在香港文化舞台上站住脚，必须得借助那关键的语言媒介。因此，1956年至1962年，他不畏艰难，除了导演《王宝川》和《西厢记》两部粤语剧外，还写了两部粤语戏剧。《王宝川》《西厢记》，以及后来的《梁上佳人》，都没有排演收入，他希望这些戏能帮助做做广告，像开路先锋，为自己辟出一条大道。

《梁上佳人》是熊式一于1959年初创作的三幕喜剧。故事发生在香港跑马地丽云大厦中司徒大维的公寓内，年轻美貌的盗贼赵文瑛入室行窃，被主人逮个正着。司徒大维出身富裕家庭，挥霍无度，但他

---

[1] 熊式一：《序》，载氏著《天桥》，页1。

头脑简单、心地善良。他看见眼前的赵文瑛，虽然以行窃为生，却长得机灵貌美，还有胆识，因此被她吸引，并深表同情。他没有报警，不想让赵文瑛锒铛入狱。他希望赵文瑛能从此改邪归正，找个如意郎君，重新生活。他陪着赵文瑛一起离开大厦，掩护她安然脱身。同样，赵文瑛也被司徒大维的善意感动，鼓励他自食其力，找一份工作，争取经济独立，而不是依赖阔绰的叔叔的帮助。

第二天早上，赵文瑛来向司徒大维辞行。她决定把偷窃的首饰珠宝上交警方，搬去新界农乡，开始新的生活。

司徒大维已经订婚，未婚妻张海伦是富家女，生性高傲。那天，她恰好来访，碰见赵文瑛在司徒大维的寓所，顿时醋意发作，大发雷霆。她无法容忍自己的未婚夫让卑劣的盗贼在寓所勾留，她一口咬定他们俩必有奸情。赵文瑛发现，司徒大维并没有真心爱自己的未婚妻，他与张海伦的关系完全建立在金钱名利之上。赵文瑛对司徒大维已经萌生好感，便设计与司徒寿年爵士见面，向他表白自己对其侄子司徒大维的爱慕之情。

剧末，赵文瑛将所窃的首饰珠宝全部交给了警探，由他帮助归还给物主。赵文瑛的诚实、美丽、纯真，打动了司徒寿年，他专程去看望侄子，劝他放弃寄生虫的生活，争取独立自主，追求真正的爱情。司徒大维幡然醒悟，自己原先追求基于金钱的婚姻实在不是明智之举。最后，他与赵文瑛结为情侣。

这出戏触及香港社会日常生活中一些熟视无睹的诟病，如商业主义、拜金主义、贫富差距、婚姻交易等。剧作家以轻松明快的笔触，掺以喜剧的诙谐滑稽，针砭讽刺，入木三分。剧情此起彼伏，高潮迭起，令人联想到熊式一早期的短剧作品《财神》，以及巴里和萧伯纳的剧作。赵文瑛这个角色，个性鲜明，她虽然是个女窃贼，却朴实侠义，不矫揉造作，勇于挑战社会的习俗观念，敢于追求梦想，敢于追求美好的未来。

1959年4月底，中英学会中文戏剧组用粤语上演此剧。风趣的表演，紧紧扣住观众，整个表演过程中，全场观众竟哄堂大笑七十余次。[1]三场表演之后,兴犹未尽,又在九龙加演两场,不久还专门为学校教师演出一场。6月中旬,广播电台播放了《梁上佳人》。7月初,当地的电视台分三次播出。

欧阳天是香港有名的电影制作人,一直在苦苦寻找创新题材的剧本。当他发现《梁上佳人》后,投以青眼,马上决定将它搬上银幕。欧阳天与知名作家易文联系,请他改写电影剧本,又邀请王天林导演,由影星林黛领衔主演赵文瑛,雷震演男主角司徒大维。林黛年仅二十五岁,却已经出演了许多脍炙人口的影片,如《金莲花》《貂蝉》等,刚刚在1957年和1958年连获两届亚洲影展女主角奖,红透半边天。11月底,普通话影片《梁上佳人》公演,第一周场场满座,轰动香港,佳评如潮。其盛况空前,为近年罕见之现象。

熊式一的下一部剧作《女生外向》,再次由中文戏剧组排练上演。盛志云出身贫寒,但胸怀大志,好学上进,得到经营石矿业的张家的资助,完成学业,并成功当选立法委员。盛志云平步青云,一跃成为众人瞩目的风云人物,顿时,金钱和权力地位开始对他展开包围和诱惑。他迷上了摩登美丽的欧阳西璧,相比之下,自己妻子张阿梅长相平平,无异于乡下大姑娘。他开始追求欧阳西璧,决定与妻子离婚,并认为这新的关系将有助于自己在仕途上步步高升。张阿梅相貌普通,但聪明稳重、精明干练,其实是盛志云的贤内助。盛志云在社区、政府会议上的发言讲话,全都得力于她的反馈和点拨,换言之,他的成功离不开张阿梅的帮助。后来,盛志云要去新加坡参加东南亚经济协商会并发表演说,他为此精心准备,殚竭神思,却依然灵感全无,其演说稿再也达不到原有的水平,上级领导对此大为失望,盛志云也无计可施。幸好张阿梅见机,暗中为他的演说稿做了修改,及时挽救了他的政治生涯。盛志云终于认识到自己的错误,看清了阿梅纯真善良的高尚品质,遂与妻子和好如初。[2]

---

[1] 欧阳天:《我为什么要拍〈梁上佳人〉》,《梁上佳人》电影特刊,出版资料不详,香港电影资料馆藏。
[2] 据陈晓婷研究,此剧非熊式一原创,其实是根据巴里的剧本《妇人皆知》改编重写而成。参见陈晓婷:《熊式一〈女生外向〉研究——"英国戏"的香港在地化》,载《大学海》,第7期(2019),页119—131。

《女生外向》的剧照（图片来源：熊继周）

《女生外向》后来被改编成小说，于1962年出版。至此，熊式一在香港已经生活了六年多，小说中对香港的描述和评论，透露出作者对这座城市充满了复杂矛盾的看法。香港是"上帝给人类的恩物——东方的明珠"，是"人类理想的天堂"，"世界上最民主的地方"，而且是一切"希望"都能成真的地方。[1]熊式一在赞美之余，点出了金钱万能的真谛：

> 香港是一个优胜劣败、自由竞争、自由发展的天堂！你运土起家也好，你聚赌起家也好，你卖淫起家也好，你窝娼起家也好，你剥削劳工起家也好，你贪污卖国起家也好，只要你腰里缠了十万贯，一切都由你说！处处受人欢迎！各慈善团体请你当主席！各文化机关请你当董事长！你不敢接受，他们越不肯放手，说你过于谦虚！[2]

---

[1] 熊式一：《女生外向》（台北：世界书局，1962），页54—55。
[2] 同上。

在社会政治生活中，金钱操纵一切，物质主义，腐败堕落，权色诱惑，比比皆是，这对民主和道德价值观构成严重的挑战。故事中的张阿梅，出淤泥而不染，是真善美的象征。她与王宝川一样，集坚毅、忍耐、力量、智慧于一身，可谓女性美德的化身。

《事过境迁》是一部三幕喜剧，背景为香港山顶的一座花园洋房，气派十足，其主人是太平绅士包仁翰。一天，史健旺从澳门来拜望包仁翰，谈话间，史健旺说起上个月在澳门时遇见宇文得标，包仁翰一听，顿时大惊失色，如坐针毡。宇文得标是包夫人的前夫，原是国民党军队的营长，二十多年前，他在抵抗日军、保卫南京的战斗中，不幸英勇捐躯。如果史健旺所说属实，那么宇文得标应该还活着。包仁翰已经与妻子结婚、生活了二十年之久，如今却突然发现自己身边的女人实际上与第一任丈夫还存在着合法的婚姻关系。包仁翰为之坐立不安，他害怕自己受众人谴责和唾弃，害怕自己的良好声誉从此被玷污。无论从伦理道德还是社会法律来看，重婚都是不允许的。他的姑妈何勋爵夫人义愤填膺，谴责包夫人行为不端、不守道德，要包仁翰立刻与包夫人断绝关系，说她不是"我们包家的人了！"[1]。

幸好，这一切不过是一场闹剧而已。说话颠三倒四的史健旺，后来突然记起来了，上个月他在澳门遇见的其实是闻人得标，不是宇文得标，而且闻人得标事后在澳门死于交通事故。他赶紧把这消息告诉包夫人，澄清自己先前的谬误。笼罩着包氏花园洋房的惊恐愁绪刹那间烟消云散，一切都"事过境迁"。尽管如此，伤害已经铸就，包仁翰与自己的夫人之间的裂痕难以弥合。剧作者给观众留下了一系列难以回避的严肃问题，包括虚伪与真情、爱情与婚姻、金钱与地位等等。

1962年5月25日，《事过境迁》在规模宏伟的香港大会堂剧场首演，演出单位是南国实验剧团，其首届学生进行结业公演，《事过境迁》便是演出的剧目之一。南国实验剧团一年前由邵逸夫组建，为香港训练培养戏剧表演人才。5月25日晚上，邵逸夫亲自率领公司各部门高级主管莅临观剧，出席的还有许多文化电影界的名流，可谓明星荟萃。

---

[1] 熊式一：《事过境迁》(香港：中英学会中文戏剧组，1962)，页2A—59。

《事过境迁》是用普通话演出的，熊式一为之兴奋不已。他在自己手稿装订本的简序中，特别提到此事。以前在英国，他写的都是英语戏，演的也是英语戏；到了香港，前几部剧作都是用的粤语，原作的意思有时不能完全表达出来，其中一些细微蕴含的情趣也常常被打了折扣。

> 一个作家，闭门谢客，一个人在屋子里把他平日所见所闻，蕴藏在胸中的一点点小东西用笔墨把它表现出来，总有一种奢望，很想看见他自己所创作的人物，在他所计划的环境之中，变成有肉体，有机能，有情感的活人。假如他的人物，一下地便说一口不是他给他的口音，自然使他有些惊惶，好像父母看见他们的子女，皮肤是白的或黑的，头发是黄的，眼睛是蓝的，哪怕这种孩子多么好，多么美丽，总不至于相信他们是自己的孩子。[1]

这次南国剧团能用普通话演出《事过境迁》，他兴奋地说，那"是我在香港看见我自己的孩子的真面目的第一个机会"。[2]

在此期间，熊式一将自己的小说《天桥》翻译成中文。自从《天桥》出版后，它虽然已经被译成了所有主要的欧洲语言，但一直没有机会与中文世界的读者见面。熊式一亲自动手，前前后后花了一整年时间，完成了这部译作，成为香港文学界一部扛鼎之作。它先在香港地方报纸上连载，1960年，高原出版社将其收入"中国当代文艺丛书"出版发行。

熊式一当然不会错过任何可以提升自己的机会。中文版小说的书首印着H. G. 威尔斯在回忆录《我们如何面对未来》(*How We Face the Future*)中相关的评论文字以及约翰·梅斯菲尔德的序诗复印件。熊式一在中文版的《序》中，又特意介绍了上述"大文豪"和"当代英国桂冠诗人"的赞词以及陈寅恪的赠诗。

---

[1] 熊式一:《谈谈事过境迁》，作者手稿装订本，熊氏家族藏。
[2] 同上。

中文版《天桥》大体上忠于原作,但为了迎合熟悉中国文化的读者的口味,也略作改动。这部小说引人入胜,作者娴熟精湛的中文语言技巧,使它增色不少。就文体风格和笔调手法而言,它近似于19、20世纪之交的通俗小说,活泼风趣、波澜起伏,令读者难以释卷。出版后再版三次,台湾和内地后来也相继出版。这部小说被学术界评为1960年代最有影响力的十二部香港文学作品之一。[1]

* * *

那无疑是熊式一写作生涯中最高产的阶段,他在创作和改写三部戏剧以及翻译《天桥》之后,又马上出版了小说《萍水留情》,描写流落海外的一对青年男女的爱情故事。[2]男主角王乐水是位天才画家,某星期六晚上,他在九龙尖沙咀码头与一位丰姿绰约的女子邂逅。王乐水身上没有足够的钱付渡轮费,那女子便主动替他付了,而且还让他搭乘出租车回家。其后的几个月中,那位女子的倩影始终萦绕在王乐水心际,弄得他几乎神魂颠倒。没料到,一天晚上,他跟随朋友去新开的夜总会消遣,在那里发现台上的歌手竟是那位他日思夜想的女子,即故事的女主角吴萍。

原来,吴萍一直在躲避王乐水。她知道王乐水对自己有情愫,自己也对王乐水有好感,但因为自己从事歌舞行业,怕难以获得别人的理解,也不想玷污对方的清白,因此选择再三躲避。她三岁时,跟着父母逃难到南方,途中父亲遭遇空袭丧生,到了香港后,母亲患肺炎病逝。为了替母亲治病和办理后事,她被迫去舞厅当歌女。王乐水和

---

[1] 黄淑娴编:《香港文学书目》(香港:青文书屋,1996),页36。香港在1960年代出版的大约八十部文学作品中,包括了熊式一的《天桥》《女生外向》和《萍水留情》。据1995年的研究表明,《天桥》属于香港近百位文化工作者推荐的1960年代最重要的十部文学作品之一,其他还有向夏的《掌上珠》、刘以鬯的《酒徒》、舒巷城的《太阳下山了》等。《香港文学书目》,页35—36、41、43、264。

[2] 熊式一后来又试图将此小说改编成电影剧本,题为《萍水留情》,又名《风尘佳人》,手稿,熊氏家族藏。然而,此剧本未有出版或搬上银幕。

吴萍一样,也"漂泊了半生"。他自幼失去父母,大学后去英国,后来又来到香港生活,"萍水相逢似的"[1]遇见了吴萍,两人一见钟情。

他们俩有共同的漂泊流离的经历,同是天涯沦落人,彼此相依相惜,很快坠入爱河,并决定结为连理。王乐水决定替人画肖像,积攒一些钱,应付婚礼和日后共同生活的费用开支。他受商业主义的镣铐禁锢,不得不屈从于阔佬客户的压力,为了满足他们的虚荣心,根据他们的要求,美化他们的形象。吴萍目睹这一切,看到王乐水不得不低三下四放弃自己的艺术标准和道德操守,心情沉痛,愤慨不已。为了逃脱商业主义的羁绊、享受生活的自由,她不辞而别,前往欧洲学习音乐。同时,她劝王乐水不要再从事商业绘画,应心无旁骛,沉浸于艺术的追求。可惜,吴萍去伦敦的途中,飞机失事,不幸罹难身亡。故事以悲剧性的消息收尾。

小说的后续部分,出现了一个出人意料的转折:吴萍经历了空难,却幸免于劫。几年后,他们俩又在香港重逢。吴萍事业有成,已经成为著名的音乐演唱家,这次重返香港在大会堂演出;王乐水也名震艺坛,刚在那里办过一场个人画展。

毫无疑问,这故事在熊式一脑中酝酿已久,其原型就是《阿卡迪亚插曲》。当然,两者之间存有一些明显的差异,包括语言和故事结构。但其中一些关键的成分显而易见:王乐水如痴如醉的爱情、对岭南画大师的蔑视、对饱经忧患和困顿的吴萍所表示的真切同情。男女主角,一个是艺术家,另一个是音乐家,与原来的构想完全一致。中文书名《萍水留情》中,"萍"和"水"分别代表浮萍和流水,两者相遇,通常是偶然的、短暂的,暗喻流放和离散,他们是书中主角人物吴萍和王乐水的象征。"留情"则暗示他们相遇之后缠绵无尽的情思愁绪。

小说的尾部,写两人从九龙尖沙咀渡口坐小汽船去香港岛。吴萍望着岛上的夜景,热泪盈眶。两岸的霓虹灯光,模糊不清,却"美丽极了"。她已经皈依天主教,而且每天替她心爱的王乐水祷告,希望他

---

[1] 熊式一:《萍水留情》(台北:世界书局,1962),页104—105。

早日归主，早日得救，而王乐水不信天主教，劝她脱离天主教。吴萍接下来要前往日本表演，而王乐水要动身去印度演讲。作者写道：两人"暂时必须离别，却永远相爱"[1]。但他们日后真的会结合吗？他们应该结合吗？他们在一起会幸福吗？小说没有提供明确的结论。作者故意留下一个开放式的、模棱两可的结尾，让读者去自由思考这些问题和可能的结局。

小说中谈及真实生活中许多的人物细节，还有香港、欧洲无数的具体地点。它不留情面地批判当代社会，尖刻地讥讽权贵和地位。小说触及一些重要的核心问题：现实与想象、艺术与自由、金钱与道德。作者通过故事人物的经历提出了一些耐人深思的问题：艺术家能否获得绝对意义上的自主和自由？他们能否摆脱市场的操弄和控制？爱情与艺术追求是否相互排斥？家在何方？

* * *

熊式一在大陆的四个孩子，除了德兰，都已经成了家，有了孩子。最小的两个孩子在英国也都已独立生活：德达从伦敦斯莱德美术学院毕业后，1959年与同学塞尔玛·兰伯特（Thelma Lambert）结婚成了家；德荑最近从牛津大学毕业。

香港大学和新亚书院恰好都在招聘理论数学副讲师，熊式一让德荑报名申请。她刚获得牛津大学的文凭，绝对是抢手的人选。如果她能去香港教书，对熊家每一个人来说都是好事。她成为"熊家的纽带"，蔡岱梅可以搬去一起住，其他的哥哥姐姐也都能来走动走动。除此之外，香港有很多大学毕业生是中国人，德荑到香港工作，婚姻问题也很容易解决，不至于像德兰一样被耽搁。

但是，德荑选择了去剑桥大学，学习数值分析和自动化计算。随后，她到伦敦一家英国计算机公司工作。

熊式一想让她在香港或伦敦找一份计算机相关的工作。他提醒德

---

[1] 熊式一：《萍水留情》，页226。

1959年，熊德达从伦敦斯莱德美术学院毕业，与同学塞尔玛·兰伯特结婚（图片来源：熊德荑）

熊德荑从牛津大学毕业，与母亲合影（图片来源：熊德荑）

黉,在求职面试时,应当精神十足,摆出牛津毕业、剑桥受训的气派,与外人打交道时,要像个地地道道的数学家,绝不能像一个羽毛未丰的小宝贝。"说话办事,必须得充满自信,毫不犹豫,不说'我不太清楚'之类的话。自信,甚至带一点点大胆和狂妄,都要比胆小畏怯强。你的大姐和我就是这样的,我们大多情况下都受益无穷。"[1]

* * *

1962年秋天,熊式一在德明学院教书,兼任英语系主任。才工作了两个月,他就开始发牢骚,学校一直没有发薪资,他怀疑这份工作是否会干得长久。第二年春天,情况变得更糟:每周17个课时;教课分量太重;学校拖欠薪资,教员士气低落;师生怨声载道;他的讲课受欢迎,但学生不够努力;他努力敬业,但校方领导似乎并不器重他。熊式一后来甚至参与罢课,要求校方按时发薪。[2]

熊式一年届六十,明显感到上了年纪,精力不足。他的信中多次谈到自己"做事不如前",他好像有一种紧迫感。[3]

下一步该怎么办?应该去哪里?他没有英国大学文凭,年纪又上了六十岁,要想在香港公立大学找教职绝无可能。况且香港狭小,又面临各种具体问题,包括缺水和供水限制,"苦不堪言";他不想回内地,而台湾"亦非乐土"。他凄凉地叹息:"天涯何处可安居?"[4]

1963年7月,熊式一做了个大胆的决定。7月30日,《华侨日报》宣布:"熊式一博士办清华书院"。1949年政局变化后,香港的年轻人很难去内地上大学,而因为香港大学用英语教学,除非英语过硬,否则他们又大都无法进香港大学。熊式一想办一所高等学院,提供文商

---

[1] 熊式一致熊德荑,1962年3月26日,熊氏家族藏。
[2] 熊式一致熊德荑,1961年10月2日、1963年1月9日、约1963年,熊氏家族藏;熊式一致蔡岱梅,1963年6月1日,熊氏家族藏。
[3] 熊式一致熊德荑,1966年5月4日,熊氏家族藏;熊式一致蔡岱梅,1963年6月1日,熊氏家族藏。
[4] 同上。

教育以及中学英语课程，收费低廉，为有志继续深造的香港学生提供机会。[1]熊式一知道，办学是一件艰苦卓绝、吃力亏本的工作，但是办学是荣誉之举，是"作育人才的神圣工作"，他的岳父蔡敬襄曾为此奉献终身，乐此不疲，矢志不悔。[2]

几十年来，香港大学一直是当地唯一的大学，它获得政府拨款，仿照英国教育体系，服务对象是一小部分特权精英青年学生。尽管近年来香港创办了不少小型的高等院校，以填补满足社区的教育需要，但依然供不应求。港英政府经过研究考察，计划将崇基学院、新亚书院、联合书院合并，成立一所新的大学，即后来的香港中文大学。说来也巧，1963年秋季，清华书院与香港中文大学同时建校。

半个世纪前，熊式一在北京上清华学校，那是一所文科预备学校。1928年，它易名为"国立清华大学"，将重点转移到自然科学、工程技术及人文学科，逐步发展成为中国的一流学府，培养成千上万的著名科学家、工程师、企业家和军政领导人。

熊式一与清华有不解之缘。开办清华书院，让"清华"两个字在香港出现，并不完全是出于依恋或怀旧，更是为了继承发扬优良的传统和推促文科教育。清华书院沿袭原清华学校学术精进、立德树人的实践原则，保留原有的校训"自强不息"。[3]同时，清华书院有别于清华大学，它的重点在文商学科，而不是科学教育。在香港，中西文化交汇，中外人士荟萃，清华书院利用这得天独厚的地理优势，力求将中国传统与西方现代教育相结合。

* * *

香港的清华校友闻讯，无不欢欣雀跃。熊式一邀请热心教育事业、爱护清华的校友以及学术艺术界名流参加筹建，7月初校董会成立。

---

[1]《熊式一博士办清华书院》,《华侨日报》，1963年7月30日。
[2] 马炳南:《在成长中的清华书院》，清华书院音乐会海报，1964年4月19日。
[3]《香港清华书院一览》(无出版资料，1964)。

李为光设计的香港清华书院校舍图（图片来源：熊德荑）

8月1日，清华书院开始招生；9月7日，正式开课。清华书院设有中文系、英文系、音乐系、社会教育系、艺术系、会计银行系、工商管理系和经济系等。学校计划在今后几年内再增加一些学系，并增设理工学院，使其在学术和教学上更趋完善。

在短短几个月内，熊式一成功说服并延聘了一批知名学者到清华任教，包括涂公遂、徐讦、林声翕等。熊式一出任校长，兼任英文系主任。英文系共有十八位教授，大都是欧美人士，他们有牛津、剑桥、哈佛、耶鲁、普林斯顿等高校的教育背景，或教育经验丰富。熊式一得意地夸耀："那可是香港实力最强的英文系。"[1]

清华书院开办时，学生有200人，大部分是学习英语的。熊式一将自己收藏的数千册中西典籍拨归学校图书馆，供学生和教师使用。学校还得到亚洲基金会赞助，获赠数百册各类学术图书。

自1964年5月起，每星期日上午，清华书院在香港大会堂的演讲厅举办学术讲座，既为学生增加课外知识，又能提升社会的学术风气，还可以扩大学校的影响。熊式一做首场演讲，题为《英美文坛的中国文学》。其他的演讲，主题涉及音乐、银行、电影、近代史、香港纺织

---

[1] 熊式一致熊德荑，1963年9月15日，熊氏家族藏。

业、中国文学、中国书法和建筑等等。熊式一后来又做了一场"中西艺术比较"的演讲。

清华书院租赁太子道261至263号两座洋楼，用作办公室、图书馆，以及音乐教室。此外，还在附近的嘉林边道上租用了一栋五层楼房，共14间教室。开学不久，熊式一即着手建校扩展项目。他与港英政府接洽，计划在九龙的郊区购置地皮，建筑师李为光设计了新校的校舍图。晴空蓝天下，宽敞的现代教学大楼，背衬壮美的山峦，交相辉映。

万事开头难。熊式一日理万机，每天早上7时起床，一直忙到凌晨2时才得以休息，只睡五个小时。校务千头万绪，琐事烦冗，弄得他疲惫不堪。他后来索性在学校图书馆里搭张行军床，差不多每天二十四小时都泡在了那里。[1] 他希望能做出些成绩，得到社会的承认。所幸的是，学校"开始小有名气"。他告诫自己，"必须再接再厉，戒骄戒躁"[2]。同时，他信心十足，来年准能招到更多的新生。

熊式一准备去东南亚、欧洲和美国，为清华书院筹款和招生。

他已经想好了，一旦清华书院走上了正轨，马上"退休，让年轻人接手"[3]。

* * *

熊式一在组建清华书院时，一定想到了新亚书院。1949年，内地政权更替，钱穆和其他一些学者到香港，在九龙创办了新亚书院，教授文商专科，宣传中国儒家传统和人文主义。新亚书院度过了一段动荡岁月，至1965年，发展成为一所精良优质的私立高等学府。1950年代，新亚书院先后获得台湾当局以及美国雅礼协会（Yale-China Association）和福特基金会（Ford Foundation）的拨款资助，得以保证

---

[1] 熊式一致熊德荑，1963年12月1日，熊氏家族藏。
[2] 熊式一致熊德荑，1963年9月15日、1964年9月18日，熊氏家族藏。
[3] 熊式一致熊德荑，1964年6月17日，熊氏家族藏。

清華書院

辦事處：九龍太子道二六一至二六三號
電話：八二○三○五

先生尺鑒運啟者式一風好名畫展
閱名作飄高獲食段羅庋藏傾囊
為珠舊藏稍為父教余港篤邊齋所
荷者忽忽不二三餘件其中為名家精品故人
遺作或良朋佳構靡浮歎賞彌懷珍
惜顧式一年逾可順近以創辦清華
學心固名人之歲月易逝物之聚散無常感其
聚品價私嗜置不散之以感棄業乃將全部收
藏捐與校唐廣可易砍金資以自學校
經費家自月日起一連
本校公開展覽敬請
光臨指教是幸

熊式一 [印]

熊式一义卖书画资助清华书院启事（图片来源：熊德荑）

维持运行。那种模式，熊式一肯定心仪并力图仿效。

但真要实践，却难上加难。清华书院创办没多久，马上面临资金短缺、资源不足的问题，想要摆脱财务困境，绝非易事。学生开始退学或者转学；部分教员辞职，或者为了高薪转去其他学校任教。[1] 1964年春季，清华书院决定为中学生开设初级英语课程，还增设了便于商业人员业余进修的短期商务课程，这些新课程都很受欢迎，而且赚钱。[2]

为了筹建校舍，清华书院开始募款。校方制定了一套捐款纪念的方法，例如，捐款不论多少，均按相应的具体标准公开表彰，以志纪念；凡捐赠港币5万元以上者，成为永久名誉董事，并以其姓名为某独立建筑命名。[3]

1964年，熊式一将其珍藏的书画古玩悉数捐出，作为校产，义卖所得，作为学校经费。据《逸斋收藏书画目录》，其中列出书画作品计200余件，大多为明清、现当代名家所作，如金农、乾隆、翁方纲、何绍基、赵之谦等人的书法作品，王翚、任伯年、吴湖帆、刘海粟等人的山水、花鸟、人物画，还包括十多件徐悲鸿的画作。除此之外，还有玉器、印章、青铜器、鼻烟壶、扇面、砚台等。熊式一自撰如下启事：

> 敬启者：余夙好古今字画，展阅名作，辄忘寝食；搜罗庋藏，倾囊为快。惟旅居英伦且三十载，真迹不多觏。偶有所获，亦常转赠同好。今港寓逸斋所存者，约二百余件，大抵为近十余年来所得明清及近人之作，其中类皆名家精品，且多故人遗墨与良朋佳构。摩挲叹赏，弥堪珍惜。顾余年逾耳顺，近以创办清华书院，每感力不从心，因念人之岁月易逝，物之聚散无常，与其聚之以偿私嗜，何如散之以成盛业？乃将全部收藏，尽以捐为校产。庶可易取资金，以为学校经费。兹编列目录，标明时代，公之于世。深愿社会耆贤，工商巨子，鉴其诚悃，惠予选购，既得保存国粹，

---

[1] Shirley Yang to Chow Yat Ying Yang, January 25, 1964, HFC.
[2] 《清华书院增办中学及商业班》，《华侨日报》，1964年5月1日。
[3] 《清华书院为筹建校舍捐款纪念办法》，清华书院文件，约1964年。

熊式一在泰国曼谷，1965年（图片提供：熊德荑）

又复泽润清华，则感当无既矣！

此启

清华书院校长熊式一[1]

1964年11月29日，这些书画古玩在希尔顿酒店陈列展出，第一天参观人数高达1000人以上，熊式一兴奋地告诉德荑："社会公众为了帮助清华书院，他们有的出价比标价高十倍，甚至一百倍。"[2]卖掉的书画作品中，包括徐悲鸿的《王宝川》封面画和奔马，以及傅抱石、齐白石、张大千的画作等。[3]翌年3月，800多件字画古玩运到台北，在历史博物馆展出，反响热烈，原定的展期为两周，结果被延长至三个月。8月，又去曼谷展览，得到海外华人的热情支持。这些展览帮助筹

---

[1]《逸斋收藏书画目录》，印刷品，约1964年，熊氏家族藏。
[2] 熊式一致熊德荑，1965年1月31日，熊氏家族藏。
[3] 熊式一致朱汇森，1980年5月15日，熊氏家族藏。

措资金，同时也宣传了清华书院。

* * *

熊式一频频出访，到中国台湾及日本、东南亚等地，探寻经费和资助来源以及校际合作的可能。1959年10月，熊式一作为香港文化代表团的成员，首次到台北，考察台湾的大学教育、戏剧电影等文化事业。[1] 1960年代初，他多次去台湾，到东海大学讲演。1962年，张其昀创办中国文化学院，熊式一被聘为名誉教授，并荣任其戏剧电影研究所名誉理事。

1965年6月，好运不期从天而降。熊式一在东京的亚洲电影节任评委，突然接到消息，夏威夷大学邀请他担任1965至1966年度的客座教授。他又惊又喜，因为他从来没有主动提出过申请，他知道那个职位竞争激烈，每年只有一名幸运儿脱颖而出。他告诉女儿德荑，他"不会去争取任何职务，但要是有人主动邀请，那他当然会欣然接受的"。这次夏威夷大学诚挚地提出邀请，但为什么会选上他了呢？后来他才明白其中的原委。"音乐系主任经常去香港，她认为我是个大学者，而且副校长也认识我，可我发誓根本记不起哪里见过他。"[2]

* * *

在夏威夷一年的访问期间，清华书院办得欣欣向荣，增设了工科和海洋专修科，招聘了一些知名教授教英语和商科课程，还为学生开设了一些到英、法、美等国留学交流的项目。地方报纸常常有关于清华书院的报道。英国文化协会的专员布鲁士（R. Bruce）到清华书院参观，看到学校经过短短的几年竟获得如此大的发展，不由得惊叹"真

---

[1]《港文化人飞台北：熊式一表示将考察教育影剧》，剪报，1959年10月，熊氏家族藏。该访问团一行九人，均为报人和作家。访问团原定的成员中还包括作家姚克，但他"临时因事"未能同行。

[2] 熊式一致熊德荑，1965年8月16日，熊氏家族藏。

是个奇迹"[1]。学校提供优质的课程项目,致力于学生教育,获得业界人士的交口赞誉。不用说,最高兴的莫过于熊式一了。1966年春季,清华书院在辩论赛中赢得冠军,击败香港中文大学!他得意地宣布:"人人都欢欣雀跃。我们做出了巨大的成就,当之无愧!"[2]

1966年6月,访学结束之前,熊式一在夏威夷的中山纪念堂举办了一场中国艺术展。

他原定7月返回香港的,但一再推迟,谁也不知道他到底什么时候回去。学校的教职工感到焦虑,忐忑不安。

7月至9月间,教务主任周以瑛每周给他写信,详尽报告学校的事务,敦促他尽快回香港。信件中大多涉及头痛的财务困境,如银行投资、贷款逾期、拖欠了四个月的租金等等。台湾方面提供的资金,只够维持一两个月。一半学生已经退学,剩下的仅八十人左右。甚至有谣传,说熊式一不回来了,他打算以港币五万元的价卖掉清华书院。[3] 学校亟需熊式一回来拍板定策;学生和教工迫切需要见到他的身影;校董会也催促他尽速归来。如果他能带些钱回来,纾解眼下的财务困境,证明他在海外卓有成效,不虚此行,那更是好上加好。[4]

熊式一去海外,风尘仆仆,四处奔走,确是为了筹措经费。夏威夷访学一结束,他就前往旧金山、洛杉矶、芝加哥、华盛顿和纽约,想找些大学与清华书院建立校际交流项目。他与一些慈善基金组织接洽,如洛克菲勒基金会(Rockefeller Foundation)、福特基金会、卡内基基金会(Carnegie Foundation)等。可惜,他做了这些努力,结果却一事无成。

熊式一理当8月底之前赶回香港,迎接清华书院的新学年。相反,他启程去欧洲,先是英国,然后到巴黎、罗马、希腊。8月中旬,他到伦敦与家人大团聚。距离上次回伦敦,一晃十年过去了,德荑已经成

---

[1]《英文化协会布鲁士参观清华书院》,《华侨日报》,1966年6月9日。
[2] 熊式一致蔡岱梅,1966年6月7日,熊氏家族藏。
[3] 周以瑛致熊式一,1966年7月16日、1966年7月26日、1966年8月23日、1966年9月21日、1966年9月28日,熊氏家族藏。
[4] 周以瑛致熊式一,1966年9月28日,熊氏家族藏。

了一名年轻的专业人士，不久要到美国一家计算机咨询公司就职。她替蔡岱梅在伦敦的瑞士屋地区买了一套公寓，这是他们家在英国首次拥有房产。熊式一见到了德达，还有外国媳妇塞尔玛和孙女儿恺如。他现在已经有十个孙辈孩子了！可这些孩子中，他只见过恺如，还是第一次！

10月24日，他从欧洲乘飞机回到香港；29日，又赶去台湾与有关人士商讨发展校务和捐助的事。

12月3日，清华书院在香港大会堂举办建校三周年的庆祝典礼，数百人出席并设宴招待。熊式一发表讲话，感谢社会各界襄力支持，并简要介绍了赴亚、美、欧等地考察访问的情况。他告诉大家，夏威夷大学、哥伦比亚大学、东京大学和新德里大学等都同意接受清华书院的转校学生及毕业生前往就读。尤其可嘉的是，牛津大学圣安东尼学院下一学年接受清华书院英文系的学生去研究生院深造。他还宣布，加拿大华侨詹励吾已答应捐地皮二十余万尺，作为发展建筑校舍使用。[1]

学校庆典原定于11月15日举行，为了配合熊式一的行程，推迟了几周。两年前，清华书院在校庆一周年之际，确定以后每年于11月15日举办校庆活动。由于接近熊式一的生日，学校决定以11月15日作为熊式一的官方生日一起庆祝。从此，一年一度的校庆活动，既是欢庆学校的周年，也是为创始人祝寿。校方总是精心准备一个巨大的蛋糕，与教职员工、学生和来宾一起分享，那成了清华书院的传统。不用说，熊式一乐不可支。他颇为自负地宣称："这做法跟英国庆祝国王和女王的生日一个样。"[2]

---

[1]《清华书院校庆》，《香港中商日报》，1966年12月9日。
[2] 熊式一致蔡岱梅，1964年11月3日，熊氏家族藏；Hsiung, "Memoirs," p. 6.

第十九章　清华书院

1960年代中期，香港政局动荡，治安不稳，社会面临一系列政治和意识形态引起的争斗。1966年初，发生了旺角暴动，接下来的天星小轮加价事件引致六六暴动。平息后不到一年，又爆发了六七暴动。事实上，暴乱接二连三，常常有大规模的示威游行、罢工，人们甚至与香港警方发生武装冲突。

熊式一在家信中表露出对香港局势的担忧，他在考虑日后的去向安排。1967年5月19日，他写信给德荑，谈到自己的焦虑和不安：

> 简单写几句，让你知道我一切安好，但这里许多人到处在高呼口号，挥舞旗帜和小红书！但愿这局势能很快得到控制。人们不应该一直像疯子一样、无法无天。要是形势变得不堪收拾的话，我只好离开香港，现在唯一可去的地方就是台湾。[1]

8月31日，他又在信中坦率地陈述心中的烦恼：

> 香港情况一团糟……但我们所有人——那些身居要职的人——全都装成好像平安无事，不会出什么乱子。……大规模暴乱天天都发生，民众要么被自制的炸弹炸死，或者被警察和暴徒枪杀！[2]

---

[1] 熊式一致熊德荑，1967年5月19日，熊氏家族藏。
[2] 熊式一致熊德荑，1967年8月31日，熊氏家族藏。

熊式一在香港寓所（图片来源：熊德荑提供）

熊式一忧心忡忡，要是政府不能控制局势，香港会变得混乱不堪，"所有安分守己的人都会离开香港"[1]。

熊式一在思考将来应去哪里。万一形势完全失控，他就去台湾。他会放弃一切，把所有的一切都撂下。他告诉德荑"身外之物都是垃圾"，如果真要去了台湾，他应该能找到一份"低薪教职"来养活自己。相对而言，他更喜欢英国。不过，美国应当是最好的选择，他相信自己在那里谋生没什么问题。"我不想成为任何人的累赘！"[2]

* * *

熊式一在物色人选接他的班，执掌清华书院。他希望能早日退休，卸去种种行政职责，集中精力完成写作计划。他要写回忆录。牛津大

---

[1] 熊式一致熊德荑，1967年8月31日，熊氏家族藏。
[2] 同上。

熊式一在清华书院的办公室，约1960年代（图片来源：熊德荑）

学出版社早已对此表示兴趣，并且让他不用设限，"要是非得写两三卷的话，越长越好！"。《天桥》的续集《和平门》拖了十多年，应该把它写完。此外，他与夏威夷大学出版社谈了，准备写一部关于元代杂剧的研究著作。[1]

可是，退休只是他向往的目标而已。他没有退休，还是继续为学校的工作忙个不停。

1968年秋天，清华书院开办计算机专业，讲授计算机基本原理、程序编制、IBM 360体系机器以及打孔机和验孔机的知识。熊式一认为，计算机代表商业世界的发展趋势，社会上亟需大量计算机专业的技术人才。他专程去台湾，聘请教师来清华书院教授计算机课程。他写信给德荑，与她分享这好消息。熊式一向她介绍了开课的计划和师资情况，还告诉她说，第一期已经有大约100名学生注册。[2]清华书院确实走在了前面，不失时机，为香港的企业员工提供培训课程，六七十年代，英国伦敦城市行业协会举办的年度计算机编程考试中，清华书院

---

[1] 熊式一致熊德荑，1965年10月5日，熊氏家族藏。
[2] 熊式一致熊德荑，1968年5月30日、1968年8月30日，熊氏家族藏。

的学生表现出色，始终名列前茅。

年底，熊式一去美国做巡回讲演，先去阿肯色大学、田纳西州的孟菲斯州立大学，然后到麻州的剑桥停留了几天，看望女儿德荑和蔡岱梅。德荑在麻省理工学院工作，蔡岱梅恰好从英国过来探亲，所以小聚了一番。元旦后，熊式一又去伦敦，住了三天，与何思可、张蒨英、费成武等老朋友叙旧。

1969年6月，熊式一终于找到了合适的接班人。德荑去信祝贺："我敢肯定，放掉那份头痛的差事，你可以多活至少二十年。"[1]熊式一马上解释，说自己没有完全脱身。台湾东海大学的张翰书教授受聘担任新校长，而他自己则任校监，相当于学校的最高行政首长。校董会决定，关于熊式一的职务，英文的称谓用"President"，换言之，他还是校长，而张翰书为"Dean"，相当于院长。清华书院计划不久将增加一个学院，届时学校会升级成为大学。每个学院分别有各自的校监，熊式一则担任新大学的校长。总之，熊式一没有退休，张翰书的聘任只是为了让熊式一解脱烦冗的校务，得以有空出差或从事活动，不受任何牵制。

* * *

开拓财政资源一直是熊式一的主要任务。他在台湾与蒋介石会面时，表示清华书院面临资金短缺的紧迫困难，希望台湾当局能每月拨款2000美元给清华书院，作为财政帮助。因为《蒋传》的缘故，蒋介石与熊式一有私交，他同意台湾当局予以支持，答应每年拨款5000港元给清华书院。[2]可是，学校的运营和基本建设，需要大量的资金，构想了多年的新校园还在筹划之中，具体的实施看来遥遥无期。

清华书院启动了新的一轮筹款活动，雄心勃勃，力争募集50万港

---

[1] 熊德荑致熊式一，1969年6月15日，熊氏家族藏。
[2] Shih-I Hsiung to Jiagan Yan, May 12, ca. 1968, HFC; Shih-I Hsiung to Zhenxing Yan, May 12, ca. 1968, HFC; Shih-I Hsiung to Huisen Zhu, May 15, 1980, HFC.

熊式一与张大千，约1972年（图片来源：熊德荑）

元。1970年10月，熊式一的艺术藏品在香港市大会堂展售，收入15万港元。1971年12月，又在市大会堂举办"张大千父子近作展览会"。张大千素有"东方毕加索"之美誉，熊式一与他有多年交情。清华书院创办初期，校方曾设宴款待张大千，席间，张大千许诺，日后会抽空提供一些绘画作品，让熊式一主持一个展览会，义卖兴学。张大千一诺千金，这次特意捐赠了数十幅书画。展览会的作品，除了张大千和画家儿子张心一，还有其他著名艺术家和学者的几十幅作品。扣除各项开支费用后，共筹得22000多港元。

张大千不久前从巴西搬到美国加州卡梅尔居住，熊式一曾多次走访他的寓所。为了帮助清华书院募款，张大千特意创作了三大巨幅泼墨山水画。熊式一把它们从美国带回香港，赞不绝口，称它们是"精心杰构,熔中西艺事于一炉的传世之作",是"价值连城之国宝!"[1]。1972年5月,它们在中华航空公司办公大楼的橱窗内展出,其中一幅以11.5万港元售出。

* * *

熊式一常常去台湾访问、筹款及进行学术交流。1970年6月,他到台北参加国际笔会第三届亚洲作家会,160多名来自亚洲的代表出席,大都是国际知名的小说家、诗人、剧作家和散文家。林语堂主持会议,并致开幕词。日本诺贝尔文学奖得主川端康成发表主题演讲,宣告"亚洲世纪"即将来临。熊式一作为中国笔会的创始人,曾多次参加国际会议。他在发言中回顾了国际笔会的初创史,并欢迎世界各地的作家光临台湾,共聚一堂。他看到世界各地的作家"努力维护言论自由,消除各民族之间的误解"[2],表示乐观,充满喜悦。会后,阳明山中山楼还举办了茶会,招待出席会议的代表。

在台湾文化界,熊式一算是德高望重的知名人物,备受尊敬。亚洲作家会议后一周,他在台北出席陈源追悼会。陈源是作家、教育家及外交家,3月底因病逝世。治丧委员会由36名成员组成,都是耳熟能详的文学家和学者,除了熊式一,还有陈纪滢、钱思亮、林语堂、张其昀、温源宁、钱穆、梁实秋、张群、叶公超、蒋复璁、苏雪林等。熊式一跻身其中,必定感慨万千。四十年前,他在大学教书,初出茅庐,默默无闻,承蒙陈源登门来访,一次短暂的交谈,促使他出国留洋、旅居海外,彻底改变了他的命运。1943年,陈源调到驻英使馆工作,熊式一与他经常联系,他们相互尊重,共同合作,成了多年的好朋友。

熊式一不是政客,素来不喜欢参与政治。他时而去台湾做演讲,涉及政治题材时,爱引经据典,援引史料,或者讲一些自己的所见所闻。他的政治观点大都偏向台湾当局,但总体来说,他避免任何偏激

---

[1] 熊式一:《漫谈张大千其人其书画》。
[2] Shih-I Hsiung, handnote (unpublished, ca. 1970), HFC.

的言辞和观点，从来不会盛气凌人地攻讦指责。

1971年7月，基辛格秘密访华，而后中美政府宣布尼克松总统将于翌年春天访华。10月25日，第26届联合国大会表决通过决议，恢复中华人民共和国在联合国的合法席位。这一系列形势发展出人意料，在全世界引起轩然大波，台湾舆论哗然，震惊不已。尼克松访华的前景如何？新的美中关系会产生什么影响，如何应对未来的威胁？

熊式一应邀在台湾发表了讲话，他回顾了中国半个多世纪的外交史，在讲话中提到牛津的老朋友林迈可，后者曾经献身于抗日大业，帮共产党装设无线电设备，提供了巨大的技术帮助。1954年，林迈可应英国艾德礼政府邀请，作为顾问人员，随工党代表团出访中国。后来，熊式一在中兴大学还做了题为"世界大战及其前因与后果"的演讲，同样谈到过自己的怀疑态度。

* * *

1960年代，台湾中华航空公司扩展海外业务，增设了飞往中国香港、南越、日本和旧金山的航线。熊式一和拉塞尔·兰德尔（Russell Randell）大力协助，帮助中华航空成功完成业务谈判。兰德尔是退役空军将军，在三四十年代担任美国空军要职，到过世界上许多地方，立下了赫赫战功。为了感谢熊式一和兰德尔的帮助，航空公司授予他们俩免费乘坐飞机的待遇。熊式一成了环球旅行者，自由自在地周游世界。不用说，只要有可能，他总是选择坐头等舱。

1970年11月30日，他写信给德荑，说自己下月10日左右去旧金山，他"希望"能到波士顿与她一起过圣诞和元旦。

德荑此前已经计划于12月19日去伦敦看望母亲，接到父亲的来信后，便通知父母双方，可以先与父亲见上一面，然后按原计划去伦敦与母亲一块儿过圣诞和元旦。她搭乘麻省理工学院的包机，那样的话，价格会相对便宜很多。没想到，航空公司临时来通知，说航班取消了。德荑只好改变原计划，将伦敦之行推迟到元旦以后。这样的话，父亲来波士顿，她也可以顺便陪着玩玩，招待一番。她知道，母亲和德达一家以及许多亲友都在盼着她去伦敦共度佳节,她得赶紧把这消息通知母亲。她也知道,母亲听到她改变日程的消息,必然会大失所望,心碎肠断。她倒了一杯苏格兰威士忌,一口灌下肚,为自己壮壮胆,然后拿起话筒,给母亲拨了通远洋电话。即使如此,她还是怯生生的。果然,她母亲一听,立刻就泣不成声。母亲已经准备了许多好吃的,日盼夜盼,等着德荑归来。她责怪德荑,认定她背叛了自己,一定是故意做此选择,想与父亲一起过节。"你跟你爹去玩吧"[1],她气愤地嘟哝。

结果,熊式一并没有像事先说定的那样去波士顿与德荑一起过圣诞和元旦。他于圣诞前夕才到德荑那里,说是在加州给耽搁了。住了才一两天,就匆匆离开,赶到台湾出席"一个重要会议"。事后,他又去纽约和华盛顿,1月10日,打电话给德荑,说第二天要去她那里。停留了几天,又马上前往加州,到那里做一场演讲。[2]

对德荑来说,那假期真是一团糟。原定的度假计划被彻底打乱了不算,整个假期中,她一个人待在公寓里,既伤心又沮丧,形影孤单,心情十分压抑。她取消了原定的假期计划,得罪了母亲,伤了母亲的心。即使如此,她心里依旧抱着希望,要尽快去一趟伦敦,作为弥补。她答应过母亲:"爹爹一走,我就马上抽空来你这儿。"[3]她打算2月去伦敦看母亲,结果没去成,一直拖到了夏天过后,才总算成行。她可真是倒霉透顶。她怎么也无法让母亲相信,那不是她的过错,也不是她故意更改计划,取消伦敦之行。她感到愧疚,不断自责,难以释怀。

不过,与父亲的短暂相聚,却是机会难得。多年来,她与父亲聚少离多,心目中慈祥的父亲,已经变了像个陌生人一般。德荑在信中坦率地告诉父亲:

> 下次我要是能再听你多讲一些自己的事,那是再好不过的了——自从你离开家去新加坡以后,我们很少见面,关于你的事,

---

[1] 熊德荑访谈,2009年8月13日。
[2] 熊德荑致蔡岱梅,1970年12月27日,熊氏家族藏。
[3] 同上。

我知道的很少很少。太棒了，我快中年的时候，能重新认识父亲——我很高兴，你能乐意接受我的信任，不知道"乐意"这词儿用得是否妥当——但我的意思你是明白的。[1]

德薇亲眼目睹，过去的熊家亲密无间，如今变得四分五裂，貌合神离，她的心里很难过。近年来，她几次想写封信，发给分散在世界各地的父母亲和哥哥姐姐们，谈谈自己的想法。1974年3月11日，她终于写了一封长信，寄发给大家。那是一封充满了复杂情感的家信，德薇伤感地谈到，他们家"一度融合快乐，现在却如同一盘散沙，分散在东西南北，形同陌人"。"我知道，我们都应该以不同的方式继续彼此相爱，但是由于具体环境，由于遥距千里，我们已经很久没有能表示心中的爱意了，这实在太可悲了。"[2]

熊式一与蔡岱梅之间长年不断的互相批评与指责，对德薇的心理上造成了难以弥合的创伤。她爱母亲，一直无私地奉献和帮助母亲。为了让母亲能在伦敦的公寓里过得舒适安逸，她省吃俭用，每个月寄给母亲250美元，用于付房贷和生活开支。蔡岱梅觉得，德薇像个儿子，既孝顺又体贴。但是，德薇对父亲也怀着深厚的爱。凡父亲的生日或者重要的节庆日，她从来也不会忘记给父亲寄张贺卡，而且一直在努力缓和父母之间的怨恨。当然，她无法原谅父亲肆意挥霍、不顾家人的做法，可是，每次听到母亲喋喋不休地数落父亲的种种不端行为，她觉得厌烦难过，"十分的揪心"[3]。长期以来，她心头积聚了许许多多的忧烦和愤懑，过度的压抑，弄得她郁郁寡欢、苦痛不堪。

*　*　*

1972年4月，熊式一专程去华盛顿首府，观摩《乌龙院》(*Black*

---

[1] 熊德薇致熊式一，1971年1月29日，熊氏家族藏。
[2] 熊德薇致熊式一、蔡岱梅及其所有兄弟姊妹，1974年3月11日，熊氏家族藏。
[3] 熊德薇致蔡岱梅，1972年7月5日，熊氏家族藏。

Dragon Residence）的演出。那是一部英语话剧，根据同名京剧传统戏改编而成，类似于熊式一在1930年代改编《红鬃烈马》。几个月前，夏威夷大学戏剧专业的学生在学校剧院演出这戏的时候，熊式一也在场，他看得非常激动。此剧的编导和作者是一位名叫杨世彭的客座教授。杨世彭出身名门，从小受家庭影响，耳濡目染，掌握了京剧的精湛技艺和知识。大学毕业后，他到美国留学，先后在夏威夷大学和威斯康星大学的研究生院学习，获戏剧专业的硕士及博士学位。他钟情于中西戏剧，才能非凡，毕业后在科罗拉多大学戏剧系任教。对杨世彭来说，能有幸结识熊式一这位戏剧界的传奇大师，得到他的首肯，可谓莫大的荣幸。熊式一也异常的兴奋，能在美国遇上这么一位才华横溢的青年戏剧教授、舞台导演和戏剧翻译，实属难得。他们志同道合，彼此之间相互欣赏，一下就成了无话不谈的好朋友。

　　杨世彭告诉熊式一，《乌龙院》如果能在一年一度的全美大专院校戏剧比赛中脱颖而出，下一年春季就会到华盛顿公演。熊式一答道，要是《乌龙院》获选，他一定前往观摩。

　　来自全美的330所大专院校参加戏剧比赛，《乌龙院》获得首奖，成为十部最佳戏剧之一，得以去华府刚落成的肯尼迪演艺中心献演。两场演出，座无虚席，《时代周刊》（Time）、《华盛顿邮报》（The Washington Post）等媒体好评如潮，美国之音（Voice of America）和美国新闻署向中国和东南亚国家转播了整场演出，美国公共电视网也两次在全国联播演出专辑。

　　熊式一信守诺言，真的专程赶到华府，亲临剧场，观摩演出。不仅如此，他还帮着四处宣传介绍。他在台湾机场转机时，向记者介绍他这次美国之行的目的，赞扬杨世彭令人骄傲的成就。因为他的宣传，《乌龙院》在华府公演的当天，台北所有的报纸和电视台都做了重点报道。不少记者还拥到杨世彭在台湾的家里，采访他的父母。

　　华府公演之后，《乌龙院》与一些制作人接洽，看看下一步在百老汇上演的可能。熊式一对杨世彭说：要是《乌龙院》获选，他还会去出席观摩。不过，他补充道："我自己解决旅费，你替我付酒店房费，因为你那时候会有版税收入。"他们就这么一言而定。可惜，《乌龙院》

落选，没能在百老汇上演。杨世彭后来成为活跃在世界舞台上的著名戏剧导演，他与熊式一的忘年交延续了多年。[1] 熊式一对后辈大力扶掖，慷慨支持，杨世彭对此印象深刻。

* * *

1972年，熊式一的独幕剧《无可奈何》在香港出版。封面上的剧名，是作者用流畅的行书书法题写的，旁边抄录了诗句"无可奈何花落去，似曾相识燕归来"。剧中的主角燕冠雄，任广慈医院总经理，是个企业家和慈善家，在香港赫赫有名。那天，他在家中设宴，招待回港探亲的小学同学陈钰明。他忙着精心准备时，与妻子何振坤发生口角，闹得不可开交。何振坤年轻漂亮，又有文化，她突然意识到自己与燕冠雄之间毫无爱情可言，他们的婚姻不过是金钱交易，她决心脱离这"地狱里边的生活"[2]，去追求自由和幸福。她摘下结婚戒指，到铜锣湾找心爱的情人李子谷，两人当机立断，准备动身去粉岭农场养鸡，当农民，开始新生活。李子谷兴冲冲地冲出家门，冒雨去雇出租车。五分钟后，一个陌生人将他的尸体抬进来，解释说李子谷被大巴士撞倒，不幸身亡。听到这突如其来的噩耗，何振坤惊得目瞪口呆，六神无主，喃喃地说道："我已经没有了家，没有了人，没有了可以去的地方！我成了无家可归的人。"[3] 无奈之下，她只好赶紧回蓝塘道燕冠雄的花园洋房，将戒指重新戴上，刚才发生的一切，被成功掩盖，似乎从未发生。出乎意外的是，客人陈钰明医生竟然就是那个将李子谷的尸体抬进来的陌生人。陈医生也一眼认出了何振坤，但他没有说穿其中的秘密。

《无可奈何》幽默讽刺，有精彩的对话以及丝丝入扣的情节。清华书院的学生曾先后于1968年和1972年上演过两场，但这戏从未正式公演过。

---

[1] 杨世彭访谈，2011年2月6日；杨世彭致熊式一，1972年3月3日、1972年3月24日、1972年5月2日，熊氏家族藏。
[2] 熊式一：《无可奈何》，出版品，约1972年，熊氏家族藏，页17。
[3] 同上注，页21。

没人注意到，这部短剧与巴里的《半个钟头》有惊人的相似。《半个钟头》中，金融家高逊（Garson）先生的妻子丽莲（Lilian）决定逃脱不幸的婚姻，去找心上人休·佩顿（Hugh Paton），一起去埃及开始新生活。佩顿冒雨出去找出租车，不幸被汽车撞倒身亡。丽莲一时不知所措："叫我上哪去呢？""我没有地方可以去——无家可归。"[1]出于无奈，她只得急速赶回家中，把戒指重新戴上，装作什么事情都没有发生的样子。没想到，来家作客的柏禄医生（Dr. Brodie）正是先前目击佩顿遇难并将尸体送进来的陌生人。柏禄医生对丽莲的困境表示同情，替她严守秘密。面对残酷的现实生活，他们俩似乎都认为，委屈妥协是上策，尽管丽莲出于无奈，回到了丈夫身边，"怪孤苦伶仃的"[2]，但总比独立自由地打拼要好一些。

熊式一翻译的《半个钟头》曾于1930年刊登在《小说月报》上，是他继《可敬的克莱登》之后发表的第二部巴里剧本。他熟悉这剧本，而且明显受它的影响。《无可奈何》的基本情节与此大同小异，其中不少细节也都十分相似。但是，《无可奈何》具有鲜明的个性特点，它的地方风味浓郁，反映的是今日香港，其中引用了大量的真实人名、地名、机构、事件，是个地道的香港故事。何振坤与丽莲一样，下决心放弃舒适安逸、寄生虫式的生活，去追求自由和爱情。但她的性格更为坚强，她完全清楚，自己离开丈夫后会"做苦工，苦一辈子，穷一辈子"[3]，她已经有了心理准备，为了精神上的自由，她心甘情愿如此。最重要的是，《无可奈何》中有许多滑稽、夸张的细节，构成了深刻的社会批判。例如，燕冠雄之所以精心设宴，款待陈钰明，是因为听说在英国学医行医的陈钰明出入上流社会，是英国首相的好友，他想借机重叙旧情，拉拢关系，日后能让陈钰明在女王前美言两句，封个爵士头衔。剧末才真相大白，陈钰明并不认识首相，那纯属误会。燕冠雄煞费心机，到头来却空欢喜一场。

---

[1] 巴蕾著，熊式一译：《半个钟头》，《小说月报》，第21卷，第10期（1930），页1497。
[2] 同上注，页1500。
[3] 熊式一：《无可奈何》，出版品，约1972年，熊氏家族藏，页13。

* * *

1970年代初期,中国开始对外开放,海外华人陆续回国探亲访问。蒋彝于1975年春天回国,与阔别四十二年之久的妻子女儿团聚。德锐和德兰在吴作人、萧淑芳夫妇的家中与他也见了一面。

蔡岱梅多次提过希望有机会回中国看看,不少亲友也都恳切邀请他们回国一游。1970年后,蔡岱梅认真计划申请回国探亲访问。她在海外生活了半辈子,回国探亲是她多年以来尚未实现的夙愿。

与此同时,他们在中国的孩子都分别出国与家人团聚。首先是德兰,1978年到伦敦探望母亲;翌年,德锐到中国香港和英国、美国看望父母和弟妹;德威于1982年后数次去英国和中国香港,而德海则已于1978年去世。德荑于1978年5月首次访华,她先到香港,探望父亲,然后去内地,逗留了七个星期。

那几次家庭团聚非常温馨,大家都激动万分,但也暴露出他们之间无形的、难以弥合的裂痕与鸿沟。几十年来,他们生活在不同的政治文化环境中,突然间,他们痛苦地意识到,昔日幸福快乐的熊家已经不复存在。德兰探亲的一个月,与母亲多次发生争吵。原先蔡岱梅还在考虑回国与德兰一起生活,这样一来,她彻底打消了那念头。[1]事后,德兰直言不讳,向德荑道出了自己的想法:

> 上次见面之后,我发现我们俩确实喜欢相互之间有接触——但可惜,只能够那么一点点!你,爹爹,妈妈,还有我,都有自知之明,选择"单身独居";我们无论哪两个人聚在一起生活,必定会剑拔弩张。啊,不过,这就是生活吧![2]

德锐去伦敦探母的时候,熊式一和德荑也一起去了。德锐和德荑知道,父母俩是绝对不可能长期相互容忍、住在一起的,但他们暗中希望

---

[1] 熊伟访谈,2013年2月1日。
[2] 熊德兰致熊德荑,1980年10月,熊氏家族藏。

父母能珍惜这一机会，至少能相安无事，和平共处。[1]结果却令人失望到极点。德锐离开伦敦后，悲哀地承认："要想看到我们父母之间能够达成某种妥协和解，那是绝对不现实的。"[2]同样，德荑直截了当地批评父亲，认为他不应该对母亲"无理"发火和攻讦，那本来是一场"快乐的家庭团聚"，到头来却弄得不欢而散。她批评父亲二十年来没有帮助过母亲，并恳求他不要再继续寻衅吵架。"我已经受够了！"[3]

* * *

1975年，熊式一休假一年，周游欧洲和南亚等地，讲学交流，顺便为清华书院争取经费。1976年7月18日，他在学校的毕业典礼上宣布，新校建设计划即将实施，不久就要开工。他声称"得力于各方的支持，新校园应很快就能竣工"[4]。可是，新校园无异于海市蜃楼。清华书院资金短缺，连维持日常运行都有困难。

1977年，资深教育家许衍董应聘担任清华书院校长。11月15日，许衍董在百乐酒店组织联欢晚会，庆祝建校15周年，暨校监熊式一寿诞。熊式一捐赠港币5000元，作为清华书院建校基金，并纪念其先母劬劳之恩。[5]

1978年，熊式一又休假一年，去欧洲和北美访学，其间，清华书院的一切具体校务均由许衍董负责处理。

1979年9月2日，校董会在界限街的办公室召开年度会议，讨论研究学校面临的严峻形势。近两年来，学生人数锐减，校务涣散，管理不力，而且学校连年负债。至1978年8月31日，学校的债务高达港币19000元；1978至1979学年度，又增加港币604.77元赤字。为了扭转颓势，校董会通过决议，免除许衍董的校长职务，复请熊式一出任校

---

[1] 熊德锐致熊德荑，1970年11月28日，熊氏家族藏。
[2] 熊德锐致熊德荑，1980年1月13日，熊氏家族藏。
[3] 熊德荑致熊式一，1980年12月11日，熊氏家族藏。
[4] 《清华书院公告》（清华书院文件），约1977年11月。
[5] 同上。

蔡岱梅晚年在伦敦的寓所（图片来源：熊德荑）

长一职。

年度会议前两天，熊式一和卢仁达已经商洽，并签订了《香港清华书院校董会改组合约》，其目的是扩充校务、扩大招生，继续开办中学，继续办不以牟利为目的的教育机构。卢仁达同意付给熊式一10万港元，作为支付清华书院所负债务及迁校的费用。校董会改组后，由五人组成，除了熊式一和卢仁达，另外三人由卢仁达提名。翌年9月1日，正式办理移交手续。届时卢仁达任校监，校长人选由卢仁达物色，熊式一则永远担任清华书院的"创办人兼常务校董召集人（或兼名誉董事长）"[1]。

许衍董被罢职之后，愤愤不平，向台湾教育主管部门及侨委等机构告状，自称遭非法罢免，认为清华书院的校领导改组手续不符合有关规定。教育主管部门接受其一面之词，没有做调查，也没有预先通知，迅速终止了对学校的财政经费拨款。

清华书院每年从台湾教育主管部门获得港币35000元，相当于学

---

[1]《香港清华书院校董会改组合约》（清华书院文件），1979年8月31日。

校四分之一的年度收入。终止这笔拨款补助，无异于"最狠毒之撒手锏"，足以使学校瘫痪。许衍董还在香港四处散发传单，扬言自己仍然是清华书院的合法校长，并要求香港的大专联考委员会在招生广告上剔除清华书院。[1]熊式一忍无可忍，给台湾教育主管部门的朱汇森写了长信，陈述其多年来为清华书院不辞辛劳，苦心经营，并得到台湾当局的一贯支持。而许衍董因泄私愤，"捏造事实"，肆意"诬告滥告"，他敦促教育主管部门切勿"挑剔作难"，应妥善查办此事。[2]

从1963年建校至1979年，清华书院为社会培育了一大批人才，历届毕业生共计186名，其中，英语专业和商业管理专业分别为59人和54人，社会及社工专业24人，音乐专业23人，中文专业12人，会计银行专业7人，经济专业4人，艺术专业3人。部分毕业生进研究生院或到国外继续深造。此外，清华书院还为当地的数百名专业人士和中学生提供了培训课程和语言课程。

熊式一已经年届八旬。近二十年来，他为学校事务煞费苦心，四处奔波，寻找财源，筹集资金，开展校际合作。他心力交瘁、疲惫不堪，而最近家里又遇上"伤心透顶"的事。他的养女熊绍芬，于1975年清华书院中文专业毕业以后，前往美国旧金山州立大学研究生院学习。绍芬向往自由，要自主决定人生道路。1979年，她不顾熊式一的反对，与同学结婚。同时，她疏远了熊式一，并且恢复原姓"黄"。[3]熊式一为此黯然神伤。除此之外，1981年6月4日，熊式一在界限街住所附近搭乘巴士，不料发生交通事故，巴士与货车相撞，他的头部和右腰受伤，被送往医院治疗。[4]

此后不久，熊式一便正式退休了。清华书院一年一度的毕业同学录上依然刊印他的近照和题词，但他不再是"校长"了。他的称号是"创办人"，与清华书院的昔日历史连接在一起。

---

[1] 熊式一致朱汇森，信件复印本，1980年5月15日，熊氏家族藏。
[2] 同上。
[3] 黄绍芬访谈，2011年9月24日。
[4] 《名学者熊式一受伤》，剪报，1981年6月5日，熊氏家族藏。

第二十章　落叶飘零

1966年，熊式一在夏威夷大学的客座教授任职结束之前，曾接受记者吉恩·亨特（Gene Hunter）的采访。亨特的报道，内容详尽生动，像一幅生动的人物肖像：中国人，矮小的个子，身穿中式长衫，精通并收藏书画古玩；在英国文坛崭露头角，一跃成为享誉世界的剧作家和小说家，名噪一时；现任夏威夷大学亚洲研究客座教授和香港清华书院校长；有六个子女，其中四个在中国内地工作生活，另外两个和他的妻子一起住在伦敦。[1] 简言之，熊式一是个地地道道的"世界公民"[2]。

"世界公民"一词，精确概括了这位跨国、跨文化人物的内质。颇为乐观的文字描摹，为读者展示了一个自由欢快的人物形象：脸上挂着灿烂的笑容，优雅和蔼，漫游世界，或者在教室里讲课，或者在书房内悠闲地写作。不过，那快乐无忧的形象背后，其实还有隐隐的焦虑和游移不定的成分。事实上，那是一个踯躅彷徨的老人，在寻觅一方乐土，为了安顿身心，为了静享余生。

他，像一片落叶飘零，在苦苦寻觅。归宿何在？

*　*　*

卸任清华书院校长并退休之后，熊式一终于可以无忧无虑、轻松

---

[1] Gene Hunter, "Long Robes Add Stature to Diminutive Scholar," *Honolulu Advertiser*, June 16, 1966.
[2] "Old Chinese Art Objects on Display at Consulate," n.p, n.d, HFC.

自在地生活了。除了看书、写作、翻译之外,他可以去各地旅行、拜访朋友、参与社交活动。与此同时,他在考虑到哪里安度晚年。

人的一生中,每十年相当于一个里程碑。过了七十岁,阅历丰富,便能"从心所欲不逾矩"。熊式一写过一首七绝,既为自己进入大彻大悟的境界暗自庆幸,又因为看清了身上许许多多的不足之处,深感惭赧愧疚。

> 岳军人生七十始,
> 尼父从心不逾矩。
> 八十我方知昨非,
> 自愧今无一是处。[1]

张群,字岳军,是熊式一的故交。张群曾有诗句"人生七十方开始"自勉,以期老当益壮、乐观长寿。熊式一在诗中借引张群以及孔子所言,却话锋一转,自嘲"今无一是处"。他对此诗相当满意,用毛笔抄录,作为墨宝,赠送给家人和朋友留念。

熊式一年老心不老,依然胸怀壮志,在海外弘扬中华文化。1984年,他去加州参加私人聚会,席间他向《世界日报》记者郭淑敏透露,正考虑在洛杉矶创办一所新的清华书院,他在与当地有兴趣的人士商谈。"等筹备有个眉目了,就正式会对外公布。"[2]

熊式一精力充沛,一般年轻人都自叹不如。举个例子,1984年1月中旬,他去华盛顿首府,庆祝女儿德荑的生日;然后,去纽约看望朋友;接下来,飞到洛杉矶为他的旧房东欢庆五十寿诞;随后又坐长途汽车到加州首府萨克拉门托看绍芬,庆祝她三十岁生日;2月初,飞回香港,去澳门赶赴郑卓的百岁寿庆。

---

[1] 熊式一的这首七绝,有时略作修改。例如,他赠送给儿子熊德威的内容为:"人生七十方开始,从心所欲不逾矩。八十渐知昨非多,但愧今亦鲜是处。"见张华英:《熊式一熊德威父子画传》,页2。
[2] 郭淑敏:《熊式一教授名闻中外,保存中华文化不遗余力》,《世界日报》,1984年2月1日。

郑卓早年追随孙中山，走南闯北，任侍从武官，人称"德叔"。他比熊式一年长整整二十岁，近年定居澳门。经朋友介绍，两人在澳门结识，一见如故，成为知己。熊式一每年都接到请帖，受邀参加郑卓的生日活动。郑卓与世无争，视功名富贵如过眼云烟。熊式一佩服郑卓的人生哲学，但更敬佩的是郑卓多年奉行的"法乎自然"的养生之道。"他也不吃补药，以求长寿，不求医，不打针，不做健身运动，以图延年。他也不禁生冷，不忌口，不持斋吃素；有什么吃什么，荤素不拘：四只脚的只是不吃桌椅，两条腿的只是不吃人！"熊式一惊喜地发现，自己的生活实践居然与此不谋而合，如出一辙。他不仅"瞠乎其后"，却也信心倍增。他有把握，可以成为百岁人瑞。[1]

与郑卓相识，熊式一获益匪浅，但同时也产生一丝惊诧和愕然。他无意中意识到，"老朋友和同龄人都一个一个走了"，一小部分"比自己年纪轻的也走了！"。[2]他向来喜欢交友，现在更是如此。只要有可能，他会随时随地结交新朋友。

巴瑞·斯佩格尔（Barry Spergel）就是他新交的青年朋友之一。斯佩格尔是个律师，毕业于芝加哥大学和耶鲁法学院。他才思敏捷、博学多闻，对世界文化怀有浓厚的兴趣。一次，他去德荑家，在那里认识了熊式一，两人谈得十分投契。斯佩格尔有语言天赋，掌握了法语、德语、西班牙语、葡萄牙语等多种语言。他好奇地问熊式一："中文难吗？""很容易，你一个月就能掌握。"熊式一还说，将来要是斯佩格尔去香港，欢迎到他那儿住。

后来，斯佩格尔果真去了香港，成为熊式一的客人。他先到台湾，在辅仁大学学习中国文化；然后到北京大学，成为首批学习法律的外国学生。去北京前，他在香港逗留了四个月，住在熊式一的寓所。他们俩无话不谈，特别是哲学、历史、文学等领域。两人常常讨论一些历史和文学人物，谈谈中国的诗歌，在讨论中自然也少不了争辩。斯

---

[1] 熊式一：《养生记趣》，《中央日报》，1987年10月18日；熊式一：《代沟与人瑞》，页18—19。
[2] 熊式一致熊德荑，1988年3月23日，熊氏家族藏。

佩格尔记忆力过人，但熊式一的博闻强记，使他由衷地佩服。在谈话中，熊式一喜欢寻章摘句，或者追忆一些微小的细节，似乎漫不经心，信手拈来，却只字不差，准确无误。

1984年，斯佩格尔开始在东京从事法律工作。他写信告诉熊式一，并邀请他去玩。没料到才过了几天，熊式一从香港给他打电话，说下个星期就会去他那儿，随行的还有一位年轻的女伴。斯佩格尔的公寓过于狭小，无法接待他们俩，于是，他就去找朋友杨·范·里吉（Jan van Rij）商量。里吉为驻日本大使，他与妻子珍妮（Jeanne）的住宅是一栋漂亮的五层楼房，还有几个花园。他们听了斯佩格尔的介绍，了解到熊式一的传奇经历和高深的文学造诣，对他肃然起敬，欣然邀请熊式一住他们家，还决定举办晚会表示欢迎，邀请外交使节、日本文化教育部的官员和记者等一起出席。

斯佩格尔为熊式一的东京之行做了精心安排，介绍他认识了各界人士，包括《经济学人》(*The Economist*) 和《金融时报》(*Financial Times*) 的记者、BBC分部的主管、律师朋友等等。最精彩的亮点，要数里吉夫妇主办的招待晚会。那场活动"热闹极了"，所有的来宾，见到了熊式一，都钦佩不已，赞不绝口。[1]下面是斯佩格尔事后为德荑描述的有关晚会的情况：

> 你父亲像往常一样，谈笑风生，应对如流，在场的人都为之折服。酒会上还有这么一段小插曲：有个大型化工公司的总裁跪倒在地，为你父亲穿拖鞋。眼前这么一位年高德劭的长者，每一个人见了都毕恭毕敬。你父亲说，这好像又回到了从前的风光年华，他那时红得发紫，无人不晓。[2]

里吉夫妇对有幸接待熊式一感到非常高兴，他们想安排让他再来日本，组织一次《王宝川》的舞台表演。两年后，熊式一果真应邀又

---

[1] Barry Spergel to Shih-I Hsiung, June 19, 1984, HFC.
[2] Barry Spergel to Deh-I Hsiung, May 16, 1984.

去了次日本，当地的英语剧团在里吉的寓所举办了演出活动，珍妮也参与其中。导演是名年轻的荷兰学生，名叫安妮·M. 海伊（Anne M. Hey）。她写道：五十二年过去了，但这出戏还是"确确实实值得上演"，"就此而言，这戏真可谓'常青夫人'"[1]。

* * *

1977年，中国恢复高考，数以百万计的青年人踊跃报名，参加考试。德辊的两个孩子，熊心和熊伟，通过考试，进入北京外国语学院，主修英语。接下来的几年内，他们的妹妹和堂弟堂妹也先后考入大学，主修工程、商业和其他学科。

改革开放为中国的全面发展开启了光明的新篇章，青年一代的目光逐渐延伸至海外。他们希望去美国或者欧洲国家，开阔眼界、探索世界、提高语言技能、丰富文化知识和生活经验、改善职业前景。

对于熊式一的孙辈来说，出国还有一层特殊的原因：他们可以有机会见见祖父母。他们在童年时代，从来就没有听过父母谈起熊式一和蔡岱梅，仿佛他们根本不存在似的。祖父母的出版物，家里片纸未留，生怕受到政治上的牵连和影响。内地的书店和一般图书馆也见不到祖父母的出版物。据熊伟回忆，1976年"文化大革命"结束之后，他才从父亲那里偶尔听到有关祖父母的点点滴滴。熊伟的父亲德辊在北京外国语学院英语系任教授，熊伟用父亲的图书证进到学校的书库，在书架上发现《王宝川》和《天桥》。这些书不对外开放，因为有了父亲的图书证，他得以躲在书库里偷偷阅读这些书。[2] 德海的女儿傅一民，是从美国记者埃德加·斯诺的《西行漫记》（Red Star Over China）中了解到熊式一的。1979年，北京三联书店出版了由董乐山翻译的《西行漫记》中译本，国内读者竞相阅读，一时洛阳纸贵。[3] 斯诺在书中

---

[1] Playbill of *Lady Precious Stream*, Hong Kong, April 6, 1986, HFC.
[2] 熊伟访谈，2010年7月7日。
[3] 1979年版本的封面上，书名为《西行漫记》，并有标注"原名：红星照耀中国"。

谈及《王宝川》，董乐山专门加了个译注，说明《王宝川》的剧作者是熊式一。据此，傅一民惊喜地发现，外祖父近半个世纪前就已经闻名西方文坛。[1]同样，德威的儿子熊杰也是从《西行漫记》中了解到熊式一和《王宝川》的。如今，这些孙儿后辈都能与熊式一和蔡岱梅通信联系，迫切希望多了解一些老一辈的故事，能有机会出国学习，能与他们见上一面。

不用说，熊式一和蔡岱梅都知道，负笈异国他乡不等于享乐，去一个陌生的语言和社会环境，必然面临重重困难，但前途是光明的。熊式一明确表示："我本人亲历此境，故年逾卅时，子女已成行而毅然决定破釜沉舟出国，否则焉有今日子女皆能出人头地机会也。"[2]他和蔡岱梅都乐意竭尽所能，全力相助。熊式一和德藟与海外的学校联系，询问大学申请报名的信息，尽力提供资助。第一个出国的是熊心，她1980年去伦敦蔡岱梅那里，并开始在当地入学。翌年，熊伟转学到美国华盛顿乔治城大学专攻语言学。几年后，熊杰和傅一民大学毕业，分别在美国的研究生院继续深造。

熊式一的身体还算硬朗，但毕竟已届耄耋之年，需要有人陪伴照顾。

德威的女儿熊继周主动提出，愿意前往香港，帮助照顾祖父。1984年9月10日，她从北京飞抵广州，次日到了九龙。德威刚从香港看望熊式一返京，特意画了一份路线图给她做参考，继周顺利找到了祖父在界限街的住址。年迈的祖父在门口迎候，身上穿着绸布长衫。他一见孙女，眉开眼笑，饱经风霜的脸上布满皱纹，高兴得嘴都合不拢。

第二天，两人一早起床，便开怀畅聊。他们讲各自的经历、家人的情况，以及内地和海外的种种见闻。不知不觉，太阳悄悄地下了山，两人谈兴正浓，连灯都忘了开。倒是熊式一顿了一下，高兴地说："行了！我们现在相互了解了！"他带上继周，到香港最出名的半岛酒店吃晚饭。身边有二十三岁的孙女伴着，他非常得意。熟人

---

[1] 傅一民访谈，2019年5月26日。
[2] 熊式一致万惠真，1983年9月3日，熊氏家族藏。

见了他，尊敬地称呼他"熊博士"，他向大家介绍继周，说是自己的"手杖"。[1]

继周从内地初来香港，耳闻目睹的种种现象，与学校接受的教育形成鲜明的反差，感受到强烈的文化冲击和心理变化。熊式一让她帮助誊写译稿，要求她使用繁体字。自1950年代起，内地推行简化汉字，而香港和台湾依旧使用繁体字。熊式一认为，中国汉字蕴含着精深的文化内涵，繁体字代表着中华传统文化。每次看到继周写的简体字，他总免不了失望。

关于一些历史问题的阐释和理解，他们之间也存在巨大的分歧，突显了文化鸿沟的存在。熊式一在翻译《大学教授》时，该剧呈现的近代历史及其政治角度，在继周看来似乎有悖于常识。他会意味深长地解释：对历史的评论需要公允，不可偏激，偏激的说法不能尽信。

熊式一潇洒自如，无所羁绊。他不富裕，但手头有钱、朋友需要的时候，只要向他开口，即使他知道这钱有去无回，也会爽快地答应。在他眼里，物质财富并不重要。一次，他带继周去银行，兑现德荑寄来的200美金支票。他把钱随手揣进衣兜里，打车去看画展。到了渡轮码头，下了出租车，熊式一发现兜里的钱包不见了。这一定是刚才从兜里掉在了车上，但出租车早已没了踪影。继周伤心不已，连连抱怨，那毕竟是一大笔钱呀！熊式一平静地劝她："钱重要，但它是身外之物。我丢失的钱很多很多。"如果为此而过于伤心，不值得。那天晚上，熊式一告诉继周，他一生中丢失的钱和受骗赔钱的事不计其数。"要是我每次都被弄得心烦意乱，生活就没什么意义了。"[2]

* * *

自从迁居香港后，熊式一基本上没有再创作过重要的英文文学作

---

[1] 熊继周访谈，2011年1月8日。
[2] Yeo and Hsiung, "*Lady Precious Stream*—A Chinese Drama in English," p. 21; 熊继周和谭安厚致作者，2019年3月1日。

品,兴办清华书院之后,他的中文创作也基本上停止了,只是偶尔写一些散文。

1975年2月,熊式一与徐訏和沃德·米勒(Ward Miller)一起创办了香港英文笔会。这一文化组织的成立,唤醒了他心中沉睡已久的旧梦,他开始认真撰写回忆录。许多好友,包括玛丽女王大学的校长B.伊佛·埃文斯(B. Ifor Evans),都曾经敦促他早日完成这项计划。埃文斯甚至预言,他的回忆录肯定是一部"佳作",必定畅销,他的生花妙笔,加上"独具特色,细腻含蓄"的语言,必然能让林语堂的文字"相形见绌"。[1] 不少人都盼着他能抓紧时间,完成回忆录,为后人留下一部富有价值的文学作品。绍芬写道:如果您"这些年都用在写作上,我们中国文坛上定然光辉不少,我们这些晚辈也不知会受惠多少!"[2]。

1977年8月,熊式一卸去清华书院校长职务,开始写回忆录。他模仿富兰克林,从历经沧桑的老前辈的角度回顾人生,为后代传授一些重要的经验教训。回忆录采用书信体形式,日期为1977年8月11日,地点是香港界限街的寓所。作者一开始便表达自己感念慈母养育之恩以及对母亲深深的崇敬之情。他的母亲省吃俭用,拉拔他长大,又使他启蒙,奠定了日后文学生涯的坚实基础,终身受益。接下来,他简述了自己主要的文学成就,介绍自己的家族世系和童年经历。作者坦诚直率,婉婉而述,很像富兰克林的《自传》。不过,回忆录读来更幽默、戏剧化、引人入胜,其中的许多细节描述活灵活现,给人留下难忘的印象。

熊式一的"回忆录"不同于富兰克林的《自传》,两者追求的目标不同。富兰克林写《自传》是为了评估生活经历以及如何知错改错,借用他的比喻,如同作者在纠正印刷排版中的"错误"或者勘误。而熊式一的回忆录是一部反叙述,他目的明确,为了厘清事实,还原历史真相,纠正不实之词、无稽之谈或者诽谤谣言。下列文字值得一提,

---

[1] B. Ifor Evans to Shih-I Hsiung, March 16 and September 1, 1949, HFC.
[2] 黄绍芬致熊式一,1978年2月28日,熊氏家族藏。

作者后来把它添加在回忆录的首段：

> 我觉得有些人是天才的专栏作家，他们夸大其词、言过其实，或者信口开河，凭空捏造。那些饶舌摆弄八卦的可以算得上是天才，他们干这一行全凭本能。但我总是偏爱事实，而不是靠幻想；正因为此，我创作的剧本和小说中，许多人物和事件都源于生活，我通常都尽力将他们改得低调一点，为的是更令人信服。[1]

1984年，熊式一宣称，他的"回忆录"完稿的话，估计要100万字，他已经写了20万字，写到了1930年代。但事实上，他的英语"回忆录"仅写到1911年，手稿经过了几次修改、誊写，1985年的打字稿接近两万字。与最初的手稿相比，打字稿有一个明显的改变：初稿开首部分的书信日期、地址、称呼全都删除了。令人遗憾的是，"回忆录"一直没能写完，当然从来没有出版。许多真相未能厘清，大量的逸事旧闻将永远被湮没尘封了。

不过，熊式一倒是发表了四篇中文的自传体文章，刊载于《香港文学》上。它们详细记录了作者早年的文学生涯、为何决定出国求学、创作和上演《王宝川》的过程，以及他与巴里和萧伯纳的友情。《香港文学》于1985年1月创刊，作为文学月刊，旨在"提高香港文学的水平"，"为了使各地华文作家有更多发表作品的园地"。[2] 创刊一周年前夕，刘以鬯向熊式一约稿。熊式一将巴里《难母难女》的中文译稿寄了去，并写了一篇长文，介绍巴里以及自己与巴里的文学因缘，刊登在1986年的1月号，题为《〈难母难女〉前言》，剧本分四期随后登载。然后，熊式一又应邀投寄了上述四篇回忆文章，其中的《初习英文》《出国镀金去，写〈王宝川〉》和《谈谈萧伯纳》等三篇，冠以标题《八十回忆》。熊式一在文坛久负盛名，但香港的许多读者，特别是年轻人，却从未有机会接触过他的作品。这些自传回忆文章，立即引起了读者

---

[1] Hsiung, "Memoirs," p. 1.
[2] 刘以鬯：《发刊词》，《香港文学创刊号》，第1期（1985），页1。

的关注，他们争相阅读，一睹前辈作家的文采和清新悦人的创作风格。熊式一的文字，明快独特，令人叹为观止。刘以鬯认为，它们全然不同于时下的文章，它们给人以启示：严肃的文学并不等于非得呆板沉闷。据林融的评论："作者忆作家，四篇长短不一，却有共同点，可读性高。熊式一写作业已不多，近期却有三篇《八十回忆》陆续交该刊发表，可说是该刊读者之幸。"[1]刘以鬯诚邀熊式一继续赐稿，每月写5000到6000字，可惜熊式一事情繁多，后来就没有写下去。

* * *

1985年5月，继周与谭安厚订了婚。谭安厚是个年轻的银行家，温文儒雅，说一口流利的汉语。他的英文名字是休·托马斯（Hugh Thomas），在加拿大长大，大学毕业后，到北京和南京学习中国语言和历史，随后又获得香港中文大学的工商管理硕士学位。

继周与谭安厚是在圣诞活动时认识的，两人谈得很融洽，不久便开始约会。4月，熊式一得知这一消息，听到谭安厚才三十出头，居然已经任英国米特兰银行香港分行中国部经理，担心其中有诈，便亲自前往谭安厚的工作地点探个究竟。他穿着长衫，去中环太子大厦，直奔24楼，在那里确确实实看到了谭安厚的银行办公处，才算信服。他后来又了解到，谭安厚的父母和家人，虽然是西方人士，却都熟悉中国的文化历史，而且在中国长期生活及工作过。谭安厚的父亲还在伦敦西区看过《王宝川》，甚至曾看到熊式一上台接受鲜花和掌声的一幕。熊式一算是放了心，而且觉得称心满意，对继周说："你如果不跟他结婚，我就把你送回北京去。"

继周和谭安厚筹划在8月举办婚礼，共发出了100多份请柬。邀请出席的客人，一半是熊式一的朋友。这还是他首次参加后辈的婚礼，他乐不可支。

婚礼那天，熊式一出席结婚仪式，作为见证人在结婚证书上签字。

---

[1] 刘以鬯：《我所认识的熊式一》，《文学世界》，第2卷，第6期（2002），页55。

熊式一参加孙女熊继周的婚礼,右边是新郎谭安厚(图片来源:熊德荑)

当晚，婚宴在海外银行家会所举行。熊式一事先有约，只好先去参加港督的活动，然后从那里匆匆赶去赴宴。他迟到了一会儿，满身大汗，快步流星地走进宴会厅。在场的宾客见了，兴奋地鼓掌，热烈欢迎。熊式一身穿白色长衫，手臂上的玉镯叮当作响，朝着主桌径直走去，一边气派十足地向大家招手。熊式一事后告诉德荑："婚礼的排场很大。结婚仪式后，港湾上空呈现双重彩虹，巨大无比，久久悬在空中，向前去参加婚宴的宾客表示欢迎！真是太奇妙了！"[1]

翌年3月初，谭安厚夫妇迁到山顶，搬进工作单位的住房。事有凑巧，熊式一界限街寓所的房东要求他立即搬迁，因此他与继周和谭安厚商量，征得他们的同意后也搬到了山顶，与他们合住。他大量的藏书，必须马上处理，经过汉学家闵福德（John Minford）牵线，将大部分中文书籍卖给了新西兰奥克兰大学（University of Auckland），还有一部分英文书籍，捐给了香港大学图书馆。[2]

山顶是太平山的俗称，位于香港岛中西部，属于高档住宅和风景区，居民大都是外籍人士。山顶是权贵的象征。熊式一的香港作品，几乎都有所提及，甚至以此为背景。搬到山顶"重享英国式生活方式"[3]，理应心情恬适，安然度日了，不料，搬到新居才一个月，熊式一就开始抱怨，说到那儿住是"最不明智"的决定，他"极度的孤独和凄惨"，一心想要离开山顶。[4]

这与他的年纪和身体状况有一定的关系。他的手指僵硬，书写的字体很大，笔迹颤抖，歪歪扭扭的。从前，执笔写字是种乐趣，现在却成了痛苦的负担。[5]他的视力也大不如前，有些报纸字体太小，都没法看了。除此之外，他喜欢热闹，想念朋友，可是山顶的交通不便，很难四处走动，他感到与世隔绝。他给蔡岱梅的信中曾感叹道："'衣

---

[1] Yeo and Hsiung, "*Lady Precious Stream*—A Chinese Drama in English," p. 21.
[2] 龚世芬：《熊式一的藏书》，《文学杂志》，第140期（1997），页10—13。
[3] Yeo and Hsiung, "*Lady Precious Stream*—A Chinese Drama in English," p. 21.
[4] 熊式一致熊德荑，1986年7月9日、1986年8月1日、1986年9月8日，熊氏家族藏。
[5] 熊式一致熊德荑，1988年2月3日、1988年3月3日，熊氏家族藏。

不如新，人不如故！'到我们这种年龄，老朋友越来越少了！"[1]现在，年近九十，他现在的朋友都比他年轻，老朋友或已经走了，或都不再记得他了。[2]

好景不长，搬到山顶没几个月，谭安厚做了一个重要的决定：回学校去攻读金融博士学位。1987年5月，他辞去了银行的工作，带着继周和刚出生不久的儿子，举家迁居纽约。这一来，熊式一需要重新选择去向。由于《中英联合声明》，香港将于1997年回归中国。许多人对香港未来的局势发展心存疑虑，有不少人迁移出走。熊式一比较看好洛杉矶和旧金山，他认为自己可以在那里安身，教教中文，做些翻译工作。不过，他想在搬到那儿之前，先去一趟台湾，处理《大学教授》中文版的事，再争取到北京和江西看一看。总之，生活还没有完全安定下来。

* * *

1986年底，蔡岱梅的身体日渐衰弱。1987年1月11日，她在伦敦医院平静地辞别人世。

家属和好友出席她的葬礼，包括德达全家、德荑和她的伴侣乔治、熊心、熊伟。汉学家吴芳思与熊家相识多年，担任司仪，张蒨英和德达致悼词。[3]

蔡岱梅生前宽厚待人、真诚体贴，她善解人意，是一位仁慈温和的长者。听到她去世的噩耗，朋友们都哀痛极了，他们从世界各地纷纷发来慰问卡和信件，表达心中的悲恸和哀思。

蔡岱梅爱看小说。十年前，她看了一本小说，讲的是一个西方家庭在中国的故事。蔡岱梅很喜欢，在给德荑的信中，她特意抄录了小说的结尾部分，其中包括这么几句："女人能馈赠的最佳礼物，不是她

---

[1] 熊式一致蔡岱梅，1967年11月7日，熊氏家族藏。
[2] 熊式一致熊德荑，1986年8月1日，熊氏家族藏。
[3] 熊伟访谈，2013年5月25日；熊德荑访谈，2019年4月18日。

蔡岱梅之墓（作者摄）

的爱，而是她贴心的温柔和无私的奉献。它们维系家庭，一起同甘共苦。"[1]这些话说到了蔡岱梅的心坎上，半个世纪以来，无论是在中国，还是在海外，她为家里留下的正是这份最好的礼物。她无私地奉献，如熊家的中流砥柱，给每一个孩子以慈爱和温暖，关心他们，帮助他们，鼓励他们。借用德辁的话："她这一生，都是为了我们。"[2]

蔡岱梅病重时，熊式一提出要到伦敦探望，但被她拒绝了。熊式一前一次回伦敦时，两人吵得不欢而散，蔡岱梅心存芥蒂，余怒未消。蔡岱梅去世后，熊式一也没能去参加葬礼，他年迈体弱，家人一致劝他不要前往，担心他难以承受伦敦的寒冬。

---

[1] 蔡岱梅致熊德荑，1976年3月31日，熊氏家族藏。
[2] 熊德辁致熊式一，1987年1月20日，熊氏家族藏。

结缡六十余年了，蔡岱梅勤俭持家，奉献一生，她的离去，无疑是一个沉重的打击。熊式一哀恸欲绝，不思饮食，在床上躺了整整三天。

＊　＊　＊

熊式一把所有的家当，包括藏书、书信手稿、书画古玩和家具用品，通通运去纽约。7月18日，他只身前往台湾。他向台湾当局提出了定居申请，得到批准后，11月7日在台北购买了一套公寓。

他在世界上闯荡了一辈子，现在，第一次有了房产。他似乎心满意足，终于找到了归宿。他甚至洋洋得意地宣布：我有了"自己的一块小天地"[1]。

但真要在台湾生活，可不容易。熊式一属于"无业无退休金"类人员。台湾的生活费"高得离谱"，靠写作谋生几无可能。[2]最难熬的是冷清凄凉。他到台北后，第一个月内参加了十多场追悼会，心情整日郁郁寡欢。[3]他期盼收到家人和朋友的消息，即使是只字片语，也能给他带来片刻的欣喜，纾缓一下内心孤寂落寞的感觉。他一次又一次地恳求德荑，要她常去信，他要求孙辈每周必须写一封信，让他"开心开心"[4]。

台湾并非尽善尽美，它不是理想的安居乐土。熊式一不适应当地的自然气候，更不喜欢严格管控的政治气候。他发现一些来自海外的信件拖延很久才送抵，他估计台湾审查机构在检查他的往来信件。他很气恼，一定是台湾当局在怀疑他，把他看作"不受欢迎的坏分子"[5]。另外，他觉得台湾方面对自己很冷淡，没有给予应有的重视。林语堂在台湾待遇优渥，备受尊敬。他认为自己应该享有与林语堂同等的荣誉和推崇。

---

[1] 熊式一致熊德荑，1988年3月5日，熊氏家族藏。
[2] 熊式一致熊德荑，1988年2月1日，熊氏家族藏。
[3] 熊式一致熊德荑，1988年3月5日，熊氏家族藏。
[4] 熊式一致熊德荑，1988年3月3日、1988年3月23日，熊氏家族藏。
[5] 熊式一致熊德荑，1988年3月5日，熊氏家族藏。

1988年,熊式一获颁受第14届台湾文艺奖特别贡献奖(图片来源:熊德荑)

1988年3月,熊式一把四个月前买进的公寓售出。他做了一个大胆的决定:搬去美国,或者与德荑住,或者与孙辈一起住。

* * *

熊式一永远给人们带来惊讶。

7月中旬,他从台北回北京省亲。他可能意识到,年岁不饶人,这事再不能拖延。蔡岱梅几十年来一直想回国看看,但始终未能成行,抱憾终生。

他的北京之行十分圆满。他住在德锐家里,与亲友见面畅谈。时任全国人大常委会副委员长、民盟中央主席的费孝通和画家吴作人设宴热情欢迎。熊式一与费孝通是多年的故交,1930年代,费孝通在伦敦经济学院求学时,两人就认识了。这次旧友重逢,话旧叙新,一言难尽。熊式一还去老朋友冰心的家中做客,在那里见到了一些翻译出版界的朋友,相谈甚欢,席间他与冰心一起吟诵唱和古诗文,两人都记忆惊人,十分尽兴。

近两个月的访问转眼结束,它改变了熊式一对内地的看法。几十年来,他一直拒绝回中国内地。这次访问,使他得以目睹中国内地的经济发展和文化生活,打开了眼界。他看到北京市容整洁干净、治安良好,他基本上没有负面的评论。他接受《人民日报》记者采访,介绍自己在海外的历程,并谈到了访问的观感:

> 这次北京省亲,给他的印象是"现代"与"古代"的叠影,他觉得在台湾听到的宣传跟大陆的宣传不大一样。不尽人意的地方虽还不少,但北京的变化之快之大,令人惊叹!他几乎寻不见旧时老北京的踪影。他最满意的是医疗保健。[1]

* * *

年底,熊式一又去台北,住在中国文化大学校园内的大忠馆。文化大学坐落在著名的阳明山公园附近,校园内主要的建筑全都沿用古色古香的中国传统风格,整个校区像个中国建筑的博物馆。学校创办人张其昀是熊式一的老朋友,熊式一每次去那里,总是受到热情的招待,文化大学温暖如家,令人感到宾至如归。1984年,张其昀去世后,儿子张镜湖接任学校董事长。张镜湖是地理学家,曾在夏威夷大学执鞭二十多年。1960年代熊式一去夏威夷大学任客座教授时,认识了张镜湖。熊式一尊敬他,甚至还有些妒忌他,因为他精明能干,接下父亲的班,担负起文化大学的重任,鞠躬尽瘁,无怨无悔。"我如果有个儿子,像他一样,执掌清华书院,把它继续办下去,那多好?"[2]

4月,《大学教授》中译本由文化大学出版社出版,书首附有熊式一特意写的《作者的话》,介绍该剧本的创作背景。1939年8月8日,

---

[1] 张华英:《叶落归根了夙愿》,《人民日报》(海外版),1991年10月15日。
[2] 熊式一致熊德荑,1989年10月31日,熊氏家族藏。

《大学教授》问世，有幸参加摩尔温戏剧节，不幸的是，三周后战争爆发，戏院关门，全民疏散，《大学教授》从此默默无闻。不料，半个世纪之后这部剧作重获新生，在台湾与同胞相见；4月底，台北真善美剧团又将它搬上舞台。熊式一感慨万端："真是命也，运也！"[1]

在台湾，熊式一也有失望，甚至心寒的遭遇。孙儿熊伟想到台湾探望他，向有关方面提出申请。按规定，凡在海外居住五年以上的中国公民，均可获得入台证。熊伟在美国、英国、法国学习生活了八年，绝对符合此条件，但他的申请却遭到拒绝。熊式一闻讯，怒不可遏：台湾当局"对自己的同胞如此偏见，种族歧视"[2]，实在无理至极。

* * *

熊式一的六个孩子全都大学毕业，可惜没有一个获得博士学位。他鼓励孙辈进一步深造，攻读博士学位，甚至帮助牵线搭桥。他的清华校友顾毓琇原为宾州大学电机工程系教授。熊式一相信，要是自己与顾毓琇联系，定能帮助熊杰考进宾州大学。熊伟文质彬彬，有语言天赋，文化基础扎实，学习成绩一贯优秀。乔治城大学毕业后，他到英国伦敦大学学院和法国巴黎高等社会科学院攻读硕士和博士学位。熊式一为他在文化大学争取到一份教师职务，可是因入台遭拒，只得作罢。熊式一自诩人脉广通，从前帮许多高官友人的孩子进了牛津或剑桥，他深信那些人际关系依然灵验有效。

然而，"时代变了"。德锐在熊式一来台之后做的这个评论，可谓语重心长。[3]熊式一爱追述自己三四十年代的辉煌，他津津乐道当年与丘吉尔、罗斯福夫人、骆任庭爵士、葛量洪港督、蒋介石等名人的往来。在他的心目中，时光荏苒，应无碍人际关系。可悲的是，他错了。他生活在昔日的泡沫空间里，他没有意识到，自己"已经老了，几乎

---

[1] 熊式一：《作者的话》，载氏著：《大学教授》，页3。
[2] 熊德荑致熊式一，1989年9月11日，熊氏家族藏。
[3] 熊德辊致熊德荑，1989年1月26日，熊氏家族藏。

被人遗忘了"[1]。

* * *

1990年春天,熊杰从纽约州立大学水牛城分校毕业,获工程硕士学位。熊式一去水牛城出席他的毕业典礼。

人人都喜欢熊式一,同样,熊式一也爱热闹,喜欢与人交往。前些年,他去乔治城大学,熊伟把他介绍给同学和朋友,他与大家聊天,侃侃而谈。学校的一位非裔保安见了熊式一,印象深刻,事后常常向熊伟打听:"你爷爷好吗?"[2]这次,熊式一访问水牛城,一位台湾教授久仰大名,闻讯专门组织了一个大型聚会,邀请几十位知名学者和专业人士出席。大家慕名而来,想见见这位文坛大师。熊式一谈笑风生、思维敏捷、机智幽默,像一名高明的表演者,如磁铁一般,把在场的听众牢牢吸引住。他阅历丰富、知识广博,加上非凡的口才和语言能力,人人为之折服。一位美国朋友,听到熊式一优雅的英语,竟然大吃一惊,倏地站了起来。[3]

熊杰是德威的长子,德威又是熊式一的长子,祖孙三人都是虎年出生。熊杰的专业是工程,但他对历史、政治素有兴趣,特别是世界各国的文化历史。作为海外留学生,他关心祖国的发展,关心中国的前途。一次,他接受电视台记者采访,熊式一在台湾,恰好在电视上看到熊杰,激动地大喊:"那是我的孙子!"[4]

熊式一与孙子之间偶尔也会发生摩擦冲撞。一次,他自吹自擂,《王宝川》风靡全世界,千千万万的人都知道那戏,除了《圣经》,再没有其他什么书比它的印数更多、更出名了。熊杰一听,不假思索,随口反驳:"不对,《毛主席语录》比它印的更多、更出名!"那可是

---

[1] 熊德锐致熊德黉,1989年1月26日,熊氏家族藏。熊式一未能成功帮助熊强延长香港签证,他也没能帮助自己的其他孙辈进入研究院。
[2] 熊伟访谈,2010年7月17日。
[3] 熊杰访谈,2016年3月16日。
[4] 同上。

不争的事实啊！熊式一听了，快快不乐，垂头丧气。

熊式一两年前去过一次水牛城，他对那城市印象不错，他喜欢水牛城宽阔的街道、景色旖旎的伊利湖，还有美丽的公园。他也很高兴，两次在水牛城都得到熊杰及其妻子董红的款待和照顾。他们家务很忙，女儿不满两岁，经济条件不太好，但十分快活，而且热情地欢迎熊式一在家里住。熊式一觉得，自己需要有贴心的人在身边侍奉。他不久前谈到自己何去何从的问题，曾这么说道："……我现在发现，关键的因素是身边的人，而不是住什么地方或者气候如何。"[1]如果日后能与儿孙辈住一起，那是再理想不过的了。

这次去水牛城，熊式一带着一位台湾女伴。她是前国民党军官的遗孀，比熊式一年轻三十来岁，打扮入时，据说两人已经订婚。一天，他们外出散步，途经大学校园附近的高门街，看见一栋单户独立的房屋前挂着"代售"的牌子。熊式一见了，十分中意，一打听，房价才7万美元，实在便宜。他没有讨价还价，当场签署要约，并交付了4000美元订金。他准备买下房子，与女友一起住。他和女友都以为对方经济富裕，但很快发现其实他们俩都没有钱可以买下那房子。"真相大白，两人立刻解除了婚约。"[2]熊式一受合同制约，别无选择，只好放弃了订金。

* * *

1991年7月，熊式一准备再度前往中国大陆。

动身之前，他想在台湾提前举办九十寿庆。他与朋友王士仪谈了自己的想法，王士仪慨然应允，让妻子悉心准备了一桌可口的菜肴，还专门为熊式一做了一道他爱吃的狮子头。那天晚上，王士仪把珍藏的陈年佳酿拿出来，与熊式一分享。他们开怀畅饮，海阔天空，聊得十分尽兴。熊式一衷心感谢王士仪伉俪的热情款待，同时缅怀自己已

---

[1] 熊式一致蔡岱梅，1989年10月31日，熊氏家族藏。
[2] 熊德达致熊德锐，1992年2月4日，熊氏家族藏。

故的老伴,对她赞美有加,夸她相夫教子、克勤克俭,不愧为贤内助。他告诉王士仪,说在北京的三个孩子都欢迎他回去。王士仪看着眼前这位海外漂泊了多年、"孑然一身的九十老翁",完全能感受到他的"孤独",也为他行将回国团圆、享受天伦之乐而高兴。[1]

熊式一的心态还很年轻,他有自己的计划,有许多的事情要做。他告诉王士仪,说要完成回忆录的写作,甚至想再来台湾与他合作。熊式一喜爱印章,收藏过许多金石古印,其中不少捐给了历史博物馆。此前他委托王士仪求篆刻家王壮为之治印,王壮为欣然应允,刻了一方石印相赠,雄健拙朴、刀法老辣,熊式一爱不释手。这方白文印章的印文"式一九十以后书",暗喻老骥伏枥,志在千里,恰如其分地反映了他的精神面貌。

王士仪在中国文化大学戏剧系任教,对戏剧很有研究。1960年代,他负笈法国、希腊、牛津,师从汉学家龙彼得(Pier van der Loon),涉猎文学、戏剧、哲学、宗教和美学等领域,尤精戏剧理论。他对中国的戏剧文化和书法艺术情有独钟,且从事戏剧和书法的创作,造诣高深。熊式一与王士仪是1970年代相识的,两人志趣相投,成为忘年之交,常常一起探讨中西文化艺术,以及现代对古代的传承发展。

王士仪认为,熊式一通过自己的剧作,让西方了解中国的文化、人物性格、戏剧和文学传统:《王宝川》精确地介绍了中国戏剧的程式和传统,使西方得以有一个基本了解;《西厢记》展现了中国舞台戏剧艺术表现的精妙;《大学教授》不容忽视,是以戏剧形式反映中国现代历史和现实生活的重要尝试。王士仪用亚里士多德的戏剧理论,分析讨论《大学教授》,指出其中的得失,并且点出剧中萧伯纳和巴里创作影响的痕迹。对于熊式一的才情,王士仪赞不绝口。当年熊式一去英国,为的是挣个博士学位,《王宝川》一举成名后,他不得不放弃学业,改变初衷,走上另一条道路。王士仪为此深感惋惜,认为那是一个大错。否则的话,熊式一很可能成为汉学界的大人物。[2]

---

[1] 王士仪:《简介熊式一先生两三事》,载熊式一:《天桥》,页10。
[2] 王士仪访谈,2013年6月13日、2015年6月25日。

* * *

"我终于回来了！"[1]熊式一1991年8月初回到北京，住在德辊家，一切安好。他兴高采烈，告诉远在美国的德荑："真是天壤之别！那么多年了，我一直孤单一人，但现在儿孙绕膝。"[2]他珍惜这次难得的机会，年纪大了，长途旅行越来越不方便了。他非常高兴，能回国看看孩子，特别是自己最疼爱的女儿德兰。他想游览北京，还想回一趟南昌，到故乡看看。

他喜欢德辊的小女儿熊强。熊强大学毕业后，在中学教了几年书。1988年，她曾到香港看望熊式一，在那里住了一阵，两人相处得很融洽。熊强性格随和、耐心体贴。熊式一爱跟她聊天，给她讲述昔日的辉煌岁月。熊式一计划，接下来让她陪着，一起去国外生活。

可是，两三个星期后，熊式一便感觉身体不适。9月8日，他突然昏迷不醒，家人赶紧送他到北京第三医院诊治。经检查，发现他患的是急性颗粒性白血病。第二天，医院发了病危通知单。

熊式一并不清楚自己病重，他不愿拖累大家，坚持要出院回家。但病情骤然恶化，大家都不禁愕然，连熊式一也大吃一惊。他躺在病床上，昏昏沉沉的，时醒时睡。他变得烦闷焦躁，常常咕哝道："狗屎""你们都是狗屎"。他不一定是在诅咒，不一定是针对某人或者某事发脾气，他喃喃自语，多半是在宣泄心际的不满、颓丧和无奈。[3]

他可能意识到，黑夜即将来临。他一向踌躇满志，多次断言，自己可以活到一百零八岁，至少能活过一百岁，成为百岁老人。现在看来连八十九岁都撑不过，这让他失望透顶，绝对难以接受。

他可能在与衰竭疲弱的病体奋力搏击。很久以前，远在千里之外，他翻译了巴里的《彼得潘》，把这部名剧介绍给中国的读者。其实他本

---

[1] 熊式一致熊德荑，1991年8月8日，熊氏家族藏。
[2] 同上。
[3] 熊强访谈，2012年7月12日；熊杰访谈，2016年3月17日；熊继周访谈，2016年4月12日。

人就一直像彼得潘,在幻想的世界中无拘无束地遨游。[1]他是个梦想家!童年时代,他爱遐想,在房子里,在邻家的屋顶上,飞啊飞的,在无垠的蓝天,像飞鸟展翅,穿过田野和城市,飞得很远很远。1915年,他正是彼得潘的年纪,居然梦想成真。他乘坐双座飞机,坐在飞行员身旁,飞过北京的上空,把雄伟壮丽的古都,还有广袤的山川田野尽收眼底。那么多年过去了,当时的惊喜和亢奋依然记忆犹新。

他可能知道,这次重访南昌的愿望恐怕难以实现了。上次回南昌是1937年。半个世纪以来,他虽然远在海外,家乡的山山水水,却一直魂牵梦萦。他渴望能重返家乡,旧地重游。如果能再回家乡看看,那多好!他想去进贤门城楼边走走,到蔡家坊附近转转,在义务女校的校址附近看看,或许还能找到一些亲朋旧友,聚一聚,聊聊天,追忆一些陈年旧事。他想要去赣江河畔漫步,瞻仰巍峨的滕王阁,在小巷街角盘桓,寻觅童年时代斑斓的梦想。他要回味一番儿时的见闻,重温那些荒诞不经、勾人心弦的传说;或者到旧城遗址,再体验一遍《天桥》中的场景、人物、故事。他并非豪门出身,但抱负远大、勤奋刻苦,终于出类拔萃、成绩斐然。如今,他垂垂老矣,所幸儿孙辈都兢兢业业,各有千秋。不过他略有遗憾,因为论成就和名声,他们似乎都没能超过他。

他可能记起了那些文人雅士,曾经对他不屑一顾,断言他不堪造就、难成大器。他以实际行动证明,他们低估了他的才华,他们全错了。他有幸成为最受欢迎的剧作家之一,赢得了世界上无数皇亲贵族、政府首脑、社会名流的尊敬和礼遇;他与萧伯纳和巴里结为挚友,与成百上千的著名作家、演员及文化界人士交往;他享尽了聚光灯下明星的辉煌和荣耀。他深感自豪,绝无半点怨言。

他可能心存遗憾,没有能赢得诺贝尔文学奖,离世界最高的文学奖仅咫尺之遥,可偏偏始终与之无缘。他蜚声文坛,万众瞩目,有人曾经把他比作英语小说家约瑟夫·康拉德。那位非英语母语的波兰裔小说家是文学界的黑马,二十来岁开始自学英语,三十多岁创作小说,

---

[1] 熊德荑访谈,2009年8月22日;闵福德访谈,2011年1月13日。

一举成为现代主义的先驱。康拉德在文学界口碑极佳,却终未获得诺贝尔文学奖,实在太不公平。熊式一认为,自己应该得诺贝尔文学奖,就好像康拉德一样。[1]

他可能觉得壮志未酬,不甘罢休。他的回忆录还没有完成,人生途中一些鲜为人知的细节没有被记录下来,一些错误的传闻,甚至恶意的诽谤,都没能澄清或者反驳。

但是,总体来说,他没有虚掷光阴。他度过了充实的一生,多姿多彩,足以感到欣慰。

莎士比亚有一句名言:世界是个大舞台,世上的男男女女只是演员,他们有上场的机会,也有下场的一刻。他在舞台上扮演过各种各样的角色,施展了自己的才华。作为演员,他赢得了喝彩、掌声、欢笑声,为世界增添了欢乐、光明、宽容和希望,让人生的舞台变得更加绚丽多彩。

现在该退场了。人生那一段纷繁复杂、波诡云谲的历史即将告一段落,终场的时刻到了。

9月15日,夕阳西下,夜色黑沉沉的。医院的病房内,出奇地安谧。

熊式一静静地躺在病床上。

他可能意识到,自己将退出人生的舞台,闪光的时刻快结束了。舞台上,他茕茕孑立,四周空荡荡的。

眼前的寂静,也许是雷鸣般的掌声和欢呼声的前奏,他可能感到难忍的孤独和沉闷,几近于窒息,莫名的害怕揪住了他的心头。他希望能再延宕一会儿,他不想退场,不想让黑暗吞噬明亮的时光。

他踯躅犹豫了一阵子。

可是,时不待人。他万般的无奈,最后,只好黯然地离去,揣着余下的记忆、故事、骄傲、才华、喜悦、智慧、苦涩、缺憾。

他吐出了最后一句台词,声音细弱,却依稀可辨:"狗屎!"

帷幕徐徐落下,灯光渐暗。

---

[1] 闵福德访谈,2011年1月13日。

后 记

熊德荑、傅一民

自1930年代初期远赴英伦，熊式一生前曾走过万水千山；去世后，他的骨灰也在近二十年的时间里，几度漂洋过海，横跨三大洲，宛如追溯他昔日的诸多旅程，直到最终下葬于北京八宝山人民公墓，他的安息之地。

1991年9月15日，熊式一在回国探亲时突然病逝于北京，这让他在海外的子女及孙辈们措手不及，甚至没人来得及安排回国去医院探视及参加追悼会。好在熊式一此番回国探望的三个子女，长女熊德兰、长子熊德威、次子熊德輗，都居住在北京，能够为他料理后事。从1980年代末开始，熊式一的几次归国探亲之旅都属于私人行为，并未受到任何官方邀请，因而他在京逝世的消息没有任何官方媒体报道，西方主流媒体的讣闻版面也没有提及。

熊家的传统一贯是不管私底下有多少不同意见，表面上仍维持一团和气。熊式一住院期间，几位子女及其家庭成员因为看护排班时间等问题，已产生了些许小矛盾，家庭内部的沟通交流也不再顺畅。因而熊式一的遗体火化后，对于如何安置他的骨灰，几位子女竟一时无法达成共识。当然他仍在世的五个子女还有十几个孙辈散布在亚欧美三大洲，也使得这一决策流程变得更为复杂棘手。

时光飞逝。装有熊式一骨灰的高档骨灰盒，头几年一直存放于北京。1990年代中期，熊德威的长子熊杰在某次回国探亲后，自作主张把爷爷的骨灰带去了他当时居住的纽约上州水牛城。然而熊式一只是在晚年去过水牛城几次，在长孙家小住过一段时光，大家都认为选择那里作为他的长眠之地显然不太合适。几番来来回回,熊杰想办法把骨灰盒转送到了三姑熊德荑手上。但出于同样考虑,熊德荑也觉得并不应该把父亲的骨灰安葬在华盛顿首府的任何公墓。

熊德荑与在伦敦的三哥熊德达商量过后,决定把熊式一的骨灰带往英国,先由熊德达保管,再等家人们最终达成共识,或许可以安葬在英国某处。这已是1990年代中后期了,在"九一一"事件之前,当时美国机场安检虽然较为严格,但跟现下的安检标准相比简直是小巫见大巫了。熊德荑带着父亲的骨灰盒,准备从华盛顿杜勒斯国际机场登机。过安检时机场工作人员问她容器里装着什么,她回答说是她父亲的骨灰。经传输带过完安检扫描仪后,安检人员坚持说骨灰盒必须改为随机托运行李,因为通过扫描仪根本看不清里面是什么。这时候熊德荑急眼了:"这是我九十岁老父亲的骨灰,你们给弄丢了怎么办?我会起诉航空公司,索赔一百万美金!"无须赘言,骨灰盒就这样过了安检,被带上了飞机,平安抵达伦敦。在熊德达家中,骨灰盒被放进了楼梯下的小壁橱。所有人重新投身于忙碌的日子,渐渐忘却了它的存在。

2006年秋,熊式一的长子熊德威病逝于北京,享年八十岁。这次熊德达和熊德荑分别从英国和美国飞赴北京,到场参加了大哥的追悼会。熊德威1950年代初归国不久,即响应"抗美援朝,保家卫国"的号召,投笔从戎,并以自己的专业技能为空军某部门做出了卓越贡献。追悼会上很多老战友老同事对他的回忆感人至深,给定居海外的弟弟和妹妹留下了深刻的印象。这其实是熊家的几位兄弟姐妹第一次,也是最后一次聚首在一起。

快进到2008年,仍在世的几位熊家兄弟姐妹按照年龄顺序,先后身染重疾。先是大姐熊德兰,那年春天独自一人在家中摔倒,导致后背受伤,入院治疗长期卧床后健康全面恶化;然后是二哥熊德锐,夏天的晚上在家里中风,康复后再也未能完全恢复行走能力;接下来是三弟熊德达,已计划好在初秋举行再婚婚礼(他的第一任妻子塞尔玛已于十几年前因癌症病逝),然而就在婚礼前夕突患轻度中风。那一年的最后几个月,熊德荑疲于奔命赶赴中国和英国探望康复中的姐姐和哥哥们，等她终于回到美国，得到的又是坏消息，她的乳腺癌确诊复发了。所以2008年对熊家四兄弟姐妹来说真的是流年不利，加倍的流年不利。

这时，突然有人想到了那个骨灰盒，这些年一直安放在熊德达家楼梯下壁橱里的那个骨灰盒。当熊德羹对熊德达的新任妻子朱莉娅（Julia）提及此事时，出生于哥斯达黎加的朱莉娅马上说道，难怪她每次经过那个壁橱都感觉有点"毛骨悚然"。朱莉娅强烈建议把骨灰下葬，遵循基督教义里所谓的"尘归尘，土归土"。当然中国自古就有入土为安的习俗。各种计划被讨论来讨论去，又逐一被放弃，其中包括把熊式一的骨灰撒到摄政公园（Regents Park），因为他的成名剧作《王宝川》1940年代曾在该公园的露天剧场上演过。熊家子女也觉得不应该将熊式一与蔡岱梅在伦敦的亨普斯特德公墓（Hempstead Cemetery）并排合葬，因为二老毕竟已自愿选择分居了几十年。

2009年12月，熊德兰在北京病逝，享年八十五岁。六个子女当中，多才多艺的大女儿德兰绝对是熊式一和蔡岱梅的最爱。熊式一对德兰的绘画天赋推崇备至，以至于一直将她与上世纪的几位著名国画大家相提并论。熊德兰也曾经在跟晚辈的闲聊中承认自己在很多方面最像父亲（"当然道德水平方面要比他高很多"）。因为熊德兰终身未嫁，并无家小，大家一致认为将熊式一和熊德兰的骨灰合葬于北京这个主意非常不错。登记一年多后，熊德威的大女婿王绪章帮忙，终于在八宝山人民公墓租到了合适的墓穴。2011年冬，熊德輗的二儿子熊伟将熊式一的骨灰从伦敦送回到北京。他选乘的是国泰航空公司的航班，经香港转机，因而熊式一的骨灰也得以在香港作短暂停留，并最后一次在空中拥抱了香港，这座在他的后半生乐居了将近三十年的城市。

2011年3月下旬，熊家在北京八宝山人民公墓举行了简单的骨灰下葬仪式。熊德羹专程从美国赶来参加仪式；代表熊德威出席的包括妻子张华英、大女儿熊晓兰和女婿王绪章，二女儿熊继周也特别从香港飞来，还有在北京的小儿子熊英；代表熊德輗出席的是熊伟；熊德海的女儿傅一民也专程从上海赶来参加仪式。另外来到现场见证下葬

熊式一和熊德兰之墓（作者摄）

仪式的，还有几位来自南昌的熊家远亲。熊式一和熊德兰的骨灰被安葬后，大家又漫步到同一公墓的不远处，在熊德威的墓前聊表敬意。一天后，熊德达和朱莉娅在伦敦的家中也举办了一个小型的聚会以志纪念。参加者包括熊德达的大女儿熊恺如、儿子熊蔚明，熊德辁的女儿熊心和熊坚，还有当时在英国留学的熊德威的外孙女王瑾。

最终，熊式一与他的长女德兰、长子德威相伴，安眠在了北京，这片他青少年时期求学的热土，也可以说是他梦想开始的地方。熊家父母与这几位学成归国的子女，半个多世纪之前，曾在多封跨洋家书里，殷切讨论而又无比期盼的大团圆，生前一直无法实现，在他们过世后，终于半团圆似的相守在一起了。

这就是熊式一的骨灰最后一次周游世界的故事，一如他生前多少次如穿越时空般的探险。很难想象还会有比这更加精彩或恰如其分的结局了。

正可谓：剧终戏未了，传奇永不息。

2022年2月16日定稿

附 录

为什么要重新发现熊式一:
答编辑问

熊式一是20世纪最重要的中英双语作家之一,编写的剧本《王宝川》在英美上演一千多场;曾被《纽约时报》喻为"中国的狄更斯"和"中国的莎士比亚"。他虽然曾经风靡英美,但现在却几乎无人记得。我们重新发现熊式一的意义在哪里?

熊式一的《王宝川》是个现象,也是一段历史。熊式一和这部戏剧,广受赞誉,上自英国王室,下至平民百姓,家喻户晓。《王宝川》的出现绝非偶然,它属于包括中西文化、传统与现代、戏剧与电影等多维因素交错碰撞下的产物。可惜,在20世纪中外跨文化交流史中,熊式一和他的成就被忽略了,这段史实没有得到应有的研究和宣传。王德威教授在《哈佛新编中国现代文学史》中提出"世界中"的中国文学这一重要概念,打破固定的文化和地理疆界的局限,挑战传统的文学观念和定义,它对我们重新认识中国现代文学史、中国与世界文化互动的历史不无启发。正因如此,今天我们重新发现熊式一,是挖掘历史,填补空缺,为文学史和文化史补上重要的遗缺。同时,他的经验为中国文化怎样走向世界提供了极其成功的先例和启发,是非常值得我们重新关注和研究的。

《王宝川》改编自中国传统戏剧《红鬃烈马》,熊式一除了翻译之外,还根据西方文化特点对剧本做了很大改编,使其更符合西方观众的价值观和接受度。可是熊式一在英国称《王宝川》是纯正的中国戏剧,但在中国上演时则被称为"叛逆的作品",怎样理解这种矛盾?

《王宝川》在英国上演后，熊式一宣称那是纯正的中国戏剧，原因是它保留了京剧表演的精髓和规范程式，例如采用虚实结合、象征艺术手法，简约的舞台布置，左方出场右方下场的习惯，以及负责更换道具的检场人角色。此外，《王宝川》的故事主题，既有其现代性又表现了传统的理念和思想。剧中的女主角与旧剧中三从四德、夫唱妇随的旧式女子不同，她是一位具有优秀品质的现代女性，勇敢机智、鄙视权贵、崇尚独立、追求理想、敢于为自己的命运抗争，展现了中国妇女智慧、沉稳、善良的传统美德。

1935年6月底，由万国艺术剧社策划，在上海的卡尔登大戏院上演《王宝川》，观众大都是在华外商、外企雇员、驻华外交人员，以及懂外语的华人。毋庸置疑，许多人对原剧《红鬃烈马》已经耳熟能详，眼下它被改成了英语话剧《王宝川》，全场采用对话，传统京剧的武打和唱段不见了，剧首增加了一段赏雪论嫁的内容，剧末添加了外交大臣迎接代战公主的调侃，还有报告人从头至尾做解释。因此，这出重返故国的现代新戏必然让观众惊诧，给他们一种既陌生又似曾相识的感觉。相对传统的旧剧，它似乎离经叛道，像一部"叛逆的作品"。

《王宝川》的上演确实引起了中外人士的兴趣，甚至希望能借此机会看看京剧旧本与英文新版的区别。同年7月初，中外戏剧研究社宣布将在黄金大戏院公演京剧旧本《红鬃烈马》，整套班子均为专业演员，领衔主演的是麒派名角周信芳与新秀华慧麟。当然，那是原汁原味的京剧表演，包括服饰行头、脸谱化装、武打唱腔等等，目的是为了以"真面目"示诸"西人"。这一演出涵盖了自彩楼配至大登殿的主要内容，但像《王宝川》一样，四五个小时的内容被压缩为两个多小时，"不良处改善之，繁杂处删减，以为改进京剧之试验"。事后有媒体报道认为，与《王宝川》相比，《红鬃烈马》的演出在尊严、力度、美感诸方面均略胜一筹，可谓"传统击败了现代"。

熊式一创作的高峰是在什么时候？其间最重要的作品有哪些？

他的创作大略有三个高峰期：1933年至1934年是第一个高峰期，代表作是《王宝川》，同期他还出版了英语短剧《财神》和《孟母三迁》,英译古典名剧《西厢记》;第二个高峰期是1942年至1943年,他出版了小说《天桥》,同时还有与莫里斯·科利斯合著的历史剧《慈禧》;1959年至1962年在香港期间,是他创作的第三个高峰期,他发表的作品包括戏剧《梁上佳人》以及小说《女生外向》和《萍水留情》,均以香港的当代社会为题材。

英语剧《王宝川》和小说《天桥》是熊式一留下的两部最重要的作品。

熊式一写《王宝川》,花了六个星期,似乎信手拈来,不费工夫,其实并非如此。此前他对中西戏剧已有相当程度的了解,对中西文字和文学已能熟练驾驭,加上天资聪颖、厚积薄发,因此一蹴而就。《王宝川》的故事性很强,细节环环紧扣,讲的是中国古代的爱情故事,却能跨越时空,打动不同文化语言背景的观众,雅俗共赏,老少皆宜。《王宝川》剧本出版时赢得所有评论家的一致好评,如笔会秘书长赫曼·奥尔德把它评为"文学中罕见的馨香,我们同时代作品中几乎很难觅到";该剧于美国公演时,则被评论报道为"深思熟虑的简约艺术"。

《天桥》是一部历史小说,写清朝末年处于社会变革转型之际的中国,政府腐败、民不聊生、怨声载道的社会现状,在经济、文化、宗教、政治等方面的种种矛盾和冲突。小说中的人物个个性格鲜明,栩栩如生,呼之欲出。整部作品气势恢宏,读来荡气回肠,令人欲罢不能。熊式一曾有言,"历史注重事实,小说全凭幻想"。作为社会讽刺小说,作者成功地将历史真实与艺术想象相结合,虚实参差,丰富了作品的内涵和思想深度,促使读者对历史进行反刍。无论从艺术成就,还是其社会批评的角度来看,绝不逊色于《儒林外史》或《官场现形记》。熊式一对于历史真实性的要求也一丝不苟,他根据掌握的资料,刻画出一个慈悲为怀、热忱进步的传教士李提摩太。后来一个偶然的机会,他读到汉学家苏慧廉写的李提摩太传记,发现自己原先的认识与事实大不一样,便毅然推翻重写,更改了许多相关的内容。他对此毫无怨言,坚持认为"处理历史人物时必须慎之又慎,证据确凿方可落笔"。此书出版后,洛阳纸贵,先后发行十余版,翻译成多种欧洲语言。不少评论家冠之为狄更斯或哥德史密斯式的作品,有的索性称作者为"中国的狄更斯"。陈寅恪也曾为之感佩不已,认为《天桥》足以与林语堂的《京华烟云》媲美。

作为中西文化桥梁、文化大使,熊式一在他的年代产生了什么样的影响?

英语剧《王宝川》于1934年和1936年分别在伦敦西区和纽约百老汇上演,具有开创性的历史意义,在此之前,西方的舞台上从未上演过中国剧作家的英语剧。《王宝川》轰动一时,在西区演了约九百场,在美国各地的剧院也演了两个演出季。同时,许多学校和业余剧院纷纷上演,BBC也几次播出。熊式一红极一时,应邀在各地做演讲,街头巷尾随处可见印有他的照片的宣传品。《王宝川》激起了欧美各界对中国的兴趣,也促成了更多的图书、画展、影戏的出现,宣传介绍中国历史文化,成为轰轰烈烈的文化现象。

《王宝川》的成功,帮助西方的民众看到了中国戏剧文化的精美之处,也宣传了中国的传统理念,如不甘命运、追求幸福、惩恶扬善、坚贞不渝等等。华人的形象因此得到了一定程度的改变,许多英国人因而对华人刮目相看,认识到华人不尽是餐馆或洗衣坊的工人。以前华人写的英语著作凤毛麟角,以至于一位所谓的中国通听到熊式一写了《王宝川》,不屑一顾,轻蔑地说:"黄脸人也能写书?"当然,他不久便改变了这错误的想法。

继《王宝川》,许多华人作者纷纷在西方出版专著,包括蒋彝、崔骥、萧乾、叶君健、萧淑芳、唐笙等。蒋彝认为,熊式一为华人作者写书出版开了路,是有功之臣。

二战时期,熊式一在英国除了参加各种援华筹款募捐活动之外,还大量撰文并且在BBC广播,又于国际笔会上谴责揭露日本侵华的罪行,争取国际人士的同情支持,表现了中华民众不甘侵略的民族精神。

离散的经验如何影响熊式一的创作?

熊式一于1932年底去英国留学,1936年末回中国探亲访问一年,此后,他在海外漂泊闯荡了半个多世纪,直至1988年夏才再次回到中国。其间,他去过欧洲、美国、东南亚及中国台湾、香港等地,经历了第二次世界大战、中华人民共和国成立、朝鲜战争、冷战、越战、"文革"、中美建交等重要的历史性事件。离散的经历,影响了熊式一的创作。他远离祖国,离开了熟悉的母语文化环境,在海外面对全新的读者群。他们在语言、文化、思想、历史、地域、政治制度等方面全然不同——他面临诸多前所未有的挑战和困难。但同时,他也因此摆脱掉许多无形的框架和束缚,获得了创作上的自由,游移于中西文化之间,以新的角度审视两种文化的异同,迸发了强烈的创作欲望。《王宝川》的写作便是最佳的例子。熊式一在伦敦选择改写传统戏剧《红鬃烈马》时,摆脱了语言、细节、人物发展等种种约束,基于该剧的主要情节和大纲,大胆增删内容,改变人物的描述和行动,修改对话,略去武打和唱段,添加了报告人的角色,掺入西方戏剧的元素。结果,《红鬃烈马》几乎脱胎换骨,成为一出现代西方观众易于接受的英语话剧《王宝川》。

1950年代中期,他移居香港,从此基本上改用中文写作。根据他在香港创作发表的作品,可以看出他清楚自己面对的是当地的民众、内地新移民,以及台湾的观众和读者,这些群体全然不同于原先欧美的对象,也与内地的读者不同,所以他在题材和语言上都做了相应的调整。

熊式一和其他离散文学作家(如林语堂、蒋彝)的异同点是什么?

熊式一、林语堂与蒋彝是20世纪中国在海外最成功的英语作家,他们是同代人,而且都创作了大量脍炙人口的作品。他们走过的人生和创作道路各有特点:林语堂大学毕业后留学美国和德国,回国后在大学任教并主办编辑文学期刊。良好的教育背景,加上对中西文学、文化的观察和感悟,使他后来在法国创作《京华烟云》时得心应手。他的作品幽默轻松,但富于哲理。蒋彝的创作生涯,严格说来始于伦敦的留学阶段。他初抵英国时,几乎没有英语基础,全靠自学,努力奋追。他擅长书画,借英国举办国际中国艺术展览会的机会,在友人韩登的帮助下,写了一本《中国画》。后来又以游记作为切入口,从东方人的角度评点西方世界,他的"哑行者画记"系列状写世事百态,并与东方文化比较评点,作品中夹杂诗书画,独具特色,闻名遐迩。熊式一则凭借广博的戏剧知识以及生花妙笔,改写《红鬃烈马》,英译《西厢记》,从而在文坛崭露头角,成为欧美戏剧舞台上的新星。

这三位离散文学作家尽管各有千秋,但他们之间存在值得注意的共同点。首先,他们都学贯中西,有坚实的语言根底和文化基础。第二,他们勤于钻研,善于发挥自己的长处和技能,目光敏锐,善于捕捉机会,并勇于面对挑战。第三,他们善于交流和交际,接触各类社会人士,扩大知识面和信息来源。第四,他们相互扶掖,支持鼓励,而且宣传推介,鼎力相助。

作为旅居海外的华人,熊式一甚少谈及种族歧视的问题,是因为他很少遇上吗?他是如何看待这个问题的?

1930年代,熊式一初到英国时,在西方许多人的心目中,中国是个封建落后的国家,华人被视为卑弱的人群。电影、戏剧和出版物中,华人常常被描绘成愚昧无知或邪恶阴险的形象。熊式一和蒋彝都是江西人,曾合住一处,他们都发现西方对华人的偏见、歧视、误解,比比皆是。他们外出时,经常在附近的街区遇到调皮的顽童,学着影剧中学到的腔调,模仿华人的洋泾浜英语,嘲笑他们。熊式一在后来的几十年中,包括在英国、美国、东南亚,都有过种族歧视的亲身经历。他和蒋彝一样,认为这是错误的、不公平的社会现象。但他们并未因此而气馁,而是借助文字、交流、演讲、交友,让民众认识到世人的肤色、信仰、语言各不相同,却都有许多共同之处,应当互相尊重、平等对待。熊式一的《王宝川》剧作以及此后一系列的作品,确实大大改变了西方对华人的认识,宣传了中国文化的精深和悠远。

熊式一的名字和事迹被现今大多数人遗忘(包括他在香港拍过电影、导演过舞台剧,还办过二十年学校,但知道他的香港人不多),原因何在?

熊式一在1930年代红极一时,这与他身处的历史环境有很大的关系。那时，欧美对东方的文化兴趣日增，英语剧《王宝川》的出现受到各界民众的欢迎。但是，欧战和太平洋战争的爆发，彻底打破了社会秩序和生活节奏。战争期间，戏院一度关闭，出版业受到限制。二战结束后，电视机的普及，电影业以及其他各类文娱形式的发展，无疑对戏剧舞台形成了新的冲击和挑战。与此同时，新一代作家大量涌现，读者观众的审美趣味和对题材的需求都有了改变。

熊式一是1955年末迁居香港的，当时他已经年过半百。他虽然在欧美出了名，但来到香港却人生地不熟，要想打出一块新天地，非得重新奋斗一番。在香港，中西混杂，有许多来自内地的新移民，日常生活中，广东和上海方言、普通话和英语，兼而有之。抵港后，熊式一立即开始电影《王宝川》的拍摄工作，帮助排练粤语剧《王宝川》和《西厢记》使其在文艺节上演，还创作出版了其他几部相当成功的戏剧和小说作品。然而，自从1963年创办清华书院后，他忙于校务，到东南亚、欧美和中国台湾地区出差，为筹款而四处奔波，难以静下心来继续写作。清华书院建校后的二十年中，经历了"文革"、越战、中美建交等，与此同时，香港虽然经济快速发展，社会局势却一直动荡不稳，加上熊式一年事已高，再没有重要作品问世，也无法重享当年在西方文坛的荣耀。

熊式一在英国生活二十多年，又在香港生活三十多年，这两个地方各给予熊式一什么样的影响？而他对香港的影响和贡献是什么？

熊式一在英国闯出名堂——英国发现了他，他也发现了自己。我想，英国的经历给了他自信，让他看到了自己的潜能，也探寻到成功之路。

香港这一包容和多元的文化环境，给了他重拾旧梦的机会。他乐此不疲，几十年如一日，在文学、电影、戏剧、教育诸领域努力实践，都做出了贡献。

熊式一的性格如何影响到他在事业上的成功和失败？

熊式一最大的特点就是坚忍不拔、锲而不舍。蒋彝曾经说过："我个人对于熊氏自信力之强及刻苦奋斗向前、百折不挠而终达成功的精神是很佩服的。"此外,他聪明好学,善于交友,豁达慷慨,这些性格特点为他赢得成功,然而也从某种程度上导致他的失败。他爱参与社会活动,爱交际,乐于助人,所以常常不得闲暇,过于分心,甚至难以集中精力完成写作。据他女儿介绍,熊式一需要在安静环境下才能写作。当年欧战爆发不久,他们家从伦敦搬迁到圣奥尔本斯橡木大街的新居,那是一栋三卧室、单浴间的房子,可是家里有三个小孩,加上不久又添了个新生女儿,熊式一的创作大打折扣。而且他往往手头拮据时,才会被逼着写作。他在1940年代创作最高峰的时期,社会活动、家庭杂务、人际往来,忙得他不可开交,结果常常拖稿,影响了写作,非常可惜。

熊式一退休后,他一手创办的香港清华书院的后续发展如何?

熊式一于1981年正式卸任之后,清华书院依然在招生开课。根据1988年6月出版的《香港成人教育指南》,清华书院的校址为香港九龙佐敦道炮台街11至17号。其办学宗旨为"培养专业人才以适应社会需要",招收的对象为"有志求学人士",包括中学毕业生、预科毕业生和在职人士。学校的大专部,提供"四年学分制学士课程"。共设有十一个学系:音乐、艺术、文史、经济、工商管理、会计银行、社会工作、社会教育、计算机、英国语文和数理。学校的计算机部提供计算机专业的文凭课程,毕业生可获取英国计算机学会和机构的文凭证书。学校的商科部设有商务专业的课程,颁发商科文凭和会计文凭。除此之外,学校开设的日间课程中,包括英国伦敦大学预科课程和英国伦敦商会文凭班。

您认为熊式一这辈子的憾事是什么?

熊式一家最大的三个子女从牛津毕业后,分别于1947、1950年回国工作,老四熊德海在英国短期居住了几年,也于1952年回国。由于政治原因,他们与海外的父母弟妹长期分离,甚至断绝联系和交流。直到1970年代末,改革开放,他们才总算有机会重新相聚,但由于长时期的分离，他们之间在思想感情上已经发生了难以弥合的鸿沟。此外，熊德海因病去世，天人永隔，再也没能见上一面。这三十年中，国内国际的政治气候多变，熊式一夫妇常常忧心忡忡，他们与亲生骨肉——特别是爱女熊德兰——远隔天涯，只能苦苦思念，这大概是他们最大的憾事。

熊式一作品列表

（按出版时序排列）

英语著作

Lady Precious Stream. London: Methuen & Co. Ltd, 1934.

Mencius Was a Bad Boy. London: Lovat Dickson & Thompson, 1934.

"Mammon." *The People's Tribune* 8, no. 2 (16 January 1935): 125–51.

The Romance of the Western Chamber. Translation. London: Methuen & Co. Ltd, 1935. Reprinted with a foreword by William Theodore de Bary and a critical introduction by C. T. Hsia. New York: Columbia University Press, 1968.

The Professor from Peking: A Play in Three Acts. London: Methuen & Co. Ltd, 1939.

The Bridge of Heaven. New York: G. P. Putnam's Sons, 1943; Beijing: Foreign Language Teaching and Research Press, 2012.

The Motherly and Auspicious: Being the Life of the Empress Dowager Tzu Hsi in the Form of a Drama, with an Introduction and Notes. (anonymously coauthor with Maurice Collis) London: Faber and Faber, 1943.

The Life of Chiang Kai-shek. London: Peter Davies, 1948.

The Story of Lady Precious Stream: A Novel. London: Hutchinson, 1950.

中文著作

《佛兰克林自传》，佛兰克林著，熊式一翻译，上海：商务印书馆，1929。

《可敬的克莱登》，巴蕾著，熊式一翻译，上海：商务印书馆，1930。

《我们上太太们那儿去吗？》，巴蕾著，熊式一翻译，北平：星云堂书店，1932。

《财神》，北平：立达书局，1932。

《王宝川》（剧本），香港：戏剧研究社，1956；北京：商务印书馆，2006。

《梁上佳人》，香港：戏剧研究社，1959。

《天桥》，香港：高原出版社，1960；台北：正中书局，2003。
《女生外向》，台北：世界书局，1962。
《事过境迁》，香港：中英学会中文戏剧组，1962。
《萍水留情》，台北：世界书局，1962。
《无可奈何》，香港（出版资料不详），1972。
《大学教授》，台北：中国文化大学出版部，1989。

英文散文

"Some Conventions of the Chinese Stage." *People's National Theatre Magazine* 1, no. 13 (1934): 3–5.

"No-Chinese Plays Do Not Last a Week." *Manchester Evening News*, November 30, 1934.

"Cups of Tea for Actors." *Malay Mail*, January 11, 1935.

"Why Shaw Is Popular in China." *The Straits Times*, August 12, 1935.

"Preface." In *Chinese Eye: An Interpretation of Chinese Painting* by Chiang Yee, vii–x. London: Methuen, 1935.

"My Confessions." N.p. ca. 1936.

"Occidental Fantasy: Dr. Hsiung Cites the West's Reaction to 'Lady Precious Stream'." *The New York Times*, February 9, 1936.

"Barrie in China." *Drama* (March 1936): 97–98.

"The Teachings of Confucius and His Followers." In *Faiths and Fellowships: Being the Proceedings of the World Congress of Faiths held in London July 3rd–17th, 1936*. Edited by A. Douglas Millard, 249–63. London: J. M. Watkins, 1936.

"English Tea." *Habits* (ca. 1936): 60.

"The Author in China." *The Author* 50, no. 2 (Christmas, 1939): 32–34.

"The Churchill of the Far East." *London Calling* 99 (July 31, 1941): 11.

"China Fights on." N.p. (ca. 1941): 19–23.

"Review of *The Great Within*, by Maurice Collis." *Men and Books*, ca. 1942.

"Letter to the Editor." *Time and Tide* 22, no. 50 (December 12, 1942): 1002.

"Chiang Kai-shek." In *China Today*, 8–12. London: Central Union of Chinese Students in Great Britain and Ireland, ca. 1942; The *Big Four: Churchill, Roosevelt, Stalin, Chiang Kai-Shek*. Edited by Miron Grindea, 25–30. London: Practical Press, 1943.

"China Fights On." *World Review*, ca. 1945: 19–23.

"The Birth of the Chinese Republic." *Oxford Mail*, October 10, 1945.

"Drama." In *China*. Edited by Harley MacNair, 372–86. Berkeley, CA: University of California Press, 1946.

"Through Eastern Eyes." In *G.B.S. 90: Aspects of Bernard Shaw's Life and Work*. Edited by S. Winsten, 194–99. London: Hutchingson, 1946.

"Introduction." In *The Long Way Home*. By Tang Sheng, 7–8. London: Hutchinson, 1949.

"My Wife." *The Queen* (December 31, 1952): 24, 42.

"I Daren't Praise My Wife." *The English Digest* 42, no. 1 (May 1953): 39–43.

"All the Managers Were Wrong about 'Lady Precious Stream.'" *Radio Times*, July 31, 1953, 19.

"Introduction." In *Daughter of Confucius: A Personal History* by Wang Su-ling and Earl Herbert Cressy, v–vi. London: Victor Gollancz Ltd., 1953.

"Foreword." In *Romance of the Jade Bracelet, and Other Chinese Operas* by Lisa Lu, 5–8. San Francisco, CA: Chinese Materials Center, 1980.

中文散文

《决战队》,《北平新报・北新副刊》,1932年4月9日,页2。

《巴蕾及其著作》,《北平新报・北新副刊》,1932年5月8日,页2。

《论巴蕾二十出戏》,《北平新报・北新副刊》,1932年5月8日,页2;1932年5月9日,页2;1932年5月10日,页2。

《〈潘彼得〉的介绍》,《北平新报・北新副刊》,1932年5月8日,页2;1932年5月9日,页2;1932年5月10日,页2。

《谈谈〈火炉边的爱丽丝〉》,《北平新报・北新副刊》,1932年5月10日,页2。

《文章与太太》,剪报,1937年1月1日。

《恭喜不发财》,《时事新报》,约1937年。

《笔会十六届万国年会记》,《时事月报》,第19卷,第2期(1938年7月),页29—33。

《欧战观感录》,《改进》,第2卷,第4期(1939),页160—162。

《怀念王礼锡》,《宇宙风》,第100期(1940),页135—137。

《中国与英国》,《中美周刊》,第2卷,第1期(1940),页17—18。

《欧洲的"光荣和平"》,《中美周刊》,第2卷,第2期(1940),页8—9。

《这次欧战中的爱尔兰问题》,《中美周刊》,第2卷,第3期(1940),页11。

《木屑竹头》，《中美周刊》，第2卷，第8期（1940），页10—11。
《英国为民主而战》，《中美周刊》，第2卷，第11期（1940），页8。
《英国人的战争观》，《天地间》，第2期（1940），页29—30。
《英国的孩子们》，《天地间》，第3期（1940），页13—15。
《战时伦敦杂记》，《天地间》，第5期（1940），页4。
《邱吉尔六六寿序》，《天下事》，第2卷，第5期（1941），页9—12。
《张伯伦盖棺论定》，《天下事》，第2卷，第8期（1941），页15—19。
《海军威力可操胜算》，《天下事》，第2卷，第9期（1941），页8—10。
《二十年来之法兰西》，《天下事》，第2卷，第9期（1941），页2—11。
《漫谈英国的廉价刊物》，《国际间》，第3卷，第1—2期（1941），页42—43。
《谈谈价廉物美的英国刊物》，《中美周刊》，第2卷，第16期（1941），页12。
《英国的企鹅丛书和塘鹅丛书》，《中美周刊》，第2卷，第23期（1941），页18—19。
《崭新的英国军事教育》，《中美周刊》，第2卷，第44期（1941），页18。
《誓与纳粹不两立的一群》，《中美周刊》，第3卷，第1期（1941），页44—45。
《从凡尔赛到轴心》，《宇宙风》，第115期（1941），页217—221。
《希特勒和希特勒主义》，《宇宙风》，第117期（1941），页325—327；第118期（1941），页377—379。
《墨索里尼与法西斯主义》，《宇宙风》，第119期（1941），页3—7。
《远东局势》，《半月文摘》，第16期（1941），页16—18。
《希特勒忘记了一个高度文化的民族是不畏轰炸的》，《上海周报》，第3卷，第11期（1941），页310、312；第3卷，第12期（1941），页331—332。
《谈谈德国在挪威的第五纵队》，《上海周报》，第2卷，第13期（1941），页348—349。
《墨索里尼的没落》，《上海周报》，第3卷，第15期（1941），页403；第3卷，第16期（1941），页425。
《南非洲的民族英雄斯末资将军》，《上海周报》，第3卷，第17期（1941），页452—453。
《希特勒的封锁政策》，《上海周报》，第3卷，第25期（1941），页635—636。
《波兰的抗战精神》，《上海周报》，第4卷，第13期（1942），页394—395。
《宣传与事实》，《上海周报》，第4卷，第20期（1942），页589—590。
《熊式一家珍之一》，《天风》，第1卷，第1期（1952年4月），页53、56—59。
《家珍之二》，《天风》，第1卷，第10期（1953年1月），页18—21。
《论新诗与文学》，《自由报》，1970年10月21日；《翻译典范》，页1—5，台北：腾云出版社，1970。

《序》,载高准著《高准诗抄》,页9—17,台中:光启出版社,1970。
《回忆陈通伯》,《中央日报》,1970年4月4日。
《漫谈张大千——其人其书画》,《中央日报》,1971年12月13日,页9。
《〈真理与事实〉读后感》,载熊式一等著《真理与事实论集》,页11—20,台北:香港自由报台北社,1972年。
《赠老友胡秋原七十寿序》,《中华杂志》,第18卷,第6期(1980),页30—31。
《代沟与人瑞》,《香港文学》,第19期(1986),页18—19。
《初习英文》,《香港文学》,第20期(1986),页78—81。
《出国镀金去,写〈王宝川〉》,《香港文学》,第21期(1986),页94—99。
《谈谈萧伯纳》,《香港文学》,第22期(1986),页92—98。
《看看萧伯纳游戏人间的面目》,《中央日报》,1987年9月24日,页10。
《养生记趣》,《中央日报》,1987年10月18日。
《谈笑说养生》,《外交部通讯》,第17卷,第11期(1990),页39—43。

英文翻译

"Poems from the Chinese." In *People's National Theatre Magazine* 1, no.13 (1934): 6–10.

"Love and the Lute" and "A Feast with Tears" (from *The Romance of The Western Chamber*, part 2, act 4, and part 4, act 3). In *Poets' Choice*. Edited by Dorothy Dudley Short, 37–38. Winchester: Warren and Son, 1945.

中文翻译

詹姆斯·巴蕾:《可敬的克莱登》,《小说月报》,第20卷,第3期(1929),页509—527;第20卷,第4期(1929),页701—714;第20卷,第5期(1929),页857—871;第20卷,第6期(1929),页1007—1018。
——:《半个钟头》,《小说月报》,第21卷,第10期(1930),页1491—1501。
——:《七位女客》,《小说月报》,第21卷,第10期(1930),页1503—1512。
——:《我们上太太们那儿去吗?》,《小说月报》,第22卷,第1期(1931),页131—142。
——:《给那五位先生》,《小说月报》,第22卷,第2期(1931),页307—317。
——:《潘彼得》,《小说月报》,第22卷,第2期(1931),页318—332;第22卷,第3期(1931),页468—478;第22卷,第4期(1931),页597—603;第22卷,第5期(1931),页707—716;第22卷,第6期(1931),页827—840。

——:《十二镑的尊容》,《小说月报》,第22卷,第11期(1931),页1383—1396。

——:《遗嘱》,《小说月报》,第22卷,第12期(1931),页1503—1519。

——:《洛神灵》,《申报月刊》,第3卷,第1期(1934),页131—139;第3卷,第2期(1934),页122—130。

——:《难母难女》,《香港文学》,第13期(1986),页119—128;第14期(1986),页90—99;第15期(1986),页92—99;第16期(1986),页94—99;第17期(1986),页92—99。

乔治·伯纳德·萧伯纳:《"人与超人"中的梦境》,《新月》,第3卷,第11期(1931),页1—36;第3卷,第12期(1931),页1—36。

——:《安娜珍丝加》,《现代》,第2卷,第5期(1933),页753—767。

托马斯·哈代:《赠巴蕾》,《北平新报·北新副刊》,1932年5月8日。

玛丽亚·赫胥黎:《英国妇女生活》,《读者文摘》,第2期(1941),页103—110。

参考文献

英文文献

Anonymous. "Dr. Hsiung—a Successful Cultural Bridge Builder." *South China Morning Post*, April 19, 1973.

Barrie, James Matthew. *The Plays of J. M. Barrie*. New York: Charles Scribner's Sons, 1928; 1956.

Bevan, Paul, Annie Witchard, and Da Zheng, eds. *Chiang Yee and His Circle: Chinese Artistic and Intellectual Life in Britain, 1930–1950*. Hong Kong: Hong Kong University Press, 2022.

Chang, Dongshin. *Representing China on the Historical London Stage*. New York: Routledge, 2015.

Ch'en, Li-li. *Master Tung's Western Chamber Romance: A Chinese Chantefable*. New York: Columbia University Press, 1994.

Cosdon, Mark. "'Introducing Occidentals to an Exotic Art': Mei Lanfang in New York." *Asian Theatre Journal* 12, no. 1 (Spring 1995): 175–189.

Du, Weihong. "S. I. Hsiung: New Discourse and Drama in Early Modern Chinese Theatrical Exchange." *Asian Theatre Journal* 33, no. 2 (Fall 2016): 347–368.

Fairfield, Sheila, and Elizabeth Wells, *Grove House and Its People*. Oxford: Iffley History Society, 2005.

Gimpel, Denise. *Lost Voices of Modernity: A Chinese Popular Fiction Magazine in Context*. Hawaii: University of Hawai'i Press, 2001.

Harbeck, James. "The Quaintness—and Usefulness—of the Old Chinese Traditions: *The Yellow Jacket* and *Lady Precious Stream*." *Asian Theatre Journal* 13, no. 2 (Fall 1996): 238–247.

Hawkes, David and John. *Classical, Modern, and Humane: Essays in Chinese Literature*. Edited by John Minford and Siu-kit Wong. Hong Kong: Chinese University of Hong Kong Press, 1989.

Hsiung, Dymia. *Flowering Exile*. London: Peter Davies, 1952.

Hsü, Immanuel C. Y. *The Rise of Modern China*. New York: Oxford University Press, 2000.

Huang, Rayson. A *Lifetime in Academia*. Seattle, WA: University of Washington Press, 2005.

Idema, Wilt, and Stephen West. "The Story of the Western Wing." In *Masterworks of Asian Literature in Comparative Perspective: A Guide for Teaching*, edited by M. Barbara Stoler, 347–360. Armonk: M.E. Sharpe, 1994.

Lee, Leo Ou-fan. *Shanghai Modern: The Flowering of a New Urban Culture in China, 1930–1945*. Cambridge, MA: Harvard University Press, 1999.

Lin, Yutang. "How a Citadel for Freedom Was Destroyed by the Reds." *Life* 38, no. 18 (2 May 1955): 138–154.

Liu, Lydia Ho. *Translingual Practice: Literature, National Culture, and Translated Modernity— China 1900–1937*. Stanford, CA: Stanford University Press, 1995.

Luk, Yun-tong, ed. *Studies in Chinese-Western Comparative Drama*. Hong Kong: Chinese University of Hong Kong Press, 1990.

Shen, Kuiyi, et al. *Painting Her Way: The Ink Art of Fang Zhaoling*. Hong Kong: Hong Kong University Press, 2017.

Shen, Shuang. "S. I. Hsiung's *Lady Precious Stream* and the Global Circulation of Peking Opera as a Modernist Form." *Genre* 39 (Winter 2006): 85–103.

Shih, Shu-mei. *The Lure of the Modern: Writing Modernism in Semicolonial China, 1917–1937*. Berkeley: University of California Press, 2001.

Shu, She-yu [a.k.a. Lao She]. *Heavensent*. London: Dent, 1951. Reprinted with preface by Hu Jieqing and foreword by Howard Goldblatt. Hong Kong: Joint Publishing, 1986.

Spence, Jonathan. *The Search for Modern China*. 2nd ed. New York: Norton, 1999.

Thorpe, Ashley. *Performing China on the London Stage: Chinese Opera and Global Power, 1759–2008*. London: Palgrave Macmillan, 2016.

Wang, David Der-wei, ed. *A New Literary History of Modern China*. Cambridge, MA and London, England: The Belknap Press of Harvard University Press, 2017.

Wang, Shifu. *The Story of the Western Wing*. Translated by Stephen West, and Wilt

Idema. Berkeley: University of California Press, 1995.

Whittingham-Jones, Barbara. *China Fights in Britain: A Factual Survey of a Fascinating Colony in Our Midst*. London: W. H. Allen & Co., Ltd., 1944.

Yeh, Diana. *The Happy Hsiungs: Performing China and the Struggle for Modernity*. Hong Kong: Hong Kong University Press, 2014.

Yeo, Marianne, and Joanna Hsiung. "Lady Precious Stream—A Chinese Drama in English." *Friends Newsletter* (Autumn 2014): 20.

Zheng, Da. *Chiang Yee, The Silent Traveller from the East: A Cultural Biography*. NJ: Rutgers University, 2010.

——. "Creative Re-creation in Cultural Migration." *Metacritic Journal for Comparative Studies and Theory* 3, no. 1 (2017): 26–44. https://doi.org/10.24193/mjcst.2017.3.02.

——. "*Flowering Exile*: Chinese Housewife, Diasporic Experience, and Literary Representation." *Journal of Modern Life Writing Studies* 5 (Autumn 2015): 160–81. Reprint with revision. "*Flowering Exile*: Chinese Diaspora and Women's Autobiography." In *Transnational Narratives in Englishness of Exile*, edited by Catalina Florina Florescu and Sheng-mei Ma, 41–59. MD: Rowman and Littlefield, 2017.

——. "*Lady Precious Stream*, Diaspora Literature, and Cultural Interpretation." In *Culture in Translation: Reception of Chinese Literature in Comparative Perspective*, edited by Kwok-kan Tam and Kelly Kar-yue Chan, 19–32. Hong Kong: Open University of Hong Kong Press, 2012.

——. "*Lady Precious Stream* Returns Home." *Journal of the Royal Asiatic Society China* 76, no. 1 (August 2016): 19–39.

——. "Peking Opera, English Play, and Hong Kong Film: *Lady Precious Stream* in Cultural Crossroads." *FilmInt* 17, no. 3 (2019): 37–48.

——. "Performing Transposition: *Lady Precious Stream* on Broadway." *New England Theatre Journal* 26 (2015): 83–102.

——. "Shih-I Hsiung on the Air: A Chinese Pioneer at the BBC During World War II." *Historical Journal of Film, Radio, and Television* 38, no. 1 (2018): 163–178.

中文文献

王迪诹：《记蔡敬襄及其事业》，载南昌市文史资料研究委员会编：《南昌文史资料》，第2辑，南昌：南昌市文史资料研究委员会，1984。

冉彬：《上海出版业与三十年代上海文学》，上海：上海文化出版社，2012。
安克强：《把中国戏剧带入国际舞台》，《文讯》，第25期（1991），页115—120。
朱尊诸：《在英国的三个中国文化人》，《新闻天地》，第14期（1946），页2—3。
李欧梵：《李欧梵论中国现代文学》，上海：上海三联书店，2009。
李铧玲：《戏剧一代宗师熊式一教授》，《公教报》，1984年4月20日，页12。
戈子：《熊式一在南京》，《汗血周刊》，第8卷，第4期（1937），页74—75。
林太乙：《林语堂传》，台北：联经出版事业公司，1989。
洪深：《辱国的〈王宝川〉》，载氏著《洪深文集》，第4卷，北京：中国戏剧出版社，1988。
胡慧祯：《令英国人流泪的熊式一》，《讲义》，第5期（1988），页116—123。
南洋文化出版社编纂：《南洋大学创校史》，新加坡：南洋文化出版社，1956。
凌云：《萧伯纳与熊式一》，《汗血周刊》，第6卷，第18期（1936），页354—355。
陈子善：《关于熊式一〈天桥〉的断想》，载熊式一著：《天桥》，北京：外语教学与研究出版社，2012。
陈文华、陈荣华：《江西通史》，南昌：江西人民出版社，1999。
陈平原、陈国球、王德威编：《香港：都市想象与文化记忆》，北京：北京大学出版社，2015。
陈晓婷：《熊式一〈女生外向〉研究——"英国戏"的香港在地化》，《大学海》，第7期（2019），页119—131。
孙玫：《中国戏曲跨文化研究》，北京：中华书局，2006。
都文伟：《百老汇的中国题材与中国戏曲》，上海：上海三联书店，2002。
庄婉芬：《丝丝回忆幕幕温馨，熊式一写作不退休》，《快报》，1984年3月24日，页7。
张华英：《叶落归根了夙愿》，《人民日报》（海外版），1991年10月15日，页2。
理霖：《眷恋故土的海外文化老人》，《人民日报》（海外版），约1989。
黄淑娴编：《香港文学书目》，香港：青文书屋，1996。
黄淑娴、沈海燕、宋子江、郑政恒编：《也斯的五〇年代：香港文学与文化论集》，香港：中华书局，2013。
贾亦棣：《香港话剧风华录》，《能仁学报》，第8期（2001），页155—169。
——：《熊式一的生与死》，《传记文学》，第63卷，第4期（1993），页30—32。
熊式一：《八十回忆》，北京：海豚出版社，2010。
熊继周：《怀念爷爷熊式一》，《大公网》，2016年11月7日。http://www.takungpao.com.hk/culture/text/2016/1107/36168.html.
郑达：《百老汇中国戏剧导演第一人——记熊式一在美国导演〈王宝川〉》，《美国研究》，第108期（2013），页127—132。

——：《徜徉于中西语言文化之间——熊式一和〈王宝川〉》，《东方翻译》，第46卷，第2期（2017），页77—81。

——：《〈王宝川〉：文化翻译与离散文学》，《中华读书报》（国际文化版），2012年10月24日。http://epaper.gmw.cn/zhdsb/html/2012-10/24/nw.D110000zhdsb_20121024_1-17.htm?div=-1.

——：《〈王宝川〉回乡：文化翻译中本土语言和传统文化的作用》，《中华读书报》（国际文化版），2015年7月22日，2015年8月5日。http://epaper.gmw.cn/zhdsb/html/2015-07/22/nw.D110000zhdsb_20150722_2-17.htm；http://epaper.gmw.cn/zhdsb/html/2015-08/05/nw.D110000zhdsb_20150805_1-17.htm?div=-1.

——：《文化十字路口的香港电影〈王宝川〉》，《西北工业大学学报（社会科学版）》，第4期（2019），页50—56。

——：《西行画记——蒋彝传》，北京：商务印书馆，2012。

——：《熊式一和〈天桥〉》，《中华读书报》（国际文化版），2012年9月12日。http://epaper.gmw.cn/zhdsb/html/2012-09/12/nw.D110000zhdsb_20120912_3-17.htm?div=-1.

郑卓：《一位重信义的朋友》，剪报，1984年3月22日。

刘以鬯：《我所认识的熊式一》，《文学世纪》，第2卷，第6期（2002），页52—55。

刘宗周：《熊式一先生和他的著作》，《联合报》，1961年9月11日，页2。

德兰：《求》，北京：北京出版社，1982。

钱济鄂：《熊式一博士珍藏书画展读后记》，《青年战士报》，1976年10月16日；1976年10月17日，页11。

钱锁桥：《林语堂传：中国文化重生之道》，台北：联经出版事业公司，2018。

萧铁：《熊式一藏书与蔚挺图书馆》，《澎湃》，2020年11月13日。https://m.thepaper.cn/yidian_promDetail.jsp?contid=9943994&from=yidian.

应平书：《熊式一享誉英美剧坛》，《中华日报》，1988年1月12日。

谭旦冏：《熊式一其人其事》，《联合报》，1954年10月2日，页6。

罗璜：《访熊式一，谈天说地》，《联合报》，1961年8月31日，页2。

苏雪林：《王宝川辱国问题》，载氏著：《风雨鸡鸣》，台北：源流成文化公司，1977。

龚世芬：《关于熊式一》，《中国现代文学研究丛刊》，第2期（1996），页260—274。

——：《熊式一的藏书》，《文讯》，第140期（1997），页10—13。